Wenn man Sophie mit einem Wort beschreiben müsste, wäre es »Dauersingle«. Während sie für ihre Familie und Freunde damit ein Abschreckungsbeispiel für alle Mittzwanziger abgibt, weiß Sophie selbst nicht so genau, wen sie an ihrer Seite haben will. Als sie den immerwährenden Druck irgendwann nicht mehr aushält, beschließt sie, sich einen Fake-Freund zu suchen. Einige mehr oder weniger verstörende Dates später ist da plötzlich Harry, der die mitleidigen Finde-doch-endlich-jemanden-Kommentare ebenso satt hat wie Sophie. Und da die beiden jeweils mit einem Kalender voller »Pärchen«-Events konfrontiert werden, beschließen sie, ihre Illusion zumindest für einige Zeit aufrechtzuerhalten. Doch während sich ihr Liebesschwindel vertieft, merkt Sophie, dass es ausgerechnet diese Notlüge ist, die sie davon abhält, die Person zu finden, die sie wirklich will.

Über die Autorin

Beth Reekles, die gefeierte Autorin von »The Kissing Booth«, ist Bücherwurm durch und durch, überzeugte Teetrinkerin und als Buchbloggerin sehr aktiv in den sozialen Netzwerken. Den Roman »The Kissing Booth« schrieb sie mit 17 Jahren. Er wurde zum Riesenerfolg, von Netflix verfilmt und ist dort eine der meistgeklickten Liebeskomödien.

Beth Reekles

DATES
UND ANDERE ILLUSIONEN

ROMAN

Aus dem Englischen von
Tess Martin

HarperCollins

Die Originalausgabe erschien 2023 unter dem Titel
Faking It bei Sphere (Hachette), London.

1. Auflage 2024

Deutsche Erstausgabe

Umschlaggestaltung von buxdesign, München
Umschlagabbildungen von PCH.Vector, Anamarija, VectorBakery,
Good Studio, StockVector / Adobe Stock
Gesetzt aus der Stempel Garamond
von GGP Media GmbH, Pößneck
Druck und Bindung von CPI books GmbH, Leck
Printed in Germany
ISBN 978-3-365-00584-2
www.harpercollins.de

Für Aimee – auf all die Frösche,
die wir auf der Suche nach dem Traumprinzen
schon geküsst haben

Profil ändern

Sophie, 25
Marketingassistentin bei lokaler Zeitung

Über mich

Mal ehrlich, du hast doch schon bei meinem ersten Foto entschieden, ob du nach rechts wischst oder nicht. Ich schwöre, es handelt sich um ein aktuelles Foto. Allerdings kann ich nicht schwören, dass ich direkt nach dem Aufwachen so aussehe, somit solltest du deine Erwartungen besser ein bisschen runterschrauben.

Meine Daten

Größe: 1,73
Aktiv: Manchmal
Sternzeichen: Waage
Hochschulabschluss
Trinke: Häufig
Rauche: Nie
Suche: Beziehung

Meine Interessen

Fotografie
Burlesque-Tanz
Museen und Galerien
Indie-Musik
Städtereisen

Das perfekte erste Date …

… sich als einheimische Touristen bei einem Picknick im Park treffen

Bewertung einer Freundin

Sophie, du hast *eine einzige* Burlesque-Tanzstunde besucht, das zählt wirklich nicht. Wenn überhaupt, dann tanzt du mal unter der Dusche, weil du versuchst, dir die Kniekehlen zu rasieren. Was soll das heißen? Hast du dir tatsächlich eine andere Bewertung von mir erhofft? – Meine beste Freundin.

Ich habe noch nie …

… eine Langzeitbeziehung geführt.

Single, Swipe, Repeat

Ich weiß ja, dass die ganze Sache reiner Kommerz ist … aber ich will einfach jemanden lieben.

Überlegungen zum Valentinstag
von unserer Dating- und Beziehungskolumnistin
Veröffentlicht am Freitag, 26. Februar

Wie viele Singles auf der ganzen Welt habe ich dieses Jahr den Valentinstag mit den Menschen verbracht, die ich am meisten liebe: mit meinen Freunden.

Natürlich nicht von Angesicht zu Angesicht. Nicht einmal über Zoom oder FaceTime.

Nein, ich habe den Valentinstag damit verbracht, meine Freunde in den sozialen Medien zu stalken und mich über jeden einzelnen rosafarbenen, kitschig-romantisch klingenden Post aufzuregen, während meine Seele zusammenschrumpfte vor Neid und aus Angst, für immer allein zu bleiben.

Eine sehr reale Angst, die auch immer ganz schnell in mir aufkeimt, wenn ich meine in glücklichen Beziehungen lebenden Geschwister treffe.

Eine sehr reale Angst, an die mich meine ahnungslosen Freunde jedes Mal erinnern, wenn sie mich nach meinen Dates fragen und ich antworten muss, dass ich geghostet worden bin – wieder einmal.

Jedenfalls haben meine Freunde den Valentinstag allem Anschein nach spektakulär gefeiert. Eine bekam von ihrem Freund einen Hund geschenkt – einen *Hund*! Einer anderen wurde in dem Restaurant, in dem sie und ihr Liebster schon so manchen Jahrestag gefeiert haben, ein Heiratsantrag gemacht. Einige verbrachten einen gemütlichen Abend zu Hause, allerdings konnte man auf den Fotos mit Leichtigkeit Vasen voller Rosen und glitzernde Schmuckstücke erkennen. Andere machten einen spontanen Ausflug nach Cornwall, um dann Unmengen von zuckersüßen Urlaubsfotos des ach so glücklichen Paares hochzuladen.

Hier die vollständige Offenlegung, liebe LeserInnen: Ich liebe meine Freundinnen, und ich gönne ihnen ihr Glück. An jedem anderen Tag greift es mich nicht ganz so an, sie mit ihren Partnern in den sozialen Medien zu sehen – doch am Valentinstag bestellte ich Essen bei meinem Lieblingsimbiss, öffnete eine Flasche Wein und zerging in Selbstmitleid, gegen das nicht mal ein Serienmarathon mit den *Gilmore Girls* etwas ausrichten konnte.

An jedem Valentinstag werde ich mit erfolgreichen Liebesgeschichten zugeschüttet, die es mir unmöglich machen, die bittere Wahrheit zu ignorieren: dass ich vollkommen allein bin.

Und obwohl ich natürlich weiß, dass es sich bei diesem Tag um eine rein kommerzielle Veranstaltung handelt, eine Masche, um Schmuck, Pralinen und Two-For-One-Kinokarten zu verkaufen, muss ich mir jedes Mal Folgendes eingestehen: Ich möchte einfach jemanden lieben.

März

Lenas und Johnnys Verlobungsfeier

Liebe Sophie,
du bist herzlich eingeladen, mit uns die Verlobung von
Helena Rose Shelton und Jonathan Edward Richards
im Eden View Plaza Hotel
am Sonntag, dem 14. März, um 11 Uhr, zu feiern.
Die Geschenkeliste findest du unter:
http://bit.ly/HandJwedding
Wir freuen uns darauf, dich zu sehen!

1. KAPITEL

»Allein hier?«

Ich bin versucht, mich überrascht umzublicken und ihr ins Gesicht zu sagen: »Also so was. Ha, scheint fast so«, allerdings bin ich gerade erst angekommen und will mich nicht schon in der ersten Sekunde zum Trottel machen.

Zumindest nicht, bevor ich ein paar Mimosas getrunken habe, auf die ich mein unhöfliches Verhalten schieben kann.

»Ja.« Ich lächle Lenas Mutter freundlich an. Bisher habe ich sie nur zweimal getroffen: einmal bei der Abschlussfeier der Uni und das zweite Mal vor ein paar Monaten, als ich Lena nach ihrer Herzoperation besuchte.

Ich schätze also, sie weiß über mich genauso Bescheid wie ich über sie: überwiegend aus zweiter Hand und weil wir ab und zu in Lenas sozialen Medien auftauchen. Ich frage mich, was genau sie über mich gehört hat, und beschließe, ihr die Frage, ob ich allein hier bin, zunächst einmal durchgehen zu lassen.

Doch nun schnalzt sie mit der Zunge und tätschelt mir mit einem Mitgefühl, um das sie niemand gebeten hat, den Arm.

»Helena erwähnte, dass du Probleme hast, jemanden kennenzulernen. Wie schade.«

Ein Muskel in meinem Gesicht zuckt, mein Lächeln wirkt angestrengt.

Ich habe Probleme, jemanden kennenzulernen? Hat meine Freundin das wirklich so gesagt, oder ist es etwas, das ihre Mutter aus dem Gespräch herausgehört hat? Nein, Lena wird sich bestimmt nicht so ausgedrückt haben, denn sie hört sich liebend gern Anekdoten über meine Dates an, die ich im Übrigen genauso gern erzähle.

»Im Gegensatz zu meiner Lena«, fährt Mrs. Shelton fort, mit diesem »Ich bin so eine stolze Mutter, aber wenn ich bescheiden genug lächle, können wir beide so tun, als würde ich nicht schrecklich angeben«-Lächeln.

»Meine Güte, sie hat so ein Glück mit Johnny, nicht wahr? Da lernen sich die beiden am ersten Tag an der Uni kennen, und jetzt sind sie verlobt! Einfach wunderbar, oder? Oh, ist das dein Geschenk?«

Ihr Blick fällt auf die Karte in meiner Hand, was mir kaum Zeit lässt, mich von meinem emotionalen Schleudertrauma zu erholen. Und weil Lenas Mutter so ist, wie sie ist, wirkt sie ein bisschen brüskiert darüber, dass ich nur eine Karte dabei habe und nicht etwa den Pizzaofen, der auf der Geschenkeliste stand.

(Jetzt mal ehrlich, eine *Geschenkeliste* für eine Verlobungsfeier! Macht man das heutzutage so? Ist das wirklich noch dieselbe Lena, die zu unseren einundzwanzigsten Geburtstagen zwei Esel adoptiert hat?)

Sie blinzelt, und dann, als sie mein Outfit sehr langsam und sehr kritisch unter die Lupe nimmt, wird ihr Gesichtsausdruck regelrecht verächtlich. Ich verlagere mein Gewicht von einem Fuß auf den anderen. Obwohl ich den Raum noch nicht einmal richtig betreten habe, weiß ich bereits, dass ich falschliege: Mein schwingender grüner Midirock und das weiße T-Shirt sind viel zu leger verglichen mit den Cocktailkleidern und Anzügen der anderen; ich trage mein dunkles, schulterlanges Haar heute auch eher natürlich und frage mich, ob das ebenfalls ein Fehler war. Vielleicht hätte ich mir die Mühe machen sollen, es einzudrehen oder elegant hochzustecken? Mrs. Sheltons Blick verweilt kurz auf der Schramme an der Spitze meiner Stiefelette, und ich räuspere mich, um ihre Aufmerksamkeit davon abzulenken. Ich sollte jetzt besser mein Geschenk überreichen und die Sache hinter mich bringen.

Beharrlich weiter lächelnd gebe ich ihr die kleine Karte, die sie auf den Geschenktisch legt, den sie zu bewachen scheint.

Gut, »bewachen« mag ein bisschen übertrieben sein, doch Mrs. Shelton erinnert mich tatsächlich an einen Drachen, der seine Beute abschirmt, nicht zuletzt wegen des grellen burgunderroten Zweiteilers in Krokodillederoptik, den sie trägt.

»Das ist ein Geschenkgutschein für eine Maniküre«, erläutere ich unwillkürlich. »Ich fand, das wäre eine gute Idee für die Hochzeit. Oder auch für vorher, damit sie ihren Verlobungsring richtig zur Geltung bringen kann.«

»Oh!« Plötzlich beginnt sie breit zu lächeln. »Donnerwetter, das ist wirklich sehr aufmerksam! Gut gemacht! Oh, einen Moment, Sophie, da kommen gerade Johnnys Großtante und Onkel, ich muss mal eben …«

Sie ist weg, noch bevor sie ihren Satz zu Ende gesprochen hat. Ich atme erleichtert auf und schnappe mir einen Mimosa von einem vorbeikommenden Tablett.

Es fällt mir nicht leicht, das Glas nicht auf einen Zug zu leeren.

Stattdessen nehme ich einen zurückhaltenden (aber doch großen) Schluck und lasse den Blick durch den Raum schweifen.

Was für ein Veranstaltungsort! Beim Eden View Plaza handelt es sich um eines dieser schicken Boutiquehotels im Stadtzentrum mit einem schönen Wintergarten. Es gibt geschmackvoll arrangierte Blumensträuße, ein paar Tische und Stühle und Kellner, die mit Tabletts voller Canapés und Getränken herumlaufen. Es sieht edel und schön aus. Der einzige (echte) Dämpfer für die Party ist die Tatsache, dass sie nicht draußen stattfinden kann, weil es gerade in Strömen regnet.

Die Veranstaltung ist größer, als ich erwartet habe. Ich war noch nicht auf vielen Verlobungspartys – drei, glaube ich?

Vielleicht auch zwei? – aber das hier wirkt schon ein bisschen überzogen. Eigentlich wirkt es sogar *sehr* überzogen. Als sich meine Stiefschwester Jessica letztes Jahr verlobt hat, haben wir einen Familienausflug in unser Lieblingsrestaurant gemacht. Und es gab *definitiv* keine Geschenkeliste zu diesem Anlass.

Vielleicht aber sind die beiden inzwischen ein Paar, das nun grundsätzlich überzogen lebt. Johnny hat Lena am Valentinstag zu einem spontanen Wochenendausflug eingeladen – und dabei hat Lena den Valentinstag bisher immer als Unsinn abgetan. Was sich wahrscheinlich ändert, wenn dein Freund ausgerechnet diesen Tag für den Heiratsantrag auswählt.

Wie es scheint, haben Lena und Johnny ihre Familien und zudem jede Menge Freunde zu der Verlobungsfeier eingeladen. Ich kenne ein paar Gesichter von ihren Instagram-Accounts und entdecke einige unserer gemeinsamen Freunde.

Und schließlich auch das glückliche Paar selbst.

Mit der freien Hand winkend, um die beiden auf mich aufmerksam zu machen, bevor jemand anderes es tut, bahne ich mir einen Weg zu ihnen.

»Lena!«, rufe ich.

Sie drehen sich um – genauso wie ein paar andere Leute –, und Lena grinst mich mit ihrer kleinen Zahnlücke an, hüpft auf die Zehenspitzen und wirft die Arme um mich, kaum dass ich dafür nahe genug bin.

»Ich bin so froh, dass du kommen konntest!«

Ich umarme auch Johnny und sage zu beiden: »Herzlichen Glückwunsch! Ich freue mich so sehr für euch. Und danke für die Einladung.«

Nun ist es ja nicht so, als hätte ich seit seinem Heiratsantrag vor einem Monat keinen Kontakt mit ihnen gehabt, und deswegen weiß ich nicht, was noch zu sagen wäre. Soll ich alles wiederholen, was ich bereits über WhatsApp und auf ihrer Instagram-Seite geschrieben habe?

Ich begnüge mich damit, nach Lenas Hand zu greifen und zu sagen: »Dann zeig mal her«, so wie ich es immer in Filmen sehe.

Sie kichert, lässt mich gewähren und dreht dann die Finger hin und her, um den funkelnden Diamanten an ihrer linken Hand besser zur Geltung zu bringen. Es ist wirklich ein wunderschöner Ring; Johnny kennt ihren Geschmack gut. Er strahlt so hell, dass die Fotos, die sie uns geschickt hat, dagegen vollkommen verblassen.

Johnny macht sich auf den Weg, um einige seiner Freunde zu begrüßen, während Lena mir alles über den Ring und das Valentinswochenende erzählt, vor allem, wie überrascht sie war, dann umarmt sie mich noch einmal ganz fest und sagt: »Oh, es ist *so* schön, dich zu sehen, Soph! Ich hoffe, du musstest nicht allzu früh aufstehen, um den Zug zu erreichen.«

»Ich wäre auch die ganze Nacht Zug gefahren, um rechtzeitig hier zu sein«, scherze ich, obwohl ich es eigentlich ernst meine. Seit wann ist es so schwierig und erfordert so viel Vorausplanung, sich mit seinen Freunden zu treffen? Wenn ich mich mit mehr als einer Freundin gleichzeitig verabreden will, brauchen wir ungelogen mindestens fünf Monate Vorlauf, um unsere Zeitpläne miteinander abzustimmen. Ich vermisse die spontanen Nachmittage unserer Studienzeit, an denen wir in den Geschäften herumgelungert haben, oder die Sommer, in denen es einfach hieß: »Hey, ich bin auf dem Weg zu dir! Lass uns was machen!«

Das sage ich Lena jetzt, und sie lacht.

»Vielleicht müssen wir uns alle öfter verloben, dann haben wir immer einen guten Grund, uns zu treffen!«

Obwohl ich mitlache, kribbelt etwas unangenehm über meine Haut und legt sich dann schwer auf meine Brust. Erst einen Moment später wird mir klar, was es ist: Panik; es ist die Erkenntnis, dass meine Freunde sich vielleicht nicht mehr die Mühe machen werden, mich zu besuchen, wenn es keinen guten Grund dafür gibt, wie zum Beispiel eine Verlobung – wonach es in nächster Zeit nicht aussieht.

Das spreche ich natürlich nicht laut aus, denn heute ist Lenas Tag, und ich werde sicher nicht diejenige sein, die alle anderen mit herunterziehen muss, nur weil sie keinen Freund hat.

Anscheinend spürt Lena, dass mit mir etwas nicht stimmt, denn sie wechselt schnell das Thema, packt mich am Arm und beugt sich schaudernd zu mir.

»Ich habe gesehen, wie meine Mutter dich belagert hat. Ich sage ihr immer wieder, dass sie nicht jeden verbal angreifen soll, der reinkommt, aber …« Sie verdreht die Augen. »Sie hat sich hoffentlich nicht über dein Outfit lustig gemacht, oder?«

Uff, *autsch*.

Aber ich weiß, dass Lena es nicht böse meint und dass ich auch in einem schäbigen alten Pyjama hätte erscheinen können, Hauptsache, ich bin hier, um mit ihr zu feiern, und deswegen lache ich und drücke ihre Hand. »Ehrlich, du brauchst dir keine Sorgen zu machen. Sie heißt nur die Leute auf der Feier willkommen. So kann sie wenigstens nichts Schlimmeres anstellen, stimmt's?«

»Hmm.« Sie schürzt die Lippen lange genug, um mir einen ganz und gar nicht überzeugten Blick zuzuwerfen, beginnt dann aber wieder zu lachen und zu strahlen. Und sie strahlt *wirklich*: Sie leuchtet und funkelt auch ohne den Diamantring an ihrem Finger. Sie ist so offensichtlich glücklich, so verliebt, so zufrieden mit ihrem Leben, dass man es unmöglich übersehen kann.

Das will ich auch.

Es ist dieses kleine, vertraute Aufflackern von Neid, das Gleiche, das ich spüre, wenn jemand über seine Beförderung oder einen fabelhaften, sonnigen Urlaub postet, während ich im Büro festsitze.

Ich will, was du hast. Ich möchte auch dieses Gefühl spüren, alles zu haben.

Es ist einfach so verdammt *erbärmlich*, Single zu sein. Wenn ich sehe, wie meine Freunde sesshaft werden, sich verloben, eine Hypothek aufnehmen, sogar darüber nachdenken, Kinder zu bekommen oder sich ein Haustier anzuschaffen … Ich freue mich natürlich für sie, *natürlich*, aber jedes Mal, wenn sie mir irgendwelche guten Neuigkeiten mitteilen, fühle ich mich ein bisschen mehr von ihnen entfremdet. Beiseitegeschoben, vergessen, etwas weniger wichtig in ihrem Leben.

Ich bin einsam. Ich weiß genau, warum niemand Single sein will.

Ich wünschte, ich hätte, was sie alle haben. Ich wünsche mir einen Freund – und es ist wirklich nicht so, dass ich mich nicht bemühe. Und ich wünschte, dass die Leute, wenn sie mich fragen, wie es um mein Liebesleben steht und ob ich schon einen Partner gefunden habe, nicht immer so mitleidig schauen würden.

Als ob ich nicht schon genug Mitleid mit mir selbst hätte.

Lena blickt durch den Raum zu Johnny, der sich gerade mit ein paar älteren Familienmitgliedern unterhält, und ich denke: *Und auch das will ich. Ich will dieses Gefühl, und ich will jemanden, mit dem ich es teilen kann.* Es spielt keine Rolle, dass er sie in diesem Moment nicht wahrnimmt, denn er gehört zu ihr, und sie weiß, dass er da ist, wenn sie ihn braucht, ihre Leben sind inzwischen dermaßen miteinander verwoben, dass sie einander genauso gut kennen wie sich selbst.

Ich hasse das Gefühl, neidisch auf meine Freunde zu sein. Das will ich nicht.

»Ich freue mich so sehr für dich, Lena«, sage ich und meine es ernst. Mit meinem Mimosa stoße ich zart gegen ihr Sektglas und trinke einen Schluck.

»Danke. Aber …«

Aber? Es gibt ein Aber! Gott sei Dank. Sieht so aus, als ob das Gras auf der anderen Seite doch nicht immer grüner ist und …

»Aber würde es dir etwas ausmachen, mich nicht mehr Lena

zu nennen? Es ist so, dass Johnnys Familie … sehr traditionell ist und Spitznamen nicht besonders mag.«

Fast hätte ich meinen Mimosa über sie gespuckt.

Doch in letzter Sekunde fange ich mich, schlage die Hand vor den Mund und versuche zu schlucken, huste dann jedoch so stark, dass mir etwas Mimosa übers Kinn läuft. Lena muss mir auf die Schulter klopfen, während alle Gäste mich anstarren, weil ich so eine Szene mache.

Sehr gut, Sophie. Du bist ein wahres Vorzeigemodell an Gelassenheit und Anmut.

Lena fördert ein paar Papierservietten zutage (so edel, dass ich zuerst denke, sie seien aus Stoff, aber wie sich herausstellt, sind sie lediglich zehnlagig und zum Wegwerfen), und tupft mein Kinn und meinen Hals ab, als wäre ich ein Kind. Irgendwie bringt mich das sehr in Verlegenheit, und das, obwohl ich ihr damals nach ihrer Operation beim Baden helfen musste, da Johnny eine Woche auf Geschäftsreise war und ihre Eltern Urlaub machten. Meine Wangen stehen in Flammen, als Dutzende Blicke sich in meine Haut brennen.

»Du hast hoffentlich nichts abgekriegt, oder?«

Lena schaut gar nicht auf ihr hübsches weißes Teekleid, um sich zu vergewissern, sondern winkt nur ab. Sie ruft einen Kellner herbei und tauscht die Servietten gegen ein Glas Wasser aus, das sie mir reicht. »Ist schon gut. Alles in Ordnung?«

»Ja, ja, es tut mir leid, du hast nur gerade … Ist das dein Ernst?«

»Was?«

»Dass ich dich nicht mehr ›Lena‹ nennen soll? Weil Johnnys Familie keine Spitznamen mag?«

Sie blinzelt mich aufgeschreckt an, zu überrascht, um überhaupt etwas zu sagen.

»Johnnys Familie«, wiederhole ich.

»Ja.«

»*Johnnys.*«

Sie schnaubt ein bisschen, auf ihrem Gesicht zeichnet sich eine Mischung aus Verlegenheit und Verärgerung ab, wobei ich nicht weiß, ob ich oder ihre künftigen Schwiegereltern das zu verantworten haben. »Es ist nur so, du weißt schon. Sie sind sehr ... etepetete.«

Ja, ich weiß. Johnny kommt aus gutem Hause. Als Johnny studierte, hat ihn die Idee eines Überziehungskredits völlig verdutzt, denn seine Eltern besitzen Immobilien. Und zwar mehrere. Darunter auch Ferienhäuser – wieder im Plural. Es gibt Gerüchte, dass eine von Johnnys Tanten Prinz William und Kate kennt. Johnny hat ein Familienwappen mit einem lateinischen Motto drauf.

Das ist allerdings nicht der Grund für meine Verwirrung.

»Johnny ist ein verdammter Spitzname, Lena.«

Sie hält inne. »Oh. Da hast du irgendwie recht.«

Das kann doch nicht ihr Ernst sein. Es kann doch nicht das erste Mal sein, dass ihr dieser Gedanke kommt.

Was aber offensichtlich der Fall ist, was wiederum bedeutet, dass ich es nicht hätte sagen sollen.

Wenn ich schon mal dabei bin, könnte ich eigentlich auch gleich noch darauf hinweisen, dass der Link, den sie für ihre Geschenkeliste erstellt haben, »HandJ« lautet, was für meinen Geschmack ein bisschen zu sehr nach »Handjob« klingt.

»Lena ist aber ein eher moderner Name, nehme ich an«, sagt sie, wobei ihr Ton etwas gereizt und defensiv klingt. »Und bei der Arbeit heiße ich Helena. Es ist ja nicht so, dass mich *alle* Lena nennen.«

»Oh ja. Ja, ich weiß.« *Shit, shit, shit.* Wo ist die Strg+Z-Taste für das echte Leben? »Nein, ich verstehe dich schon. Helena. Ich werde es mir merken.«

Helena lächelt mich an, aber es wirkt ein bisschen angestrengt, ein klares Zeichen dafür, dass es an der Zeit ist, mich zurückzuziehen, bevor ich sie und ihren Bräutigam versehentlich noch weiter beleidige. Ich umarme sie und gratuliere ihr noch einmal, denn auf diese Art sollte man ein Gespräch mit der künftigen Braut auf ihrer Verlobungsfeier beenden, und sie entschuldigt sich mit den Worten, dass gerade ihre Cousins gekommen wären und sie mit ihnen sprechen müsse, was mir nur recht ist.

Ich kann mich gar nicht schnell genug aus dem Staub machen.

2. KAPITEL

Die *Ehrenwerte Lady Helena* mag den Mimosa-Zwischenfall unbeschadet überstanden haben, aber ich nicht, wie ich auf der Damentoilette schnell bemerke. Mein Oberteil ist mit Orangensaft besudelt, und mein Gesicht, mein Hals und meine Hände sind klebrig. An dem Ärmel der Hand, mit der ich mir den Mund zugehalten habe, ist ein großer nasser Fleck zu sehen.

Ich verbringe eine Weile auf der Toilette damit, den Ärmel mit Wasser und Seife abzuschrubben und ihn dann unter den Händetrockner zu halten. Wenigstens habe ich einen guten Grund, mich für eine Weile zu verstecken.

Leider ist es so: Wenn meine Freunde in ihrem Leben all diese konventionellen Meilensteine erreichen, befürchte ich immer, das Falsche zu sagen. Ich habe schon jetzt Angst vor der ersten Freundin, die ein Baby bekommt, weil ich niemanden mit Kindern kenne und somit nicht weiß, was momentan »angesagt« ist. Ich weiß nicht, wie viel ich auf Hochzeiten trinken – oder nicht trinken – soll, und ob ich mich unter die Leute mischen oder mich an die halten soll, die ich kenne. Wenn jemand ein Haus kauft, schenkt man ihm dann Tassen und Kerzen – oder eben nicht, weil das alle machen, andererseits: Kann man jemals zu viele Tassen oder Kerzen besitzen? Und sollte man fragen, ob man das Haus besichtigen darf, oder ist das unhöflich? Ist nicht zu fragen womöglich noch unhöflicher, weil man völlig desinteressiert wirkt?

Ich habe auf die harte Tour gelernt, dass man niemals etwas Negatives über die Lebensgefährten seiner Freunde äußern darf. Zumindest nicht direkt. Magda beispielsweise, einer Arbeitskollegin in meinem ersten Job nach der Uni, wollte ich den Rücken stärken, als sie eine schwere Zeit mit ihrem Freund durchlebte, also schimpfte ich über ihn, doch dann kamen die beiden wieder zusammen, woraufhin sie fand, sie könne nicht mehr mit mir reden, weil ich so eine schlechte Meinung von ihm hätte, und das war das Ende unserer Freundschaft.

Ich mag Johnny, nur um das mal festzuhalten.

Aber bitte, es ist *ihr* Name! Wenn sie Lena heißen will, was kümmert es seine Familie? Und wenn die sich schon in so einfache Dinge einmischt, wie sieht es dann mit dem Rest ihres Lebens aus? Was hält eigentlich Johnny davon – lässt er sich von seiner Familie auf der Nase herumtanzen? Unterstützt er Lena in dem, was ihr wichtig ist? Denn das sollte er verdammt noch mal tun. Ob sie sich ihrer Sache wirklich sicher ist?

Nur kann man so etwas natürlich nicht sagen, nicht einmal einer seiner besten Freundinnen, und schon gar nicht auf deren Verlobungsfeier.

Andererseits geht es nur um einen Namen, und wenn es sie nicht stört, warum sollte es mich dann stören? Wer bin ich, dass ich hier Volksreden halte, obwohl man mich nicht einmal nach meiner Meinung gefragt hat?

Um mich abzulenken (und weil ich jemandem schreiben will, der nicht hier ist, damit ich meiner Empörung Luft machen kann), hole ich mein Handy hervor. Ablenkung wird mir genug geboten, ich habe einige Benachrichtigungen aufzuholen.

So wie es aussieht, explodiert gerade der Familien-Gruppen-Chat. Meine Stiefschwester Jessica war heute mit ihrer großen Schwester Nadine beim Blumenhändler, und da ihre Mutter – meine Ex-Stiefmutter Camilla – nicht dabei sein konnte, haben sie den Chat mit Fotos und Kommentaren geflutet. Dad hat sich auch ein paarmal zu Wort gemeldet, wobei er praktisch alles mit »Das ist hübsch« kommentiert hat. Leise schnaubend stelle ich mir vor, wie aufgeregt Jessica sein muss. Sie nimmt die Hochzeitsplanung sehr ernst. Ich glaube, so ernst habe ich sie seit dem Tag der Abiturprüfungen nicht mehr gesehen oder seit dem Morgen, an dem sie versucht hat, Karten für die Tour der Jonas Brothers zu bekommen.

Es sind so viele Nachrichten, dass ich sie nur überfliege. Mir fällt eine von Camilla auf, in der es um die Anprobe der Brautjungfernkleider am nächsten Wochenende geht, falls das für uns alle passe.

Und Nadine antwortete, dass sie dort anrufen wird, um den Termin zu vereinbaren, denn ich hätte ja auf jeden Fall Zeit.

Verärgert starre ich auf die Nachricht.

Ich meine, ich habe *tatsächlich* Zeit. Aber es kommt mir ein bisschen absurd vor, dass sie einfach davon ausgehen. Liegt es daran, dass ich keinen Freund habe, mit dem ich Pläne machen könnte? Schon gar keine Hochzeitspläne?

Ich könnte durchaus etwas vorhaben.

Doch dann gebe ich mich seufzend geschlagen. Wie es aussieht, habe ich ab sofort definitiv etwas vor.

Da ist auch eine Nachricht von Duncan, meinem besten Freund bei der Lokalzeitung, für die ich arbeite. Er ist ebenfalls bedauernswerter Dauersingle. Er hat mir einen Screenshot mit einigen begeisterten Kommentaren zu meinem anonymen (und zugegebenermaßen etwas bissigen) Valentinstagartikel geschickt, zusammen mit einer »Ich hab's dir doch gesagt«-Nachricht, und er gratuliert mir noch einmal dazu, dass ich ab sofort eine regelmäßige monatliche Kolumne auf der Website der Zeitung schreibe. Ich verdrehe die Augen, kann mir aber ein Lächeln nicht verkneifen. Meine Angst, der Artikel könnte floppen, war so groß, dass ich niemandem außerhalb der Arbeit davon erzählt habe.

Jetzt befürchte ich allerdings, in der Kolumne ein bisschen *zu* ehrlich gewesen zu sein. Wenn meine Freunde und meine Familie davon erführen, müsste ich künftig vorsichtiger sein, doch genau das will mein Redakteur nicht. Ich habe bisher erst eine Kolumne veröffentlicht; ich kann es mir nicht leisten, schon an der ersten Hürde zu scheitern.

Ich bleibe lange genug auf der Toilette, um herauszufinden, dass keine noch so edle Hotelseife mein Outfit wieder in Ordnung bringen kann. Ich rieche lediglich sehr stark nach Pfingstrosen.

Als ich herauskomme, ist die Feier in vollem Gange. Lenas Mutter hat ihren Posten am inzwischen vollen Gabentisch verlassen, die Getränke fließen etwas schneller, und Johnnys Vater bittet um Ruhe, um einen Toast anzubringen. Sogar der Regen, der vorhin auf das Glasdach donnerte, hat ein wenig nachgelassen.

Da nun die Reden beginnen, ist nicht der richtige Moment, um nach meinen Freunden Ausschau zu halten. Alle versammeln sich in der Mitte des Wintergartens, um besser hören zu können, weshalb ich mir jetzt schlecht einen Weg durch die Gäste bahnen kann. Ich werde sie später suchen. Sie werden hier irgendwo sein.

Ich bleibe weiter hinten stehen und zappele unbeholfen herum. Ich muss den Hals recken, um Mr. Richards zu sehen, doch seine Stimme trägt weit genug, als er erzählt, wie sehr sich alle freuen, dass »Helena« nun zur Familie gehört, obwohl sie natürlich nach sieben Jahren Beziehung mit Johnny – ha-ha! – längst ein Mitglied der Familie ist. Und als Johnny vor ein paar Monaten zu ihm kam, um ihn um Rat wegen des Heiratsantrags zu fragen …

Da höre ich ein Räuspern neben meinem Ohr.

Ich schrecke zusammen und streife jemanden mit der rechten Schulter und meinem Arm. Gerade will ich dem Verwandten, mit dem ich zusammengestoßen bin, eine hastige Entschuldigung zuflüstern, da wird mir ein Glas Champagner in die Hand gedrückt, und ein braunhaariger Mann in einem grauen Anzug steht ganz dicht neben mir.

»Du wirkst ein bisschen verloren. Vielleicht bist du ja auf der falschen Feier, und falls das stimmt, ist es zu spät, um zu verschwinden – und diese Reden kann man ohne das hier nicht überstehen«, murmelt er und gestikuliert mit seinem eigenen Drink.

»Danke.«

Ich zerbreche mir den Kopf, wer er sein könnte. Er scheint ungefähr in meinem Alter zu sein, gehört aber definitiv nicht zu unserem Unifreundeskreis. Kennt Johnny ihn von der Arbeit? Oder ist er ein Cousin? Ich muss sein Gesicht ein- oder zweimal auf Instagram gesehen haben, kann ihn aber beim besten Willen nicht einordnen.

»Braut oder Bräutigam?«, flüstere ich ihm zu.

»Braut. Ich bin ein Freund von Hel. Ein Schulfreund. Entschuldigung, ich meinte …«

»*Helena*«, rufen wir gleichzeitig, so laut, dass uns ein älteres Ehepaar anschaut. Ich unterdrücke ein Kichern, und der Typ verdreht die Augen, weil er offensichtlich über den ganzen Unsinn mit dem Spitznamen genauso denkt wie ich.

Endlich jemand Vernünftiges auf dieser Party.

»Was ist mit dir?«

»Braut«, sage ich. »Wir haben während der Unizeit zusammengewohnt.«

»Ah! Ja, ich glaube, ich habe dich auf ihrem Facebook-Account und so gesehen. Du heißt, äh …?«

»Sophie.«

»Sophie. Ja, genau.«

Er lächelt mich an, und mein Magen vollführt diese seltsamen Umdrehungen, die immer Ärger bedeuten. Er trägt einen offensichtlich *sehr* teuren Anzug und wirkt, als hätte er zu viel Zeit mit seinen Haaren verbracht, aber er ist ziemlich attraktiv. Ein bisschen kleiner als ich mit meinen hohen Absätzen. Der Anzug muss maßgeschneidert sein, denn er bringt einen durchtrainierten Körper zur Geltung, der bestimmt viel Zeit im Fitnessstudio verbracht hat. Außerdem hat er dieses seltsame Halb-Lächeln, bei dem ein Mundwinkel nach oben gezogen ist und sich kleine Fältchen um seine Augen bilden, wobei er zugleich ein bisschen unnahbar und sehr lässig wirkt, und verdammt, es *funktioniert*.

»Mitch«, stellt er sich leise vor.

Die Menge vor uns beginnt über eine Anekdote zu lachen, die Johnnys Vater gerade erzählt hat.

Doch bei allem Respekt für Mr. Richards – bestimmt ist es eine tolle Rede – ist meine ganze Aufmerksamkeit momentan auf sexy Mitch und unser Flüstergespräch gerichtet.

Johnnys Vater beendet seine Rede, es wird geklatscht, und Mitch und ich rufen wie alle anderen: »Auf Johnny und Helena!«, nur um, als Lenas Vater mit seiner Rede beginnt, sofort wieder unser Gespräch aufzunehmen.

»Gott, das wird noch ewig so weitergehen, oder?«, flüstert Mitch, so nah, dass seine Lippen mein Ohr berühren. Ich erschaudere. Ein gewagter Schachzug, aber hey, ich will mich nicht beschweren. »Ihre Schwester hat auch eine vorbereitet.«

»Verdammter Mist«, sage ich, obwohl ich mich eigentlich darauf freue, wenn auch vor allem deshalb, weil sie Lena bestimmt ein bisschen in Verlegenheit bringen und es etwas zum Lachen geben wird.

Wir schweigen einen Moment lang, bis Mitch beiläufig murmelt: »Willst du schnell auf die Toilette gehen und vögeln?«

Traumprinz, endlich habe ich dich gefunden.

3. KAPITEL

Und dann tauchte er in meinen LinkedIn-DMs auf

Eine Alternative zu Dating-Apps
von unserer Dating- und Beziehungskolumnistin

Lenas Verlobungsparty gestaltet sich nach einem leichten Mittagessen dann doch noch etwas lockerer und lustiger, es wird eine ausgewogene Mischung aus Popmusik und Ohrwürmern aus den Achtzigern gespielt, alle wippen mit dem Kopf, und die meisten tanzen.

Mitch musste noch vor dem Mittagessen gehen, was ich nicht bedauerte.

Mal im Ernst. Wer schlägt denn einen Quickie auf der Toilette vor?

Wenn das nicht eine tolle Geschichte für meine nächste Kolumne wäre, würde ich mich noch weitaus mehr ärgern. Doch so setze ich mich an einen der Tische und tippe Notizen in mein Handy, nur halbherzig einem Gespräch mit ein paar Leuten von der Uni lauschend.

Die Musik wechselt zu einem anderen Popsong, ein paar Frauen beginnen vor Lachen zu kreischen.

Ich bemerke zuerst nicht, um welches Lied es sich handelt.

Erst als Lena mit geröteten Wangen und leuchtenden Augen herbeieilt und ruft: »Sophie! Soph, komm schon!«, erkenne ich den Song.

Es ist Beyoncé.

Lena greift mit ihren verschwitzten Händen nach meinen, legt mein Handy auf den Tisch und zieht mich auf die Beine. »Komm schon! Das ist dein Lied!«

Ja, richtig geraten, es handelt sich um »Single Ladies«! Hundert Punkte!

Scheiße.

Es ist mir egal, ob das hier ihre Verlobungsfeier ist. Selbst wenn sie gerade zur Königin gekrönt worden wäre, müsste ich ihr nicht gehorchen.

Aber Himmel, ich habe vergessen, wie verdammt stark sie ist.

Lena ignoriert meine verzweifelten, leisen Proteste und die Tatsache, dass ich meine Fersen in den Boden ramme. Meine andere beste Freundin Tally, die ich in dem ganzen Feierwahnsinn bisher kaum gesehen habe, ist plötzlich auch da – aber nicht, um mich zu retten, sondern um mich um die Taille zu fassen und auf die Tanzfläche zu schieben, sie und Lena lachen, ohne meine Panik zu bemerken.

Ein paar Meter vor mir hat sich ein Kreis gebildet, in dem sieben oder acht andere Frauen tanzen. Einige wirken verlegen, setzen aber ein tapferes Lächeln auf, als wollten sie sagen: *»Ha-ha! Tolle Sache! Ich bin voll dabei! Das macht ja so viel Spaß!«* Auch Lenas Urgroßmutter befindet sich auf der Tanzfläche, sie fuchtelt mit ihrem Gehstock in der Luft herum, als ob es kein Morgen gäbe, und amüsiert sich prächtig. Zwei Mädchen, die wie dreizehn aussehen, tragen einerseits einen unwilligen Gesichtsausdruck zur Schau, geben jedoch andererseits total an, indem sie einen superkoordinierten Tanz aufführen, den sie wahrscheinlich auf TikTok gelernt haben.

Ich dürfte mich nicht so überrumpelt fühlen.

Ich *wusste* doch, dass das irgendwann passieren würde.

Jeder liebt den Song »Single Ladies«, und es wäre gar keine Party, wenn nicht irgendetwas von Beyoncé gespielt würde. Außerdem habe ich oft davon gehört, dass genau das auf Hochzeiten und Ähnlichem eben passiert, aber …

Ich hätte niemals gedacht, dass meine Freundinnen mir das antun würden.

Tun sie aber.

Sie schieben mich nach vorne in diesen von mir neu entdeckten Höllenkreis, damit ich als eine der wenigen alleinstehenden Frauen auf der Hochzeit ebenfalls tanzen kann, während die anderen um uns herumstehen. Alle singen und strecken beim Refrain die Hände in die Luft, klatschen und jubeln.

Eine von Lenas Cousinen tanzt neben mir. Sie ist weder eine gute Tänzerin, noch ist sie enthusiastisch, aber sie wippt mit den Hüften, wirft ihr Haar hin und her und schaut mit zurückgelegtem Kopf ziemlich schmollend drein. Da einer von Johnnys Kumpeln sie aufmerksam beobachtet, kriegt sie es offenbar gut hin, sexy zu wirken.

Ich schiebe mich tanzend zu Lenas Urgroßmutter, um mit ihr ein paar Moves, die ich auf TikTok gelernt habe, auszuprobieren, und auch ein paar alte Lieblingsschritte aus meiner Zeit an der Uni anzuwenden – wahrscheinlich mache ich mich lächerlich, doch wenigstens mit Selbstbewusstsein. Granny lächelt mich an und versucht, mir nachzueifern, dann kommen die Teenager zu uns, um uns ein paar Armwackelbewegungen beizubringen, und ehe ich mich versehe, ist der DJ zu »Macarena« übergegangen. Jetzt ist die Tanzfläche voller Leute, die die Arme in die Luft strecken und neunzig Grad nach rechts springen. Der Albtraum ist vorbei.

Ich gebe Granny ein High-Five und überlasse es ihr, mit den Teenagern einen neuen Tanz zu lernen, dann stürme ich los, um meine Freundinnen, die gerade mit Begeisterung Macarena tanzen, an den Armen zu packen. Sie strahlen mich beide an, lachen und hören nicht auf zu tanzen.

»Genial!«, schreit Tally. »OMG, ich liebe es.«

»So lustig«, behauptet auch Lena.

Ich starre sie mit dem unbarmherzigsten, tödlichsten Blick an, den ich zustande bringe, und fasse sie an den Schultern: »Wenn du auf deiner Hochzeit ›Single Ladies‹ spielst, bringe ich dich mit bloßen Händen um.«

Als ich von der Feier nach Hause komme, noch immer perplex über die Anmache während der Reden und die Tatsache, dass mein Singlestatus derart zur Schau gestellt wurde, muss ich meinen Freunden im Gruppenchat tatsächlich auch noch versichern, dass ich nicht mit einem von Lenas alten Schulfreunden auf der Toilette Sex hatte, dass diese Behauptung einfach nicht stimmt.

Ja, ich bin mir sicher.

Nun, es ist ja wohl nicht meine Schuld, wenn mich niemand während der Reden gesehen hat, ich war da.

Lena jedenfalls findet es witzig. Sie weiß natürlich, dass es nicht stimmt und dass dieser zufällig von jemandem belauschte Teil unseres Gesprächs völlig aufgeblasen wird, schreibt aber, dass sie es mir nicht übelnehmen könnte, wenn es so wäre.

Dein Singleleben muss ab sofort einfach doppelt aufregend sein, damit wir das alles indirekt durch dich miterleben können, haha!

Ja, haha – sehr komisch!

Wenn du das Bedürfnis hast, durch mich indirekt etwas zu erleben, solltest du vielleicht nicht heiraten, Lena. Wie wäre das?

Stattdessen antworte ich im Gruppenchat mit einem Foto, das zeigt, wie ich meinen Sonntagabend verbringe, jetzt, wo ich wieder zu Hause bin: in einem verblichenen Fleece-Pyjama und mit flauschigen Socken, zusammengerollt auf dem Sofa, um alte Folgen von *Call the Midwife* zu sehen – eine der besten Serien der Welt.

Heißt das, du willst miterleben, wie überlangweilig es ist, scherze ich im Chat, weil es zu anstrengend wäre, einen Streit anzuzetteln. Doch als ich meine Nachricht noch einmal lese, zucke ich zusammen, weil sie doch etwas streitsüchtig klingt.

Ich sage mir, dass ich nicht böse auf Lena bin, es ist nur … Es ist schwierig. Alles wird sich ändern, wenn sie heiratet, das ist unvermeidlich, sie wird anfangen, über eine Familie nachzudenken, und das ändert ebenfalls alles, und ich vermisse es einfach, wie leicht und mühelos unsere Freundschaft früher war. Ich bin nicht sauer, weil sie verlobt ist; ich bin sauer, weil wir erwachsen werden müssen. Uns *auseinanderentwickeln.*

Ja, so würde eine reife Erwachsene es ausdrücken.

Ehrlich gesagt glaube ich nicht, dass es stimmt, ich würde es mir aber gerne einreden.

Das Sahnehäubchen obendrauf ist dann folgende Benachrichtigung: Mitch hat mich … auf LinkedIn hinzugefügt.

Wie bitte?

Hat er mich gerade ernsthaft auf einer professionellen Networking-Plattform zu seinen Kontakten hinzugefügt, als hätte ich ihm nicht vor wenigen Stunden (ganz leise und gefasst) gedroht, meinen Drink über seine Wildlederschuhe zu schütten, wenn er sich nicht verdammt noch mal verzieht, damit ich mir in Ruhe die Rede von Lenas Schwester anhören kann?

Was für ein Blödmann.

Während sich auf dem Bildschirm die vertraute Dramatik einer *Call-the-Midwife*-Folge entwickelt, wechsle ich zwischen den Apps auf meinem Handy hin und her. Twitter, Instagram, zurück zu Twitter, keine neuen Nachrichten von irgendjemandem auf WhatsApp oder Messenger …

Dieses Hin-und-her-Switchen zwischen Apps, das gedankenlose Herumscrollen funktioniert ganz automatisch, es ist praktisch meine zweite Natur. Genauso automatisch füge ich meine Lieblings-Dating-App zu dem Mix hinzu, Hookd. Ich klicke auf das Symbol mit der roten Angelrute, an deren Ende sich ein Herz befindet, und die App explodiert auf meinem Bildschirm zum Leben.

Ich frage mich, ob mein neues – und hoffentlich verbessertes – Profil mir weitere Matches eingebracht hat. Nach meiner letzten Trennung kurz vor Weihnachten habe ich eine Zeit lang keine Dating-Apps mehr benutzt, doch vor ein paar Wochen haben Tally und ich beschlossen, mein Profil ein wenig zu überarbeiten: Fotos auszutauschen, einen neuen Lebenslauf zu schreiben, ein paar andere Anforderungen einzustellen.

Neuer Mann, neues Ich und das alles.

Nicht, dass die Trennung besonders schmerzhaft gewesen wäre. Wir trafen uns erst seit ein paar Wochen und befanden uns noch in der »Kennenlernphase«. Trotzdem ist es nicht gerade angenehm, ausgerechnet an Heiligabend sitzen gelassen zu werden, wenn man sich eigentlich verabredet hatte, um Geschenke auszutauschen.

Trotzdem – und trotz Mitchs ach so ritterlichem Angebot eines Quickies auf dem Klo – bin ich wieder dabei, was Verabredungen betrifft.

Wobei ich mir nicht sicher bin, ob ich jemals ganz weg davon war.

Hi, mein Name ist Sophie, und ich bin seit … ewigen Zeiten Single.

Einsatz des griechischen Chors: »*Hi, Sophie …*« Denn seien wir ehrlich, mein Liebesleben muss für jeden wie eine Tragödie wirken.

Im Grunde genommen bin ich schon immer Single, von dem »Freund« abgesehen, den ich mit dreizehn hatte. Das Ausmaß unserer Beziehung bestand darin, auf einem Ausflug mit all unseren Freunden im Kino Händchen zu halten. Tja, und alles, was danach kam, war nie … nun ja, ernst.

Zum Teil ist das sicher meine eigene Schuld.

Zum anderen Teil jedoch nicht. Die Typen, die einen neun Wochen lang an der Nase herumführen und dann sagen: »Wir treffen uns ja nur. Wir sind kein *Paar*, stimmt's?« oder, mein persönlicher Favorit, »Ich bin noch nicht bereit für eine feste Bindung«, um im nächsten Moment auf Facebook zu verkünden, dass sie ein Kind mit der Ex bekommen oder so was.

(Was *ein einziges Mal* passiert ist. Was jedoch einmal zu viel ist, richtig?)

Es handelt sich natürlich um eine lustige Geschichte, die ich meinen Freunden erzählen kann. So viele von ihnen stecken in festen Beziehungen und genießen meine Dating-Anekdoten – oder zumindest behaupten sie das, wie Lena vorhin – aber ganz ehrlich?

Es ist anstrengend.

Warum kann es für mich nicht auch so einfach sein wie für die anderen? Jemanden kennenlernen, eine Beziehung beginnen, eine Beziehung *weiterführen* und dann eines Tages heiraten. So, wie es alle meine Freundinnen machen.

Manchmal – oder, gut, eigentlich *ständig* – wünsche ich mir, wie sie zu sein. Zu haben, was sie haben. Nicht nur jemanden, dem ich einen Guten-Morgen-Kuss geben oder mit dem ich mich verabreden kann, sondern *ihn*. Der zu mir gehört und zu dem ich gehöre, mit dem ich ein »wir« bilde, mit dem es … schön und angenehm und bequem ist, und zwar für den Rest unseres Lebens.

Ich wünschte, ich hätte auch jemanden, mit dem zusammen ich eine Zukunft aufbauen kann. Stattdessen sehe ich mich ständig mit der Angst konfrontiert, eine Versagerin zu sein, weil ich allein bin. Ich kann keine großen Partys schmeißen, zu denen alle meine Freunde erscheinen müssen, ich werde kein Haus kaufen und ein Heim daraus machen können, und … Und ich werde nicht einmal jemanden haben, mit dem ich mir am Freitagabend eine Flasche Wein teilen kann!

Ich wünschte, ich würde mich nicht immer so einsam und verlassen fühlen.

Ich fange mich jetzt allerdings schnell wieder, denn dieser Gedankenspirale will ich nicht nachgeben, nicht heute. Es ist Sonntagabend, Himmel noch mal. Ich muss morgen arbeiten. Jetzt ist nicht der Moment für Selbstmitleid und diese Warum-kriege-ich-keinen-Freund-ab-Existenzkrise.

Mein Handy-Display leuchtet auf, als wüsste es, dass ich dringend Ablenkung brauche.

Du hast ein neues Match!

Diese winzige Fünf-Worte-Nachricht auf meinem Display löst einen kleinen Schauder in mir aus, den ich wie immer sehr genieße. Und zwar egal, ob mir der Typ gefällt oder ob ich ihn gleich wegwische, entweder aus Langeweile und/oder im betrunkenen Zustand – es geht um dieses rauschhafte Gefühl, dass ich jemandem gefalle. *Da hält mich einer für attraktiv! Ich bin für würdig befunden worden!*

Wie oberflächlich, ich weiß.

Ich öffne die App wieder, um einen Blick auf die gematchte Person zu werfen. Sein Name ist Joseph. Er hat drei Schwestern und reist gern. Auf seinem ersten Foto steht er braun gebrannt auf einem Felsen in der Nähe eines exotischen Wasserfalls und trägt Badeshorts mit Regenbogenmuster. Dann ist da ein Gruppenfoto mit Freunden vor einer Kneipe bei einem Junggesellenabschied und ein Foto mit seinen Schwestern – wie ich vermute – auf einer Hochzeit.

Er gibt in seinem Profil nur sehr wenig über sich preis, sodass ich nicht viele Anhaltspunkte habe, aber er sieht nett aus, und ich fühle mich geschmeichelt, also schreibe ich ihm eine Nachricht.

Joseph und seine Farbfilm-Badeshorts, wie geht's euch?

Die Antwort kommt fast augenblicklich, was mir einen weiteren Dopaminschub beschert.

Haha, das ist witzig! Mir geht's gut, danke. Wie steht es bei dir?

Ich habe es mir vor dem Fernseher gemütlich gemacht, also ziemlich gut.

Was schaust du?

Call the Midwife. (Bitte keine Vorurteile, ich schwöre, ich habe mein Profil nicht fingiert, ich bin keine Frau mittleren Alters mit acht Katzen oder so.)

Haha, klingt gut.

Hmm.

Vielleicht ist er nicht der gesprächige Typ, oder vielleicht ist er einfach ein bisschen schüchtern, und es dauert etwas, bis er aus sich herausgeht.

Egal. Er sieht süß und nett aus, und er hat mich geliked, also bin ich willens abzuwarten, wie es weitergeht.

Einen Großteil der nächsten Stunde verbringe ich damit, Joseph Nachrichten zu schicken, ihm mehr über seinen Job zu entlocken (technischer Ingenieur bei einer Firma, von der ich noch nie gehört habe), über seine Hobbys (Gewichtheben, Reisen, Horrorfilme), und jedes Mal schreibe ich meine eigenen Nachrichten im Kopf noch einmal um, bevor ich sie tippe, um mich seinen kurzen Sätzen anzupassen, damit unser Gespräch ausgeglichen wirkt.

Ich will ja keine Langweilerin sein, werde mich jetzt aber schlafen legen. War ziemlich viel los heute! Aber es war toll, mit dir zu chatten. 😊

Jetzt kommt der Moment der Wahrheit. Drei kleine Punkte erscheinen und verschwinden, tauchen wieder auf und verschwinden wieder, während er sorgfältig seine Antwort eintippt. Ich beobachte sie mit einem mulmigen Gefühl in der Brust und einem flauen Gefühl im Magen und wappne mich …

Sprechen wir morgen? Xx

Und er gibt mir seine Telefonnummer.

4. KAPITEL

»Was ist aus dem Typen geworden, mit dem du Kontakt hattest?«, fragt mich Tally eine Woche später, während sie bei *Costa* die Tafel studiert, als ob wir beide nicht wüssten, dass sie wie immer, wenn keine saisonalen Getränke im Angebot sind, einen mittelgroßen Karamell-Mokka nehmen wird. (Im Hochsommer ist es ein dünner Karamell-Frappé. Sie mag Veränderungen.)

Ich schaue von meinem Handy auf. »Regenbogen-Joe? Wir gehen heute Abend wieder etwas trinken.«

»Hm? Ach nein, dieser, ähm … Wie heißt der noch mal? Du weißt schon, wen ich meine. Charlie Weasley.«

»Charlie Weasley« – nicht die fiktive Figur, die in Rumänien Drachen erforscht, sondern der rothaarige Dreißigjährige, der im Zoo arbeitet und eine Echse als Haustier hat. Sein richtiger Name ist Daniel. Wir hatten ein Match, kurz nachdem ich mein Profil aktualisiert hatte, und ich habe ihn einmal zum Abendessen getroffen, vor etwa zwei Wochen.

Ich schüttle den Kopf. »Im Sande verlaufen.«

Tally wendet sich von der Tafel hinter dem Tresen ab, der Blick in ihren dunkelgrünen Augen wirkt ein bisschen zu mitleidig. »Hat er dich geghostet?«

Wenn sie nicht meine beste Freundin wäre, würde ich versuchen, *nicht* die Augen zu verdrehen. So aber verdrehe ich die Augen und schnaube zur Sicherheit auch noch ein wenig. »*Nein*. Es ist nur, du weißt schon, im Sande verlaufen. Gegenseitig.«

»Aber ich dachte, du magst ihn!«

»Ich – nun ja, das stimmt zwar, aber …«

Aber, ja, er hat mich geghostet. Schön, Tally hat gewonnen. Das zuzugeben, schmerzt, und ich finde es schrecklich, dass ich wieder einmal jedes Wort, jede meiner Handlungen infrage stelle. Was habe ich so Schlimmes getan? Warum kann er mir nicht wenigstens mitteilen, dass er nicht interessiert ist?

Tally verzieht das Gesicht noch etwas teilnahmsvoller. Ich hasse es, wenn sie Mitleid mit meinem Singledasein hat, genauso, wie ich es hasse, geghostet zu werden, also rede ich weiter. »Ich bin nicht, wonach er sucht. Er war sehr zurückhaltend und introvertiert, und wir hatten auch nicht denselben Sinn für Humor. Aber das ist okay. Es war einen Versuch wert.«

»Sein Pech«, sagt sie entschieden, und der mitleidige Gesichtsausdruck verschwindet. »Und was ist mit Regenbogen-Joe? Tut mir leid, ich verspreche, dass ich deine Nachrichten lese, es ist nur …«

Um fair zu sein, es ist nicht Tallys Schuld. Sie steckt mitten in einem riesigen Projekt, das kurz vor dem Abgabetermin steht, *und* ihre Firma hat gerade Massenentlassungen angekündigt. Außerdem will sie mit ihrem Freund Sam eine Wohnung kaufen, sie hat also eine Menge um die Ohren. Es war ihre Idee, sich vor der Arbeit auf halbem Weg zwischen unseren beiden Büros auf einen Kaffee zu treffen, damit wir uns einmal wieder richtig unterhalten können. Bei Lenas Verlobungsfeier ergab sich keine Gelegenheit, viel Zeit miteinander zu verbringen.

Nachdem wir bestellt haben, erzähle ich ihr von Regenbogen-Joe – Joseph mit der Regenbogen-Badehose. Seine Nachrichten sind sehr kurz, und er schickt nie zwei hintereinander, was unseren Austausch etwas steif macht, und das wiederum hat zur Folge, dass ich nicht wie sonst immer kleine Aufsätze schicke, um ihn nach seinem Leben zu fragen oder etwas über mich zu erzählen.

Aber ich glaube nicht, dass er *absichtlich* schroff ist.

Tally nickt weise. »Er ist eben einfach nur ein Kerl. Ja, ich verstehe dich.«

Ich erzähle ihr, wie viel besser die Unterhaltung verlief, als wir uns letzten Donnerstagabend, nachdem wir schon ein paar Tage miteinander gechattet hatten, auf einen Drink trafen; wie er mir Fragen stellte und dabei aufrichtig interessiert schien – er wollte sogar einige meiner Fotografien sehen, als ich erwähnte, dass das ein Hobby von mir ist; dass er einen trockenen Sinn für Humor hat und mich am Ende des Abends auf die Wange küsste, bevor ich in einem Uber nach Hause fuhr.

Tally verzieht das Gesicht. »Oh.«

»Was?«

»Nur ein Kuss auf die Wange?«

»Er ist erst seit Kurzem getrennt. Ich glaube, er will die Dinge etwas langsamer angehen. Das war jedenfalls mein Gefühl.«

»Und wie kurz ist seit Kurzem?«

»Seit etwa drei Monaten.«

Sie verzieht das Gesicht erneut und macht ein skeptisches Geräusch, lächelt mich aber schnell wieder an. »Wie gut, dass du ihn heute Abend wiedersiehst! Geht ihr essen?«

»Nein, nur wieder etwas trinken. Ganz zwanglos, denke ich. Und dann wieder nach Hause, weil ich morgen arbeiten muss.«

Sie gibt wieder dieses »Hnnnng«-Geräusch von sich, bevor sie sich beherrschen kann.

»Was?«

»Nichts.«

»Was?«

Seufzend fummelt sie an ihrer Serviette herum. »Das kommt mir einfach ein bisschen … unverbindlich vor. Ich weiß auch nicht. Was wäre so schlimm daran, auch mal essen zu gehen? Warum müssen es schon wieder Drinks sein?«

»Du machst dir zu viele Gedanken«, sage ich, obwohl ich mich genau dasselbe frage, was ich aber nicht will, denn wenn ich die ganze Sache zu sehr analysiere, ruiniere ich womöglich schon alles, bevor ich Joseph überhaupt eine echte Chance gegeben habe.

Was trinken zu gehen, ist nett, zwanglos. Zu zwanglos? Zumal unter der Woche, da können es ja höchstens zwei, drei Drinks werden, und danach geht jeder zu sich nach Hause. *Hmmm*. Das schränkt die gemeinsame Zeit doch ziemlich ein, außerdem wäre ein Abendessen irgendwie intimer. Andererseits kann man sich besser unterhalten als im Kino oder in einem Club, dafür zumindest gibt es Bonuspunkte. Will er wieder etwas mit mir trinken gehen, weil ich letzte Woche gesagt habe, wie viel Spaß es gemacht hat? Oder spart er sich lediglich Kosten und Mühen einer Dinnerverabredung am Wochenende für ein Mädchen auf, an dem er mehr Interesse hat, weil ich nur ein Ego-Boost in der Wochenmitte bin und er mit mir Zeit totschlagen kann?

Na bitte. Schon viel zu viel darüber nachgedacht.

Wenn Joseph am Dienstagabend etwas trinken gehen will, ist das in Ordnung. Ich bin froh, dass er mich überhaupt wiedersehen möchte.

»Du sollst einfach nicht verletzt werden.« Tally verzieht ihr herzförmiges Gesicht und macht einen Schmollmund.

Ich spüre einen Anflug von etwas, das ich nicht genau zuordnen kann – ist es Panik, weil sie irgendwie recht hat, oder Gekränktheit oder Traurigkeit; ich weiß nur, dass es sich nicht gut anfühlt, deswegen grunze ich abfällig. »Wahrscheinlich schaffe ich es sowieso nie, lange genug mit einem Mann zusammen zu sein, um wirklich verletzt zu werden.«

»Vielleicht nicht gerade ›verletzt‹. Aber du bist immer enttäuscht, wenn es nicht klappt. Und du hast eine Pause eingelegt«, sagt sie, »nach Gareth, dem Weihnachtsruinierer.«

Gareth, der Weihnachtsruinierer – das ist unser Codename für den guten alten Gareth, der an Heiligabend mit mir Schluss gemacht hat.

»Seinetwegen bist du mit einer Flasche Baileys vorbeigekommen und hast geweint. Du hast *zwei* deiner Notfallzigaretten geraucht.«

»Weil Heiligabend war! Die Zeit der Liebe! Kein Tag, an dem man mit jemandem Schluss macht! Das ist einer der fünf schlimmsten Tage des Jahres, um mit jemandem Schluss zu machen. Gleichauf mit Valentinstag und Geburtstag.«

»Und du sagtest: ›Tally, ich mache das nicht noch einmal. Ich werde meine Zeit und Energie nicht weiter an diese Verlierer verschwenden, die mich nur hinhalten.‹«

»Das war damals. Jetzt bin ich darüber hinweg.«

»Aber du hast solche Dinge schon öfter gesagt, Soph.«

»Und?«

Tally seufzt, es ist ein Seufzer, den ich nach zehn Jahren Freundschaft gut kenne. Sie ist nicht die einzige ehemalige Mitschülerin, mit der ich noch Kontakt habe, aber sie ist die Einzige, die ich zu meiner Hochzeit einladen würde (falls ich jemals einen Partner für eine solche finden sollte). Sie ist meine älteste Freundin und steht mir am nächsten – sowohl emotional als auch geografisch. Jedenfalls seufzt sie, wenn ihr etwas ganz offensichtlich erscheint und sie nicht weiß, wie sie es mir beibringen soll. Ein bisschen so wie damals, als sie mir beim Lernen für die Matheprüfung geholfen hat, oder als sie mir erklärt hat, wie man Spargel kocht.

»Warte«, sagt sie plötzlich und greift nach ihrem Handy. »Hier, ich glaube, das solltest du lesen ... Moment, ich weiß, dass ich es auf Twitter geliked habe ... Da!« Sie klickt auf einen Link und legt dann ihr Handy vor mich hin.

SINGLE, SWIPE, REPEAT: Ich weiß, es ist der reine Kommerz ... aber ich will einfach jemanden lieben.

Mein eigener anonym geschriebener Artikel über das traurige Singledasein starrt mich von ihrem Handy aus an, und ich weiß nicht, ob ich lachen oder weinen soll.

Die Kolumne ist ganz zufällig entstanden. Ich hatte ein paarmal, um zusätzliche Aufgaben als Marketingassistentin zu bekommen,

Texte für Anzeigen verfasst – vor allem, wenn die Kunden wollten, dass es sich wie ein organischer Teil der Zeitung las und nicht wie eine bezahlte Anzeige.

Lokalnachrichten sind in der Regel nicht besonders aufregend. Tag der offenen Tür im Tierheim, Schulfeste, ein Hausmann, der mit seinen Häkelkreationen auf Etsy viral gegangen ist ... Einmal hatten wir tatsächlich eine große Drogenrazzia mit Scharfschützen und allem Drum und Dran, aber das ist jetzt zwei Jahre her.

Die Marketingabteilung ist nur unwesentlich aufregender, denn wir gehören zu einem großen Medienunternehmen mit einer Reihe Zeitungen im ganzen Land, sodass wir ziemlich anständige Affiliate-Links bekommen.

Zum Beispiel letzten Dezember, kurz vor Silvester: Uns wurde eine kostenlose Übernachtung in einem Wellness-Hotel angeboten, und ich flehte meine Chefin Jenny an, mich den Bericht schreiben zu lassen. Es sollte um romantische Aufenthalte für Paare gehen, und da Gareth mir gerade den Laufpass gegeben hatte und mein bester Freund Frankie meinte, dass seine Freundin ihn sicher nicht mitfahren lasse, nahm ich meinen Kollegen Duncan mit, der wie ein Bruder für mich ist. Wir betranken uns mit dem kostenlosen Champagner, und er schlief in der luxuriösen Badewanne mit Füßen – angeblich besser als jemals zuvor.

Wir bekamen kostenlose Paarmassagen, Champagner, ein Feinschmeckermenü und vieles mehr – und so schrieb ich den Artikel, als hätte es sich tatsächlich um einen romantischen Aufenthalt gehandelt. Niemand brauchte zu wissen, dass ich Single war, und so erfand ich einen romantischen Kuss mit meinem namenlosen »Freund«, über den Duncan und ich sehr gelacht haben, als ich ihm meinen Entwurf des Artikels schickte. Es war nur eine kleine Notlüge, um der Geschichte willen. Ich habe nicht über das Hotelangebot gelogen.

Es lief besser, als alle erwartet hatten. Die Leserresonanz auf der Website war so gut, dass es der Chefetage auffiel, und man bat mich, ab sofort eine monatliche Beziehungskolumne zu schreiben – natürlich musste ich Jenny versprechen, dass meine Arbeit in ihrem Team nicht darunter leiden würde.

Meine einzige Bedingung war, anonym zu bleiben, und sowohl Andy als auch die Rechtsabteilung ermutigten mich, Namen, Daten und alle weiteren erkennbaren Fakten zu ändern, was mir sehr entgegenkam: Meine Freunde oder Familie sollten nicht erfahren, dass ich hinter der Kolumne steckte.

Aber soll ich es jetzt Tally erzählen?

Irgendwie würde ich ihr schon gern beweisen, dass ich etwas aus meinem Leben mache – dass ich etwas wert und erfolgreich bin – vor allem, da es bei meinem eigentlichen Job leider gerade eher holprig läuft.

Bevor ich einen Entschluss fassen kann, spricht sie schon weiter.

»Ich glaube«, sagt Tally, »du machst dir zu viel Druck …«

Ihr Telefon klingelt. Es ist nicht ihr üblicher Klingelton, sondern der, den sie für Kollegen eingestellt hat.

Tally flucht leise, entreißt mir ihr Telefon und drückt es sich mit beiden Händen so ans Ohr, dass ihre Brille verrutscht. »Hallo? Was ist … Nein, ich habe nichts gesehen … Oh, Scheiße, wirklich? Blödsinn. Richtig, nein, ist schon gut, ich werde … Er ist was? Okay, nein. Okay, nein. Ja. Ich bin gleich da. Ich bin gleich da! Okay.«

»Was hast du gesagt?«

»Ach, nichts, es ist nur …« Sie packt ihren Kaffee und schüttet ihn hinunter wie eine Studienanfängerin ein Glas Bier, dann wischt sie sich keuchend mit der Hand über den Mund, wobei sie ihren Lippenstift verschmiert. Ich schnappe mir ihre Tasche, krame darin nach ihrem Lippenstift und halte ihr einen Kompaktspiegel hin, damit sie die Sache in Ordnung bringen kann. »Jemand, der Dinge unterschreibt, die er nicht unterschreiben sollte. Das ist wirklich das Letzte, was ich gebrauchen kann. Wir bekommen heute Besuch von den hohen Tieren, und die erwarten eine vollständige Präsentation über den Stand der Dinge. *Als ob wir Zeit für so was hätten*. Die übliche Krise. Argh!«

»Nein, was mich betrifft. Womit habe ich mir zu viel Druck gemacht?«

Tallys Verstand rast mit hundert Meilen pro Stunde, und er ist bereits bei der Arbeit angekommen. In Gedanken schreibt sie E-Mails und formuliert Gespräche, die sie führen muss. Ihr Gehirn hat sich aus unserer Konversation verabschiedet, der kurze Blick, den sie mir zuwirft, zeigt, dass sie das Ganze vergessen hat.

»Egal«, sage ich, obwohl es das nicht ist. »Mach dir keine Gedanken.«

»Schreibst du mir später? Wie es mit Regenbogen-Joe gelaufen ist?«

»Mach ich.«

Tally trägt ihren Lippenstift zu Ende auf, schleudert ihn in ihre Tasche und beginnt, sich in ihren Mantel zu kämpfen.

»Sollen wir am Wochenende was unternehmen?«, frage ich.

»Ich glaube, wir fahren dieses Wochenende zu Sams Eltern, und wir haben noch ein paar Wohnungsbesichtigungen … Es tut mir leid, Babe, ich weiß, ich bin eine Nervensäge …«

»Nein, nein, ehrlich, ist schon gut! Ich weiß, du bist beschäftigt. Wir werden ein anderes Mal etwas unternehmen.«

Sie wirft mir einen Kuss zu, drückt meinen Arm, als sie an mir vorbeigeht, und lässt mich mit meinem Tee allein.

Was okay ist. So läuft es mit so ziemlich allen meinen Freunden: Sie haben zu tun, Leute zu treffen, Häuser zu kaufen und was nicht alles. Die Hälfte der Zeit ist es ein logistischer Albtraum, sich mit ihnen zu verabreden.

Also öffne ich Hookd, um zu sehen, ob ich neue Matches habe.

April

Frankies und Frankies Einweihungsparty

Samstag, 17. April um 20.00 Uhr
Kommt und feiert das neue Zuhause von F&F!
Francis Donnelly hat dich eingeladen

KOMME/VIELLEICHT/KANN NICHT

Details:

23 Personen haben zugesagt, darunter Tallulah King und Helena Shelton

Event von Francesca Collins
16 Kenton Drive, York

Hallo alle zusammen! Jetzt, wo wir endlich in unser neues Haus eingezogen sind (juhu!), wollen wir euch zu einem Treffen einladen! Wir sorgen für Knabbereien und Alkohol, ihr braucht also nichts mitzubringen. Wir haben nur begrenzten Platz für Übernachtungsgäste, wenn ihr eine Unterkunft braucht, gibt es eine Travelodge an der Autobahnausfahrt, und die Luftmatratzen/Sofas dort werden in der Reihenfolge eurer Anmeldung vergeben! Wir hoffen sehr, dass ihr kommen könnt, um mit uns dieses neue Kapitel in unserem Leben zu feiern! Xxx

5. KAPITEL

Im Ernst, könnten wir bitte aufhören zu fragen, wie lange jemand schon Single ist? Vor allem bei einem ersten Date.

Wie man Minenfelder bei der Partnersuche umgeht, von unserer Dating- und Beziehungskolumnistin

»Wie lange bist du schon Single?«

Na wunderbar. Das fängt ja gut an.

Um mir Zeit zu verschaffen und den Mann vor mir einzuschätzen, trinke ich einen Schluck von meiner Cola Light. Es ist Freitagabend, und ich bin zum Abendessen in einem jamaikanischen Lokal verabredet, von dem ich noch nie zuvor gehört habe – Turtle Bay? Was ziemlich übertrieben wäre, so wie es hier aussieht. Sein Name ist Sebastian (»Wie der Hummer in *Die kleine Meerjungfrau*«, sagte er und ignorierte meinen Hinweis, dass Sebastian in Wahrheit eine Krabbe ist).

Sebastian (nicht die Krabbenversion) ist achtundzwanzig und arbeitet in der Finanzbranche. In seinem Profil steht, dass er 1,80 m groß ist, wobei er an einem guten Tag eher wie 1,70 m wirkt. Er hat zu viel Gel in den Haaren, trägt aber ein gutes Parfüm und hat den Smart-Casual-Dresscode für eine Verabredung zum Dinner befolgt. Er mag Mountainbiking, die Batman-Filme, er hat Barack Obama im Gegensatz zu den meisten anderen *niemals* getroffen, sich aber in einer Highschool-Produktion von

Grease den Arm gebrochen, und er ist teilqualifizierter Sommelier.

Außerdem hat er für unser erstes Date Abendessen anstelle von Drinks vorgeschlagen.

Aus der Sache mit Regenbogen-Joe ist nichts geworden. Unsere dritte Verabredung hat er in letzter Minute abgesagt und dann auch den Ersatztermin, und meine Frage, ob wir an einem anderen Tag etwas trinken gehen sollen, hat er nie beantwortet.

Ich habe Tally nichts davon erzählt, und sie hat nicht nachgehakt. Tatsächlich habe ich es überhaupt niemandem erzählt.

Erstens ist es kein großes Ding, wir haben uns ja nur zweimal getroffen. Und zweitens würden sie fragen: »Was ist passiert? Ich dachte, die ersten beiden Verabredungen sind so gut gelaufen«, und *ich weiß nicht, was passiert ist.* Wenn ich allerdings anfangen würde, nach einer Antwort zu suchen, fielen mir alle möglichen Dinge ein, die ich vermasselt haben könnte, und dann würde ich mich wieder miserabel fühlen, weil ich bis an mein Lebensende allein sein werde. Das wäre dann doch zu viel emotionaler Aufruhr aufgrund von zwei Dates und ein paar langweiligen Chats.

Heute Abend sitze ich also wieder im sprichwörtlichen Sattel.

Wir haben gerade erst unsere Drinks bekommen, und schon wird's kompliziert.

Die Frage »Wie lange bist du schon Single?« mag harmlos und normal für ein erstes Date erscheinen, aber sie ist ein Minenfeld, weil man seine Antwort an den Typ anpassen muss, mit dem man sich unterhält.

Zum Beispiel: Will ich das Mädchen sein, das sich Zeit genommen hat, um »sich selbst zu finden«? Habe ich meine Karriere an erste Stelle gesetzt und deswegen die Partnersuche auf die lange Bank geschoben? Genieße ich das Singleleben und suche nur nach etwas Lockerem? Oder beziehe ich mich auf den Zeitpunkt, an dem ich zumindest so etwas Ähnliches wie eine Beziehung hatte, damit ich nicht wie eine erbärmliche Loserin dastehe, die keinen

Mann abkriegt? Von der man lieber die Finger lässt, weil sie so verklemmt ist?

Das hat natürlich nichts mit Lügen zu tun. Es ist lediglich eine Frage der Formulierung.

Ich betrachte Sebastians teures Hemd, die arrogante Art, wie er dasitzt – einen Ellbogen auf die Stuhllehne gestützt, die Beine weit gespreizt, eine Hand locker um die Flasche Wein gelegt, die er unbedingt vorher probieren wollte, obwohl sie einen Schraubverschluss hat.

»Eine Weile«, sage ich in meinem heitersten Ton. »Mein Job kann ziemlich anstrengend sein.«

»Du bist Journalistin, oder?«

»Nicht ganz. Ich arbeite in der Marketingabteilung der Lokalzeitung und verwalte einige unserer Werbekonten, kümmere mich um Social Media, unsere Website … Aber manchmal schreibe ich auch! Im Dezember habe ich eine Kolumne über ein Wellness-Hotel geschrieben.«

Das ist ein bisschen weit hergeholt, aber nicht unwahr. Ich gebe einfach mein Bestes, so wie ich es auch bei einem Vorstellungsgespräch tun würde.

Sebastian nickt, als ob ich etwas Wichtiges und Bedeutendes gesagt hätte. »Ja. Ja, absolut. Ich kann mir gut vorstellen, dass es im Medienbereich ziemlich hektisch zugeht. Es ist ja viel los.«

»Mm-hmm.«

Ich bin kurz davor, ihn nach seinem Job zu fragen, aber das muss ich gar nicht. Er fängt von selbst davon an – wobei ich zu seiner Ehrenrettung sagen muss, dass er mir zwischendurch ein paar Fragen stellt, und als unser Essen kommt, wendet er das Gespräch wieder in meine Richtung, indem er einen weiteren Punkt aus der Liste der »Gesprächsanfänge beim ersten Date« abarbeitet: »Hast du irgendwelche schönen Pläne? Urlaub oder so?«

»Ich fahre bald nach York, um Freunde zu besuchen. Kann man nicht gerade Urlaub nennen, ha-ha, aber ich werde mir dort ein schönes Wochenende machen. Sie haben gerade zusammen ein Haus gekauft, also …«

»Oh, großartig! Der Markt ist im Moment wirklich stark. Erstkäufer?«

»Ja, sie sind …«

»Mm«, sagt er, nickt und kaut auf seinem Essen herum. »Ein guter Zeitpunkt, um zu investieren. Die Renditen, die man jetzt auf dem Mietmarkt erzielen kann …«

»Nein«, unterbreche ich. »Sie wohnen selbst dort.«

Sebastian wirkt überrascht, was mich verblüfft. Er ist nur ein paar Jahre älter als ich, wie kann er da *so* viele Leute kennen, die eine Wohnung kaufen, um sie zu vermieten? Mühen sich seine Freunde etwa nicht ab, Mietkosten und Rechnungen zu bezahlen, während sie jeden Monat sparen, was sie können, damit sie vielleicht irgendwann genug Geld für eine Anzahlung zusammenhaben?

»Besitzt *du* Eigentum?«, platze ich heraus und erschaudere selbst über meine Formulierung, die doch sehr anklagend klingt.

»Ich habe eine Zweizimmerwohnung im Stadtzentrum«, sagt er, als wäre das keine große Sache.

Das löst einen Gedanken in meinem Hinterkopf aus: Hat er nicht erzählt, dass er jeden Tag pendelt, was keinen Sinn ergibt, wenn er so nah an seinem Arbeitsplatz wohnt. »Aber du wohnst nicht im Stadtzentrum.«

»Was? Oh nein. Ich vermiete. Das ist viel lukrativer. Ich wohne bei meinen Eltern.«

»Oh! Klar. Dann ist dein Plan wahrscheinlich, den Gewinn zur Seite zu legen, um dir etwas aufzubauen?«

Sebastian wirft mir einen seltsamen Blick zu und lacht dann. »Mit dem Gewinn bezahle ich meinen BMW.«

Na ja, hey. Jedem das Seine.

Ich möchte eigentlich nicht weiter über unsere Finanzen reden – das ist für ein erstes Date sowieso schon ein riskantes

Thema, aber irgendetwas an seiner Haltung finde ich komisch. Ich kann nicht sagen, ob er arrogant oder defensiv ist, auf jeden Fall sollte ich das Gespräch besser wieder auf neutrales Terrain lenken, sonst fragt er mich als Nächstes, wie ich bei der letzten Wahl gestimmt habe.

Und da ich vorhin keine Gelegenheit hatte, frage ich: »Wie lange bist du denn schon Single, Sebastian?«

Er zuckt mit den Schultern. »Ungefähr sei sechs, sieben Jahren. Ich suche allerdings nur etwas Zwangloses.«

Am nächsten Tag auf der Arbeit will ich Duncan unbedingt gleich von meinem Date erzählen. Tally und Lena haben gestern Abend nicht auf meine Nachrichten reagiert – genau genommen haben sie auch nicht reagiert, als ich ihnen vorher schrieb, dass ich ein Date *habe*, geschweige denn hinterher gefragt, wie es gelaufen ist, aber Duncan wird die Sache witzig finden. Und dann werde auch *ich* die lustige Seite daran sehen können, und alles wird nicht mehr ganz so düster sein.

Doch er ist nicht im Büro, er recherchiert für einen Artikel, und kurze Zeit später habe ich selbst alle Hände voll zu tun.

Meine Woche entwickelt sich von etwas holprig zu einem regelrechten Erdbeben ganz oben auf der Richterskala – vielleicht noch mit einem Tornado als Zugabe.

Alles in allem ein komplettes Desaster.

Ich verbringe den Vormittag damit, aufgelaufene E-Mails und einige Notizen von Andy aus der Redaktion zu meinem nächsten Artikel abzuarbeiten, als eine von Satan persönlich gesendete E-Mail in meinem Posteingang landet.

Genau genommen ist sie von *Steffan*, meinem Ansprechpartner bei der Kette lokaler Pubs, mit der wir einen Werbevertrag haben. Sie besitzen ein Dutzend über die Stadt verteilte Kneipen und schalten seit drei Jahren Anzeigen bei uns. Jenny hat mir die Verantwortung für die Erneuerung des Werbevertrags übertragen.

Solche Aufgaben habe ich in den letzten Jahren immer öfter übernommen, weil ich hoffe, mich auf diese Weise eines Tages von der »Marketingassistentin« zur »Marketingleiterin« hocharbeiten zu können, deswegen war dieser spezielle Werbevertrag ein echter Coup für mich.

Zudem ich jetzt wirklich beweisen muss, dass ich es draufhabe, besonders nach dem Graffiti-Desaster …

Als wäre es *meine* Schuld gewesen, dass der Künstler, den wir engagiert hatten, im Januar eine Schaufensterfront mit unserer Werbekampagne verunstaltete. Ich hatte ihn schließlich nicht ausdrücklich aufgefordert, das zu tun. Aber da wir dem Ladenbesitzer den Schaden ersetzen mussten, hat mir dieses Projekt höchstwahrscheinlich eine Menge Minuspunkte eingebracht.

Minuspunkte, die ich mit diesem Kneipenvertrag wieder loswerden wollte.

Hi Sophie, ich hoffe, es geht Ihnen gut …

Hi Sophie, ich hoffe, es geht Ihnen gut … So beginnt also Steffans E-Mail.

Und dann teilt er mir mit, dass er die Kosten für die Vertragsverlängerung für zu hoch hält und dass das Team meinen Vorschlag, von zweimal wöchentlich erscheinenden halbseitigen Anzeigen in der gedruckten Zeitung auf monatlich gedruckte Anzeigen plus regelmäßigen Online-Slots umzusteigen, um ihre Zielgruppe besser zu erreichen, nicht gut findet.

Als ob die *irgendetwas* über eure Zielgruppe wüssten, möchte ich erwidern. Als ob die irgendwo ihre eigenen Statistiken hätten, die zu so einer Entscheidung geführt haben.

… Wir möchten Ihnen mitteilen, dass wir unseren Vertrag mit Ihnen zum Juni dieses Jahres kündigen …

Mist. Was soll ich jetzt tun?

Das war meine Chance, mich zu rehabilitieren, und die habe ich gründlich vermasselt.

Ich blicke zu Isaac, dem Marketingassistenten, der mir gegenüber am Schreibtisch sitzt, und dann hinüber zu Karl und Oscar, den Führungskräften unseres Teams in der nächsten Schreibtischreihe, und schließlich hinüber zu Jennys Büro, die gerade eine Besprechung mit ein paar Leuten aus dem Finanzteam hat.

Ich schaffe es kaum, nicht zu schreien, zu stöhnen oder laut zu weinen. Das *Finanz*team. Ja, tolle Idee, ich gehe einfach in ihr Büro, störe ihre Besprechung und lasse sie wissen, dass ich gerade eine beträchtliche Summe Geld für die Zeitung verloren habe.

Mal wieder.

Zitternd greife ich nach meinem Handy und mache mich auf den Weg zu den Toiletten. Ich schreibe meinen Freunden eine Nachricht, um zu sehen, ob jemand Zeit hat, und sage ihnen, dass auf der Arbeit etwas Schlimmes passiert ist und ich ihre Hilfe brauche, aber niemand antwortet.

Ich rufe meine Mutter an, doch es klingelt nicht – und dann fällt mir ein, dass sie in Neuseeland ist und es dort mitten in der Nacht ist.

Was soll ich nur tun?

Einige langsame, tiefe Atemzüge später, aber kein bisschen ruhiger verlasse ich die Toilette und warte an meinem Schreibtisch, bis Jennys Besprechung vorbei ist. Ich klopfe an die Glastür, ihr warmes Lächeln macht mich noch nervöser, und versuche, mich in ihrem Büro nicht zu übergeben, als ich ihr erzähle, wie sehr ich es vergeigt habe und was für ein Fehler es war, mir zu vertrauen.

6. KAPITEL

Francis, liebevoll »Frankie Eins« genannt, ist mein »Internetfreund«, obwohl wir schon seit Jahren »IRL-Freunde« sind, also IN-REAL-LIFE. Wir haben uns auf Twitter kennengelernt und unsere gemeinsame Liebe zur Fotografie entdeckt. Daraufhin schickten wir uns gegenseitig Links, von denen wir dachten, dass sie dem anderen gefallen könnten, und nach und nach entwickelte sich eine Freundschaft daraus, die nie etwas mit Romantik zu tun hatte – was mich ausnahmsweise einmal nicht frustrierte oder enttäuschte. Ich freute mich einfach darüber, einen neuen Freund gefunden zu haben. Als wir uns das erste Mal trafen, nahm ich Tally und Lena mit, und er kam mit einem Kumpel. Am Ende waren wir alle betrunken, haben Karaoke gesungen und bis vier Uhr morgens Pizza auf dem Boden des Zimmers gegessen, das wir im Premier Inn gebucht hatten.

Ich sehe Frankie nicht sehr oft, aber er ist einer dieser zuverlässigen Freunde, die immer für einen da sind, wenn man sie braucht. Auch wenn er meine jüngste »Hilfe, ich habe bei der Arbeit Mist gebaut«-Nachricht erst am nächsten Tag gesehen hat. Zumindest *versuchte* er mir zu helfen, auch im Nachhinein.

Seit wir uns kennen, haben wir viel miteinander unternommen, und meistens haben wir ein ganzes Wochenende zusammen verbracht, weswegen wir viele der Freunde des anderen kennen. Ich habe seine Freundin Francesca (auch bekannt als Frankie Zwei) zweimal getroffen, und Lena hat sich mit ihr angefreundet – es hat sich herausgestellt, dass sie gemeinsame Bekannte haben, da beide in Nottingham aufgewachsen sind.

Deswegen sind auch Lena und Tally zur Einweihungsparty eingeladen.

Wir drei haben ein Hotel gebucht und werden am Sonntagmorgen zusammen brunchen gehen, was den Druck aus der Party selbst nimmt. Da ich nicht glaube, dass Francesca mich besonders mag, bin ich froh, dass ich die Mädchen als Puffer habe.

Ich freue mich einfach über die Einladung zur Einweihungsparty, Punkt. Die beiden waren zu beschäftigt, um sich vorher mit mir zu treffen, und meiner Familie habe ich nichts von dem vermasselten Kneipenvertrag erzählt, weil es mir zu peinlich war. Deswegen brauche ich dieses Wochenende wirklich.

Lena hingegen ist gestresst. Ich parke bereits seit achtundzwanzig Minuten draußen am Bordstein, während sie zwischen dem Haus und meinem Auto hin- und herrennt.

Die erste Krise entstand durch die Frage, was sie anziehen soll (Tally hat sich für »Jeans und ein schönes Oberteil« entschieden, während ich ein »Ausgehkleid« trage, somit waren wir keine Hilfe für die unentschlossene Lena). Die zweite Krise gab es, als sie meine Karte für das neue Zuhause unterschreiben wollte, und ich feststellen musste, dass ich sie vergessen hatte. Sie suchte nach einer Ersatzkarte, von der sie sicher war, eine zu haben. Ich wäre ja noch mal zurückgefahren, aber ich bin bereits über eine Stunde von zu Hause entfernt, weil ich Lena auf dem Weg nach York abgeholt habe.

Da ich hier die Einzige bin, die weiß, wie man einen Reifen wechselt und den Ölstand überprüft, und da Tally sich ein Auto mit ihrem Freund Sam teilt, lautet die seit Jahren unausgesprochene Regel, dass ich fahre, wenn wir drei mal einen kleinen Ausflug machen.

Lena beugt sich zum Beifahrerfenster, wo Tally sitzt, und fragt uns: »Was bringt ihr mit?«

»Wie bitte?«

»Muss ich auch noch etwas mitbringen?«

»Was zum Beispiel?«

»Na ja, Wein oder so.«

Ich blinzle und starre sie an.

»Ich habe mich für Rotwein entschieden«, sagt Tally wie aus der Pistole geschossen. »Einen schönen Cabernet, eine Marke, die Frankie Zwei mag. Das habe ich auf ihrem Instagram-Account gesehen.«

»Soll ich dann weißen mitbringen? Ich habe ihnen auch eine hübsche Schachtel Pralinen gekauft. Was hast du, Soph?«

»Ich habe nichts …« Ich schaue zwischen den beiden hin und her, kleine Nerven zucken an meinem Hals. »Sie hat auf der Einladung geschrieben, dass wir nichts mitzubringen brauchen!«

»Man muss aber irgendetwas mitbringen. Wir können doch nicht mit leeren Händen auftauchen.«

»Sagt das Mädchen, das einen Pizzaofen auf seiner Verlobungswunschliste hatte. Sagt das Mädchen, das eine *Verlobungswunschliste* hat.«

Lena errötet und murmelt, dass ihre und Johnnys Mütter da etwas übertrieben hätten, aber Tally schnappt empört nach Luft und schlägt mir auf den Arm. »Sophie! Du kannst doch nicht ohne etwas zu einer Einweihungsparty gehen!«

»Ich habe ihnen eine Karte besorgt! Jedenfalls bevor ich sie zu Hause vergessen habe. Was? Sieh mich nicht so an! Sie hat geschrieben, man soll nichts mitbringen! Warum schreibt man das, wenn man es nicht so meint?«

Beide verdrehen die Augen, und ich verspüre diesen Stich. Als hätte ich einen offensichtlichen Mangel an korrekten Umgangsformen und sie nicht.

Schließlich steigt Lena ins Auto, und wir halten am nächsten Supermarkt an. Sie kauft eine Flasche Prosecco, passend zu der Schachtel Pralinen, die sie bereits hat. Ich entscheide mich für gewürzten Rum. Tally wartet schon an der Kasse mit einem Korb voller Snacks, Süßigkeiten und Studentenfutter für unseren Road Trip.

Mir fällt die Kinnlade herunter, und ich flüstere: »Shiiiiit«, als unser Taxi vor Hausnummer 16 auf dem Kenton Drive, dem Haus der beiden Frankies, hält. Es handelt sich um eine Neubausiedlung, und obwohl Frankie mir vor ein paar Monaten den Link zum Musterhaus auf der Website geschickt hat, habe ich so etwas nicht erwartet. Es gibt einen kleinen, makellosen Rasen zu beiden Seiten eines gepflasterten Weges, der zur Eingangstür führt. Das Haus hat drei Schlafzimmer, aber drei große Schlafzimmer, wie mir jetzt klar wird. Zu beiden Seiten der Tür stehen bunte Blumenampeln.

Tally pfeift durch die Zähne. »Ich muss in den Norden ziehen. Ich wette, mit unserer Anzahlung würden wir so etwas hier oben auch bekommen.«

Wir schlucken unsere Ehrfurcht (und unseren Neid) hinunter. Lena bezahlt den Taxifahrer, denn sie ist die Einzige, die klug genug war, Bargeld mitzubringen, und wir machen uns auf den Weg zur Haustür.

Frankie Zwei öffnet die Tür – verdammt noch mal, sie sieht vielleicht elegant aus. Schwarzer Midirock, luftiges weißes Top, funkelnde Diamantkette … Hat sie sich die Haare föhnen lassen? Ich wette, das hat sie nicht. Ich wette, sie hat das ganz allein so gut hingekriegt.

Es ist gar nicht meilenweit von dem Outfit entfernt, das ich zu Lenas Verlobungsfeier anhatte, und doch – so viel schöner. So viel hübscher und eleganter.

Sie sollte eine von Lenas Brautjungfern sein, denke ich, *nicht ich*.

Sie ist wie ein perfekt ausgewähltes Instagram-Foto, nur eben im echten Leben.

Francesca Collins würde niemals mit leeren Händen zu einer Einweihungsparty kommen, nachdem man sie gebeten hat, nichts mitzubringen.

Sie lächelt strahlend und hält ihr Weinglas in der zur Seite gestreckten rechten Hand, um uns nacheinander mit dem linken Arm zu umarmen und auf die Wange zu küssen. »Da seid ihr ja!«

»Sind wir zu spät?«, frage ich. Es ist erst drei Minuten nach acht.

»Oh, so ziemlich alle sind schon da. Keine Sorge, ich habe ein paar Knabbereien für euch aufgehoben. Ich weiß, wie gern du isst, Soph! Hast du abgenommen, Tallulah? Du siehst fantastisch aus.«

Tally sagt, dass sie im Gegenteil ein paar Pfunde zugenommen hat, aber sie strahlt geschmeichelt. Ich fummle an meinem Kleid herum, bis Lena mir auf die Hand schlägt.

Sie räuspert sich, hebt ihre Geschenktüte mit dem Wein und den Pralinen in die Höhe, Tally und ich folgen ihrem Beispiel. »Nur eine Kleinigkeit!«, sagt Lena, während wir ins Haus geführt werden. Wir ziehen die Schuhe aus und reichen Frankie Zwei unsere Mäntel, die sie auf ein Sofa legt, um dann unsere Einweihungsgeschenke entgegenzunehmen. Das Haus wirkt sauber, aufgeräumt und ein wenig steril.

»Ein wunderschönes Haus«, sage ich.

Francescas Bitte, nichts mitzubringen, ernst zu nehmen, war offensichtlich nicht mein einziger Fauxpas. So wie sie gerade leicht die Nase rümpft, scheint sie von dem gewürzten Rum nicht besonders beeindruckt zu sein.

Aller guten Dinge sind drei, und ich finde schnell heraus, worin mein dritter Fehler an diesem Abend besteht.

Ich bin viel zu overdressed.

Oder vielleicht nicht direkt *over*dressed, aber zumindest (wieder) falsch angezogen. Wir spazieren durch die Küche-Esszimmer-Lounge (ein zweiter Lounge-Bereich! Was!) und sofort wird klar, dass dies eine »Jeans oder Rock und ein schönes Oberteil«-Party ist, womit Lena und Tally die richtige Entscheidung getroffen haben, die Verräterinnen. Mein schwarzes knielanges Kleid mit dem kurzen Puffärmeln und V-Ausschnitt wäre besser in einer Bar aufgehoben als bei einer Hauseinweihung mit Knabbereien und einem Glas Merlot. Ich bin nur froh, dass Frankie Zwei uns gebeten hat, die Schuhe auszuziehen, denn meine goldbesetzten Stiefel mit dem klobigen Absätzen hätten alles nur noch schlimmer gemacht. Am liebsten würde ich mir den knallroten Lippenstift abwischen.

Ich überlege gerade, ob ich aufs Klo gehen soll, als Frankie Eins mit einem Bier in der Hand und einem breiten Grinsen im Gesicht zu uns kommt. »Endlich! Wir dachten schon, ihr würdet nicht mehr auftauchen!«

Er umarmt mich fest und lehnt sich zurück, um mich vom Boden hochzuheben, was mich trotz meiner Befangenheit zum Lachen bringt.

»In der Facebook-Veranstaltung stand acht!«

»Ach, paah«, sagt er, wobei er jeden Buchstaben von »paah« laut ausspricht, dann wendet er sich ab, um Tally und Lena kurz zu umarmen. »Hast du die Erinnerung nicht bekommen, Soph? Die Erwachsenenpartys fangen früh an, damit alle rechtzeitig zu den Zehn-Uhr-Nachrichten zu Hause sind.«

Tally lacht so sehr darüber, dass sie prustet.

»Hast du gesehen, was die Mädchen uns mitgebracht haben, Babe?« Frankie Zwei gestikuliert mit der Flaschensammlung, die sie in der Hand hält.

»Ah danke. Ihr hättet wirklich nicht …« Er bleibt stehen, packt mich an der Schulter, seine Augen werden groß, und ein breites Lächeln breitet sich auf seinem Gesicht aus. »Ist es das, was ich denke?«

»Oh ja, das ist es.«

»Kein Scheiß, hast du echt?«

»Und ob.«

Der Rum ist ziemlich teuer, und es ist der, den wir beim Karaoke getrunken haben, als Frankie und ich uns das erste Mal trafen, und den wir inzwischen jedes Mal bestellen, das ist schon fast Tradition. Obwohl ich vorhatte, eine Flasche Wein zu kaufen, die gut aussah und im Angebot war, konnte ich einfach nicht anders, als ich vorhin den Rum im Supermarkt entdeckte.

Frankie lacht, umarmt mich noch mal und schnappt sich dann die Flasche. »Wir müssen einen Schluck trinken, um der alten Zeiten willen. Kommt schon, Mädels. Jordan ist auch irgendwo hier, wo ist er … Jordan! He! Sieh mal, was Soph mitgebracht hat!«

Er führt uns in die Küche, um Schnapsgläser zu holen (und verdammt, wir müssen echt erwachsen geworden sein, wenn er richtige *Gläser* für Schnaps besitzt), und sein Kumpel Jordan, der dabei war, als wir uns das erste Mal trafen, verabschiedet sich aus einem Gespräch, um herüberzukommen.

Oh, nein.

Oh, *nein*.

Ich weiß nicht, was passiert ist, seit ich ihn das letzte Mal gesehen habe, aber …

Tally pfeift leise neben meinem Ohr, genau wie vorhin, als wir das Haus zum ersten Mal sahen.

Und Lena flüstert: »Seit wann ist Jordan so durchtrainiert?«

7. KAPITEL

Ich habe schon ein paar Drinks intus und lege eine Hand auf Jordans feste und starke Schulter. Zur Sicherheit drücke ich sie noch einmal, um meinen etwas trägen Sinnen zu bestätigen, dass es stimmt. Ich glaube zwar nicht, dass er durchtrainierter ist als zuvor, aber er ist so gekleidet, dass es den Anschein hat.

»Als ich dich das letzte Mal gesehen habe«, sage ich schon, bevor ich es verhindern kann, »hattest du diesen albernen Männerdutt, einen riesigen ungepflegten Bart, du hast immer Flip-Flops und Tanktops getragen, und jetzt …«

»Sieht ziemlich gut aus, was?« Er reibt sein glatt rasiertes Kinn und dreht den Kopf so hin und her, als würde er nur im Spaß prahlen, aber wir wissen beide, wie sehr er es genießt. Er lacht.

»Ist das auf eine Intervention deiner Freunde zurückzuführen?«, frage ich spöttisch-ernst und grunze ein bisschen. »Oder waren es die *Fab Five*? Wirst du in der britischen Ausgabe von *Queer Eye* auftauchen?«

Er erzählt mir ziemlich stolz und feierlich von einer Offenbarung: Wie er auf einmal erkannte, dass sein Kleidungsstil seine depressiven Phasen verstärkte. Dass er sich nicht wohl in seiner Haut fühlte und deshalb entschied, sich anders zu kleiden – die erste von vielen produktiven Veränderungen seines Lebensstils, jetzt, da er seine Medikamente abgesetzt hätte.

»Eine Offenbarung«, wiederhole ich und nicke zustimmend. »Durch deine Therapie?«

»Nein«, sagt er mir. »Durch ein Mädchen.«

»Ah. Das alte Lied. Ja und? Erzähl mir von ihr. Ist sie hier? Ist sie eine Freundin von Frankie Zwei?«

Oops. Wir sollen sie nicht Frankie Eins und Frankie Zwei nennen. Ich meine, ich tue das manchmal in Gegenwart meines Frankies, weil er mein Kumpel ist, aber ich glaube nicht, dass Francesca das lustig finden würde.

Jordan scheint meinen Ausrutscher nicht einmal bemerkt zu haben – vielleicht nennt er sie ja auch so. »Wir sind nicht mehr zusammen. Sie, äh … Gott, das wird jetzt ziemlich armselig klingen, aber gut. Wenn du es unbedingt wissen willst, Soph. Sie hat mit mir Schluss gemacht, weil es ihr peinlich war, dass ich immer wie ein schmutziger Faulpelz herumlief.«

»Ihre Worte?«

Er verzieht das Gesicht und lacht wieder. »Eine höflichere, kürzere Version ihrer exakten Worte. Sie hat mit mir Schluss gemacht, weil ich so aussah, als würde ich mich nicht um mich kümmern, und obwohl mein Therapeut mir geholfen hat, damit fertigzuwerden, dachte ich mir auf einmal: Weißt du was? Ich werde mich einfach ändern. Und sie dann zurückgewinnen. Sie wird merken, dass sie einen Fehler gemacht hat, dass ich durchaus in der Lage bin, mich richtig zu waschen, und dann wird sie erkennen, wie sehr sie mich geliebt hat. Und dass sie mich zurückhaben will.«

»Und?« Ich lehne mich vor, die Augen weit aufgerissen, so gefesselt bin ich. »Was ist passiert?«

Jordan grinst, aber dieses Mal eher freudlos. Er trinkt einen großen Schluck von seinem Bier. »Als es so weit war, hatte sie schon einen anderen. Sie sagte, ich solle mich besser noch eine Weile länger darauf konzentrieren, *an mir zu arbeiten.*«

»Autsch.«

»Wem sagst du das.«

»Nun.« Ich hebe mein Weinglas. »Auf das Singledasein und darauf, alles im Griff zu haben.«

Zumindest hat das einer von uns, denke ich und zucke zusammen, weil mir mein Job wieder einfällt.

»Darauf trinken wir.«

Ein schwerer Arm legt sich um meine Schultern, und ein zweiter zieht Jordan leicht nach vorn. Es ist Frankie Eins, der sich auf uns beide stützt. Er lässt die Arme fallen, richtet sich wieder auf und lächelt uns an. »Alles klar, Leute? Worüber reden wir?«

»Übers Singledasein«, antworte ich.

»Sophie meint, dass sie alles im Griff hat«, sagt Jordan.

»Ha! Das ist die unverschämteste Lüge, die ich je gehört habe.«

»Oi!« Ich sehe die beiden an, aber sie haben nur einen Scherz gemacht. Also stütze ich eine Hand in die Hüfte, eine halbe Power-Pose, und strecke das Kinn vor. »Ihr sollt wissen, dass ich bei meinem letzten Jahresgespräch eine Gehaltserhöhung und das zweitbeste Feedback in meinem Team bekommen habe.«

»Seid ihr nicht fünf im Team?«, will Jordan wissen.

»Musste dir deine Chefin nicht gerade ein paar Aufgaben wegnehmen, weil du diesen großen Werbevertrag in den Sand gesetzt hast?«, fragt Frankie.

»*Und*«, fahre ich fort, ohne auf die beiden zu achten, »ich habe eine eigene Wohnung.« (Zwar nur gemietet, aber immerhin.) »Und ein eigenes Auto.« (Geleast, aber ich komme nie mit den Raten in Verzug.) »Außerdem bin ich Mitglied in einem Fitnessstudio, in das ich vielleicht fünfmal im Monat gehe, und das ist viel öfter als letztes Jahr. Nur weil ich Single bin und weder eine Hochzeit noch ein Baby in Aussicht stehen und es im Job nicht so gut läuft, heißt das nicht, dass …«

»Oh, Soph, komm schon, wir machen doch nur Spaß«, meint Frankie sanft, und in diesem Moment merke ich, dass meine Stimme höher und wackliger geworden ist. Ich halte inne und atme tief ein, dann versuche ich, den Kloß im Hals hinunterschlucken. Er geht nicht weg, also trinke ich etwas Wein, in der Hoffnung, dass es hilft.

»Wer will sich in unserem Alter überhaupt binden?«, fragt Jordan.

»Du hast auch keine biologische Uhr, an die dich alle Welt so gern erinnert«, murmle ich.

»Pah«, sagt Frankie. »Du bist fünfundzwanzig! Du hast noch viel Zeit!«

»*Viieel*«, stimmt Jordan ernsthaft zu und nickt. »Und sieh dir ihn doch mal an. Mr. Boring mit seiner Freundin und seiner Hypothek. Bäh.«

»Ja, schon gut. Hör mal«, flüstert Frankie. »Ich gehe hinten raus, um eine zu rauchen.«

»Ich nicht, Kumpel.«

»So viel zum Thema Mr. Boring.« Frankie lacht und klopft Jordan auf die Schulter. »Dein Körper ist jetzt ein Tempel, was? Soph, kommst du?«

In meinem Hookd-Profil steht, dass ich nie rauche. Ich mag Fotografie und Museen, und ich rauche nicht.

Was ich auch nicht tue. Meistens. Zu neunzig Prozent, was im Grunde dasselbe ist wie »nie«.

Ich meine, ich war auch schon seit Monaten nicht mehr im Museum, also …

»Klar«, sage ich und folge Frankie nach draußen.

Es ist dunkel, aber in unserer Nähe geht ein bewegungsgesteuertes Licht an. Der hintere Garten ist klein und quadratisch und umgeben von einem hohen Zaun, der an die Nachbargärten grenzt. Es gibt eine kleine Veranda, von der aus ein paar Stufen hinunter zum Rasen führen. Als Frankie auf den Stufen Platz nimmt, folge ich seinem Beispiel. Der Boden ist feucht und kalt, ich fröstle.

»Ich glaube, wir haben die Zehn-Uhr-Nachrichten verpasst«, sage ich.

Er lacht. »Verdammt. Also dann können wir auch gleich bis morgen früh um sechs Uhr aufbleiben, oder?«

»Die einzig vernünftige Lösung.«

Er kramt eine Schachtel und ein Feuerzeug hervor und zündet sich eine Zigarette an, damit wir sie miteinander teilen können.

»Ich dachte, du hast aufgehört, weil Francesca es nicht mag?«

»Habe ich auch. Das ist meine erste seit vier Tagen.«

»Gut für dich.«

»Sie hasst den Geruch von diesen E-Zigaretten und Vapes«, erklärt er. »Sie will nicht, dass ich sie im Haus benutze. Was ich auch verstehe. Wir haben nicht drei Riesen für Sofas ausgegeben, nur damit sie stinken.«

»*Drei Riesen*?«

Er zuckt mit den Schultern. »Sind auf Kredit gekauft.«

»Na gut, Mr. Boring. Gott, seit wann ist unser Leben denn ... so geworden? Alles dreht sich um Kredite für Sofas und ...«

»Und deine tickende Gebärmutter?«

Ich stupse ihn mit der Schulter an und nehme ihm die Zigarette ab, um daran zu ziehen. Der Rauch schmeckt bitter und fühlt sich schwer in meiner Lunge an. Kein gutes Gefühl, was genau das ist, was ich jetzt will. Ich fand die Idee des »sozialen Rauchens« immer schon merkwürdig. Für mich ist es vollkommen *a*sozial. Ein Laster, von dem ich sagen kann: »Es gibt mir ein schlechtes Gefühl«, weil ich mich dann nicht auf das konzentrieren muss, was mir *tatsächlich* ein schlechtes Gefühl gibt. Das letzte Mal, als ich eine Zigarette geraucht habe, war an Heiligabend, nachdem ich abserviert wurde.

»Also kein Glück bei der Partnersuche?«

»Nö.«

»Du und Jordan schient euch gut zu verstehen.«

Ich werfe Frankie einen langen, amüsierten Blick zu. Es macht Spaß, mit Jordan abzuhängen, und er sieht auf einmal sehr gut aus, aber ... »Du meinst deinen Kumpel Jordan, der ganz oben in Yorkshire lebt, eine Ewigkeit von mir entfernt?«

»Eine Fernbeziehung könnte zu dir passen.«

»Willst du damit sagen, dass man unmöglich mit mir zusammenleben kann?«

Er lacht. »Na ja, jedenfalls funktionieren deine Fernfreundschaften. Tallulah ist die Einzige, die in derselben Stadt wohnt wie du. Und dieser Kollege von dir. Aber du hast eine Menge Freunde. Du unternimmst ständig etwas, triffst Leute, gehst auf Partys.«

Spöttisch sage ich: »Vielleicht hast du den Code geknackt. Vielleicht ist das der Grund, warum ich keinen Freund habe. Oder vielleicht liegt es ja daran, dass der letzte Typ, mit dem ich mich verabredet habe, in seinem Profil gelogen hat.«

»Oh. Ein *Faker*?«

»Er hat mir gesagt, dass er nur an einer lockeren Sache interessiert ist. Aber in seinem Profil steht, dass er nach einer Beziehung sucht.«

»Aha …«

»Das ist einfach unhöflich, verstehst du?«

»Dich unter falschem Vorwand zum Essen einzuladen? Verstanden.«

»Sei nicht so ein Arschloch, Frankie.«

»Bin ich nicht. Ich bin mitfühlend.«

»Wer's glaubt, wird verdammt noch mal selig.« Aber ich lehne mich einen Moment an ihn, den Kopf auf seine Schulter gelegt, und stoße einen langen Seufzer aus. Er reicht mir die Zigarette.

»Du wirst bald jemanden finden, Soph. Jeder Mann wäre froh, dich zu haben.«

Warum habe ich dann noch niemanden gefunden?

Ich will ihn das allerdings nicht fragen, weil es sich dann zu real anfühlen würde, also atme ich tief ein, gebe ihm die Zigarette zurück und sage: »Apropos Glück, was ist mit dir? Gratuliere, Kumpel. Dieses Haus ist fantastisch. Francesca hat uns die große Tour gegeben. So viel Raum. Platz für ein Büro für deine Fotoarbeiten. Du hast wirklich alles, was du brauchst, nicht wahr?«

»Nicht alles, was glänzt, ist Gold, Soph. Nicht alles.«

»Ach, komm schon. Was kann dir schon fehlen?«

Er stößt einen langen, müden Seufzer aus, starrt in die Nacht, die nur bis zum Ende des Gartens reicht, und wendet sich dann todernst mir zu.

»Ein Hund.«

Ich breche in Lachen aus und Frankie auch. Wir lehnen uns aneinander und rauchen weiter, und obwohl ich den leisen Verdacht hege, dass er etwas verborgen hat, als er »ein Hund« sagte, dränge ich ihn nicht, denn vielleicht hat er recht.

Vielleicht glänzt sein Leben, aber vielleicht ist es trotzdem kein Gold.

Ich frage mich, ob mein Leben von der anderen Seite aus betrachtet auch so aussieht.

8. KAPITEL

Der Abend nimmt kein gutes Ende.

Am Anfang ist noch alles in Ordnung. Als Frankie und ich nach der Zigarette zurück ins Haus gehen, läuft Musik in der Küche, auf der Frühstückstheke stehen Teller mit Mini-Brownies und Schoko-Karamell-Konfekt. Alle plaudern und lachen und amüsieren sich.

Ich gehe zu dem schicken grauen Ecksofa, wo Lena und Tally sich mit einigen Leuten über Politik und den neuesten Promi-Skandal unterhalten.

Ich bemerke nicht, dass sich Frankie Eins und Zwei in der Ecke der Küche streiten, bis eines der Mädchen ein anderes anstupst, und dann fangen alle an, sich umzudrehen, es wird leiser – ein einstimmiger und unausgesprochener Versuch der Gruppe zu lauschen.

Francesca bemerkt das und geht mit hocherhobenem Kopf und gefasstem Gesichtsausdruck in den Flur. Frankie läuft eine Minute lang in der Küche umher, bevor er ihr hinterhereilt.

Jetzt ist es fast still. Jemand dreht die Musik ein wenig leiser.

»Wir haben doch darüber geredet, Fran…«

»… dich gebeten, sie nicht einzuladen!«

»Es war nur *eine Zigarette*.«

»Mit *ihr*!«

»Wenn ich also das nächste Mal mit Jordan oder Lewis eine rauchen gehe, dann nur, weil ich heimlich mit ihnen vögeln will? Babe, ich habe dir doch *gesagt* …«

»Sie taucht hier auf und sieht aus wie ein billiges Flittchen. Ein paar Drinks und Knabbereien sagten wir! Man könnte meinen, sie käme gerade von einem Casting für *Love Island*, und du …«

Meine Haut beginnt zu kribbeln, Unbehagen macht sich in meiner Magengrube breit, ich kann spüren, wie Röte meinen Hals und meine Wangen hinaufkriecht. Ein paar Köpfe drehen sich in meine Richtung, was mich nur noch mehr erschaudern lässt. Ich fummele am Ausschnitt meines Kleides herum, versuche, ihn höher zu ziehen, und bemerke erst jetzt, dass ein BH-Träger aus Spitze auf einer Seite hervorschaut.

Na toll. Das hilft mir bei meinem Problem nun wirklich nicht.

Nur ist es ja gar nicht mein Problem, nicht ich muss mich hier verteidigen, oder? Es ist Frankies Problem, denn er ist es, der eine Freundin und etwas zu verlieren hat.

Als er Francesca kennenlernte, sagte er, dass sie ein bisschen eifersüchtig wäre, aber ich dachte, das sei normal. Menschen werden eben eifersüchtig, zumindest am Anfang einer Beziehung. Seitdem hatte er es nicht mehr erwähnt, also dachte ich nicht weiter darüber nach. Ich kam nie auf die Idee, dass es etwas mit mir zu tun haben könnte.

Allerdings würde es erklären, warum ich immer das Gefühl habe, dass sie mich nicht besonders mag. Warum sie mich jedes Mal, wenn wir uns sehen, fragt, ob ich inzwischen einen Freund hätte, während sie dabei den Arm um Frankie legt.

Weil ich in ihren Augen eine alleinstehende Frau bin, die für ihren Geschmack ein bisschen zu nah an ihrem Freund dran ist.

Ich gehe viel aus, Francis und ich sind beide herzliche Menschen, wir umarmen gern – und dann schleichen wir uns auf ihrer Party gemeinsam davon … Ja, mir ist klar, wie das auf sie wirken könnte.

Aber Francesca kann mich mal. Ich würde auf meiner eigenen Einweihungsparty niemals aussehen, als käme ich gerade von einem Casting für *The Apprentice*. Und wenn überhaupt betrachte ich es als Kompliment, mit jemandem von *Love Island* verglichen zu werden.

»Sollen wir gehen?«, flüstert Tally.

»Ich muss auf die Toilette«, murmle ich zurück.

Muss ich nicht, aber es ist eine gute Ausrede, um den Raum zu verlassen. Auf dem Flur hören Frankie Eins und Zwei auf zu streiten und sehen mich an. Einen schrecklichen Moment lang sagt niemand etwas. Die Stille ist erstickend.

»Ich denke, du solltest gehen«, sagt Francesca mit einem Schniefen zu mir und presst die Zähne zusammen.

Ich möchte sie anfahren. Etwas Gemeines und *Gehässiges* sagen. Ich möchte sie fragen, warum sie nicht einfach akzeptieren kann, dass wir Freunde sind, oder warum sie ein solches Problem mit mir hat.

Doch Frankie sieht zermürbt und verärgert aus, und auch wenn ich nichts falsch gemacht habe und es nicht meine Aufgabe ist, das hier in Ordnung zu bringen, so ist er eben doch mein Freund, und es tut mir leid, dass er in diese Lage geraten ist.

Also sage ich leise: »Wir sind wirklich nur Freunde, weißt du? Wenn wir zusammen sind, redet er ständig nur über dich.«

Francesca ist sichtlich überrascht – sie hat natürlich erwartet, dass ich ein wenig zurückschlage. Sie schluckt und wirkt beschämt, doch ihr Blick ist nicht auf mich gerichtet, sondern auf Frankie.

Es ist gut, dass ich ihn so sehr mag, sonst wäre ich noch viel verärgerter über die Tatsache, dass seine Freundin meine Gefühle einfach so ignoriert.

»Ich rufe ein Taxi. Du hast recht. Ich sollte gehen«, sage ich und verschwinde auf die Toilette. Ich muss nicht wirklich pinkeln, aber ich brauche eine Erklärung, um mich dort für ein oder zwei Minuten zu verstecken.

Nichts kann einem die Laune schneller verderben als der Vorwurf, die Frau zu sein, die einer anderen den Mann ausspannt, und gleichzeitig daran erinnert zu werden, wie einsam und verlassen man in Wirklichkeit ist.

Frankie Eins umarmt mich, als wir gehen, und murmelt mir »Danke« ins Ohr statt »Tut mir leid«, aber das verstehe ich. Sie ist seine Freundin. Sie kommt an erster Stelle.

Daran bin ich gewöhnt.

Lena und Tally sind auf der Rückfahrt zum Hotel sehr verständnisvoll. Auch wenn Lena mit Frankie Zwei befreundet ist, war ich zuerst ihre Freundin, und es ist schön zu wissen, dass ich zur Abwechslung doch einmal wichtig bin. Ich bin zu erschöpft, um viel zu sagen, aber ich weiß es zu schätzen, wie die beiden losschimpfen – wie völlig unangebracht es war, so auszurasten, diese Dinge über mich zu sagen, diese Dinge über mich zu *denken* und überhaupt, was sagt das über ihre Beziehung zu Frankie aus, wenn sie ihm nicht vertraut?

»Du hast so ein Glück, Soph«, sagt Tally. »Du musst dich nicht mit diesen ganzen Dramen herumschlagen, weil du Single bist.«

»Ja. Ja, ich fühle mich im Moment wirklich wie ein richtiges Glückskind, Talls.«

Nicht alles, was glänzt, in der Tat.

Am nächsten Morgen geht es mir wenigstens nicht mehr ganz so beschissen. Es ist nicht meine Schuld, dass Francesca so unsicher ist; es liegt nicht an mir, dass sie es nicht ertragen kann, dass Frankie mit einer Frau befreundet ist. Und mein Kleid war partytauglich, nicht nuttig. Wenn überhaupt, dann tut *sie mir* leid.

(Und ich bin ein bisschen wütend darüber, dass sie mich für die Art Frau hält, die einer anderen den Freund ausspannen will, nur weil sie selbst keinen hat, aber ich versuche mein Bestes, nicht weiter darüber nachzudenken. Allerdings befürchte ich, dass Frankie Eins künftig nicht mehr so nett zu mir sein wird, nur um Frankie Zwei zu besänftigen, aber auch daran versuche ich nicht zu denken.)

Die Mädels bemerken meine Stimmung und erwähnen das katastrophale Ende des gestrigen Abends nicht mehr. Stattdessen machen wir uns schick, um in York brunchen und bummeln zu gehen, und dabei versichern wir uns gegenseitig, wie schön es ist, Zeit miteinander zu verbringen.

»Genau.« Lena stupst mich an. Wir teilen uns gerade den Spiegel im Hotelzimmer, sie trägt ihren Eyeliner auf, und ich versuche, meine Bettfrisur mit dem Glätteisen zu richten. »Besonders, nachdem du von meiner Verlobungsparty verschwunden bist.«

Tally schnaubt, während sie sich im Badezimmer anzieht.

»Ich kann nicht fassen, dass ihr das geglaubt habt. Denkt ihr wirklich, dass ich so etwas tun würde?«

»Was weiß ich«, sagt Tally. »Vielleicht war er ja wirklich heiß. Ein richtiger Timothée Chalamet.«

»Nimm es Mitch nicht übel«, sagt Lena vermittelnd. »Er hat gerade eine achtjährige Beziehung hinter sich. Ich glaube, er hat die ganze Sache von wegen ›sich die Hörner abstoßen‹ ein bisschen zu ernst genommen.«

»Würg«, schreit Tally. »Ich hasse diesen Ausdruck. So eklig.«

»Du kannst ihm sagen, dass ich mich vielleicht mit ihm verabredet hätte, wenn er nicht so widerlich gewesen wäre«, sage ich.

Lena winkt mir mit ihrem Eyeliner zu. »Oh, da bin ich dir weit voraus. Ich habe ihm schon die Leviten gelesen. Ich habe ihm gesagt, dass er bei der Hochzeit rausfliegt, wenn er jedes Mädchen anmacht, das aufsteht, um zu ›Single Ladies‹ zu tanzen.«

»Würg«, sagt Tally wieder.

»Ich glaube, einer von Johnnys Trauzeugen ist Single.« Lena wirft einen Blick in den Spiegel. »Er sieht ziemlich gut aus.«

Ich schwöre, jedes Mal, wenn man seine Freunde bittet, einen zu verkuppeln, fällt ihnen partout niemand ein. Aber in der Sekunde, in der man nicht fragt – bam, haben sie massenhaft Kandidaten für dich. So gut sie es auch meinen, handelt es sich dann um einen Kerl mit überkämmter Glatze, der in aller Öffentlichkeit Crocs und Socken trägt, oder einen, der normal zu sein scheint, bis man in seiner Wohnung eine umfangreiche Sammlung von Sylvanian-

Families-Spielzeug entdeckt, das überall herumsteht, ein Hobby, das bis dahin komischerweise niemand erwähnenswert fand.

Ich gebe ein unverbindliches Geräusch von mir, denn vielleicht fühle ich mich an diesem Tag ja einsam genug – oder er ist charmant genug. »Solange er nicht wie Mitch ist. *Helena.*«

Das ist gemein von mir, aber es ist mir schon herausgerutscht, bevor ich es verhindern kann.

Sie seufzt, und Tally springt auf den Zug auf. »Müssen wir wirklich aufhören, dich Lena zu nennen?«

»Doch nur in Johnnys Umfeld«, antwortet sie, ihr Tonfall ist eher niedergeschlagen und nicht mehr so defensiv wie bei der Verlobungsfeier, was mich nur noch fuchsiger macht, da ich es war, die seinerzeit den Schlag einstecken musste. »Wie ich von seiner Schwester weiß, meint seine Mutter, dass er *gewöhnlich* klingt.«

»Wow«, ruft Tally, während ich mich für »Blöde Kuh!« entscheide.

»Johnny entschuldigt sich die ganze Zeit dafür. Aber es macht mir ja nichts aus, Helena genannt zu werden. Und sie ist … Sie ist in Ordnung, nur … ein bisschen hochnäsig, das ist alles. Alles muss genau so sein, wie sie es will. Daran gewöhnt man sich.«

Am liebsten möchte ich fragen, ob sie sich wirklich an solche Leute binden will, aber dann sagt Tally: »Ich weiß, was du meinst. Paul, ihr wisst schon, Sams Bruder, ist ein absolutes Arschloch. Ich habe ihn noch nie einen Finger rühren sehen. Nicht einmal, um eine Tasse Tee zu machen. Und Sam und ich sind nun schon seit vier Jahren zusammen! Er ist einfach *unhöflich*.«

»Bäh«, sagt Lena.

»Ja. Aber ich bin schließlich nicht mit ihm zusammen, richtig? Weder kaufe ich eine Wohnung mit ihm, noch will ich eines Tages Kinder mit ihm haben. Und ich liebe Sam wirklich, verdammt noch mal.«

Ich frage mich, wie sich das anfühlt, jemanden so sehr zu lieben, dass man ihn nicht nur trotz seiner Fehler liebt, sondern auch trotz der Fehler seiner Familie. Ich meine, es ist etwas anderes, wenn es um die eigene Familie geht, aber in dem Fall entscheidet man sich für diese Leute, außerdem kann man sie nicht zurechtweisen, ohne zu riskieren, ausgerechnet den Menschen zu verletzen, in den man so verliebt bist.

Ich liebe Lena, aber Himmel noch mal, ihre Mutter könnte ich nicht lange ertragen. Als ihre Freundin muss ich das auch nicht. Und ich liebe Tally, wohingegen ich Sam nicht gerade toll finde; genau genommen halte ich ihn für eine Art Depp. Aber ich muss Sam nicht lieben, ich muss nur nett zu ihm sein und keinen Streit vom Zaun brechen, wenn er etwas sagt, womit ich nicht einverstanden bin.

Ich gebe alle möglichen Geräusche von mir, während die beiden weiterreden, damit es so wirkt, als würde ich mich an der Unterhaltung beteiligen, aber ich habe nicht wirklich etwas beizutragen. Weil ich nichts davon verstehe, und ganz ehrlich:

Manchmal habe ich Angst, dass ich es nie verstehen werde.

9. KAPITEL

»Also, Sophie, wie steht es um dein Liebesleben? Triffst du dich im Moment mit jemandem?«, fragt meine Ex-Stiefmutter Camilla, als ich gerade ein großes Stück von meinem Burger abbeiße.

Ich liebe meine Familie, auch wenn sie manchmal ein bisschen dysfunktional ist. Da wir altersmäßig ziemlich nahe beieinanderliegen, ist Jessica wie eine richtige Schwester für mich, während Nadine … Nun, auch wenn wir uns nicht so gut verstehen, weiß ich, dass sie immer für mich da wäre. Und obwohl mein Vater und Camilla sich vor Jahren haben scheiden lassen, verstehen sie sich immer noch gut, und Camilla behandelt mich nach wie vor wie ein eigenes Kind, und dasselbe gilt für meinen Vater und ihre Töchter.

Aber herrje, wie schön wäre es, wenn ich sie nur *einmal* treffen könnte, ohne nach meinem Liebesleben gefragt zu werden.

Alle sehen mich erwartungsvoll an.

Ich kaue langsam auf meinem Burger herum, um Zeit zu schinden.

So gerne ich auch meinen Freunden meine unschönen Verabredungen schildere, ist das bei meiner Familie eine ganz andere Sache. Ich würde es Jessica erzählen, aber dann würde Nadine es wissen, und unsere Eltern würden es auch unweigerlich erfahren.

Mit meinen Freunden ist es lustig; es ist einfach eine gute Geschichte, wenn auch irgendwie immer dieselbe. Meistens ist das Aufregendste, was ich unternehme, mir Essen liefern zu lassen und zum x-ten Mal *Emily in Paris* zu schauen. Also ja, ich erzähle ihnen von meinen Dates, auch wenn sie schlecht laufen, auch wenn ich mir große Hoffnungen mache, die dann enttäuscht werden.

Bei meiner Familie ist das etwas anderes. Für die wäre es nicht lustig, sondern einfach traurig. Ich mache nicht etwa ein Geheimnis daraus, ich … Ich erzähle ihnen einfach nichts.

Was etwas völlig anderes ist, nicht?

Es ist ja schon schlimm genug, dass ich mir selbst jedes Mal Hoffnungen mache, wenn ich einen Typen auf einer Dating-App entdecke – ich muss nicht auch noch die Hoffnungen meiner Familie wecken, nur um sie dann zu enttäuschen.

Ich will nicht, dass sie von mir enttäuscht sind.

Wenn sie mich nach meinem Liebesleben fragen – und das tun sie *ständig* –, gelingt es mir in der Regel, ziemlich ausweichende, unverbindliche Antworten zu geben, um dann schnell über die Arbeit oder meine Freunde zu sprechen. In letzter Zeit ist es mir gelungen, das Thema auf Jessicas Hochzeit und den bevorstehenden Junggesellinnenabschied oder auf Nadines Schwangerschaft zu lenken – beides überschattet alles, was ich zu sagen hätte, bei Weitem.

Also schlucke ich endlich mein Essen hinunter und versuche es mit genau dieser Taktik.

»Ach, immer das Gleiche. Nichts Neues, wirklich!« Ich mache eine Pause, bevor ich weiterspreche, damit es nicht so auffällt. »Oh mein Gott, Jess, ich komme immer noch nicht über dein Kleid hinweg! Es ist einfach umwerfend. Ich wette, Dad weint, wenn er dich auf der Hochzeit darin sieht.«

»Natürlich wird er weinen«, spöttelt Camilla. »Du weißt ja, wie er ist.«

Jessica lässt sich jedoch nicht so leicht ablenken und fragt: »Was ist mit deiner Begleitung für die Hochzeit?«

»Was? Was ist damit?«

»Hast du noch niemanden gefunden? Mir läuft die Zeit davon, alles mit den Caterern abzusprechen …«

Nadine verzieht das Gesicht. »Oh Gott, Soph, bitte bring nicht irgendeinen Typen von Hookd mit. *Das geht nicht*. Was, wenn es nicht klappt? Dann ist er auf den Fotos drauf und ruiniert alles.«

»*Und* er könnte Fisch sein«, sagt Jessica und rümpft die Nase.

»Und das sagt ausgerechnet ein Steinbock«, schieße ich zurück.

»Oh, das ist ein guter Hinweis«, sagt meine Ex-Stiefmutter diplomatisch. »Ja, Sophie, wen wirst du mitbringen? Wir müssen jetzt wirklich alles festmachen. Die Sitzordnung …«

»Sitz« und »Ordnung« sind die Aktivierungswörter, die Jessica immer in einen bräutlichen Soldaten verwandeln. Sofort wirft sie die Gabel hin, stöhnt und verkündet, dass sie die Sitzordnung nicht *noch* einmal ändern kann, dass sie sie schon hundertmal umstellen musste und ich ja keine Ahnung hätte, wie kompliziert das ist, dass sie zudem an tausend andere Dinge denken muss und dass innerhalb der nächsten zwei Wochen alles geklärt sein muss, damit der Kalligrafiekünstler die Namen schreiben kann und …

In ihrem Ton steckt so viel Raserei und Wut, dass ich zu gleichen Teilen erschrecke und sie bewundere. Organisation war schon immer ihr Ding, und die Fähigkeit, sich auf eine Sache zu konzentrieren, kommt ihr in ihrem Job als Buchhalterin zugute, aber die Hochzeit hat sie auf ein ganz anderes Level gehoben.

Wenn ich eines gelernt habe, dann, so wenig wie möglich Unruhe zu stiften.

Nicht darauf hinweisen, dass Lilien überall Pollenflecken hinterlassen könnten.

Nicht sagen, dass die Farbe der Brautjungfernkleider uns alle ein bisschen verwaschen aussehen lassen könnte.

Nicht die Tatsache erwähnen, dass ich noch keine Begleitung gefunden habe, obwohl alle davon ausgingen, dass ich bis zur Hochzeit einen Freund haben würde, oder besser gesagt, *sollte*.

Jessica dreht vollkommen ab, und Camilla muss kleine, beruhigende Kreise auf ihrem Rücken reiben – was für sie so selbstverständlich ist, dass sie es wahrscheinlich nicht einmal bemerkt.

Nadine wirft mir einen anklagenden Blick zu, als sei das alles meine Schuld.

»Ich habe dir von Anfang an gesagt, dass du dir keine Gedanken über meine Begleitung machen sollst«, murmle ich in meinen Schoß und hoffe halb, dass niemand es hört.

»Du hättest dich wenigstens *bemühen* können, jemanden zu finden«, sagt Jessica mit rauer Stimme. Sie ist nur eine falsche Antwort davon entfernt, laut loszuheulen, was ich ihr nicht verdenken kann. Die Hochzeitsplanung macht eine Menge Arbeit.

Und es dürfte auch eigentlich wirklich nicht so schwer sein, einen Partner zu finden. Alle anderen haben es auch hingekriegt. Also muss es eindeutig meine Schuld sein.

Es liegt mir auf der Zunge zu entgegnen, dass ich es *tatsächlich* versucht habe. Scheiße, ich habe es versucht. Weiß sie nicht, wie viele Typen ich geswiped habe, wie oft ich angefangen habe, Nachrichten zu schreiben? Was ist mit Regenbogen-Joe, der mich auf so unerklärliche Weise geghostet hat, oder Sebastian wie aus *Die kleine Meerjungfrau*, dessen Profil so irreführend war? Mitch, der vielleicht doch ein anständiger Kerl gewesen wäre, wenn ich ihm eine Chance gegeben hätte, nachdem ich den Quickie auf dem Klo abgelehnt hatte?

Aber ich müsste viel zu viel erklären, so vieles, was ich nicht erwähnt habe – zu viel für ein zwangloses Essen nach einer Anprobe. Zudem wirken die drei, die um die gestresste Jessica versammelt sind, wie eine geschlossene Front. Keine Ahnung, seit wann ich hier der Bösewicht bin, ich weiß nur, dass sie damit aufhören müssen, sich beruhigen müssen, und dass es irgendwie *meine* Aufgabe ist, das hier in Ordnung zu bringen.

Bevor ich weiß, was ich tue, strecke ich Kinn und Brust vor, und verkünde: »Es gibt da *tatsächlich* jemanden. Einen … einen Typen, mit dem ich mich seit einiger Zeit treffe.«

Nadine und Camilla wechseln einen Blick, und Jessica verstummt mit offenem Mund.

Dann wirft Nadine mir einen starren Blick zu. »Sag das nicht, wenn du es nicht ernst meinst.«

»Ich meine es ernst. Ich wollte nur nichts sagen, weil wir es langsam angehen lassen. Aber du brauchst dir keine Sorgen zu machen. Ich werde ihn fragen, wenn ich ihn das nächste Mal sehe. Er ist, ähm, im Moment nicht da, aber sobald er zurück ist, werde ich ihn fragen.«

Oh Gott, was tue ich da? Wie bin ich denn darauf gekommen?

Dumme Frage. Ich weiß genau, wie. Gekränkte Eitelkeit. Panik. Beides.

Als Jessica zum ersten Mal sagte, dass ich für die Hochzeit natürlich einen Begleiter haben würde, hoffte ich auch, bis dahin jemanden gefunden zu haben. Ihr Verlobter Conor hat ihr den Heiratsantrag vor über einem Jahr gemacht, und ich hielt diese Zeit für ausreichend, um einen Freund zu finden und eine hübsche, feste Beziehung zu führen wie alle anderen auch.

Ich dürfte jetzt einfach nicht mehr Single sein.

In letzter Zeit sind meine Versuche, einen Freund zu finden, nicht besonders gut gelaufen, aber das muss sich doch bald ändern, oder? Der nächste Typ, mit dem ich mich treffe, wird ein guter Fang sein, da bin ich mir sicher.

Aller guten Dinge sind vierhundert.

Es kann keine große Sache sein, jemanden für Jessicas Hochzeit zu finden. Essen ist umsonst, Getränke auch. Es handelt sich im Grunde um eine ganz normale Party. Welcher Kerl würde das für ein Date ablehnen?

Jessica wirft den Kopf dramatisch zurück. »Danke, dass du mir nichts gesagt hast und ich mich umsonst aufgeregt habe!«

»Ich *wusste*, dass du etwas vor uns verbirgst!«, kreischt Camilla und stößt mich spielerisch an. »Oh, ich wusste es! Du bist immer so verschlossen, wenn wir dich nach deinem Liebesleben fragen!«

Nun ja, weil es total chaotisch ist und Thema einer immer beliebter werdenden anonymen Online-Kolumne, von der ich immer noch niemandem etwas erzählt habe.

»Wie heißt er? Was macht er? Wie habt ihr euch kennengelernt?«, fragen sie mich.

Shit.

Ich habe das *definitiv* nicht gut durchdacht. (Oder ... überhaupt.)

»Nein!«, entgegne ich so sanft, wie es mir möglich ist, und zwinge mich zu einem Lachen. »Keine Details! Nicht bevor ich ihn nicht gefragt habe. Das bringt Unglück.«

Angestrengt lächelnd betrachte ich meine Familie, und sie alle sehen ... *glücklich* aus. Sie freuen sich für mich. Ausnahmsweise.

Es gibt kein Augenverdrehen, kein Mitleid, kein »Oh, arme Sophie, immer noch allein – wie traurig muss ihr Leben sein, weil sie es mit niemandem teilen kann.«

Sie wirken *begeistert*.

Und auch erleichtert, was mehr als nur ein bisschen kränkend ist.

In Jessicas Fall finde ich es ja okay, denn sie denkt ausschließlich an den Sitzplan, aber die Erleichterung auf Camillas und Nadines Gesichtern zu sehen, macht mich wütend. Mein Blut fängt an zu kochen, meine Brust zieht sich zusammen. Meine Finger ballen sich zur Faust um Messer und Gabel und beginnen zu zittern.

Warum ist das wichtig? Warum macht es so einen riesengroßen Unterschied?

Sollte das nicht etwas sein, was ich für mich will, und nicht etwas, was alle anderen für mich wollen?

Vielleicht, aber das ist im Moment nicht die Realität.

Meine Wut ist schnell verflogen, und auf einmal ertappe ich mich dabei, dass ich es genieße. Ich möchte, dass sie sich für mich freuen. Ich möchte, dass sie sich keine Sorgen machen. Ich möchte, dass sie mich nicht für eine komplette Versagerin und eine Enttäuschung halten.

Nur für einen kurzen Augenblick genieße ich es, so zu tun, als hätte auch ich alles. Genau wie die anderen. Ich möchte nicht, dass sie in mir jemanden sehen, dessen Leben unvollständig ist, weil ich niemanden habe, mit dem ich es teilen kann.

Also sage ich grinsend: »Ich kann es kaum erwarten, dass ihr ihn bei der Hochzeit kennenlernt! Ich werde ihn bald fragen, ich verspreche es.«

Und Jessica fragt: »Dieser geheimnisvolle Mann hat doch hoffentlich keine Nussallergie, oder?«

Mai

Jessicas Junggesellinnenabschied

Donnerstag, 27. Mai

Jessica Cox
Hallo, alle zusammen! Ich freue mich sehr darauf, euch morgen zu sehen! Hiermit möchte ich euch nur kurz an die Details erinnern, aber bitte meldet euch, wenn ihr noch irgendwelche Fragen habt!

Die Unterkunft (Coral Cottage – die vollständige Adresse steht in der E-Mail, die Nadine letzte Woche verschickt hat!) steht ab 11.30 Uhr zur Verfügung, also kommt bitte so früh wie möglich, damit wir mit den Aktivitäten beginnen können!
Freitagabend haben wir eine Pizza-Party mit Maniküre.
Samstag spielen wir Paintball (Abfahrt um 10 Uhr!), also BITTE denkt daran, vernünftige Kleidung und Schuhe mitzubringen!!! Für 13.30 Uhr ist ein Minibus gebucht, der uns in die Stadt zum Nachmittagstee und anschließend zu einem Cocktailkurs fährt. Das Abendessen ist für 20.00 Uhr gebucht, also BITTE bringt auch Partykleidung und entsprechende Schuhe mit, lol!
Check-out ist am Sonntag um 10 Uhr, recht früh für einen Hangover, lol!
Nadine hat jedem von euch eine kleine Einkaufsliste gemailt, um sicherzustellen, dass wir genügend Vorräte für das

Wochenende haben. Wir verlassen uns darauf, dass jeder mit anpackt, also BITTE vergesst das nicht!!!
Ich liebe euch alle sehr und freue mich auf ein tolles Wochenende! Xxxxxx

Lydia Smith

Danke, Jess, ich kann es kaum erwarten! Ich habe meine Sachen von deiner Einkaufsliste schon besorgt, bin SO aufgeregt! Brauchen wir irgendetwas Bestimmtes für Paintball? (Schuhe/Kleidung …?)

Nadine Cox-Dawes

@Lydia, wahrscheinlich sind Turnschuhe und Leggings am besten für Paintball. Mehr Details in der obigen Nachricht von @Jessica und in der E-Mail, die ich letzte Woche geschickt habe. x

Nadine Cox-Dawes

@Ola, @Eden, bitte stellt sicher, dass ihr mir das Geld für euren Anteil überweist. Ich habe euch beiden schon ein paarmal meine Bankverbindung geschickt, aber lasst mich wissen, wenn ihr sie noch einmal braucht.

Georgina Spurrs

Danke, Leute, ich freue mich darauf, euch alle zu sehen/kennenzulernen! Eine Bitte: Können wir sicherstellen, dass bei der Pizzabestellung und beim Nachmittagstee auch milchfreie Produkte dabei sind? Lasst mich wissen, wenn ich irgendwelche Leckereien oder Getränke oder sonst was mitbringen soll ☺ x

Eden Rose O'Leary

Hi Nadine, ich habe dir eine Instagram-DM geschickt, um es zu erklären. Es wäre gut, wenn du sie lesen würdest. @Jess, es tut mir SO leid, Babe, aber wie ich dir neulich gesagt habe, kann ich nicht kommen. Bin echt traurig darüber, aber ich hoffe, ihr habt eine tolle Zeit! Macht ein paar Fotos vom Gokart-Fahren für mich!

Lydia Smith

Moment, habe ich etwas verpasst? Fahren wir jetzt auch Gokart?

Nadine Cox-Dawes

@Eden, ich habe dir privat geantwortet. @Lydia, kein Gokart, das war mal eine Idee, aber dann hat sich die Mehrheit für Paintball entschieden x

Sunita Reddy

Danke, Jess. Bis dann! Xxx

Sunita Reddy

PS. Wann sollen wir morgen kommen? Ich habe gegen 16 Uhr Feierabend, kann also gegen 18 Uhr da sein, aber ich weiß nicht, ob das zu früh ist?

Sophie Barker

Hat einen Screenshot geschickt

Hier ist Nadines E-Mail mit dem Zeitplan, falls jemand sie übersehen hat. Wir sehen uns morgen in aller Frühe! Ich freue mich schon darauf!

10. KAPITEL

Sind Junggesellinnenabschiede nicht eine Art Totenwache auf der Beerdigung des Singlelebens?

Betrachtungen unserer Dating- und Beziehungskolumnistin über beliebte Hochzeitstraditionen

Normalerweise würde ich mir viel mehr Gedanken darüber machen, was ich bei einem ersten Date anziehe und welchen Eindruck ich hinterlassen möchte – vor allem jetzt, da ich den Typ überzeugen sollte, mich zur Hochzeit meiner Schwester zu begleiten. Aber ehrlich gesagt gibt es Wichtigeres, worum ich mich kümmern muss.

Nämlich Jessicas Junggesellinnenabschied am Wochenende.

Muss man einen solchen eigentlich unbedingt ein ganzes Wochenende lang mit nicht weniger als *fünf* Aktivitäten feiern? Das alles kostet mich noch meinen letzten Penny. Hoffentlich hält Lena den Ball etwas flacher (womit ich meine *deutlich* flacher), wenn sie an der Reihe ist.

Jessica kann nichts dafür, wirklich. Ich meine, irgendwie schon, aber … Sie will es immer jedem recht machen, alle sollen sich amüsieren. Wenn es nach Jess ginge, würden wir Paintball spielen und Gokart fahren, und auf meiner Einkaufsliste stünden Wodka und Cranberry-Saft statt Prosecco für die Pizza-Party. Nun mag Paintball beliebter gewesen sein als Gokart, trotzdem ist es nicht jedermanns Sache, und wir müssen zum Nachmittagstee, weil Nadine schwanger ist und keinen Alkohol trinken darf und Sunita keinen Alkohol trinken will, auf der anderen Seite macht einfach *jeder* momentan bei seinem Junggesellinnenabschied einen Cocktailkurs, also darf der auch nicht fehlen. Und natürlich müssen wir auch schick essen gehen, weil das ebenfalls angesagt ist, und … ehe ich mich versehe, habe ich die Hälfte meiner Monatsmiete ausgegeben, um ein langes Wochenende mit Leuten zu verbringen, die ich größtenteils noch nicht einmal kenne.

Eden, eine Kollegin von Jessica, hat sich anscheinend mit Nadine überworfen und will nicht mitkommen, allein schon wegen der Kosten für das Ganze. Und ehrlich gesagt kann ich es ihr nicht verdenken.

Kein Wunder, dass jeder in meinem Alter erst dann ein Haus oder was auch immer kaufen kann, wenn er oder sie einen Partner hat. Ich jedenfalls bin wegen der »Hochzeitssaison« schon halb bankrott, und sie hat gerade erst angefangen. Wie soll ich jemals die Anzahlung für eine Wohnung zusammenkratzen, wenn ich auf einen Schlag Hunderte von Pfund ausgebe, nur um mir dann immer noch Gedanken über die Hochzeitsgeschenke machen zu müssen?

Das Schlimmste ist jedoch, dass die Sache an einem langen Wochenende stattfindet und ich trotzdem am Freitag Urlaub nehmen muss, statt dass wir den Montag, einen Feiertag, dort verbringen.

Ich habe neunundneunzig Probleme, und dieser Junggesellinnenabschied ist eines davon.

Aber was soll's. Es wird ein nettes Wochenende werden. So läuft es eben.

Und dasselbe werden sie eines Tages für mich tun, wenn ich an der Reihe bin. Nicht wahr?

Ich sage nichts dazu, denn ich will nicht so wirken, als ginge es mir nur ums Geld, als wäre ich oberflächlich und geizig. Ich will nicht so wirken, als würde ich mich *beschweren*. Und deshalb vermeide ich es, mit meinen Freundinnen überhaupt darüber zu sprechen. Klarerweise kann ich nicht einfach Lena anrufen und losjammern, weil *sie* mich schon bald selbst zu solchen Veranstaltungen einladen wird. Sie soll kein schlechtes Gewissen haben, weil sie ihren großen Moment genießen will, und auch nicht überlegen müssen, ob sie mich überhaupt einladen soll.

Da ich schon mal beim Thema Geld bin – wenigstens können sie alle sich die Kosten mit jemandem teilen. Sie können sich die Verlobungsgeschenke, die Miete und alles andere leisten, weil sie sich die Kosten dafür verdammt noch mal teilen! Aber ich will ihnen nicht den Spaß verderben. Sie sind meine Freunde. Ich liebe sie. Das werde ich auf die gleiche Weise zeigen wie allen anderen auch, in diesem Fall mit einer orangefarbenen Le-Creuset-Auflaufform.

Wie auch immer. Das ist also nichts, worüber ich mit meinen Freundinnen sprechen kann, da wir Singles eher rar gesät sind, und all die Verliebten es einfach nicht verstehen würden. Deshalb beschwere ich mich über all das wohl oder übel bei meinem nächsten Date (und seien wir ehrlich, wahrscheinlich eher übel).

Dabei hatte ich das *wirklich* nicht vor. Nur fragte er mich, was ich am Wochenende vorhabe, und ich sagte, dass ich auf einen Junggesellinnenabschied gehe. Dann wollte er wissen, was wir dafür geplant hätten, und nachdem ich es ihm gesagt hatte, lachte er. »Mensch, da wäre es ja einfacher gewesen zu fragen, was ihr *nicht* macht! Das muss ganz schön was kosten.«

Und schon legte ich mit einer langen, frustrierten Schimpftirade los, die lediglich verriet, wie verzweifelt ich als Single bin.

So viel dazu, einen tollen ersten Eindruck zu hinterlassen und ihn zu bitten, mit mir auf Jessicas Hochzeit zu gehen. Wahrscheinlich wird er nicht einmal Dessert bestellen wollen.

»Tut mir leid«, sage ich hastig, schneide eine Grimasse, lasse die Schultern hängen und kralle meine Hände auf dem Tisch zusammen. Dann schnappe ich mir mein Weinglas und trinke einen

Schluck. »Du hast gefragt, was ich dieses Wochenende vorhabe! Ich schwöre, normalerweise bin ich nicht so.«

Mein Date lacht. »Du musst dich nicht entschuldigen, ich verstehe dich vollkommen. Ich war letztes Jahr bei drei Junggesellenabschieden, und alle haben im Ausland stattgefunden. Jedes Mal gab es ein großes Trinkgelage. So eine richtige *Männer*sache. Ich hätte einen Treuebonus für Budapest verdient – ich schwöre, ich finanziere die Tourismusbranche dort im Alleingang.«

Ich entspanne mich ein wenig, als er weiterredet – wobei er nicht losschimpft so wie ich, sondern eine lustige Geschichte darüber erzählt, wie er nach zwei Junggesellenabschieden kurz hintereinander eine Runde bezahlen wollte und seine Kreditkarte abgelehnt wurde – mit einem leeren Handy-Akku und ohne Bargeld war er an diesem Abend vollständig pleite, sodass der künftige Bräutigam die Rechnung übernehmen musste.

Mein Date heißt Jaxon. Es gab einen Moment, in dem ich Lenas zukünftige Schwiegermutter praktisch gechannelt habe und fast nach links gewischt hätte, weil ich seinen Namen komisch fand, aber er hatte ein breites, liebenswertes Lächeln auf dem ersten Profilfoto – und eigentlich auf allen anderen auch. So ein breites Grinsen, bei dem sich kleine Fältchen in den Augenwinkeln bilden. Das war eine erfrischende Abwechslung zu all den Profilfotos mit geneigtem Kopf und Schmollmündern, also mit ziemlich mürrisch wirkenden Gesichtern. Er hat einen Hund, einen großen, flauschigen Labrador-Mischling, von dem er in seinem Lebenslauf verriet, dass er »immer an erster Stelle stehe« und dann: »Sorry not sorry«.

Wir haben uns vor zwei Tagen kennengelernt. Ich war schlecht gelaunt wegen des Junggesellinnenabschieds, also fragte ich ihn, ob er mit mir essen gehen wolle, weil ich dachte, das würde mich aufheitern, bevor ich meine Sachen packen und zu einem Wochenende vollgepackt mit exakt vorausgeplantem Spaß aufbrechen muss.

Ich bin froh, dass ich ihn gefragt habe. Er ist ein gutes Date. Er hat Fragen gestellt, ein paar Witze gemacht, sich Mühe mit seinem Aussehen gegeben, und er ist höflich. Er ist siebenundzwanzig, sieht aber jünger aus: Sein Gesicht ist rund und weich, der Bart von seinem ersten Profilbild gehört offenbar der Vergangenheit an, er trägt eine runde Brille mit braunen Rändern – das sieht süß aus und steht ihm gut. Ich weiß nicht, ob ich ihn ausgewählt hätte, wenn er auf dem Foto so ausgesehen hätte, aber ich finde, das ist ja das Schöne daran (äh, und zwar wortwörtlich), sich mit jemandem im echten Leben zu treffen und nicht nur über eine App zu kommunizieren.

Beim Dessert dreht sich das Gespräch immer noch um unsere nichtalleinstehenden Freunde.

»Wie lange bist du schon Single?«, frage ich und zucke dann zusammen. »Gott, tut mir leid. Ich hasse es, wenn man mich das beim ersten Date fragt.«

»Nein, nein, ist schon gut.« Er lächelt mich an. »Ungefähr zwei Jahre, zweieinhalb? So in etwa. Und was ist mit dir? Du hast in deinem Profil geschrieben, dass du noch nie in einer ernsthaften Beziehung warst. Aber ehrlich gesagt war ich mir nicht sicher, ob das nur ein, äh … kleiner Scherz war?«

»Oh«, antworte ich. »Nein, das meine ich ernst. Ich habe Dates … Und deswegen hasse ich es, wenn man mir diese Frage gleich beim ersten Mal stellt. Ich schwöre, dass ich nicht vollkommen verkorkst bin, nur weil nie was Längeres daraus wurde. Ha-ha!«

»Vielleicht hast du einfach noch nicht den Richtigen getroffen«, sagt Jaxon, zwinkert mir zu und streicht mit dem Daumen über meinen Handrücken, was mir einen kleinen Schauer über den Rücken jagt. Wärme kriecht in meine Wangen, je länger er meinen Blick festhält.

»Vielleicht«, murmle ich. Ich bin mir nicht sicher, ob Jaxon der Richtige ist – nichts gegen ihn, es ist nur noch zu früh, etwas dazu zu sagen – aber er sagt auf jeden Fall immer das Richtige, und eines muss man ihm lassen … Es funktioniert.

Und hey, wer bin ich schon, um nach nur einem Date behaupten zu können, dass er *nicht* der Richtige ist?

Jaxon schwingt sich zu weiterem Small Talk auf, und wir beschließen, noch ein letztes Glas zu bestellen. Ich genieße seine Gesellschaft so sehr, dass ich gern ein bisschen länger bleibe, und, verdammt, es ist ja nicht so, dass ich morgen arbeiten muss, oder? Was Dates betrifft, habe ich definitiv schon viel Schlimmeres erlebt, und objektiv betrachtet kann ich mir von einem ersten Date nicht mehr wünschen.

Als die Rechnung kommt, holt er seine Brieftasche raus, und ich greife nach meiner Handtasche, da sagt er: »Nein, nein, nein, lass mal! Ich übernehme das hier.«

»Hervorragend«, sage ich unbewegt. »Mit meiner ganzen Schimpftirade darüber, dass die Hochzeitssaison zu teuer ist, wollte ich sowieso nur dein Mitleid erregen, damit du die Rechnung bezahlst.«

Jaxon lacht. »Tja, hat funktioniert. Aber ehrlich, es ist schon in Ordnung. Bitte.«

»Machen wir halbe-halbe.«

Er schüttelt den Kopf, lächelt mich breit an und sagt: »Du kannst nächsten Freitag die Getränke bezahlen.«

»Drinks nächsten Freitag?«

»Klingt nach einer tollen Idee. Danke, dass du fragst, Sophie, ich würde wirklich gerne nächsten Freitag ein zweites Mal mit dir ausgehen.«

Oh, er ist schlagfertig.

Wir ziehen unsere Mäntel an. »Ich schätze, ich sollte ein Uber rufen«, murmle ich und bin mir nur allzu bewusst, was genau ich damit sage. Ich will nicht zögern und auf diese Weise andeuten, dass wir irgendwo noch etwas trinken gehen sollten.

»Wahrscheinlich.«

»Wohin fährst du? Vielleicht können wir uns eins teilen.«

Und nein, ich versuche nicht, das Date zu verlängern. Ich versuche ihn dazu zu bringen, mit mir nach Hause zu kommen.

Ich frage mich, ob das eine gute Idee ist. Aus Erfahrung weiß ich, dass es gemischte Ergebnisse gibt, wenn man gleich beim ersten Date mit einem Mann schläft. Manchmal ist es alles, woran sie interessiert sind, und das ist in Ordnung, denn manchmal ist es auch alles, woran ich interessiert bin. Ich glaube, dass ich Jaxon gerne wiedersehen würde; und ich glaube nicht, dass ich das vermassle, wenn ich mit ihm schlafe. Und wenn, würde es mir nach einem Date nicht gerade das Herz brechen.

Doch möglicherweise ist es keine so gute Idee, weil ich mein Schlafzimmer nach den Vorbereitungen für unser Date und dem Packen für Jessicas Junggesellinnenabschied in einem absoluten Chaos hinterlassen habe, zudem habe ich mich nicht gewachst.

Aber Jaxon zieht leicht die Augenbrauen hoch, schenkt mir ein kleines Lächeln und sagt: »Ich könnte in die gleiche Richtung fahren wie du, wenn du willst.«

Es ist nicht so, dass man die sexuelle Spannung zwischen uns mit einem Messer durchschneiden könnte, aber er sieht ziemlich gut aus, und nach unseren kurzen Unterhaltungen im Internet und dem heutigen Date mag ich ihn.

Zudem ist es ja auch schon ein paar Monate her.

Lächelnd nehme ich seine Hand, als wir nach draußen gehen, um auf ein Uber zu warten. »Ja, das wäre schön.«

11. KAPITEL

Ich wache ein wenig erschöpft und desorientiert auf, fühle mich aber so wohl, dass ich mich am liebsten an den warmen Körper neben mir schmiegen möchte, um noch eine Weile auszuruhen. Ich liege in Jaxons Armen, mein Gesicht an das dunkle Haar auf seiner Brust gedrückt. Er hat ein Bein um meines geschlungen. Wir sind beide noch nackt.

Er rührt sich und spürt, dass auch ich wach bin. »Hey«, murmelt er mit schlaftrunkener Stimme.

Ich hebe den Kopf, drehe mich zu ihm um und lächle. »Morgen.«

Dann beuge ich mich vor, um ihn zu küssen. Seine Hand wandert von meinen Schultern über meine Wirbelsäule. Ich glaube, er will noch ein bisschen weiter gehen, und nach der letzten Nacht habe ich auch nichts dagegen, doch dann fragt er: »Sagtest du nicht, dass du früh aufstehen musst, weil deine Schwester ihren Junggesellinnenabschied hat?«

»Hmm?«

Oh, Scheiße.

Als ich mich über das Bett werfe, um mein Handy zu checken, trete ich ihm versehentlich gegen den Oberschenkel.

Yep. Das war definitiv eine schlechte Idee. Eine schreckliche Idee. Ich war gestern Abend so abgelenkt, dass ich mir keinen Wecker gestellt habe, und Scheiße, Scheiße, Scheiße, ich hätte schon vor über einer Stunde losfahren müssen!

Ich war immer noch nicht mit Nadines Einkaufsliste im Supermarkt.

Ich schleudere die Decke von mir, springe aus dem Bett und hüpfe vor mich hin fluchend in saubere Unterhose und Jeans. Muss ich duschen? Wahrscheinlich muss ich duschen. Ich glaube, ich muss definitiv duschen. Aber ich habe keine Zeit.

So viel zum Thema SO FRÜH WIE MÖGLICH erscheinen.

Und so viel dazu, dass ich ihm gestern zwischen zwei Küssen sagte: »Aber du kannst nicht bleiben, ich muss morgen früh weg«, während ich auf seinem Schoß saß und wir uns gegenseitig die Kleider vom Leib rissen.

Ganz toll. Gut gemacht, Soph, du hast das *Einzige*, was du heute tun solltest, wegen Sex vergeigt. Hervorragende Arbeit.

Jaxon schaut auf seine Uhr, dann auf sein Handy, und während ich ein paar letzte Teile in meinen offenen Koffer auf dem Boden werfe, zieht er sich auch an.

»Ich glaube, ich gehe jetzt besser«, sagt er. »Ich muss bald auf der Arbeit sein.«

Ich halte inne, richte mich auf und werfe ihm eine entschuldigende Grimasse zu. »Ja. Natürlich. Gott, es tut mir wirklich leid. Ich schwöre, dass ich normalerweise nicht so chaotisch bin.«

Dabei deute ich auf das Durcheinander um mich herum, die umgedrehte Schmuckschatulle auf meiner Kommode, den Stapel Handtaschen auf dem Boden neben dem Kleiderschrank, weil ich mich nicht entscheiden konnte, welche ich für unser Date gestern nehmen sollte, aber ich meine gar nicht das Chaos in meinem Schlafzimmer. Ich denke dabei eher an meine ungewollte Schimpftirade gestern Abend und daran, dass ich jetzt dermaßen zu spät bin …

Wie auch immer, Jaxon sagt lachend: »Wir werden sehen. Frag mich nach ein paar weiteren Dates noch einmal, dann kann ich es dir sagen.«

So schlagfertig.

Ich gönne mir eine kleine Pause von dem Stress, so spät dran zu sein, um ihm einen Abschiedskuss zu geben, ihm zu sagen, dass ich mich auf unser Treffen nächste Woche freue, ihn noch einmal zu küssen, und dann ist auch schon sein Uber da.

Jaxon küsst mich auf die Wange, als ich ihn zur Tür begleite. »Viel Spaß bei deinem Junggesellinnenabschied.«

»Danke. Werde ich haben.«

Vorausgesetzt natürlich, dass Jessica und Nadine mich nicht vorher umbringen.

Jessica und Nadine werden mich auf jeden Fall umbringen.

Ich bin schon spät genug dran, und dann kommt auch noch der Einkauf im Supermarkt hinzu. Ich weiß, dass sie sich über mich ärgern werden und ich ihnen das Wochenende verderbe, indem ich sie derart im Stich lasse – ich stehe fast davor umzudrehen, wieder nach Hause zu fahren und ihnen zu sagen, dass es mir nicht gut geht, denn ich finde die Vorstellung schrecklich, Jessica das Wochenende zu verderben.

Am Anfang ist es gar nicht so schlimm: Nadine ruft mich an, als ich wieder auf der Straße bin. Ich nehme über das Bluetooth des Autos ab.

Statt »Hallo Sophie« zischt sie: »Wo bist du? Du solltest doch um halb elf hier sein!«

»Was? Jess sagte gestern im Gruppenchat halb zwölf!«

»Und *ich* habe dir neulich eine Nachricht geschickt, um dich daran zu erinnern, dass wir früher als die anderen kommen, um alles vorzubereiten. Du wolltest beim Dekorieren helfen! Jess sollte nicht ihre eigenen Ballons aufblasen müssen, Soph!«

Scheiße.

Ja, um fair zu sein, Nadine hat mir tatsächlich diese Nachricht geschickt. Das Ganze ist absolut meine Schuld.

Nicht, dass das einen großen Unterschied gemacht hätte, so wie der heutige Morgen gelaufen ist, aber trotzdem.

Sie seufzt. Nadine ist zehn Jahre älter als Jessica und ich, war also schon ausgezogen, als unsere Eltern heirateten, und nicht wirklich oft zu Hause. Sie und Jessica haben sich immer sehr nahegestanden, aber wir beide? Nicht besonders. Ich mag sie schon irgendwie, würde aber nicht sagen, dass ich sie wie eine Schwester liebe, so wie Jess – zumindest nicht, wenn sie mit mir schimpft und mir ein schlechtes Gewissen macht. Aber vielleicht ist es ja genau das, was man von einer großen Schwester erwarten sollte.

»Wo bist du?«

»Äh, warte mal, ich …« Ich bin immer noch zwei Stunden entfernt. »Ich glaube nicht, dass es noch lange dauern wird …«

Was eine dreiste Lüge ist, aber ganz offensichtlich ist sie schon gestresst genug.

»Hast du an den Einkauf gedacht?«

»Natürlich habe ich das!«

»Und hast du meine E-Mail heute Morgen bekommen, in der ich dich gebeten habe, Nagellack und Gesichtsmasken und so was zu besorgen? Du hast mir nicht zurückgeschrieben. Ehrlich, das ist so verdammt unhöflich. Ich kann nicht glauben, dass sie uns abgesagt haben. Das ist das letzte Mal, dass ich ein Spa-Erlebnis zu Hause buche.«

Es kostet mich all meine Willenskraft, nicht zu stöhnen oder laut zu fluchen.

Zähneknirschend setze ich den Blinker, um die Spur zu wechseln, damit ich die nächste Ausfahrt nehmen und einen Laden suchen kann, um zu kaufen, was auf Nadines aktualisierter Einkaufsliste steht.

»Ja, ich habe deine E-Mail gesehen. Tut mir leid, Nads, heute Morgen ging alles drunter und drüber. Ein bisschen hektisch, deshalb habe ich vergessen, dir zu antworten. Keine Sorge, ich hab's im Griff.«

Ich *werde* es auf jeden Fall irgendwann im Griff haben.

Eine Stunde später liegt eine Tüte voller Nagellack und Gesichtsmasken für 99 Pfund im Kofferraum meines Autos, und Jessica ruft an.

Jetzt bin ich ganz offiziell zu spät.

»Bist du auf dem Weg?«

»Ja! Ja, ich bin nur, ähm, da ist ein kleiner Stau, und ...«

»Okay. Beeil dich, ja? Du hast den Prosecco.«

Als ich endlich am Coral Cottage ankomme, dessen Name zu der leuchtend pink-orangenen Eingangstür und den bunten Blumenkästen an den Fenstern passt, stehen alle elf von Jessicas engsten Freundinnen und ein paar Familienmitglieder auf der großen Kiesauffahrt, um meine Ankunft zu beklatschen und zu bejubeln – ganze zwei Stunden zu spät. Drei, wenn man die Tatsache bedenkt, dass ich eigentlich früher da sein sollte, um beim Dekorieren zu helfen.

Obwohl diese »Willkommensparty« bestimmt gut gemeint ist und einfach witzig sein soll, stößt sie mir etwas sauer auf.

Allerdings kann ich nicht zu spät kommen *und* ein Spielverderberin sein, also steige ich mit Schwung aus dem Auto, hebe die Arme über den Kopf, schließe die Augen, als würde ich mich im Ruhm sonnen, und mache einen Knicks.

»Keine Angst, meine Damen, die Kavallerie ist da!«, rufe ich. Nadine stürmt bereits zu meinem Auto, um den Kofferraum zu öffnen und die Vorräte herauszunehmen. Ihre Cousine Lilly und eine Freundin, die ich nicht kenne, helfen ihr dabei, während ich zu Jessica eile und sie fest umarme.

»Es tut mir sehr, sehr leid«, sage ich.

»Es gab keinen Stau, oder?«, fragt sie, als ich sie loslasse. Sie hält meine Arme fest und hebt eine Augenbraue. Für einen Moment sieht sie Nadine verblüffend ähnlich, doch dann umspielt ein Lächeln ihre Lippen. Sie wirft einen Blick auf ihre Schwester und flüstert: »Lydia und Chrissy kamen auch aus deiner Richtung. Sie sagten, die Strecke wäre frei gewesen. *Und*«, fährt sie fort, offenbar stolz auf ihre detektivischen Fähigkeiten, »du riechst nach Mann.«

»Oh je, danke.«

Jessica lacht. »Nach Männerparfüm, meine ich. Sag schon.« Sie ergreift meine Hände und vergisst zu flüstern. »Warst du mit diesem Typen zusammen, deinem mysteriösen Begleiter?«

»Bist du ernsthaft zu spät gekommen, weil du mit Morgensex beschäftigt warst?«, fragt Nadine unvermittelt, und sie spricht definitiv so laut, dass auch der Rest des Junggesellinnenabschieds es mitbekommt.

»Wir hatten keinen Morgensex«, ist alles, was ich herausbringe.

Jessica schnappt nach Luft und tut so, als sei sie empört, aber ganz offensichtlich genießt sie den ganzen Tratsch.

»Oh! Nicht zu glauben, dass du ihn so lange vor uns geheim gehalten hast. Ich kann es kaum erwarten, ihn kennenzulernen. Als Beweis, dass er echt ist, ha-ha! Jedenfalls entschuldigt das nicht ganz, dass du die Hälfte des Junggesellinnenabschieds verpasst hast, deswegen wirst du auf dem Sofa schlafen. Tut mir leid. Wer zuerst kommt, mahlt zuerst. Und Nadine hat ein ganzes Doppelbett für sich gefordert. Ihr Rücken bringt sie um«, meint Jessica mitfühlend.

Ich habe auch Mitleid für die schwangere Nadine, bin aber nicht davon überzeugt, dass das der einzige Grund ist, warum ich auf das Sofa verbannt worden bin.

Trotzdem. »Das habe ich verdient.«

»Da hast du verdammt recht. Jetzt komm schon! Komm rein! Wir sind gerade dabei, ›Steck der Braut den Schleier an‹ zu spielen! Dabei kannst du uns alles über dein fabelhaftes neues Liebesleben erzählen!«

Sosehr ich mich auch über diesen Junggesellinnenabschied beschwert habe, muss ich doch zugeben, dass ich mich gut amüsiere. Der Freitagnachmittag ist entspannt – es gibt ein paar alkoholische Getränke und viele Tassen Tee, einige alberne Partyspiele, jede Menge Snacks und jede Menge Klatsch und Tratsch – verständlicherweise hauptsächlich in Bezug auf die Hochzeit.

Auf diese Weise erfahre ich, dass außer mir noch zwei weitere Singlefrauen hier sind. Die zweite ist Jessicas und Nadines Cousine Lilly, deren Beziehung vor Kurzem in die Brüche ging, da ihr Freund beruflich nach Singapur gezogen ist; die dritte ist Siobhan, die an derselben Schule wie Jessica arbeitet. Siobhan ist (laut ihrem Instagram-Account, denn ich habe ein wenig Stalking betrieben), eine dreiundvierzigjährige Frau, die sich leidenschaftlich für Bildung einsetzt – und deren Feed mit Fotos gefüllt ist, auf denen sie etwas mit Freunden unternimmt oder mit ihren Labradoodles spazieren geht. Sie hat leuchtend lila Haare, Ohren voller Piercings und ist mit Abstand die coolste Person hier.

Nicht wegen der lila Haare oder so. Sie scheint sich einfach wohlzufühlen und sehr selbstbewusst zu sein. Während wir anderen über Witze lachen, die wir nicht wirklich verstehen, oder übermäßig höflich zu relativ Fremden sind, mit denen wir plötzlich einen Raum teilen, scheint sie völlig in sich zu ruhen.

Ich kann verstehen, warum Jessica sie mag. Sie gehört zu den Menschen, in deren Nähe man sich wohlfühlt; ihre positive Einstellung und ihr gelassenes Auftreten sind ansteckend. Schnell beschließe ich, den ganzen Abend in ihrer Nähe zu bleiben. Wenn sie Pech hat, werde ich mich das ganze Wochenende an sie hängen.

Unsere riesige Pizzabestellung kommt an, und jemand schaltet *30 über Nacht* im Fernsehen ein. Die Getränke werden nachgefüllt, und wir machen es uns in der Lounge bequem, einem großen Raum mit drei Sofas. Ein paar Leute landen trotzdem auf dem Boden.

Ich gehöre zu ihnen.

Lilly stößt einen lauten Seufzer aus, als der Film beginnt und eine junge Jenna sich wünscht, dreißig zu sein. »Jemand hätte ihr sagen sollen, dass das nicht gerade toll ist, sondern dass man mit dreißig Schulden hat und sich fragt, wofür man die letzten fünf Jahre verschwendet hat.«

Ich blicke Nadine an und denke, dass ihre Cousine vielleicht zu viel Prosecco getrunken hat, aber die verdreht nur die Augen und zuckt mit den Schultern: *Lass sie doch*.

Einige melden sich sofort zu Wort – es ertönt ein Durcheinander aus: »Nein, sag das nicht! So darfst du nicht denken! Er weiß gar nicht, was er da aufgegeben hat. Du hast noch dein ganzes Leben vor dir! Wer braucht ihn schon? Du bist ohne ihn viel besser dran.«

Und dann sagt Jessica: »So schlimm ist das Singleleben doch gar nicht, Lilly! Sieh dir Soph an! Sie scheint es sehr zu genießen. Oder besser gesagt, hat sie es genossen. Du warst doch ewig Single, stimmt's, Soph? Und du hattest immer Spaß bei deinen Dates und so.«

Dass jemand in meiner Familie denkt, mir würde mein Singleleben Spaß machen, höre ich zum ersten Mal. Wo bleibt auf einmal das Mitleid? Und die Tatsache, dass man sich ein bisschen für mich schämt?

Die Köpfe drehen sich zu mir.

»Eigentlich …«

Nadine tritt mir gegen das Bein.

Ich räuspere mich und strahle Lilly an. »Eigentlich hat sie ja so recht. Es ist genial. Außerdem gibt es jede Menge toller Jungs da draußen. Ich meine, sieh es doch mal so: Du kannst mit echt interessanten Leuten essen gehen, und meistens zahlen sie sogar dafür.«

Zum Glück hat Lilly nicht genug getrunken, um wegen der Tatsache, plötzlich Single zu sein, laut schluchzend in Tränen auszubrechen. Stattdessen lacht sie etwas gezwungen und sagt: »Da hast du wohl recht.«

»Ist das nicht auch ein bisschen nervig?«, fragt mich eine von Jessicas alten Studienkolleginnen. »Die ganze Mühe, jemanden kennenzulernen, auf Dates zu gehen, und dann klappt es nie?«

Sie hat Glück, dass sie am anderen Ende des Raumes sitzt und von Nadine keinen Tritt in die Seite bekommt.

»Nein!«, muss ich antworten. »Nein, überhaupt nicht! Ehrlich, Lilly, es wird dir gefallen. Es macht echt viel Spaß.«

»Und du wirst auch wieder jemanden kennenlernen«, fügt Nadine hinzu. »So wie Sophie.«

Aha. Da *ist* sie ja, die unbeabsichtigte Beleidigung, die ich so gewöhnt bin.

Jessica schwärmt: »Ich kann immer noch nicht glauben, dass du diesen Typen vor uns geheim gehalten hast, Soph! Komm schon, erzähl uns alles! Hast du ein Foto?«

Alle sehen mich erwartungsvoll und aufgeregt an. Als wären sie ungeheuer froh und voller Hoffnung; als ob ich so viel erreicht hätte, nur weil ich jemanden gefunden habe, den ich zur Hochzeit mitbringen und mit dem ich ins Kino gehen kann und so weiter.

Und wie neulich beim Mittagessen fühle ich mich nicht einmal so schlecht dabei. Es ist, als würde ich endlich dazugehören, irgendwie. Als würde ich endlich etwas *richtig* machen.

»Ich habe es dir bestimmt gesagt«, lüge ich und beschäftige mich gleichzeitig mit meinem Handy, um Zeit zu gewinnen. Vielleicht sollte ich einfach so tun, als ob es Jaxon wäre? Immerhin ist die letzte Nacht gut gelaufen, und wenn es nicht klappt, sind es noch Wochen bis zur Hochzeit, also könnte ich bis dahin jemand anderen kennenlernen …

Ich versuche, Jaxons Profil auf Hookd aufzurufen, um es allen zu zeigen, aber die App stürzt ständig ab und lädt nicht. Vielleicht ist es so am besten – nach nur einem Date würde es wahrscheinlich Unglück bringen.

»Hast du keinen Screenshot?«, fragt mich Lydia von der Uni.

Ich schüttle den Kopf. »Die App benachrichtigt einen, wenn jemand einen Screenshot von deinem Profil macht.«

»Oh Gott, das ist ja furchtbar.«

»Ihr müsst mir einfach glauben, dass er sehr gut aussieht«, krähe ich. Der Rausch, ausnahmsweise einmal »Teil der Gruppe« zu sein, steigt mir zu Kopf.

»Gott, ich werde für immer Single bleiben und allein sein. Ich bin so neidisch«, murmelt Lilly vor sich hin.

»Nein, das wirst du nicht!«, ruft Jessica. »Ich sag dir was – wir werden dich morgen alle moralisch unterstützen! Wir werden versuchen, einen attraktiven Paintball-Lehrer für dich zu finden oder jemanden, dem du deine Nummer geben kannst!«

Damit beginnt ein ganz neues Gespräch, in dem es darum geht, dass die meisten von ihnen schon so lange in einer Beziehung stecken, dass sie fast vergessen haben, wie man flirtet, *ha-ha*! Und dass sie sich *nie* vorstellen könnten, einen Mann anzusprechen oder ihre Nummer herzugeben; wie selbstbewusst muss man sein, um sich das zu trauen!

»Gut gemacht«, sagt Nadine, lächelt und nickt mir zu. »Kannst du sie morgen bitte ein bisschen im Auge behalten? Ich glaube, Jess ist es ernst mit der moralischen Unterstützung.«

»Klar.«

Ich weiß nicht, ob sie damit meint, dass ich Lilly bremsen soll, wenn sie sich zu sehr hinreißen lässt, ob ich sie trösten soll, wenn sie sich über das Singledasein aufregt, oder ob ich sie aktiv mit jemandem verkuppeln soll, aber das können wir morgen klären.

Wenn es sich um Letzteres handelt, kann ich mich nur bei Lilly entschuldigen. Wie könnte ich eine echte moralische Unterstützung sein, wo ich doch selbst meine Dates nicht richtig hinbekomme?

12. KAPITEL

Und dann habe ich auch noch meine verdammten vernünftigen Schuhe fürs Paintballspielen vergessen.

Ich kann es nicht fassen. Ich meine, also wirklich. Ich weiß genau, wo sie sind! Die großen Wanderstiefel, die ich in dem Jahr kaufte, als es richtig heftig schneite, sind so sperrig, dass ich sie neben meinen kleinen Koffer in mein Schlafzimmer gestellt habe, um sie nicht zu vergessen, was ich aber *offensichtlich habe*, oder nicht?

Nicht nur meine Stiefschwestern, sondern bestimmt auch alle anderen glauben mir nicht. Sie denken, dass ich sowohl die letzte E-Mail als auch Jessicas Erinnerung im WhatsApp-Gruppenchat absichtlich ignoriert habe – obwohl ich doch diejenige war, die den Screenshot geschickt hat, als die anderen anfingen, Fragen zu stellen, die schon längst beantwortet waren.

Ich frage mich, wie ich auf sie wirke. Vor allem auf die, die mich nicht kennen. Zerstreut und hilflos, keine funktionierende Erwachsene, sondern einfach nur … verdammt nutzlos. Vielleicht flüstern sie sich gegenseitig zu: »Kein Wunder, dass sie seit Jahren Single ist …« Und die, die mich kennen, wie Lilly zum Beispiel, sagen: »Ach, weißt du, so ist Sophie eben. Total chaotisch.«

Wir bilden Fahrgemeinschaften; ich biete an zu fahren, um auf diese Weise meine ganzen aufgelaufenen Minuspunkte abzuarbeiten. Ich muss Jessicas Freundinnen von der Uni chauffieren – Lydia, Chrissy, Ola und Sunita. Die vier reden pausenlos und wild durcheinander, und Gelächter erfüllt das Auto.

Einerseits ist das furchtbar, denn sie sind so in ihre Unterhaltung vertieft, dass sie nicht daran denken, mich in das Gespräch einzubeziehen. Ich könnte genauso gut ihre Taxifahrerin sein, nur dass ich am Ende nicht bezahlt werde.

Andererseits ist es perfekt, weil ich nicht so tun muss, als wäre ich viel organisierter oder cooler, als ich es bin, und ich muss auch keine Lügen über meinen Begleiter für die Hochzeit erfinden.

Die letzten zehn Minuten der halbstündigen Fahrt zur Paintball-Anlage führen über unbefestigte Straßen durch einen Wald, bis wir schließlich vor einer Reihe von kleinen Hütten und einem großen Blockhaus anhalten. Ein seriös aussehender Mann in khakifarbenem Overall und riesigen Stiefeln wartet schon auf uns, die Hände in die Hüften gestemmt.

Wir steigen aus den Autos, alle in Leggings und T-Shirts oder irgendeiner Art von Sportkleidung, die Haare zu Pferdeschwänzen und französischen Zöpfen zusammengebunden. Nadine trägt Jeans und eine hübsche weiße Bluse, als werdende Mutter von allen Zwängen befreit – womit wir statt dreizehn zwölf Spieler sind.

Der ernste Mann stellt sich als Kyle vor. Er will uns in zwei Gruppen aufteilen, doch Jessica unterbricht ihn und sagt, dass wir unsere Gruppen bereits kennen (sie hat sogar das schon vor Wochen geplant), also zeigt er uns nur eine der Hütten, wo wir unsere Overalls anziehen können. Ein Team in Blau, das andere in Rot.

Ich will den anderen folgen, als er mir eine Hand vors Gesicht hält und sagt: »Moment mal, Fräulein. Da hat wohl jemand den Hinweis auf angemessenes Schuhwerk übersehen.«

Ich blicke auf meine Sandalen hinunter, als würde ich sie zum ersten Mal sehen.

»Oh. Ja. Ähm …«

»Es gibt immer jemanden.« Er verdreht die Augen. »Wir haben ein paar Schuhe hier. Welche Größe? Hol dir einen Overall, ich besorge dir ein Paar.«

Während er loszieht, eile ich mit den anderen Mädchen in die

Hütte. Das Material der Overalls ist grob und steif, und sie sind entweder zu groß oder ein bisschen zu eng, somit sehen alle gleich lächerlich aus (außer Siobhan, bei der das Ganze mühelos schick wirkt, denn sie hat einen gefunden, der überwiegend passt und die zu langen Hosenbeine bis knapp über die Knöchel hochgekrempelt. Ihrer ist sogar mit Farbe bespritzt, die zu ihren lila Haaren passt).

Sobald wir alle angezogen sind, zeigt uns Kyle, wie die Paintball-Pistolen funktionieren, und erklärt uns ein paar Regeln. Es werden große Schutzbrillen verteilt, wie wir sie früher im naturwissenschaftlichen Unterricht in der Schule tragen mussten, und ich bekomme zudem ein riesiges, schweres, hässliches Paar Stiefel. Ich setze mich auf eine Bank, und erst als ich meine Sandalen ausziehe, wird mir klar, dass ich keine Socken dabeihabe.

Ich habe dieses Wochenende wirklich einen Lauf.

Nadine, Gott segne sie, scheint genau damit gerechnet zu haben, denn schon steht sie neben mir und hält mir ein sauberes Paar Socken hin. Sie sieht ein bisschen genervt aus, sagt aber: »Viel Spaß, Soph. Und sieh zu, dass du Jesses Team schlägst, ja? Sie hat mich im Auto total genervt, weil sie die ganze Zeit sagte, dass sie gewinnen wird.«

Grinsend nehme ich die Socken entgegen. »Wird gemacht, Schwesterherz.«

Mein Team besiegt Jessicas Team, was allerdings nicht an mir liegt – wie sich herausstellt, bin ich eine miserable Paintball-Spielerin. Aber es macht Spaß, und selbst dem unterlegenen Team scheint die Niederlage nicht viel auszumachen. Ich gebe gerne zu, dass wir alle eine Riesengaudi haben.

Bis uns klar wird, dass zwölf Mädchen nur anderthalb Stunden Zeit haben, um in den drei Badezimmern Farbe, Schweiß und Schlamm abzuschrubben und sich für Nachmittagstee, Cocktails und Abendessen umzuziehen.

In der Hütte breitet sich eine fast manische Energie aus, als wir uns alle hastig fertig machen. Obwohl der Minivan nur achtzehn Minuten später als ursprünglich geplant abfährt, kommen wir zu spät zum Nachmittagstee.

Ich finde es urkomisch, dass alle so unterschiedliche Outfits tragen. Die Freundinnen von der Universität sind am besten aufeinander abgestimmt, alle haben sich für Minikleid und Stöckelschuhe entschieden, bereit für den Abend. Eine von Jessicas Arbeitskolleginnen sowie Nadine und Lilly hingegen tragen niedliche Röcke und Blusen, die eher zum Nachmittagstee passen. Siobhan trägt ein bodenlanges, elegantes schwarzes Kleid, das auch auf einem Firmenevent passend wäre und sich irgendwie in beide Gruppen einfügt; ich habe einen roten Lederminirock und ein weißes T-Shirt an, auf dem in winzigen Buchstaben steht: »WENN DU DAS LESEN KANNST, BIST DU ZU NAH«. Dieses Outfit ist, wie ich nun feststelle, gleichermaßen unpassend für Nachmittagstee, Cocktailkurs *und* Abendessen.

Wir werden etwas komisch angeschaut, als wir aus dem Minibus steigen und ein oder zwei Straßen weiter zum Café gehen, aber ich denke, das hat nichts mit dem billigen Schleier und der *Bride-to-be*-Schärpe zu tun, die wir Jessica verpasst haben. Um ehrlich zu sein, würde ich uns auch ziemlich seltsam finden, da gar nicht erkennbar ist, dass wir überhaupt zusammengehören.

Ich finde mich am Tischende Siobhan gegenüber wieder, worüber ich nicht erleichterter sein könnte. Jessica sitzt natürlich genau in der Mitte, aber alle anderen haben sich ganz natürlich in ihren kleinen Gruppen zusammengefunden. Nadine und Lilly sitzen am anderen Ende des Tisches bei Jessicas Kolleginnen. Ich bin erleichtert, weil ich jetzt nicht die ganze Zeit Witze hören muss, die ich nicht verstehe, und weil mit Siobhan zu reden am einfachsten ist.

Die irre Hektik, sich nach dem Paintball anzukleiden, scheint vollkommen an ihr vorbeigegangen zu sein. Alle anderen wirken ein bisschen angespannt, ein bisschen angestrengt; die »spaßige« Atmosphäre im Café fühlt sich zu gezwungen an, vor allem da sich alle nur mit den Leuten umgeben, die sie bereits kennen.

Anders als gestern, als wir uns begeistert in den Junggesellinnenabschied gestürzt haben, und anders als vorhin, als wir zu sehr mit Paintballspielen beschäftigt waren, um Cliquen zu bilden.

Irgendwann verkündet Nadine, dass wir gehen müssen: Der Cocktailkurs ist fünfzehn Minuten zu Fuß entfernt – oder zwanzig für die mit Absätzen, sagt sie – und wir wollen diesmal nicht zu spät kommen, denn *dann* kommen wir zu spät zum Abendessen und verlieren die Reservierung. Es gibt ein Gedränge, als mindestens die Hälfte von uns würdelos die letzten französischen Macarons, Victoria-Sponge-Küchlein oder Gurkensandwiches verdrückt, bevor wir aus der Tür stürmen.

Während des Cocktailkurses (zu dem auch Mocktails für Sunita und Nadine gehören) vermischen sich Jessicas Freundesgruppen ein wenig, da wir uns in dieser Umgebung alle wohler fühlen.

Der Kurs wird an einem Punkt ziemlich aufregend, als ein paar von uns beschließen, Lilly mit dem Kursleiter zu verkuppeln. Max. Max, der Barkeeper. Er ist ein großer, breitschultriger Kerl, wie man ihn auf *Love Island* erwarten würde, mit einem Ostlondoner Akzent und einem schiefen Lächeln, das ihm einen gewissen Charme verleiht, dem anscheinend alle verfallen.

»Ich kann es kaum erwarten, verheiratet zu sein«, sagt Jessica, laut und deutlich. »Bist du verheiratet?«

»Ich?« Er lacht. »Nein.«

»Hast du eine Freundin?« Ola hat sich fast ganz über den Tisch gelehnt, die Augen groß und ein breites Grinsen im Gesicht.

Lilly sitzt kichernd neben ihr, errötet vom Alkohol und vor Verlegenheit, und fuchtelt mit den Händen vor Ola herum: »Schhhh!«

»Keine Freundin«, sagt Max freundlich.

»Freund?«

»Nein.«

»Das kann ich nicht glauben«, sagt Georgina, eine von Jessicas Arbeitskolleginnen. »Ein Typ wie du? Du musst vergeben sein! So heiß. Stimmt's, Lilly?«

Lilly quiekt und schrumpft in ihrem Sitz zusammen, während Max höflich lacht. *Armer Kerl*, denke ich mir. Wie oft muss er mitspielen, wenn Frauen versuchen, mit ihm zu flirten? Insbesondere, da Jessica sagt, dass momentan praktisch alle diese Art von Kurs für ihre Junggesellinnenabschiede buchen.

»Aber offensichtlich«, sagt er charmant, »seid ihr reizenden Damen alle vergeben.«

»Wir leider ja«, klagt Lydia, woraufhin ein weiterer Chor von Kichern ertönt. »Aber Lilly nicht.«

»Oh, das glaube ich nicht.« Max spielt munter mit, das muss man ihm lassen.

»Vielleicht solltest du ihr ein paar Tipps geben«, meint jemand, wobei ich nicht genau weiß, wer. »Na los, was ist dein bester Anmachspruch?«

»Wie viel wiegt ein Eisbär?«, antwortet er wie aus der Pistole geschossen.

»Genug, um das Eis zu brechen«, kreischen ein paar der Mädchen und lachen schallend los.

Ich sage: »Wusstet ihr, dass Arktis etymologisch aus dem Altgriechischen kommt und ›Bär‹ bedeutet? Denn dort leben die Eisbären. Die *Ant*arktis ist also so etwas wie ›keine Bären‹. Das finde ich so cool. Ist das nicht cool?«

»Ist nicht alles an Eisbären ›cool‹?«, scherzt Siobhan, und ich muss prusten vor Lachen.

»Ist das wahr?«, fragt Max, der mir direkt in die Augen schaut und interessiert den Kopf schief legt. Die ungeteilte Aufmerksamkeit eines charmanten, attraktiven Mannes zu haben, lässt mein Herz ein wenig gegen meine Rippen schlagen.

»Na ja, wenn genug Typen diesen Eisbären-Spruch benutzen, fängt man an, die richtige Antwort zu googlen, und dann ist es auf einmal drei Uhr morgens, und man liest was über das Sternbild ›Großer Bär‹ und dann über Arktis und Antarktis.«

Alle schauen mich an. Max und ein paar der Mädchen (Nadine eingeschlossen) wirken wirklich sehr erpicht auf mein nutzloses Bärenwissen. Max beugt sich ein bisschen vor, als wolle er nachhaken, aber die überwiegende Mehrheit betrachtet mich, als hätte ich mich gerade selbst in einen Bären verwandelt. Oder als ob ich den Verstand verloren hätte. Ich bemerke, wie Ola die Augen verdreht, und dann, dass Lilly mich stirnrunzelnd und deutlich verärgert anschaut.

Ein Fauxpas, wenn man so will.

Ein allzu vertrautes Gefühl von Panik steigt in mir auf, und ich schnippe ein Stück Minze neben meinem Getränk auf die Tischplatte, dabei lache ich so beiläufig wie möglich und verkünde: »Was soll ich sagen? Wenn man so viele Jahre wie ich Single war, hat man eine Menge Zeit, um in einem Wikipedia-Wurmloch zu verschwinden.«

Sie lachen auf meine Kosten, und ich lache auch. Ola versucht Lilly dazu zu bringen, mit Max zu flirten, der jedoch verkündet, dass wir austrinken sollen, da der nächste Kurs schon wartet, woraufhin Nadine wieder einen auf Boss macht, Maps auf ihrem Telefon aufruft, um die Route zu finden und die beschwipste Party vor die Tür zu treiben. Ich frage mich, ob ich Max, den flirtenden, attraktiven Barkeeper, in meiner nächsten Kolumne erwähnen kann. Ganz bestimmt ist da irgendwo ein Sex-on-the-Beach-Witz drin.

Ich geselle mich zu Siobhan, die anscheinend absichtlich langsam geht, um mir Gesellschaft zu leisten. Sie hakt mich unter. Vor uns erzählen ein paar Mädchen einen Witz, über den Jessica sich kaputtlacht, dann fangen sie an, die Straße entlangzutanzen und laut und schlecht einen Taylor-Swift-Song zu singen. Ich beobachte das Ganze mit einem seltsam distanzierten Gefühl und zugleich einem schmerzlichen Ziehen in der Brust.

»Findest du das nicht auch ein bisschen komisch?«, platze ich heraus.

»Was?«

»Das hier. Junggesellinnenabschiede. Die Vorstellung, dass man das Ende seines Singlelebens betrauern muss, bevor man heiratet und das Verheiratetsein feiert. Das ist doch wie … wie eine Beerdigung für das Singleleben. Also im Grunde eine Art verherrlichte Totenwache.«

Siobhan bekommt einen Lachanfall. »Totenwache! Oh Gott! Ich meine, so kann man es wahrscheinlich auch sehen.«

Ich beiße mir auf die Zunge, statt es zu erklären, denn ich klinge so fies, so zickig, so *neidisch*. Und das bin ich wahrscheinlich auch, aber … eigentlich bin ich einfach nur traurig.

»Von den gelegentlichen Wikipedia-Wurmlöchern abgesehen«, meint Siobhan, »wie ist es dir mit deinem Singledasein ergangen?«

»Oh! Na ja. Du weißt schon. Es ist so, wie ich gestern gesagt habe. Toll. Die ganzen Verabredungen. Neue Leute zu treffen, auszugehen und neue Dinge zu tun oder … Ich finde es super. Na ja, du weißt schon. Ich finde es *nicht* super, sonst würde ich ja nicht versuchen, kein Single mehr zu sein, indem ich immer Dates habe und so, aber …«

Siobhan betrachtet mich mit einem sehr ruhigen ernsten Blick, den Kopf leicht zur Seite geneigt, ihr Eyeliner ist funkelnd gold und geschwungen. Wirklich hübsch. Ich wünschte, ich könnte meinen auch so hinbekommen.

»Du scheinst von deinen Dates nicht sehr begeistert zu sein.«

Ich lache auf, kurz und irgendwie hässlich. »Ist das jemals jemand? Man wird zurückgewiesen oder die Typen sind einfach … Mann, im schlimmsten Fall wirklich schrecklich und im besten Fall langweilig oder hochnäsig. Es ist …« *Anstrengend*, will ich sagen, so, wie ich es gestern Abend sagen wollte, aber ich schließe hastig den Mund. Das Singleleben macht doch angeblich so viel Spaß! Ja, es macht Spaß!

Ich öffne den Mund wieder, und ein Schluckauf kommt heraus.

Also sage ich: »Es ist manchmal ein bisschen anstrengend, das ist alles. Aber es hat auch seine guten Seiten! Ganz sicher. Haufenweise. Und ...« Und *Scheiße*, angeblich bin ich ja mit jemandem zusammen. »Und jetzt scheint es zu klappen, denn ich bin mit einem wirklich netten Typen zusammen! Er ist meine Begleitung für die Hochzeit, weißt du? Und das ist ... Es läuft wirklich gut. Wirklich toll.«

»Ja. Ja, natürlich. Aber ...«

»Shiv!«, ruft Georgina, eine der Arbeitskolleginnen, und rennt auf uns zu. »Sorry, Soph. Siobhan, ich habe Chrissy und Wieheißt-sie-noch-Mal mit den roten Haaren gerade von deinem Onkel in Neuseeland erzählt und wie er damals Orlando Bloom getroffen hat und dachte, es wäre Paul Rudd, aber ich erzähle das nicht richtig.«

»Dein neuseeländischer Akzent ist ja auch furchtbar.« Siobhan lacht und lässt sich von Georgina wegzerren. Eine Minute lang bleibe ich allein zurück und denke darüber nach, wie wenig ich über Dates, das Singledasein und die Beziehungen anderer Leute nachdenken will – was aber leider unvermeidlich ist, da es hier um nichts anderes geht, als die bevorstehende Hochzeit meiner Stiefschwester zu feiern, zumal Nadine von mir erwartet, dass ich beim Essen eine Rede darüber halte, wie sehr ich mich für Jessica und ihren Verlobten freue.

Dates sind anstrengend, aber das hier ... Das hier auch.

Ich bin so, so müde.

Doch heute Abend geht es nicht um mich, und deshalb werde ich keine Selbstmitleidsparty feiern. Also reiße ich mich zusammen und hole Lilly ein, um zu sagen, wie süß Max der Barkeeper war, und sie zu fragen, ob sie das Gefühl hatte, dass er mit ihr flirtete? Dass er auf jeden Fall ein bisschen in Flirtlaune war und es vielleicht beim Abendessen einen süßen Kellner oder so gebe, ich würde neben ihr sitzen und den ganzen Abend Ausschau halten. Wir könnten im Internet nach billigen Anmachsprüchen suchen.

»Geht es dir gut?«, fragt sie mich, als sie über die bloße Idee, mit jemandem zu flirten, zu kichern aufgehört hat. »Du siehst ein bisschen …«

Oh Mann, besten Dank.

»Mir geht's gut«, erwidere ich lächelnd. »Ich bin nur etwas müde.«

Juni

Jessicas Hochzeit

Liebe Sophie Barker & Begleitung

Conor Fellowes
und
Jessica Cox
bitten um die Ehre Eurer Anwesenheit
bei ihrer Hochzeit
am Samstag, dem 19. Juni,
um 14.30 Uhr, im
The Regent Terrace Hotel, Castle Combe,
mit anschließendem Abendessen und Empfang.

NOTIZ AN MICH SELBST – PLÄNE FÜR JESSICAS HOCHZEIT

Zuletzt aktualisiert am 10. Juni

Familienessen im Hotel am Freitag, dem 18. Juni. Tisch für 19.30 Uhr reserviert, aber SEI UM SIEBEN da, alle anderen werden ebenfalls zu früh kommen!!!

Haare und Make-up in Nadines Zimmer ab 8 Uhr, denkt daran, mit nassen Haaren zu kommen!!!

Nadine fragen, wie wir es mit dem Frühstück halten

Und mit dem Mittagessen!!!!!

Die Zeremonie beginnt um 14.30 Uhr, VORHER PINKELN

Nadine fragen, ob ich Geld für Getränke dabeihaben muss

Daran denken, Snacks mitzubringen und im Zimmer zu lassen, falls das Abendessen wegen der Fotos erst spät beginnt

Tragbares Ladegerät einpacken!!

SCHUHE EINLAUFEN!

Blasenpflaster einpacken

Camilla keinen Brandy trinken lassen

Dad um eine Kopie seiner Rede bitten – du hast Jess versprochen, sie auf superpeinliche Geschichten und Dad-Witze hin zu überprüfen. NICHT VERGESSEN.

Duncan fragen, ob er meine Ersatzbegleitung sein kann, nur für den Fall.

13. KAPITEL

Die Ehe ist eine riesige Verpflichtung – warum scheint es ein ebenso großer Schritt zu sein, jemanden als Begleitung zu einer Hochzeit einzuladen, wenn es dabei doch eigentlich nur um ein kostenloses Abendessen geht?

Wie es ist, jemanden als Begleitung zu einer Hochzeit einzuladen (und wann man auf keinen Fall den Brautstrauß fangen sollte), von unserer Dating- und Beziehungskolumnistin

In der Woche vor der Hochzeit treffe ich mich zum fünften Mal mit Jaxon. Wir kennen uns seit fast einem Monat, und bis jetzt läuft es …

Ich will es nicht beschreien, aber *es läuft irgendwie wirklich gut.*

Wir haben eine Woche nach Jessicas Junggesellinnenabschied das ganze Wochenende zusammen verbracht. Letzte Woche dann hat er mich zum Kneipenquiz mit seinen Kumpels eingeladen – was vor allem bedeutet, dass er mich seinen Freunden vorstellen wollte! Das ist eine große Sache! Tally hat ihre eigene Meinung über Verabredungen unter der Woche, ich weiß, aber nach ein paar Wochen mit ihm finde ich es nicht mehr seltsam, ihn an einem Montagabend zum Essen zu treffen, zumal er bei sich zu Hause kochen will.

Jaxons Wohngemeinschaft ist minimalistisch eingerichtet, sauber und aufgeräumt. Jedenfalls viel aufgeräumter als meine

Wohnung. Das einzige Unordentliche, das mir auffällt, ist eine Zeitung auf dem Couchtisch im Wohnzimmer.

Ich mache einen Salat, und er bereitet eine Lasagne zu.

Jaxon ist nett. Er ist süß, man kann sich gut mit ihm unterhalten, er fragt immer, wie mein Tag war, und schickt mir regelmäßig Nachrichten. In letzter Zeit hat er angefangen, sich mit »*Gute Nacht, meine Schöne xxx*« zu verabschieden, was ich für ein sehr gutes Zeichen halte.

Als er die Lasagne zurück in den Ofen schiebt und den Timer noch einmal für fünf Minuten anstellt, frage ich so beiläufig wie möglich: »Hast du zufällig Lust, am Wochenende mit mir zur Hochzeit meiner Schwester zu gehen?«

Er steht so schnell auf, dass er sich die Schulter an der Küchentheke stößt und zusammenzuckt, dann schiebt er sich die Brille wieder auf die Nase und starrt mich an. Ich schneide weiter Gurken, lächle und tue so, als wäre das Ganze keine große Sache.

»Wie bitte?«

»Ach, weißt du, dieses Wochenende ist doch Jessicas Hochzeit. Und natürlich kann ich jemanden mitbringen, also dachte ich ... Vielleicht hast du Lust? Ich habe schon ein Hotelzimmer gebucht, also könnte das für dich einfach ein kostenloses Wochenende woanders werden.«

Wobei meine Familie ihn zweifellos höflich, aber bestimmt ausfragen wird und es nicht auffallen darf, dass wir uns erst kennenlernten, *nachdem* ich meiner Familie von meinem Begleiter erzählt habe, aber ...

»Ähm, das ist ... Wow, äh ... Danke, Sophie, das ist sehr großzügig von dir. Das klingt toll.«

»Du kommst also mit?«, platze ich etwas zu schnell und viel zu enthusiastisch und erleichtert heraus. Hastig wende ich den Blick ab, weil ich vielleicht zu sehr wie ein Klette geklungen habe (höchstwahrscheinlich).

»Ich habe dieses Wochenende schon was vor«, sagt er, ebenfalls ohne mir direkt in die Augen zu sehen. »Tut mir leid.«

»Oh.«

Ich kann ihn nicht fragen, was er vorhat. Das würde nun wirklich armselig klingen. Ich werde keinesfalls die anhängliche Freundin geben, wo wir noch nicht einmal festgelegt haben, ob wir überhaupt ein Paar sind. Mir ist klar, was für ein großer Schritt es ist, ihn zu einer Familienhochzeit einzuladen; deswegen muss ich seine Absage einfach akzeptieren.

Also sage ich: »Das ist schon okay«, allerdings mit einer Stimme, die sehr, sehr deutlich macht, dass ich es nicht so meine.

Nach dem Abendessen gähnt Jaxon und entschuldigt sich, er müsse früh ins Bett, es tue ihm wirklich leid. Nachdem er mich zum Abschied geküsst und sich für den schönen Abend bedankt und sich sogar noch einmal dafür entschuldigt hat, dass er dieses Wochenende nicht mit mir kommen kann, gehe ich nach Hause in mein eigenes Bett, allein und voller Befürchtungen.

Habe ich jetzt alles vermasselt, weil ich ihm vorschlug, meine Familie kennenzulernen? Ich kenne doch inzwischen seine Freunde, ist das denn so anders? Außerdem habe ich ihn ja gar nicht gebeten, sie *kennenzulernen*, sondern nur … mit ihnen auf der gleichen Veranstaltung abzuhängen.

Das größere Problem – zumindest für mein durchdrehendes egozentrisches Ich an diesem heutigen Abend – ist die Frage, wie ich jetzt noch so schnell einen Begleiter für die Hochzeit finden soll.

Es bleibt keine Zeit mehr, ich werde Duncan fragen müssen. Er kann mit jedem plaudern, und er ist ein guter Freund, der mir bestimmt dabei hilft, mein Gesicht zu wahren. Er wird ein toller Begleiter sein.

Wir können zusammen zu »Single Ladies« tanzen.

Es wird alles gut gehen. Da bin ich mir sicher.

Helena Shelton
Ich habe diesen Artikel über Singlefrauen und das Dating-Leben gelesen – da musste ich an dich denken, Soph! Er ist zum Totlachen: Letzten Monat hat sie auf einem Junggesellinnenabschied WIRKLICH mit einem Barkeeper in einer Abstellkammer Sex gehabt! Ist das zu glauben?! »Was ich jederzeit einem Sex on the Beach vorziehen würde«, lol!

Tallulah King
OMG! Ich liebe diese Kolumne. Sie ist meine neueste Obsession.

Helena Shelton
Wem sagst du das! @Sophie Hast du sie gelesen???

Sophie Barker
Lol, ja, sie macht auf Twitter die Runde. Wenn nur mein Dating-Leben so aufregend wäre!

Helena Shelton
Allerdings!

Tallulah King
Ich kann die »Totenwache auf der Beerdigung deines Singlelebens« kaum erwarten, Lena! Wir müssen dafür sorgen, dass für Sophie ein sexy Barkeeper zur Stelle ist!

Helena Shelton
Na ja, sie LIEBT es, sich auf Partys mit Fremden zu vergnügen, lol! Mitch 2.0 ist im Anmarsch!

Etwas Kaltes und Unangenehmes kribbelt auf meiner Haut und setzt sich in meinen Knochen fest, als Tally und Lena sich weiter unterhalten und die Benachrichtigungen eine nach der anderen auf meinem Handy-Display auftauchen.

Das ist mein Artikel. Sie reden über meine Kolumne, über mich.

Über all die Dinge, die ich ihnen nicht ins Gesicht sagen kann, ihnen nie ins Gesicht sagen würde, weil es unsere Freundschaft ruinieren könnte … Wenn es hingegen von einer anonymen Fremden aus dem Internet kommt, können sie gar nicht genug davon bekommen.

Die Kolumne wurde jeden Monat mehr und mehr aufgerufen. Und jetzt schicken sogar meine Freundinnen sie mir zu.

Ich sollte eigentlich stolz sein. Ich sollte selig darüber sein, dass zumindest dieser Teil meiner Arbeit so gut läuft, nachdem ich mich von dem Verlust des Kneipenvertrags und dem Graffiti-Vorfall nur mühsam erhole.

Aber in Wahrheit ist mir einfach nur schlecht.

Ich starre auf die Nachrichten auf meinem Handy, die immer noch eintrudeln – jetzt wird darüber geplaudert, was Lena bei ihrem Junggesellinnenabschied unternehmen möchte – und ich frage mich, was passieren würde, wenn ich es ihnen einfach gestehen würde. Wenn ich sagen würde: »Hey, ich will ja nicht stören, aber dieser Artikel – den habe ich geschrieben.«

Irgendetwas sagt mir, dass sie ihn dann nicht mehr halb so interessant oder lustig finden würden.

Und ich wette, alle Gespräche über Lenas Junggesellinnenabschied würden ab sofort ohne mich außerhalb unseres Gruppenchats stattfinden, vor allem, da ich in meiner Kolumne diese extravaganten und teuren Junggesellinnenabschiede ohne Rücksicht auf Verluste in der Luft zerrissen habe.

Ja, das ist genau das, was ich gerade brauchen kann! Erst dem Mann, mit dem ich zusammen bin, und dann meine Freundinnen vor den Kopf zu stoßen. Wäre das nicht die Kirsche auf dem Sahnehäubchen?

»Jemand ist heute mit dem falschen Fuß aufgestanden.«

Ich zucke zusammen. Duncan hat sich unbemerkt genähert und steht jetzt direkt neben mir. Isaac, der mir gegenübersitzt, meldet sich zu Wort: »Sie ist schon den ganzen Tag so.«

»Bin ich nicht«, behaupte ich, aber tatsächlich klinge ich eher bockig, und mein finsterer Blick macht es auch nicht gerade besser. Isaac arbeitet grinsend weiter, während ich Duncan begrüße. Wenn er im Büro ist, kommt er immer unter irgendeinem Vorwand zum Plaudern an meinem Schreibtisch vorbei.

Normalerweise lautet seine Erklärung, dass er sich langweilt.

Ich verdränge die Nachrichten von Lena und Tally, weil ich sie vor Isaac nicht erwähnen möchte und auch nicht wirklich in der Stimmung bin, mit Duncan darüber zu sprechen. Womöglich bin ich auch nicht in der Stimmung, überhaupt zu plaudern, aber es muss sein – da Jaxon mir gestern Abend einen Korb für die Hochzeit gegeben hat, habe ich wirklich keine Wahl.

Ich schenke ihm mein größtes, süßestes Lächeln. »Duncan …«

»Wenn du mich bitten willst, dir eine Tasse Tee zu bringen, lautet die Antwort Nein.«

»Nein! Ich möchte dich um einen Gefallen bitten. Obwohl, eigentlich bin ich diejenige, die dir einen Gefallen tut.«

Er verzieht das Gesicht, skeptisch, aber fasziniert. »Ach ja?«

»Wie würde es dir gefallen, mit mir auf Jessicas Hochzeit zu gehen? Du liebst doch Partys, und es wird ein Riesenspaß – Essen umsonst, ich zahle den ganzen Abend für deine Getränke …«

Ohne zu zögern, entgegnet er: »Ja, na dann. Wann genau?«

»Ja! Danke! Ich liebe dich, verdammt! Du rettest mir das Leben. Es ist an diesem Wochenende, und …«

»Uff. Äh … Dieses Wochenende im Sinne von *dieses Wochenende*«?

»Das ist es, was ›dieses Wochenende‹ bedeutet. Du kannst doch mitkommen, oder? Du hast keine Pläne? Du hast keine Pläne«, wiederhole ich mit Nachdruck, als ob ich damit irgendetwas verändern könnte.

»Ich besuche dieses Wochenende meinen Bruder in Dublin.« Er klingt aufrichtig zerknirscht. »Ich war seit der Geburt seines Kindes nicht mehr dort, und ein paar unserer Cousins kommen auch zu Besuch, also dachte ich … Warum nicht?«

»Aber … Aber das geht nicht! Die Hochzeit! Ich brauche eine Begleitperson!« Ich kreische jetzt, jedes Wort klingt schriller und verzweifelter als das davor.

Und natürlich entgeht mir die Ironie nicht, dass ich selbst immer wütend werde, wenn andere von meiner Verfügbarkeit ausgehen, nur weil ich Single bin. Und jetzt habe ich es bei Duncan genauso gemacht und ihn einfach als Ersatzbegleiter für die Hochzeit betrachtet.

»Es tut mir leid, Soph. Ich würde mitkommen, wenn ich könnte, das weißt du. Aber das ist doch nun wirklich keine große Sache, oder? Ich meine, du findest schon jemanden, mit dem du hingehen kannst, damit es keinen Stress wegen der Tischordnung gibt.«

Wen? Tally ist dieses Wochenende nicht da – sie verbringt einen Kurzurlaub mit ihrem Freund, bevor die Preise in den Schulferien in die Höhe schnellen. Lena sieht sich dieses Wochenende Veranstaltungsorte an und probiert Kleider und so weiter … Da wäre noch Frankie, aber nachdem seine Freundin auf der Einweihungsfeier so sauer war, nur weil wir zusammen eine Zigarette geraucht haben, würde das sicher nicht gut gehen.

Leise murmelnd hole ich mein Handy hervor. Da ist noch Frankies Freund Jordan, der, der jetzt ziemlich gut aussieht, und natürlich handelt es sich um eine etwas seltsame Bitte, aber …

Ich suche hastig sein Instagram, damit ich ihm eine DM schicken kann, um ihn zu fragen, aber dann halte ich inne. Ganz oben auf seinem Profil sind ein paar Fotos mit einem Mädchen zu sehen. Ich überprüfe das Datum und die Bildunterschrift des jüngsten Beitrags – er wurde erst dieses Wochenende gepostet, und es handelt sich eindeutig um seine Freundin.

Mist.

Wen kenne ich noch?

Verzweifelt sehe ich zu Duncan auf.

Sein Lächeln wird breiter, doch zugleich runzelt er die Stirn, und das ist kein sehr beruhigender Gesichtsausdruck. »Nun ja«, sagt er. »Ich meine, ist doch auch egal, oder? Hauptsache, du bist da.«

In der Theorie, ja. Aber in der Praxis …

Ich kann schon die Stimmen hören: »Ganz allein hier?« und »Oh nein, wir dachten, du bringst deinen Freund mit, Sophie! Wie schade, dass es nicht geklappt hat …« und »Weißt du, Schatz, mein Neffe ist Arzt …« Ganz sicher hat niemand in meiner Familie ein Geheimnis daraus gemacht, dass ich jemanden mitbringe werde. Und zwar jemanden mit einem romantischen Interesse an mir.

Ich kann mir schon den leeren Platz neben mir vorstellen, die mitleidigen Blicke, die ich ernten werde, während die Leute miteinander tuscheln: »Arme Sophie, sie wurde gerade sitzen gelassen … Und das kurz vor der Hochzeit ihrer Schwester! Wie traurig …«

Ich wusste ja, dass es albern war, diese ganze »Natürlich habe ich einen Freund«-Sache aufzuführen, nur um meine Familie zum Schweigen zu bringen, aber …

Ich habe einfach …

Ich habe einfach wirklich auf Jaxon gesetzt.

Weil ich das Gefühl hatte, es würde endlich einmal gut laufen. Dieses Mal würde ich endlich … Nun ja, nicht länger die Außenseiterin sein. Ich würde glücklich lächelnd und mit dem Arm eines Mannes um die Schulter zu einer Hochzeit erscheinen, niemand müsste mich mitleidig ansehen und sich fragen, was mit mir nicht stimmt, weil ich allein gekommen bin – mal wieder.

Dabei hätte ich es doch wissen müssen: Die Vorstellung, es endlich einmal richtig zu machen, dass ich – wenn auch nur ein Wochenende lang – zu den Menschen gehörte, die alles hatten, war viel zu schön, um wahr zu sein.

Als ich später am Abend allein in meiner Wohnung bin, beschließe ich, wie so oft, den Tag als einen der schlimmsten Tage meines Lebens zu verbuchen. Er war sogar noch schlimmer als Heiligabend. Ich lehne an meinem Schlafzimmerfenster, eingemummelt in meinen Morgenmantel, und fuchtle mit einer Zigarette herum, die ich mir nicht anzünden werde.

Meine Freundinnen mögen meine anonymen Artikel, lieben sie sogar, doch mich würden sie hassen, wenn sie herausfänden, dass ich dahinterstecke. Sie würden glauben, dass ich sie nicht mag. Sie würden mich für neidisch und gehässig halten, und sie wären verletzt, weil ich es ihnen so lange verheimlich habe – nicht nur die Kolumne, sondern auch das, was ich in Wahrheit denke. Ich habe über das viele Geld geschrieben, das ich ausgeben muss, um ihr Leben zu feiern, und darüber, wie sehr ich mich von meinen Freundinnen vernachlässigt fühle, weil ihre Partner an erster Stelle stehen …

Sie werden mich dafür hassen, das weiß ich.

Und wenn ich mir dann noch vorstelle, meiner Familie gestehen zu müssen, dass mein »geheimnisvoller Freund« nicht zur Hochzeit kommt – oder schlimmer noch, dass er überhaupt nie existiert hat –, wird mir regelrecht übel. Ich möchte mich im Bett verkriechen und erst wieder aufstehen, wenn die ganze Hochzeit vorüber ist. Vielleicht könnte ich eine Magenverstimmung vortäuschen. Das ist drastisch und furchtbar von mir, aber nicht halb so furchtbar wie die gut gemeinten, aber verletzenden Worte, die ich von allen Seiten zu hören bekommen werde, wenn ich allein komme.

Oh, und Jaxon hat den ganzen Tag nicht auf meine Nachrichten geantwortet.

So viel zum Thema Tiefpunkt erreichen.

Mein Handy auf der Fensterbank piept und leuchtet auf.

Triff neue Singles in deiner Nähe, ermutigt mich Hookd, und die kleine Angelrute und das Herzsymbol tun ihr Übriges.

Ich starre darauf, bis das Display wieder dunkel wird, dann werfe ich die nicht angezündete Zigarette auf den Boden und nehme das Handy in die Hand.

Wenn das der Tiefpunkt ist, denke ich, dann kann ich mich genauso gut darin suhlen.

Profil ändern

Sophie, 25
BRAUCHT BEGLEITER FÜR HOCHZEIT

Über mich

Also, die Hochzeit meiner Schwester findet diesen Freitag/Samstag statt, und ich habe auf einmal keinen Begleiter mehr. Die Demütigung, allein zu gehen, kann ich nicht ertragen, deswegen hier mein Angebot: Abendessen, Tanzen, Getränke und Unterkunft gehen auf mich. Und ich fahre.
Allerdings musst du so tun, als wärst du mein Freund. Den ich eigentlich nicht habe, doch meiner Familie habe ich etwas anderes erzählt, lol.
Wäre wirklich toll, wenn du einen grauen oder marineblauen Anzug besitzen würdest.
KEINE VEGETARIER/SONSTIGE ERNÄHRUNGS-EINSCHRÄNKUNGEN

Meine Daten

1,73
Aktiv: Manchmal
Sternzeichen: Waage
Hochschulabschluss
Trinke: Immer
Rauche: Gelegentlich
Suche: Etwas Unverbindliches

Meine Interessen
Fotografie
Dokumentationen
Museen und Galerien
Indie-Musik
Städtereisen

Perfektes erstes Date …
Auf der Hochzeit meiner Schwester so zu tun, als wären wir ein Paar

Bewertung eines Freundes
»Sie ist ein absolute Loserin, die keinen Mann halten kann, aber sie ist cool. Wer würde nicht gerne ein Fake-Date mit einem witzigen, hübschen Mädchen für ein Wochenende haben wollen?« – mein Kumpel Duncan, der ein schlechter Freund ist, weil er Pläne mit seiner Familie gemacht hat und deshalb nicht mit mir zur Hochzeit gehen kann.

Ich habe noch nie …
derart verzweifelt den Wunsch verspürt, ein einziges Mal nicht als Single dazustehen.

14. KAPITEL

Nach der Aktualisierung meines Dating-Profils auf Hookd bekomme ich bis Mittwochabend ein paar Matches. Ich habe die Altersspanne verändert, um auch Männer bis weit in die Dreißiger zu erreichen – ich brauche alle Matches, die ich bekommen kann, um jemanden Normales und Nettes für dieses Wochenende zu finden, und danach …

Nun, danach ist danach, oder?

Und somit ein Problem für die zukünftige Sophie. Die zukünftige Sophie könnte beispielsweise erklären, dass sie der Braut oder sonst jemandem einfach keinen zusätzlichen Stress bereiten wollte, und dass im Nachhinein betrachtet das Ganze doch einfach nur lustig wäre, nicht? Was für ein Brüller! So ein brillanter, harmloser kleiner Scherz, ha-ha!

Ich meine, Jaxon kommt nicht mit, und ich kann ja wohl schlecht zugeben, dass ich mit irgendeinem Typen aufkreuze, den ich kaum kenne, oder? Das wäre noch schlimmer, das hat Nadine genauso gesagt. Sie würden sich fragen, warum ich mit einem total Fremden komme. So ist es irgendwie … sauberer. Einfacher. Weniger stressig für alle Beteiligten. Außer vielleicht für mich, aber was bedeutet schon ein kleiner Kollateralschaden in Form eines gesteigerten Stresslevels, wenn die Hochzeit reibungslos verläuft?

Ein paar Matches verwerfe ich ziemlich schnell, denn wie mir scheint, habe ich in der Vergangenheit aus Verzweiflung etwas zu oft nach rechts gewischt, doch mit zweien nehme ich Kontakt auf und erkläre die Situation genauer. Einer von ihnen löst weniger als eine Minute später unser Match auf.

Was ich ihm nicht wirklich verübeln kann.

Am Donnerstagmorgen kommt Duncan an meinen Schreibtisch, um zu fragen, wie es läuft, und als meine Vorgesetzte Jenny ihn anschnauzt, er solle sich verziehen und mich arbeiten lassen, erzählt er ihr die ganze Geschichte.

Deshalb spähen Jenny und Duncan jetzt gerade beide über meine Schulter, während ich Hookd durchstöbere. Mein Kollege Isaac, der mir gegenübersitzt, versucht so zu tun, als stünde er über den Dingen, aber wir wissen alle, dass er mithört und immer wieder versucht, um seinen Monitor herum zu linsen.

»Also, hey, Isaac … Hast du dieses Wochenende schon was vor?«, fragt Duncan.

Bevor ich ihn aufhalten kann oder bevor Duncan ein weiteres Wort herausbekommt, entgegnet Isaac rundheraus: »Auf keinen Fall.« Schnell fügt er hinzu: »Tut mir leid, Sophie, ich bin sicher … ähm … deine Familie ist sehr nett, und es wird eine schöne Hochzeit, und … du bist, ähm …« Er räuspert sich, und ich unterdrücke ein Kichern, weil sein Gesicht ganz rosa wird.

»Ignoriere ihn«, sage ich zu Isaac. »Und nichts für ungut, aber ebenfalls nein danke.«

Er lächelt mich erleichtert an.

»Das Letzte, was ich gebrauchen kann, ist, dass ihr beide diesen verrückten Plan durchzieht«, meint Jenny. »Als deine Vorgesetzte kann ich das auf keinen Fall unterstützen. Und sei es nur, weil ich mir zu achtundneunzig Prozent sicher bin, dass alle guten Hallmark-Filme so anfangen.«

»Sei wann gibt es gute Hallmark-Filme?«, fragt Isaac nicht gerade leise.

Jenny ignoriert ihn. »Oh. Schaut mal, ein Match!«

Isaac gibt auf und kommt herüber, um mit uns gemeinsam das Profil anzusehen.

Harry, dreiunddreißig, Produktionsleiter bei einem »Lokalen

TV-Sender«. Er ist 1,85 groß, Fisch (tut mir leid, Jessica), wandert und zeltet gern …

Aber noch wichtiger ist, dass er wirklich verdammt gut aussieht und sich für mich interessiert.

Schnell schreibe ich ihm eine Nachricht, in der ich ihn begrüße und frage, ob er wirklich bei diesem »verrückten Plan« mitmachen will. Jenny quietscht aufgeregt, als drei Punkte auftauchen, während er seine Antwort tippt, und schlägt dann die Hand vor den Mund.

Und ich bekomme nicht nur eine, sondern gleich drei Nachrichten. Er ist dabei.

Machst du Witze? Das klingt total lustig.

Ich habe gerade eine Langzeitbeziehung hinter mir und könnte was zum Lachen gebrauchen.

Drinks heute Abend? Dann kannst du mir alles erzählen.

Nach der Arbeit gehe ich mit Duncan im Schlepptau (denn dieser Typ könnte ja ein totaler Spinner sein) in eine beliebte Bar in der Stadt, um mich mit meinem neuen Match zu treffen. Es ist Happy Hour, noch etwas früh, weshalb die Bar gut beleuchtet und ziemlich leer ist, und fünf Minuten, nachdem wir uns Plätze am Fenster gesichert haben, taucht Harry auf.

Oh Gott, in natura ist er sogar noch attraktiver.

Er ist groß – ausnahmsweise wirklich so groß, wie in seinem Profil angegeben – und trägt ein schlichtes weißes T-Shirt, Chinos und Halbschuhe, dazu eine teure Uhr. Sein dunkles Haar ist so frisiert, dass es scheint, als wäre ihm sein Aussehen wichtig, aber nicht *zu* sehr. Er ist braun gebrannt, was seiner Haut einen bronzenen Schimmer verleiht, und um seine grauen Augen bilden sich Lachfältchen, als er mir ein breites Lächeln schenkt und eine Hand zur Begrüßung hebt.

Ein wahrer moderner Adonis.

»Harry?«, frage ich, als ob ich das nicht wüsste.

»Ja. Du heißt Sophie, richtig? Und …« Er lacht, und oh Gott, dieses Lachen wird noch mein Verderben sein, es lässt mein Inneres zu Gelee werden. Es ist ein tiefes, warmes Lachen, das in meiner Brust widerzuhallen scheint. Grinsend streckt er Duncan die Hand hin. »Ich nehme mal an, du bist der Freund aus ihrem Profil, der es nicht zur Hochzeit schafft?«

»Ich bin nur hier, um mich zu vergewissern, dass du kein Serienmörder bist«, meint Duncan jovial.

»Nein, das mit der Axtmörderei lasse ich bis nach dem Sommer auf sich beruhen. Die Leichen verwesen bei dieser Hitze zu schnell.«

Ich pruste los vor Lachen – so plötzlich, dass ich es nicht verhindern kann, was ich mir allerdings wirklich wünschte, denn es handelt sich um kein schönes Geräusch, und, falls ich es noch nicht erwähnt habe, dieser Typ ist *wirklich attraktiv*.

»Also«, sagt Duncan volltönend, »bevor ich euch zwei Turteltäubchen allein lasse, wie war das genau? Warum hast du nach rechts gewischt?«

»Ist es sehr peinlich zu gestehen, dass ich gerne was hätte, das ich auf Instagram hochladen kann, um meiner Ex zu beweisen, dass ich über sie hinweg bin? Außerdem klingt es wirklich witzig. Ich arbeite beim Fernsehen und … Ich kann nicht versprechen, dass ich es nicht klauen und unseren Redakteuren vorschlagen werde, aber … Ich könnte wirklich was zum Lachen und etwas Spaß ohne Verpflichtungen gebrauchen.«

»Nun«, sage ich, »Spaß und die Instagram-Rache kann ich dir zusichern, aber die Sache ist rein geschäftlich.«

Harry zieht eine Augenbraue hoch, was ehrlich gesagt bestraft werden sollte, weil es so unerträglich sexy ist. Mein Herz schlägt einen kleinen Purzelbaum, und mein Gehirn steht für eine Sekunde still. Er sagt: »Ja, Ma'am.«

Reiß dich zusammen, Sophie.

»Ich spreche von einem Kuss auf die Wange, einer Hand um meine Taille, so tun, als wäre ich das Tollste in deinem Leben, meine Familie beeindrucken, und dass wir uns nach Sonntagmorgen nie wiedersehen«, fahre ich fort. »Das Hotel für die Hochzeit ist ausgebucht, aber ich werde sehen, ob ich ein Zweibettzimmer bekomme. Im schlimmsten Fall kannst du mein Zimmer haben, und ich tue so, als hätten wir uns gestritten, und schlafe bei jemand anderem.«

Harry sieht Duncan an. »Ich habe das Gefühl, dass Christian Grey weniger Bedingungen in seinem Vertrag hatte.«

Duncan nickt ernsthaft. »Sie steht auf wirklich komische Sachen. Am Ende will sie noch, dass du mit ihr Stehblues tanzt.«

Sowohl Harry als auch ich lachen darüber. Es gibt einen kleinen Moment, in dem er meinen Blick auffängt, und ich spüre, wie mir Hitze über die Wangen kriecht.

Duncan bleibt noch ein paar Minuten, dann verzieht er sich. Harry und ich bestellen jeweils einen Cocktail (da es ja zwei zum Preis von einem gibt), und drei Stunden später sind wir immer noch da und haben etwas zu essen und weitere Getränke bestellt.

Unverblümt erzähle ich ihm, wie satt ich als Single diese endlose Parade habe, auf der alle anderen ihr perfektes Leben feiern. Dass ich nicht mehr allein hingehen will und deshalb einen Pseudofreund brauche. Harry sagt, dass das Gras auf der anderen Seite nicht immer grüner ist. Er war sieben Jahre mit seiner Ex zusammen. Das letzte Jahr lief nicht gut, und um das wieder in Ordnung zu bringen, machte er ihr am Valentinstag einen Heiratsantrag. Sie heirateten also im Sommer, aber danach wurde es nur noch schlimmer – bis seine Frau kalt und bissig wurde und er sie betrog.

»Ich bin froh, dass ich dich nicht wirklich daten will«, sage ich. »Fremdgehen wäre ein sofortiger Dealbreaker.«

Er widerspricht nicht, zuckt nur freundlich mit den Schultern und sagt: »Ich habe es vermasselt. Keine Frage. Aber ich bereue nicht, dass wir uns getrennt haben.«

»Und warum musst du ihr dann zeigen, dass du über sie hinweg bist?«, will ich wissen. »Wenn du es warst, der sie betrogen hat …?«

»Oh«, entgegnet er leise. »Weil sie danach mit meinem Bruder geschlafen hat.«

»Oh ja … Ja, du hast definitiv zu viel Ballast.«

Ich lache über meinen eigenen Witz, obwohl ich es eigentlich ernst meine, und bemerke, wie sein Lächeln etwas wackelt – aber nach einer Weile schließt er sich mit einem selbstironischen Augenrollen an.

»Nicht wahr? Aber für dieses Wochenende werde ich der perfekte, nicht fremdgehende Freund sein, ein Vorbild an Perfektion für deine Familie. Wir werden beide so tun, als wäre unser Liebesleben kein kolossaler Reinfall.«

»Darauf trinken wir.«

15. KAPITEL

Freitagnachmittag – die Sonne scheint, die Luft ist angenehm warm, und es weht eine leichte Brise. Bei heruntergelassenen Autofenstern fühle ich mich fast wie Bridget Jones bei einem romantischen Wochenendausflug mit ihrem sexy Freund. Fehlt nur das Seidenkopftuch.

Na ja, und der Freund, nehme ich an, aber das ist nur ein kleines Detail.

Harry ist jedenfalls unbestreitbar sexy. Er mag ein ruchloser Betrüger sein und ein bisschen verrückt, weil er sich auf diese ganze Sache einlässt, aber er hat ein umwerfendes Lächeln und ein Kinn, das Glas zerschneiden könnte, außerdem riecht er unglaublich gut.

Seit ich den Fehler machte, Jaxon zur Hochzeit einzuladen, habe ich kaum noch etwas von ihm gehört. Die »*Gute Nacht, meine Schöne xxx*«-Nachrichten kommen noch, aber ansonsten schreiben wir uns bestenfalls vier- oder fünfmal am Tag, was ein krasser Gegensatz zu früher ist. Ich bin mir nicht sicher, ob mein Schleudertrauma rein emotionaler Natur ist oder nicht auch körperlich, da ich jedes Mal, wenn es piept, den Kopf herumreiße, um auf mein Handy zu schauen, für den Fall, dass er es ist.

Trotz der relativen Funkstille habe ich irgendwie ein schlechtes Gewissen, mit einem anderen Mann zusammen zu sein – auch wenn Harry kein richtiges Date ist.

Die Schuldgefühle halten allerdings nicht sonderlich lange an. Dafür amüsiere ich mich viel zu gut.

Auf der Fahrt zu dem schicken Hotel, in dem Jessicas Hochzeit stattfindet, lässt es sich gut mit Harry plaudern, aber ich glaube, das hat viel damit zu tun, dass wir uns – ironischerweise – vor dem anderen nicht verstellen müssen. Ich gebe nicht vor, perfekt zu sein, ich muss mich nicht von meiner besten Seite zeigen, damit der Typ mich gut genug findet und wiedersehen will. Ich muss nicht so tun, als wäre ich nie neidisch auf meine Freunde und niemals von Einsamkeit geplagt; er muss nicht so tun, als ob er seine Ex-Frau nicht betrogen hätte oder als ob er kein Workaholic wäre, der vielleicht ein bisschen spielsüchtig ist und dem der Gedanke, sich wieder ernsthaft zu binden, totale Angst macht, obwohl er immer davon ausgegangen war, in seinem Alter eine eigene Familie zu haben.

Zudem ist er witzig, auf eine schlagfertige, bissige Art, die mir gefällt.

Und irgendwie kann ich es kaum erwarten, ihn im Anzug zu sehen. Ich wette, er gehört zu den Männern, die in einem Anzug zum Umfallen heiß sind.

Nicht, dass ich vorhätte, in Ohnmacht zu fallen oder so, aber …

Ich kann nicht leugnen, dass mir die Vorstellung gefällt, vor all den Leuten so zu tun, als wäre dieser Typ mein Freund.

Als wir uns dem Hotel nähern, gehen wir noch einmal alles durch.

»Du hast ihnen also gesagt, dass wir seit März zusammen sind, stimmt's?«

»Ja, aber vielleicht …« Ich schlucke und zögere, während ich darüber nachdenke. »Vielleicht solltest du nicht allzu verliebt tun. Wenn Jaxon mir jemals zurückschreibt und ich beschließe, ihn meiner Familie vorzustellen, muss ich so tun, als hätte ich mit dir Schluss gemacht: Meine Familie darf also nicht denken, dass wir perfekt füreinander sind oder so was.«

»Verstanden.«

Ich bin froh, dass wenigstens einer von uns beiden überzeugt klingt.

Die Hochzeitslocation ist atemberaubend, und das will etwas heißen, denn ich habe sie schon ein paarmal mit Jessica besucht. Das Hotel ist ein großes Sandsteingebäude mit drei Stockwerken und einer beeindruckenden Treppe, die zu den Eingangstüren führt. Es gibt Bogenfenster und Statuen, die ein wenig römisch anmuten – Amoretten oder in Stoff gehüllte Frauen, die nachdenklich und hübsch aussehen. Ein gepflegter Rasen erstreckt sich zu beiden Seiten des Hotels, und gegenüber gibt es beeindruckende Rosenstöcke und zu Figuren geschnittene Büsche, außerdem einen herrlichen Pavillon.

Die Sonne, die gerade hinter den Bäumen versinkt, wirft einen goldenen Schein über alles. Man könnte sich gut vorstellen, wie Keira Knightley in einem Historiendrama hier die Treppe hinunterrennt.

Harry und ich nehmen unsere Sachen aus dem Kofferraum. Seine Reisetasche ist einer dieser kleinen, stabilen Koffer, die selbst auf Billigflügen ins Handgepäck passen, abgenutzt und mit Kratzern übersät, aber seinen Anzug trägt er in einer separaten Tasche mit der Aufschrift HUGO BOSS. Er bietet mir an, meinen Kleidersack mit meinem Brautjungfernkleid zu nehmen, aber ich erkläre, dass das nicht nötig ist.

»Heb dir deine Ritterlichkeit für morgen auf«, scherze ich.

Das Einchecken ist eine schmerzlose Erfahrung. Ich habe für Harry ein zweites Zimmer für heute bezahlt, aber morgen ist das Hotel mit Jessicas Hochzeitsgästen ausgebucht. Zumindest habe ich ein Zimmer mit zwei getrennt stehenden Betten bekommen, sodass morgen jeder in seinem eigenen Bett schlafen kann.

In meinem Zimmer angekommen ziehe ich mir schnell ein luftiges Sommerkleid an, tausche die Turnschuhe, mit denen ich gefahren bin, gegen ein Paar hochhackige Sandalen und frische mein Make-up auf.

Als ich Harry unten in der Lobby treffe, pfeift er und sagt: »Wenn du mal nicht klasse aussiehst!«

Nicht, dass ich mich seinetwegen umgezogen habe, aber ich werde trotzdem rot.

»Halt die Klappe«, sage ich und versuche erfolglos, ein Lächeln zu unterdrücken.

Vielleicht war es doch ein *kleines* bisschen seinetwegen.

Verklagt mich doch. Er ist attraktiv. Ich bin auch nur ein Mensch.

Wir erscheinen zu früh zum Abendessen, doch für meine Familie sind wir trotzdem zu spät. Alle stehen schon an der Bar im Hotelrestaurant, trinken etwas und plaudern, als wir um Viertel nach sieben zu ihnen stoßen. Dad trägt einen Anzug. Camilla hat extra für das Abendessen ein zweites Federhütchen gekauft, aber wenigstens ist dieses klein und unauffällig, etwas zierlich Türkises, das sich in ihre blonden Locken schmiegt. Nadines Bauch zeichnet sich jetzt deutlicher ab; sie trägt ein legeres Baumwoll-Maxikleid und schwitzt eimerweise, während sie sich mit einer Getränkekarte Luft zufächelt. Ihr Mann David und Jesses Verlobter Conor sehen aus, als kämen sie direkt aus dem Büro, jeder mit einem Bier in der Hand, und sie unterhalten sich angeregt über etwas, mit dem Dad, der die Augen verdreht, offensichtlich nicht einverstanden ist. Conors Eltern sind damit beschäftigt, mit Nadine zu sprechen; sein jüngerer Bruder steht mit AirPods in den Ohren daneben und konzentriert sich ganz auf sein Handy.

Jessica leuchtet.

Ich meine, so muss es ja auch sein, aber sie leuchtet wirklich. Ihre Wangen sind gerötet, und sie hat ein breites strahlendes Lächeln im Gesicht, fast so hell wie der Diamant in ihrem Verlobungsring.

Und sie bemerkt uns als Erste. Ihr Blick geht an ihrer Mutter vorbei und richtet sich auf uns, ihre Augen werden rund, sie stellt sich auf die Zehenspitzen und winkt uns aufgeregt herbei. »Sophie! Soph, da bist du ja!«

Ich bin gar nicht besonders spät dran … Ich bin überhaupt nicht spät dran, Punkt!

Ich umarme sie, sage ihr, wie toll sie aussieht, dann begrüße ich Conor und rufe, da mir nichts anderes einfällt: »Nochmals herzlichen Glückwunsch. Ich bin ja so aufgeregt! Ihr müsst so aufgeregt sein.«

Vielleicht könnte man ein Trinkspiel daraus machen. Jedes Mal, wenn ich »aufgeregt« sage, muss ich etwas trinken.

»Warum stellst du uns nicht deinen Freund vor, Soph?«, sagt Camilla etwas neckend.

»Oh, äh, ja, ähm …«

Also gut, los geht's.

»Leute, das ist Harry, mein … Freund.«

Es werden ein paar ganz und gar nicht dezente Blicke getauscht, denen man anmerkt, dass wir als Paar abgeschätzt werden, was Harry jedoch tapfer ignoriert. Er lächelt einfach breit, sagt Hallo und dann direkt an Jessica und Conor gewandt: »Ihr müsst das Brautpaar sein. Herzlichen Glückwunsch, ihr beiden. Und danke, dass ich mitkommen durfte. Toller Veranstaltungsort.«

Er schüttelt Conors Hand. Jessica wirft mir einen Blick zu, den ich so interpretiere: *Verdammt! Seht ihn euch an!*

Da kann ich nicht widersprechen.

Ich mache eine kurze Vorstellungsrunde. Conors Bruder sieht erst auf, als seine Mutter ihn anschnauzt, er winkt uns halbherzig zu und sagt: »Hey, Soph.« Um fair zu sein – wäre ich ein sechzehnjähriger Junge, könnte ich mir auch einen interessanteren Freitagabend vorstellen.

Dad schüttelt Harrys Hand. »Ich wünschte, ich könnte sagen, dass wir schon viel von dir gehört haben, aber Sophie war sehr schweigsam.«

»Ach, du liebe Zeit.« Harry lacht und strahlt mich an. »Das heißt hoffentlich nicht, dass es nichts Gutes über mich zu sagen gibt, Soph?«

»N-nein, natürlich nicht. Ich habe nur … gedacht … Du machst einen so guten ersten Eindruck, das ist alles.«

»Du kennst mich doch«, sagt er und erdreistet sich, mir zuzuzwinkern – was übrigens auch als Straftat gelten sollte. »Man tut, was man kann.«

Die Sache mit meinem angeblichen Freund ist im Grunde genommen nicht nur »weit hergeholt«, sondern auch absolut verrückt und vor allem total lächerlich.

Aber wie durch ein Wunder (oder wahrscheinlicher: durch pures Glück) kommen wir damit durch.

Harry erobert alle im Sturm. Er ist charmant und witzig und plaudert unbefangen über unsere vorgetäuschte Beziehung, wenn man ihn fragt. Mit Conors Vater redet er über Politik, mit Conors Bruder über irgendeine beliebte Superheldenserie (anscheinend hat er die Hauptdarstellerin darin einmal auf einer Veranstaltung getroffen und erzählt eine lustige Geschichte darüber, wie sie einen Schritt zurück machte, ihn nicht sah, sich auf seine Zehen stellte und ihren Champagner über ihn verschüttete). Er spricht mit Nadine über ihre Schwangerschaft und mit Jessica über die Hochzeit und fragt Dad und Camilla nach peinlichen Anekdoten von mir.

Er ist ein perfektes Date.

Shit. Nein, ist er nicht. Er ist nur – er ist ein perfektes *Pseudo*date.

Und definitiv kein echtes Date, so oder so.

Er denkt sich auch ein paar peinliche Geschichten über mich aus.

»Du hättest sie beim Kneipenquiz sehen sollen, zu dem wir vor einiger Zeit gegangen sind«, sagt er, »wie sie sich mit dem Moderator des Abends über den Text eines Harry-Styles-Songs gestritten hat. Ich dachte, sie fängt gleich an, vor allen Leuten Karaoke zu singen. Die Musikrunde haben wir aber trotzdem verloren.«

Er sagt: »Unser zweites Date fand ja nur statt, weil sie mich als Telefonjoker benutzt hat. Ihr wisst schon, wenn man eine Verabredung hat und man jemanden braucht, der einen anruft, damit man verschwinden kann? Willst du ihnen erzählen, warum, Soph, oder soll ich? Weil sie in eine Bar mit alten Spielautomaten gegangen sind und der Typ sie beim Flippern geschlagen hat. Ich meine, der war schon etwas verrückt, er wollte unbedingt den Highscore knacken, aber ihr kennt ja Sophie. Total schlechte Verliererin. Der arme Kerl hatte nie eine Chance bei dir, stimmt's? Aber wahrscheinlich war das Ganze nur eine Ausrede, weil sie zu stolz war, mich um ein *richtiges* Date zu bitten.«

Es fällt mir schwer, ihn nicht mit offenem Mund anzustarren, während er diese erfundenen Geschichten erzählt. Nicht etwa, weil ich so etwas nie tun würde (ich habe Tally wirklich öfter gebeten, mich während eines Dates anzurufen, und mit genug Alkohol intus würde ich mich durchaus mit einem Quizmaster wegen Harry Styles streiten), sondern weil er sie so nahtlos in die Unterhaltung einbaut.

Er hat erzählt, dass er nach seiner Trennung Improvisationskurse besucht hat, um ein bisschen zu lachen, und, verdammt noch mal, er ist wirklich gut.

Er macht es einem leicht, sich zu entspannen und Spaß zu haben. Und so vergesse ich meinen halb garen Plan, so zu tun, als liefe es in unserer Scheinbeziehung nicht so gut.

Er legt einen Arm über meine Stuhllehne und lächelt stolz, als Camilla schwärmerisch sagt, was für ein süßes Paar wir sind, dann schimpft sie mit mir, weil ich ihn die ganze Zeit vor ihnen geheim gehalten habe.

»Wir sind ja noch nicht so lange zusammen«, murmle ich und versuche, mich nicht in meinem Sitz zu winden.

»Das kannst du zweimal sagen«, meint Harry. »Es kommt mir vor, als hätten wir uns erst gestern kennengelernt.«

Ich versuche, seinen Arm, der jetzt auf meine Schultern und nicht mehr um die Lehne meines Stuhls gelegt ist, abzuschütteln, doch er grinst mich einfach nur schief an und zwinkert mir wieder zu. Mein Gesicht beginnt definitiv zu brennen. *Verflucht.* Ich versuche, das Ganze mit einem Lachen abzutun, während alle anderen auch lachen, dann klaue ich mit meiner Gabel einen Bissen von seinem Dessert, denn das gibt mir das Gefühl, das letzte Wort gehabt zu haben, auch wenn ich ein bisschen sprachlos bin.

16. KAPITEL

Hochzeiten sind ja schon stressig genug, aber Brautjungfer zu sein, ist noch tausendmal schlimmer. Gerade will ich Harry im Erdgeschoss zum Frühstück treffen und mich bei ihm dafür bedanken, dass er gestern Abend so ein guter Sportsmann und perfekter Pseudofreund war, als Nadine mir auf dem Weg zu seinem Tisch in die Quere kommt, die Augen weit aufgerissen und die Lippen zu einer schmalen Linie zusammengepresst.

»Was hast du vor?«

Eine schreckliche Sekunde lang glaube ich, dass sie Bescheid weiß, dass sie es irgendwie herausgefunden hat.

»Frühstücken«, antworte ich so unbekümmert wie möglich.

»Du warst noch nicht einmal unter der Dusche! Der Friseur ist in fünfzehn Minuten hier!«

Mist. *Mit nassen Haaren kommen.* Hab ich vergessen.

»Ich brauche nur zwei Minuten«, sage ich, womit ich großzügig dreizehn Minuten unterschlage, aber hey – das macht eine Viertelstunde und ergibt dann genau die Uhrzeit für den Friseurtermin und …

Und das bedeutet, dass ich vorher nicht mehr frühstücken kann.

Zischend fuchtelt Nadine mit einer Hand vor meiner Nase herum. »Ich habe heute keine Zeit, mich mit so was zu beschäftigen, Sophie, wirklich nicht. Mum und ich mussten uns schon um Granny kümmern, die an der Tankstelle Kaffee über ihr ganzes Outfit gekippt hat, und Conor hat einen Kater …«

»Wie das? Er hatte doch nur ein Bier zum Abendessen!«

Sie verdreht die Augen. »Frag deinen Freund – der hat gestern Abend noch mit Conor und den Trauzeugen ziemlich viele Pints in der Hotelbar getrunken. Verdammte Scheiße. Sei einfach in fünfzehn Minuten oben, und *dusche vorher.*«

Ich widerstehe dem Drang, zu salutieren und strammzustehen, haste zu Harry, dessen Haar zerzaust ist und der mir – Kaffee und ein komplettes englisches Frühstück vor sich – ein verschlafenes Lächeln schenkt. Ich will auf keinen Fall zusätzlichen Stress verursachen, also frage ich ihn erst gar nicht nach dem Abend mit Conor und den Trauzeugen; stattdessen stoße ich nur schnell ein Dankeschön aus und überlasse ihm meinen Zimmerschlüssel, damit er nach dem Auschecken aus seinem Zimmer seine Sachen hineinstellen kann. Dann schnappe ich mir ein paar Schokocroissants, wickle sie unbeholfen in eine Serviette und renne zurück zu den Aufzügen, um zu duschen.

Wie sich herausstellt, hätte ich durchaus Zeit zum Frühstücken gehabt – ich muss fast eine halbe Stunde lang in einem Hotelbademantel mit klitschnassem Haar dasitzen, bevor einer der beiden Friseure Zeit hat, mich zu föhnen und mir dann eine hübsche Hochsteckfrisur zu verpassen. Trotz der Verdauungsbeschwerden, die ich mir selbst eingebrockt habe, bin ich froh, dass ich vorher das Gebäck runtergeschlungen habe, denn Camilla hat Mimosas für uns organisiert – und vor der Zeremonie scheint es kein Mittagessen zu geben.

Mit den beiden Friseuren, dem Fotografen und seiner Assistentin und Camilla im Raum herrscht ein reges Treiben, und es wird viel geplaudert. Jesses Brautjungfern sind Nadine und ich, ihre beste Freundin von der Uni, Sunita, und ihre Freundin seit der Grundschule, Isobel, die nicht zum Junggesellinnenabschied kommen konnte.

Jessica ist weit entfernt von der entspannten, fröhlichen Person, die sie gestern Abend noch war. Jetzt laufen ihre Systeme auf Hochtouren. Sie schaut alle dreißig Sekunden auf ihr Telefon, als rechne sie mit einer apokalyptischen Katastrophe, zudem sie ständig irgendwelchen Leuten antworten, die noch nach der Adresse oder der genauen Uhrzeit der Zeremonie fragen. Ihre Cousins wurden losgeschickt, um das Problem mit der Garderobe ihrer Oma zu beheben, und sie scheint glücklicherweise nichts von Conors Kater zu wissen (was ein gutes, fettiges Frühstück sicher beheben kann; Nadines Ehemann ist damit beauftragt worden, ihn wieder in Ordnung zu bringen).

Nadine und Camilla haben die ganze Sache mit dem Heiraten natürlich schon selbst erlebt; sie können voll und ganz nachempfinden, was Jessica gerade durchmacht, was immer sie auch durchmachen mag. Sunita hofft auf einen baldigen Antrag ihres Freundes; Isobel heiratet im Oktober.

Während meine Stiefschwester zwischen schwindelerregender Aufregung und so heftigem Stress hin- und herschwankt, dass ich mit einer baldigen ausgewachsenen Panikattacke rechne, denke ich die ganze Zeit nur: Wie gut, dass ich das nicht bin.

Ausnahmsweise bin ich einmal froh, es nicht zu sein.

Heute empfinde ich keine Eifersucht, nicht einmal einen Hauch von Wehmut, als ich allein und als Single diesem romantischen Tag entgegensehe, von dem die meisten Menschen träumen. Da ist kein Druck, der auf meiner Brust lastet und mich zu ersticken droht, weil ich befürchte, selbst nie so etwas zu erleben, und kein verzehrender Ärger, weil ich mich so ausgegrenzt fühle.

Stattdessen verspüre ich nur … *Erleichterung*.

Normalerweise hasse ich das Gefühl, außen vor zu sein, aber zumindest an diesem Morgen bin ich von Heiterkeit erfüllt. Ich beneide Jessica nicht um das, was sie gerade durchmacht, auch wenn es insgesamt eine gute Sache ist. Das wünsche ich mir nicht für mich. Ich habe nicht das geringste Bedürfnis, auf der anderen Seite zu stehen wie alle anderen, um das verstehen zu können. Das hier ist weit entfernt von einem strahlenden, perfekten Ereignis, auf mich wirkt es vielmehr wie Terror und Stress. Man bindet sich lebenslang an eine andere Person, und vielleicht verliert man sich selbst dabei ein wenig. Es sieht ganz danach …

Plötzlich muss ich an Frankies Einweihungsfeier im Februar denken, und wie er zu mir sagte, dass nicht alles Gold ist, was glänzt.

Wütend schickt Nadine ihrem Mann eine Nachricht, um sich nach dem Bräutigam zu erkundigen, Jessica hyperventiliert und erklärt mit schriller Pseudopanik, dass sich jetzt »ihr ganzes Leben ändern wird!« Sogar Sunita macht sich Sorgen darüber, ob ihr Freund sich jemals »wirklich binden« will – und das alles kommt mir nicht sehr golden vor, nicht einmal glänzend.

Mir geht es auf meiner Seite eigentlich ziemlich gut, vielen Dank.

Wir ziehen uns an – Sunita, Isobel, Nadine und ich die zartlila Brautjungfernkleider, wobei Jessica *jetzt* auffällt, dass die Farbwahl nicht ganz optimal war (es kostet mich all meine Willenskraft, meine Zunge im Zaum zu halten, weil ich ihr genau das schon so oft sagen wollte), Camilla einen lavendelfarbenen Zweiteiler und ein (ziemlich großes) Federhütchen und Jessica ihr schulterfreies Hochzeitskleid mit dem weiten Rock und den feinen Trägern, die mehr dekorieren als irgendwelchen Halt geben. Jessica anzukleiden, ist besonders aufwendig, denn der Fotograf soll alle Momente festhalten, und mittendrin müssen wir abbrechen und ihr aus dem Kleid helfen und dann noch einmal von vorn beginnen, weil sie mit einem hysterischen, fast manischen Lachen feststellt, dass sie vergessen hat, vorher zu pinkeln.

Dann fahren wir in Gruppen nach unten. Jessica braucht zwei Leute, die ihr mit dem Kleid und dem Schleier helfen und dafür sorgen, dass nichts in den Türen hängen bleibt oder zu sehr zerknittert; der Fotograf hat tonnenweise Ausrüstung dabei, und Nadine ist … ziemlich schwanger. Auszuklügeln, wie wir alle mit den niedlich-hübschen, aber einfach schrecklich unpraktischen Aufzügen nach unten kommen, gleicht dieser uralten Rätselfrage, wie man einen Fuchs, ein Huhn und einen Sack Korn am besten in einem kleinen Boot über den Fluss transportiert.

Doch irgendwann sind alle unten, und wir machen uns auf den Weg zum hinteren Teil des Hotels. Der Raum, in dem die Zeremonie stattfindet, grenzt an den Garten, also können wir (und mit »können« meine ich »müssen«) ein paar Fotos auf der Steintreppe an der Rückseite des Hotels machen, bevor wir tatsächlich hineingehen.

Langsam wird mir klar, warum Jessica die ganze Planung so ernst genommen hat, dies ist praktisch eine militärische Operation.

Ich zucke zusammen, weil meine Schuhe scheuern, und erst da fällt mir ein, dass ich nie dazu gekommen bin, sie einzulaufen, und die Blasenpflaster, die ich in meinen Koffer geworfen habe, sind … noch immer in meinem Koffer und nützen mir jetzt nichts. Wenn ich Glück habe, kann ich sie wenigstens noch vor dem Abendessen holen.

Dad wartet auf uns, und ich beobachte die verschiedenen Emotionen auf seinem Gesicht: wie seine Augen feucht werden, als er Jessica in ihrem Hochzeitskleid sieht, wie er dann hastig einen stoischen Ausdruck aufsetzt, bemüht, nicht zu weinen, und dann ein breites Lächeln, das er einfach nicht verbergen kann.

Es ist schön, das zu sehen. Jessicas und Nadines Vater ist … hier auch irgendwo, aber er war in den letzten fünfzehn Jahren nicht mehr wirklich »im Bild« oder »anwesend« oder wie auch immer man es nennen will. Doch inzwischen sprechen sie ein bisschen mehr mit ihm, und er ist eingeladen, aber Jessica hat meinen Vater gebeten, sie zum Altar zu führen. Ich bin so sehr daran gewöhnt, ihn als *unseren* Vater zu betrachten, dass ich gar nicht mehr darüber nachdenke … Es ist schön zu sehen, was dieser Moment für die beiden bedeutet.

Dad umarmt sie, und sie lacht und sagt, dass er sie bitte nicht wieder zum Weinen bringen soll.

Er sieht so stolz aus.

Ich kann mir nicht erklären, warum es so ist, denn das ist ein wirklich schöner Moment, aber irgendetwas daran verletzt mich.

Ich komme nicht einmal dazu, ihn zu begrüßen, bevor der Fotograf uns mit einer Geschwindigkeit und Finesse zusammentreibt, die mich zu gleichen Teilen beeindruckt und erschreckt.

Während ich für die Fotos posiere, schweifen meine Gedanken ab.

Natürlich sollte ich an Jessica denken und daran, was für ein wundervoller Tag das für sie ist und wie viel Glück wir mit dem Wetter haben, das schön, aber nicht zu heiß ist, doch in Wahrheit frage ich mich, wie es Harry geht. Funktioniert diese ganze Boyfriend-Sache noch, oder hat sie sich abgenutzt? Vielleicht bereut er schon alles. Ich hoffe, er langweilt sich nicht zu sehr bei dieser Veranstaltung, auf der er niemanden kennt – nicht einmal mich. Vielleicht schreibt er gerade seinen Freunden, wie idiotisch es war, sich auf meinen leichtsinnigen Plan einzulassen, und betont, wie sehr er es bedauert. Vielleicht bittet er in diesem Moment um den Notfall-Anruf eines Freundes.

Ich hoffe nicht.

Ich weiß, dass das hier kein *richtiges* Date ist, aber …

Es macht Spaß, mit ihm Zeit zu verbringen. Unabhängig davon, dass ich ihn wirklich als Pseudofreund brauche, wäre ich enttäuscht, wenn er jetzt gehen würde.

Es ist warm in der Sonne, und meine Wangen beginnen zu schmerzen, nachdem ich so lange für die Kamera gelächelt habe. Keine Ahnung, wie Jess den heutigen Tag bewältigen wird, aber sie strahlt jetzt über das ganze Gesicht. Immer wieder blickt sie zur Tür, wo sie ihren großen Auftritt haben wird, hinter der die Gäste und die Liebe ihres Lebens auf sie warten, sie zappelt aufgeregt herum, als könne sie es nicht länger aushalten.

Ich auch nicht, aber nur, weil ich hoffe, dass es dort eine Klimaanlage gibt.

Und weil meine Füße wirklich zu schmerzen beginnen.

Camilla geht als Erste hinein, und plötzlich kommen die Trauzeugen heraus; sie alle umarmen Jessica und sagen ihr, wie schön sie aussieht und wie sehr sie sich für sie freuen, aber dann drängt uns ein Angestellter in den Raum, wo die Musik zu spielen begonnen hat. Es ist eine süße, hübsche Klavierversion eines Olly-Murs-Songs – da Jessica und Conor ihr erstes Date auf einem seiner Konzerte hatten.

Das Ganze wird für mich zu einer seltsamen außerkörperlichen Erfahrung. Ich weiß nicht, wie ich dazu komme, mit Conors Bruder zum Altar zu schreiten, aber ich bin mir plötzlich all der Gesichter bewusst, die mich anstarren. Einige von ihnen kenne ich. Viele kenne ich nicht. Und ich weiß, dass sie nicht *mich* ansehen, weil ich heute keine Rolle spiele. Ich bin ein Accessoire. Aber sie starren, und ich schwitze, und ich bin sicher, dass die Haut an meiner rechten Ferse wund und rot ist …

Und schon stehe ich vor dem Altar, und niemand sieht mich an.

Conor wirft mir ein flüchtiges Lächeln zu, bevor sein Blick wieder zur Tür schweift und er den Hals so verdreht, dass er über seine Schulter blicken kann. Er hat die Hände verschränkt, aber seine Finger bewegen sich, und die Muskeln in seinem Gesicht zucken, als wüsste er nicht, ob er gefasst sein oder lächeln oder weinen soll. Ich habe ihn noch nie so gesehen – nie anders als mit einem etwas gelangweilten Gesichtsausdruck – und verspüre den plötzlichen Drang, ihm die Schulter zu drücken und ihm zu sagen, dass alles gut wird.

In der ersten Reihe bricht Camilla bereits in Tränen aus. Sie kramt in ihrer Tasche nach Taschentüchern, die sie aber offenbar vergessen hat. Nadines Ehemann sitzt ganz in der Nähe, und nach ihm entdecke ich Harry, neben dem Plätze für Dad, mich und Nadine frei gehalten sind. Ich versuche, Harrys Blick aufzufangen, aber der steht gerade auf und geht gebückt zu Camilla hinüber, um ihr ein Taschentuch zu reichen.

Auf dem Weg zurück zu seinem Platz sieht er mich, winkt mir kurz zu und formt ein lautloses »Hi«. Ich winke mit meinem Blumenstrauß zurück.

Shit, er sieht wirklich gut aus. Ich hatte recht: Er gehört zu den Männern, die in einen Anzug einfach unwiderstehlich sind. Ich glaube nicht, dass ich jemals zuvor einen Mann als »köstlich« bezeichnen wollte, aber … Ja, Harry sieht ziemlich lecker aus. Sein Anzug muss maßgeschneidert sein. Er betont seine langen Beine und kräftigen Arme. Der marineblaue Stoff hebt sich gut von seiner Bräune ab, und seine grauen Augen wirken im Sonnenlicht silbern. Gestern fand ich, dass er mit einem Dreitagebart toll aussah, doch jetzt ist er glatt rasiert, und das steht ihm genauso gut.

Die Wirkung ist einfach niederschmetternd schön.

Die Musik fängt an.

Neben mir haben die anderen Brautjungfern ihren Platz eingenommen, die Trauzeugen stehen mit Conor gegenüber.

Eigentlich wollte ich seine Reaktion beobachten, weil man seine verletzliche Seite so selten mitbekommt, aber ich vergesse alles, als Jessica hereinkommt. Und es ist wirklich lächerlich, da ich sie schon hundertmal in diesem Kleid gesehen habe – ich war dabei, als sie es im Laden ausgesucht hat, und ich habe ihr gerade eine Stunde beim Ankleiden geholfen und mit ihr Fotos gemacht.

Aber das Licht, das durch die hohen Fenster und die Türöffnung hinter ihr fällt, hat etwas Besonderes, und auch wie sie Dads Arm fest umklammert und gleichzeitig so aussieht, als wolle sie den Rock raffen, um auf Conor zuzurennen, weil ihr das Ganze schon zu lange dauert … Sie sieht wunderschön aus. Sie sieht so glücklich aus.

Und da ist es dann, endlich.

Dieses Aufflackern von Neid.

Warum kann das nicht ich sein?

»Du«, verkünde ich, »bist ein Heiliger.«

Harry lacht, als ich ihm die Blasenpflaster abnehme. »Ich bin mir nicht sicher, ob meine Ex-Frau dir da zustimmen würde.«

»Ach.« Ich halte mich an seiner Schulter fest, während ich mitten im Garten meine armen zerschundenen Füße aus dem Schuh befreie und beginne, Pflaster aufzukleben. Mein linker Fuß ist einigermaßen unbeschadet davongekommen, aber meinen rechten hat es schwer erwischt. Ich kann nicht glauben, dass ich vergessen habe, die Schuhe einzulaufen, immerhin standen sie monatelang in einem Schuhkarton in meinem Kleiderschrank herum.

Harry hilft mir, das Gleichgewicht zu halten, und als ich fertig bin und meinen Fuß zaghaft wieder in den fiesen Schuh schiebe, sagt er, eine Hand voller Pflasterschutzpapiere: »Weißt du, ich denke die ganze Geschichte lief eigentlich anders …«

»Und welche Geschichte wäre das?«

»Die mit dem schönen Prinzen und dem Mädchen, das auf dem Ball seinen Schuh verliert …«

»Wahnsinnig witzig«, sage ich, obwohl es mich zum Lachen bringt.

Jetzt gibt es erst einmal Getränke und Canapés im Garten, bevor wir zum Abendessen gehen. Immer wieder werde ich zum Fotografieren herbeigerufen, was sich allerdings als ein Segen herausstellt, weil meine Gespräche mit der Großfamilie auf diese Weise regelmäßig unterbrochen werden. Sie können kaum ein »Wann bist du denn endlich dran?« herausbringen, bevor ich mich schon wieder entschuldigen muss.

Ich bin *tatsächlich* froh, dass ich mir die ganze Scharade mit dem falschen Freund ausgedacht habe – oder dass ich irgendwie in die Sache hineingedrängt worden bin –, denn einige Tanten und Cousinen bemerken recht beeindruckt: »Oh, Sophie, das ist also dein Freund?«

Und in gewisser Weise genieße ich es sehr, ihnen mit einem »Ja, ja, das ist er« die traurigen und bedauernden Blicke aus den Gesichtern wischen zu können.

»Sollen wir etwas trinken?« Harry deutet mit dem Kinn auf die Gästeschar in ihren bunten Kleidern und schicken Anzügen, aber ich schüttle den Kopf.

»Ich kann nur eine bestimmte Menge vertragen. Also muss ich es mir einteilen, wenn ich den ganzen Tag überstehen will.«

»Du bist ein Leichtgewicht«, scherzt er, und ich lache, obwohl ich eigentlich das Unter-die-Leute-Mischen meinte und nicht den Alkohol. Wir beobachten eine Weile die Gäste und tauschen scherzhafte Bemerkungen über sie aus, und Harry gibt einige seiner Lieblingsanekdoten von den Hochzeiten seiner Freunde zum Besten. Es tut gut, eine Weile nicht die Rolle der Brautjungfer spielen zu müssen.

Außerdem ist mein Fuß von diesen verdammten Schuhen verhunzt, und es ist wirklich angenehm, mal eine Zeit lang nicht herumhumpeln zu müssen.

Camilla, Nadine und David kommen irgendwann zum Plaudern vorbei, und nachdem sie sich wieder aus dem Staub gemacht haben, sagt Harry: »Es ist schön, dass ihr euch alle so nahesteht.«

»Ja. Dad und Camilla haben sich im Guten getrennt, und sie waren so mit uns Kindern verbunden, dass man das nicht komplett hätte kappen können. Und es ist … Es ist gut, weißt du? Geschwister zu haben. Das hatte ich nicht, als ich klein war.«

»Na ja«, sagt er mit einem schiefen Lächeln, das ausnahmsweise mal nicht seine Augen erreicht. »Schlaf besser nicht mit ihren Ehemännern, wenn du willst, dass es schön bleibt.«

»Zur Kenntnis genommen.« Mein Mund ist plötzlich trocken, und ich zögere, weil ich nicht weiß, ob ich Fragen über seinen Bruder und das ganze Chaos mit seiner Ex-Frau stellen soll. Zwar verstehen wir uns gut, doch wir kennen uns erst seit wenigen Tagen, und es steht mir wahrscheinlich nicht zu. Deswegen erzähle ich, wie gut sich Camilla und meine Mutter verstehen, dass ich

Camilla immer noch Muttertagskarten schicke, und wie schön es ist, dass mein Vater Jessica zum Altar geführt hat.

Aber während ich das sage, fällt mir wieder allzu lebhaft Dads Reaktion kurz vor der Zeremonie ein, und etwas setzt sich wie Blei in meiner Magengrube fest.

Ich komme ins Stocken, und Harry wirft mir einen seltsamen Blick zu. »Was? Warum machst du so ein Gesicht?«

»Es ist nur«, flüstere ich, damit niemand anderes es mitbekommt, »dass er wirklich stolz auf Jessica war. Und ich sage nicht, dass er das nicht sein sollte, weißt du, aber …«

»Aber das sollte er nicht sein?«

»Sie hat sich verliebt! Das ist reine Glückssache! Sie hat einen anständigen Kerl getroffen, der zu ihr passt, aber man könnte meinen, sie wäre gerade die *Bäckerin des Jahres* bei *Das Große Backen* geworden oder so was. Dabei musste sie dafür gar nichts tun.«

Ich hasse es, wie sehr ich nach Zicke klinge, aber … zugleich fühlt es sich verdammt gut an, es endlich laut auszusprechen.

Harry für seinen Teil lacht nur und schenkt jedem von uns ein Glas Wein ein. »Klar«, sagt er. »Du bist eine echte Enttäuschung, weil du dich nicht mit einem Typen einlässt, den du nicht magst oder zu dem du keine richtige Verbindung hast, nur um nicht mehr länger Single zu sein. Selbst schuld, dass du so was wie Selbstachtung hast, Soph. Und jetzt bist du auch noch mit einem fremdgehenden Geschiedenen in den Dreißigern hier, der vorgibt, dein Freund zu sein, nur damit er später auf Instagram damit angeben kann.«

Er reicht mir mein Glas, eine Augenbraue leicht hochgezogen und ein Grinsen auf den Lippen. Seine langen Finger berühren meine, und mein Magen dreht sich ein bisschen. Mein Knie streift sein Bein unter dem Tisch, und ich beiße mir auf die Lippen, während wir uns ansehen.

»Ja«, sage ich. »Ist echt beschissen, ich zu sein.«

17. KAPITEL

Ich bin die Erste, die zugibt, dass es keine besonders gute Idee war, Harry als meinen angeblichen Freund einzuladen, mit dem ich kurz nach der Hochzeit Schluss machen werde.

Wenn auch nur deshalb, weil ich mich schrecklich und hoffnungslos zu ihm hingezogen fühle.

Und ich schätze, das Gefühl beruht auf Gegenseitigkeit. Ich habe nicht etwa den ganzen Tag über sorgfältig all diese speziellen Momente zwischen uns gezählt, doch ertappe ich mich dabei, dass ich in den Stunden vor dem Abendempfang einige von ihnen noch einmal durchspiele. Wie wir beide beim Warten auf den Hauptgang wegen eines dummen Witzes in einen hilflosen Kicheranfall ausbrachen und uns aneinanderlehnten, nach Luft schnappten und versuchten, uns wieder in den Griff zu bekommen. Die Komplimente, die er mir so beiläufig machte, wenn er mit den anderen an unserem Tisch sprach. Die Art und Weise, wie mein Bein gegen seins stieß, als ich mich auf meinem Stuhl drehte, um die Reden besser verfolgen zu können, und er statt wegzurutschen oder mich zurückzuschieben eine Hand auf mein Bein legte.

Nicht, dass ich mir deswegen allzu viele Gedanken mache.

Was ich allerdings definitiv tue.

Mein angeblicher Freund verkörpert alles, was ich mir wünschte. Er sieht gut aus, er ist witzig und charmant und höflich, und es ist interessant, mit ihm zu reden – ganz ehrlich, wie kann er es wagen? Das ist total unfair.

Gut, dass er fast zehn Jahre älter ist als ich und nicht der Typ, auf den ich normalerweise stehe, sonst würde ich ernsthaft darüber nachdenken, ihn um ein richtiges Date zu bitten.

Ich meine, zum einen arbeitet er wirklich viel. Er macht Überstunden, er reist umher … Und da ich in letzter Zeit meine Freunde so sehr vermisse, würde ich in einer Beziehung wahrscheinlich ziemlich viel Zeit einfordern. Außerdem ist er formal gesehen immer noch verheiratet und wird sich im Moment wahrscheinlich sowieso nicht auf eine neue Beziehung einlassen. Ich weiß auch gar nicht, ob er mich auf diese Weise überhaupt mag … mögen *könnte*.

Wahrscheinlich nicht, denn er spielt ja nur eine Rolle. Wir werden uns nach diesem Wochenende sowieso nicht wiedersehen, und selbst wenn – bei meiner Dating-Vergangenheit wäre so etwas einfach verdammt unwahrscheinlich, oder?

Ich entdecke ein paar Mädchen vom Junggesellinnenabschied in der Nähe, die nicht zu den Brautjungfern gehören, und entschuldige mich bei Harry, um Hallo zu sagen. Zwar habe ich auf dem Junggesellinnenabschied nicht gerade neue Freundschaften geschlossen, trotzdem möchte ich ein bisschen plaudern – abgesehen davon, dass es einfach höflich ist.

Der Tag hat sich angefühlt wie ein einziges großes Durcheinander von »Oh, hi! Hallo, wie geht's! Wie läuft's? Mensch, ja, nein, mir geht es gut, danke.« Und wenn man dann noch die Zeremonie, das Abendessen und das Anschneiden der Torte dazuzählt … Ich weiß nicht, wie ich es geschafft habe, mit so vielen Leuten zu reden, ohne dass jemand dabei war, mit dem ich wirklich sprechen wollte. Isobel und ihre Freundin saßen beim Abendessen an unserem Tisch, ebenso wie meine Cousine Lilly, deren Eltern und Brüder und eine Großtante, die ich nicht wirklich kenne, aber immerhin. Ich habe seit heute Morgen kaum mit Jessica gesprochen und mit dem Rest meiner Familie auch nur, wenn wir alle zusammen für Fotos posierten. Unvorstellbar, in was für einem Wirbelwind der Tag für Jessica vergangen sein muss.

Das habe ich auch Harry gegenüber erwähnt und hinzugefügt: »Ich weiß, dass ich immer darüber klage, Single zu sein, und wie sehr ich mir das alles auch wünsche, aber … so langsam denke ich, dass ich es vielleicht doch nicht will. Zumindest keine große weiße Hochzeit.«

»Wäre auch besser«, erwiderte er scherzhaft. »Wenn ich das nächste Mal an einem einzigen Tag fünfzehn Riesen rausschmeißen will, mache ich das lieber in Vegas.«

Ola und Lydia aus Jessicas Unizeiten unterhalten sich mit Lilly und den Arbeitskolleginnen vom Junggesellinnenabschied, Georgina und Siobhan, die alle mit Getränken, Handys und Clutch-Bags in der Hand zusammensitzen und über irgendetwas kichern.

»Hallo, ihr.«

»Sophie«, sagen sie, und wir umarmen uns abwechselnd – wir sind ja immerhin auf einer Hochzeit. »Oh mein Gott, ist das nicht ein wunderschöner Tag? Jessie hat so viel Glück mit dem Wetter. Und sie sieht absolut *umwerfend* aus. Ihr seid auch so hübsch in euren Brautjungfernkleidern; dieses Lila ist so eine … schöne Farbe, eine sehr … interessante Wahl, nicht wahr? Und der Stil steht euch allen so gut!«

Wir plaudern über den Tag, und ich lasse mich von ihrer Begeisterung mitreißen. Auch wenn ich ein paar flüchtige Momente des Neides oder des Ärgers verspürte, ist heute ein wirklich guter Tag – ich amüsiere mich prächtig. Der Enthusiasmus der Mädchen ist ansteckend, und es fällt mir leicht, mich darauf einzulassen, als wären wir wirklich befreundet. Wir sezieren alles: Wie Conor Jessica angeschaut hat, als sie die Ringe tauschten, bis hin zu den etwas enttäuschenden Pastinaken beim Abendessen und den peinlichen, aber witzigen Anekdoten, die der Trauzeuge in seiner Rede erzählte.

So viel dazu, eine verbitterte alte Jungfer zu sein.

»Und wer ist dein Freund?« Ola macht eine große Show daraus, über meine Schulter in Harrys Richtung zu schielen, der mit einer zierlichen, hübschen brünetten Frau spricht, die ich nicht kenne. »Ist das der mysteriöse Freund, über den du auf dem Junggesellinnenabschied so wenig verraten hast?«

Okay, Sophie, das ist die perfekte Gelegenheit, um den Grundstein für deine vorgetäuschte Trennung später zu legen.

»Harry. Er ist, ähm, wir sind … Ich meine, ja, wir sind zusammen, aber, ähm … Es ist noch … Es ist noch zu früh, weißt du? Er hat mir im Grunde nur einen Gefallen getan mitzukommen.«

»Mir kann er gern jederzeit einen Gefallen tun«, murmelt Lydia in ihr Getränk, und die Gruppe bricht in schallendes Gelächter aus.

»Also ist das mit euch nichts Ernstes?«, fragt Ola.

»Nun, ähm, wir sind … Ich meine, er ist mit mir hier, also … Warte, ich dachte, du hast einen Freund? Wollte er heute nicht mitkommen?«

Bevor ich mich nach ihm umsehen kann, verfinstert sich Olas Gesicht, und sie verdreht die Augen auf eine Weise, die ungezwungen wirken soll, aber es kostet sie sichtlich Mühe, gelassen zu erscheinen. Sie schnalzt mit der Zunge, seufzt und sagt schließlich: »Wir mussten es beenden. Es wurde einfach … Na ja. Wir haben uns die ganze Zeit über die lächerlichsten Dinge gestritten, ihr wisst ja, wie das ist.«

Die anderen nicken verständnisvoll. Das ist meine Chance zu behaupten, dass ich weiß, wovon sie spricht, weil die Sache zwischen Harry und mir im Moment auch etwas angespannt ist … Aber aus irgendeinem Grund kann ich mich nicht dazu durchringen, jetzt, wo ich plötzlich damit konfrontiert werde, was das bedeuten könnte.

Ola wirft mir einen durchdringenden Blick zu und fragt noch einmal: »Bei euch ist es aber nichts Ernstes, oder?«

Georgina schreit empört auf und stößt ihre Freundin mit einem lauten Lachen an. »Ola! Babe, ich weiß, dass du dich gern trösten möchtest, aber du kannst nicht einfach so einer anderen den Freund ausspannen! Du hast zu viel von dieser Kolumne gelesen.«

»Kolumne?«, wiederhole ich und hoffe, dass sie nicht merken, wie erstickt meine Stimme klingt.

»Du weißt schon, *Single, Swipe, Repeat*. Alle reden darüber in den sozialen Medien.« Georgina holt ihr Handy heraus, tippt etwas ein und hält es dann hoch, damit ich meinen eigenen Artikel über Dating-Apps und LinkedIn sehen kann. Ich zwinge mich zu einem Lächeln, nicke und gebe ein unverbindliches Geräusch von mir, als wollte ich sagen: »Ja, den habe ihn auch gesehen.«

»Sie ist *so* brillant. Gott, ich wäre gern wie sie.« Ola seufzt wehmütig und ein bisschen bitter, ihr Gesicht verdüstert sich, und sie trinkt einen sehr, sehr großen Schluck von ihrer Limonade. Ich wette, da ist ein Schuss Gin drin (oder zwei). Die meisten nicken zustimmend, obwohl sie alle in festen Beziehungen sind – sogar Lilly, die sich von ihrer plötzlichen Trennung schnell erholt hat.

Siobhan sieht mich an, eine Augenbraue erhoben, ein schiefes Lächeln im Gesicht. Sie trägt einen dunkelvioletten Lippenstift, und ihr Haar ist heute rosa. »Wer würde nicht gerne sie sein, stimmt's, Sophie?«

Und in diesem Moment wird mir klar …

Sie weiß es.

Siobhan weiß es.

Scheiße.

Die anderen zerstreuen sich in den nächsten Minuten; Siobhan und ich sitzen an eine Wand gelehnt und reden über irgendeinen Blog, und erst als ich zum vierten Mal mitten im Gespräch den Faden verliere, spricht sie mich darauf an.

»Okay, du«, sagt sie in fast mütterlichem Ton. »Sollen wir aufhören, um den heißen Brei herumzureden? Es geht doch in Wahrheit um die Kolumne, nicht wahr?«

»Die Kolumne.«

Meine Kolumne.

Ich kann sie nur flehentlich ansehen und flüstern: »Bitte verrate es niemandem. Oh mein Gott, bitte verrate es nicht.«

Sie schenkt mir ein so breites warmes Lächeln, dass meine Panik sich augenblicklich auflöst. Ich kenne sie kaum, aber etwas an ihr bringt mich dazu, ihr zu vertrauen. Erleichtert atme ich auf.

»Du hast dich mit der ›Totenwache eines Singlelebens‹ verraten. Das hast du bei Jessica zu mir gesagt und es dann für deinen Artikel verwendet. Sie und Georgina haben ihn laut kichernd im Personalraum gelesen, und ich konnte einfach nicht *glauben*, dass sie nicht wussten, wer dahintersteckt. Dein kleiner Tagtraum über den Barkeeper hat mir sehr gefallen. Es war eine amüsante Lektüre.«

Ich erröte. »Es war kein Tagtraum. Nur … Mein Redakteur sagt, dass die Leute so was mögen und ich es deswegen schreiben soll. In meinem Artikel vom März habe ich zum Beispiel behauptet, dass ich auf der Hochzeit einer Freundin mit einem Typen aufs Zimmer gegangen bin und er in derselben Nacht in meinem LinkedIn-Account auftauchte. In Wirklichkeit handelte es sich um eine Verlobungsfeier, wo irgendein Arschloch einen Quickie auf dem Klo vorgeschlagen hat und ich ihm sagte, wohin er sich verpissen soll. Obwohl der LinkedIn-Teil irgendwie gestimmt hat – er hat mich tatsächlich später in der Nacht hinzugefügt.«

»Ah, die Wahrheit ein bisschen ausschmücken. Ich verstehe.«

»Allerdings nur für solche Sachen. Das ist auch der Grund, warum *niemand* davon erfahren darf! Ich meine, stell dir vor, Jessica liest diese Sache mit der Abstellkammer und denkt, das wäre ich gewesen? Ich glaube, ich würde tot umfallen.«

Siobhan lacht wieder. »Und was ist mit deinem neuen Verehrer? Ihr zwei seht ziemlich verliebt aus.«

»Äh …«

Ich weiß wieder, warum ich Siobhan auf dem Junggesellinnenabschied so sehr mochte: Sie strahlt so viel Selbstvertrauen und Optimismus aus, dass es einfach beruhigend ist, in ihrer Nähe zu sein.

Vielleicht ist das der Grund, warum ich mit der ganzen beschämenden Wahrheit herausrücke.

Oder ich bin hier einfach völlig überfordert, und hoffe, dass sie mir sagt, was zum Teufel ich jetzt tun soll, ohne mich zu verraten. Jedenfalls erzähle ich ihr alles. Dass es mir zu peinlich war, allein zu kommen, dass ich Jessica nicht mit einem leeren Stuhl neben mir enttäuschen wollte, wie ich es genoss, dass sie dachten, ich hätte *wirklich* einen Freund, dass der Kerl, mit dem ich mich *eigentlich* treffe, mir aus dem Weg geht, seit ich ihn zur Hochzeit eingeladen habe, dass es aber noch *schlimmer* war, in allerletzter Minute einen völlig Fremden mitzubringen und, am *allerschlimmsten*, dass ich ihn tatsächlich irgendwie mag, dass die Chemie zwischen uns – zumindest meiner Meinung nach – einfach stimmt …

Während ich rede, werfe ich Blicke in seine Richtung. Es entgeht mir nicht, dass die hübsche Brünette durch Ola ersetzt wurde, die schamlos mit ihm flirtet. Es kribbelt unangenehm in meinem Magen, als sie etwas sagt und er lacht, woraufhin sie eine Hand auf seinen Bizeps legt und ihr Haar zurückwirft.

Siobhan beginnt so sehr zu lachen, dass sie Seitenstechen bekommt, mit Tränen in den Augen und keuchend hält sie sich die Seite.

»Das ist nicht lustig«, zische ich.

»Mann, das ist nicht nur lustig, es ist zum *Totlachen*. Ich meine, ganz ehrlich. Ich habe schon lang nicht mehr gehört, dass jemand so was Verrücktes gemacht hat. Du bist total durchgeknallt. Das gefällt mir, verdammt. In dem Fall müsstest du die Wahrheit für deine Kolumne nicht ausschmücken! Wenn überhaupt, müsstest du sie *ab*schmücken. Niemand würde dir das jemals glauben.«

»Du darfst niemandem davon erzählen. Vor allem Jessica nicht.«

Sie tut so, als würde sie ihre Lippen abschließen. »Aber du wirst es ihnen sagen.«

»Eigentlich … Eigentlich dachte ich, dass wir uns einfach trennen werden. Ich könnte einen Grund erfinden, warum es mit uns nicht funktioniert, oder sagen, dass wir zu verschieden sind. Und das *sind* wir auch, um ehrlich zu sein. Sie müssen es nie erfahren.«

»Oh, Sophie«, seufzt sie.

Aber bevor sie mir sagen kann, was für eine schlechte Idee das ist (als ob ich das nicht selbst wüsste) oder mir irgendeinen Ratschlag oder sogar eine Aufmunterung geben kann, erregt jemand hinter mir Siobhans Aufmerksamkeit. Übermütig streckt sie die Zunge etwas heraus, beginnt zu grinsen und ruft: »Harry! Wie lustig, wir haben gerade über dich gesprochen!«

Ich möchte im Boden versinken.

In der vergeblichen Hoffnung, dass ich mich aus dem Staub machen kann, bevor er mich bemerkt, will ich aufstehen, doch Siobhan packt mich am Ellbogen und zieht mich wieder nach unten. Dann hakt sie mich unter, damit ich an Ort und Stelle bleibe. Ich bin mir sicher, dass mir brennende Scham ins Gesicht geschrieben steht und dass Harry es sehen kann – dass er genau weiß, worüber wir gesprochen haben und …

»Alles klar, Ladys?« Er schenkt uns ein Lächeln. »Ich dachte schon, du weichst mir aus, Soph. Alle gehen so langsam wieder hinein zum Empfang.«

»Du warst ja damit beschäftigt, dich unter die Leute zu mischen«, antworte ich. Das klingt ein bisschen schroff – es könnte glatt von Frankie Zwei kommen – und ich bereue es sofort. Schnell füge ich hinzu: »Das ist eine Arbeitskollegin meiner Schwester, Siobhan.«

»Wir haben uns bisher erst einmal gesehen«, sagt Siobhan und neigt den Kopf mit einem schelmischen Grinsen zur Seite. »Was ist mit dir, Harry? Du musst Sophie sehr gut kennen. Bestimmt weißt du ihre Lieblingsfarbe, ihren Geburtstag, ihre Vorliebe für Dokumentarfilme über Männer, die sich in betrügerischer Absicht nicht nur an eine Frau, sondern gleich an ihre ganze Familie ranmachen … indem sie vorgeben, jemand zu sein, der sie nicht sind.«

Er fängt schon an zu lachen, doch dann erstarrt er, sein Blick huscht zwischen uns beiden hin und her. »Äh …«

Ich erwidere seinen Blick. »Ich mag tatsächlich Dokumentationen über wahre Verbrechen.«

»Dein Geheimnis ist bei mir sicher, Schatz, keine Sorge.« Siobhan bedeutet ihm, sich zu setzen, was er auch tut – neben mir. Ganz nah. Nah genug, dass sein Ellbogen und sein Knie leicht gegen meins stoßen, während er sich nach vorne lehnt, um Siobhan besser sehen zu können.

Er streckt die Hand aus. »Schön, dich kennenzulernen, Siobhan. Ich bin Harry, Ersatzfreund und aufrechter Kerl, der hoffentlich nie das Thema einer zukünftigen Dokumentation über wahre Verbrechen sein wird.«

»Freut mich auch, dich kennenzulernen. Also, was hältst du von der hübschen Ola? Sie hat dir lange genug das Ohr abgekaut.«

Er verzieht das Gesicht, so melodramatisch verblüfft, dass ich lachen muss.

»Ja, ich meine, sie ist hübsch und alles, aber … Es ist wirklich seltsam, so von einer Frau angeflirtet zu werden, die dich für jemand anderen hält. Ich habe zum Beispiel gesagt, dass ich vor Kurzem umgezogen bin, und sie hat nach meiner alten Wohnung gefragt, und was hätte ich antworten sollen – dass meine Frau sie behalten kann, bis wir die Scheidung geregelt haben? Ich fühlte mich furchtbar. Ich weiß nicht, wie Betrüger das machen – es ist schrecklich. Außerdem ist sie ein bisschen zu jung für mich. Wahrscheinlich sollte ich mich geschmeichelt fühlen, aber ich fühle mich einfach nur alt.«

Siobhan lacht. »Wem sagst du das. Ich kann mit diesen jungen Hüpfern auch nicht mithalten – mit ihren verrückten Fake-Hochzeitsbegleitern und so …«

Ich verdrehe die Augen, sage aber zu Harry: »Sie ist nur ein bisschen jünger als ich.«

»Und?«

»Dein Hookd-Filter ist so eingestellt, dass du Mädchen in den Zwanzigern kennenlernst.«

Er blinzelt mich an, während er meine Worte verdaut.

»Tja, jetzt fühle ich mich wie ein absoluter *Creep*. Danke, Soph.«

»*Jetzt* fühlst du dich wie ein Creep?«, wiederholt Siobhan lachend. »Und nicht etwa, weil du auf einer Hochzeit so tust, als wärst du jemand anderes?«

Harry antwortet ihr nicht, er zuckt lediglich mit den Schultern und lächelt verlegen. Seine Wangen färben sich nun unübersehbar rosa, und das bringt mich zum Grinsen; ich glaube, ich habe noch nie einen so selbstbewussten Kerl *erröten* sehen. Anstatt Siobhan zu antworten, steht er einfach auf und reicht jedem von uns eine Hand. »Wollen wir jetzt reingehen?«

Wir schließen uns den anderen an, die nach drinnen strömen. Ich habe das ungute Gefühl, eigentlich irgendeiner Brautjungfernpflicht nachkommen zu müssen, aber als ich die Liste mit den heutigen Terminen durchgehe, fällt mir nichts ein.

Ich bin sicher, dass mich schon jemand holen wird, falls ich mich irre.

Wir drei bestellen Getränke an der Bar (alkoholfrei; schließlich beginnt die Party erst, und außerdem sind wir halb verdurstet von dem langen Aufenthalt in der Sommersonne) und laufen in dem Raum herum, wie die anderen auch.

Es dauert nicht lange, bis der DJ loslegt und Gäste sich in der Nähe der Tanzfläche in einem Kreis aufstellen: Es ist Zeit für den ersten Tanz.

Ich habe Jessica und Conor schon seit ein paar Stunden nicht mehr gesehen, aber sie haben sichtlich Spaß an der ganzen Sache. Jessica hat ihr Make-up aufgefrischt – die vom Schweiß verschmierte Wimperntusche, die mir vorhin aufgefallen ist, ist verschwunden – und Conors Anzug sieht nicht mehr ganz so frisch aus wie am Morgen, aber sie sind immer noch das schönste Paar der Welt. Sie grinsen von einem Ohr zum anderen und lösen alle paar Sekunden den Blick voneinander, um sich unter den Gästen umzusehen. Ich glaube, sie halten jetzt schon seit Stunden Händchen.

Von der verbitterten alten Jungfer in mir ist in diesem Moment nichts zu bemerken – ich denke lediglich, wie sehr ich mich für die beiden freue, wie wunderbar alles ist und wie sehr ich sie liebe. Sogar Conor und sein gelangweiltes Gesicht.

Bei ihrem ersten Tanz wiegen sie sich zärtlich hin und her – natürlich wieder zu einem Song von Olly Murs – und nehmen den Rest von uns gar nicht wahr. Es ist offensichtlich, dass trotz der vielen Gäste niemand für sie in diesem Moment existiert. Es gibt nur sie und Olly Murs.

Wir schauen zu, singen, machen Fotos mit unseren Handys und applaudieren, als das Lied zu Ende ist, und dann beginnt ein anderes, und sie tanzen wieder mit demselben sanften Schwung, was eigentlich kein wirklicher Tanz ist, aber so etwas Ähnliches. Dad fordert Camilla auf; Nadine und ihr Mann David beginnen mit einigen anderen Brautjungfern und Trauzeugen zu tanzen.

Ich denke mir nicht viel dabei, als ich spüre, wie Harry sich neben mir bewegt.

Er steht vor mir und streckt mir die Hand hin.

Sein Lächeln ist irgendwie herausfordernd.

»Und?«, ist alles, was er sagt, und ich nehme seine Hand.

Er führt mich auf die Tanzfläche, in den Kreis, den wir alle um das Brautpaar gebildet haben. Dort legt er die andere Hand auf meine Taille und zieht mich dicht an sich. Meine freie Hand ruht auf seiner Schulter, und nach einem Moment mein Kopf ebenfalls.

Für einen kurzen Moment genieße ich es: das Gefühl, von jemandem so gehalten zu werden, diesen Moment zu teilen, diese Intimität und Zärtlichkeit, das Wiegen zu der Musik und mein Herz, das bei dem Gefühl seiner Hand an meiner Taille schnell zu klopfen beginnt.

Es bedeutet natürlich nichts. Es ist nicht einmal real. Das weiß ich. Aber es ist schön.

Es bleibt nicht bei diesem einen langsamen Tanz mit Harry. Als die Nacht näher rückt und die Dämmerung einsetzt, stürzen wir uns voll in die Party. Die Getränke fließen in Strömen, und wir bilden keine Ausnahme, wir trinken eine Runde mit den Trauzeugen, eine mit Dad und Conor und später noch eine mit einigen seiner Familienmitglieder.

Harry und ich bleiben die ganze Nacht über zusammen, entweder wir tanzen oder mischen uns unter die Leute, und ab und zu machen wir eine kleine Pause an einem Tisch, um etwas zu trinken; die ganze Zeit hören wir kaum auf zu reden. Wir haben alle Vorsicht fahren lassen – nicht wegen des Alkohols, sondern einfach, weil nichts auf dem Spiel steht, es gibt keine Messlatte zu erreichen, wir müssen keinen guten Eindruck machen. Wir können einfach ehrlich und wir selbst sein – und das macht *Spaß*.

Irgendwann ist es dunkel, die Musik wird lauter, und Camilla hat definitiv ein oder zwei Brandys zu viel getrunken (ich sollte das eigentlich verhindern, aber jetzt ist es zu spät: ihre Stimme ist um eine ganze Oktave höher geworden, sie erzählt Babygeschichten von Jessica, ihre Wangen unter dem Make-up sind gerötet, und ihr Federhütchen sitzt schief). Die Party ist in vollem Gange.

Es dauert nicht lange, bis die Musik wieder langsamer wird.

Paare finden sich. Conors Vater geht mit einer Nichte, die nicht älter als sieben Jahre sein kann, auf die Tanzfläche; sie steht auf seinen Füßen. Harry und ich sind bereits aufgestanden, halb tanzend und halb plaudernd (oder halb flirtend ... nur ein bisschen ...), und jetzt, ohne dass einer von uns etwas sagen muss, beginnen wir uns im Rhythmus zu wiegen. Ich lege die Arme um seine Schultern, und seine Hände ruhen zu beiden Seiten meiner Taille. Er ist groß genug, dass ich den Hals recken muss, um in sein Gesicht zu sehen, und als ich das tue, schenkt er mir ein kleines, schiefes Lächeln, seine Augen sind dunkel, und ich habe Schmetterlinge im Bauch.

Als sein Atem mein Gesicht streift und an meinem Hals kitzelt, zieht sich mir die Kehle zusammen. Ich bin mir jeder Stelle bewusst, an der sich unsere Körper berühren – seine Hände an meiner Taille, die durch den Stoff meines Kleides kleine Schauer über meinen Rücken jagen, das Kitzeln seiner Haares im Nacken, um den ich die Arme geschlungen habe, wie meine Brust gegen seine stößt, wenn wir uns hin und her wiegen, und wie er ein Bein nur ganz leicht zwischen meine Beine geschoben hat, sodass sie bei jeder Bewegung aneinanderstoßen.

Ich bin mir auch jeder Stelle bewusst, an der sich unsere Körper nicht berühren, und wie sehr ich mir das Gegenteil wünsche.

Wie sehr ich ihn küssen möchte.

Irgendwie habe ich mich fester in Harrys Umarmung geschmiegt, seine Hand ist jetzt auf meinen unteren Rücken gerutscht. Ich kann hören, wie sein Atem flach wird – aber nur ein wenig, weil mein Puls in meinen Ohren pocht. Ich sehe zu ihm auf, was eine Ewigkeit zu dauern scheint; mein Blick fällt erst über seine Schulter auf die anderen Tänzer, dann zu dem offenen Kragen seines Hemdes, die Krawatte hängt lose um seinen Hals, hinauf zu seinem Kinn, wo sich ein Hauch eines Bartschattens abzeichnet, zu seinen Lippen … und dann zu seinen Augen, deren Farbe sich von flüssigem Silber im Sonnenlicht in ein stürmisches dunkles Grau verwandelt hat, das mich wie ein Blitz durchbohrt. Es ist ein Blick, der jeden Zentimeter meiner Haut zum Erschauern bringt, als wäre mein Körper aus Stromkabeln gemacht, und ich lasse mich ganz und gar von den Gefühlen mitreißen, die er in mir auslöst, von meinem Verlangen nach ihm und von der Art, wie zähflüssig und aufgeladen die Luft um uns herum jetzt erscheint …

Die Musik ändert sich, und wir werden auseinandergerissen. Die Mädels vom Junggesellinnenabschied halten mich fest, kreischen, dass das »unser Lied ist«, irgendein Queen-Song, den wir beim Junggesellinnenabschied zusammen gesungen haben, und Harry verschwindet in einem Wirbel aus schimmernden Lichtern und Brautjungfern.

Erst eine Weile später, als ich auf dem Rückweg von der Toilette bin, sehe ich ihn wieder.

Ich vermute, er ist auch gerade auf dem Weg zu den Toiletten, wir treffen uns auf halbem Weg im Flur, unsere Schritte werden langsamer, je näher wir kommen, und obwohl wir uns nie wirklich geküsst haben und obwohl keiner von uns etwas gesagt hat, fühlt es sich an, als ob plötzlich wieder jede Menge Spannung in der Luft liegt. Sie wiegt schwer um uns herum, seinem Gesicht nach zu urteilen spürt er es auch – was auch immer es ist.

»Hey, entschuldige …«

»Also, äh …«

Wir fangen beide gleichzeitig an zu reden und hören auch beide gleichzeitig wieder auf. Ich lache verlegen, und er zuckt mit einer Schulter, als wolle er sagen: »Du zuerst«, doch keiner von uns versucht, ein weiteres Wort zu sagen.

Denn im nächsten Moment liegen schon seine Lippen auf meinen, den Rücken an die Wand gepresst greife ich nach seiner Jacke, um ihn näher an mich zu ziehen, und ich hatte absolut recht: Er ist *köstlich*.

Es ist ein Kuss, der mir den Atem raubt, der die Welt stillstehen lässt und dazu führen könnte, dass ich einen Fuß in die Höhe hebe wie in alten Filmen (wenn ich nicht direkt an einer Wand stünde). Er ist leidenschaftlich und unerbittlich und lässt mich schwindelig werden, aber ich will nicht, dass er jemals aufhört.

Und doch beende ich ihn, weil ich mir der Tatsache nur allzu bewusst bin, dass dies ein sehr öffentlicher Ort ist und ich Harry am liebsten sofort die Klamotten vom Leib reißen würde.

Harry weicht zurück, sieht benommen aus und atmet schwer,

dann gibt er ein leises, trockenes Lachen von sich und fährt sich mit der Hand durch die Haare. Nach dem heißen, langen Tag, dem Alkohol und dem Tanzen ist es nicht mehr so sorgfältig frisiert wie am Morgen.

Ich brenne darauf, mit den Fingern hindurchzufahren.

Doch stattdessen lege ich die Hände auf meinen Mund, der immer noch von seinen Küssen kribbelt.

Harry schenkt mir ein unsicheres schiefes Grinsen. Er wird wieder rot.

»Das war eine wirklich dumme Idee, oder? Ach, Mist. Sophie, es tut mir wirklich leid, ich habe nicht ...«

»Nein! Nein, das ist es nicht ... Es war nicht ... Ich meine ...« Ich werfe einen Blick zurück in den Raum, in dem die Party stattfindet. Jemand hat die Tür einen Spalt offen gelassen, und ich kann die rosafarbenen und grünen und blauen und weißen Lichter blinken sehen, Musik pulsiert, und der Klang von Geplapper und Gelächter ist zu hören.

»Ich sollte ... Ich sollte wahrscheinlich wieder reingehen, bevor man mich vermisst.«

»Richtig. Ja. Ja.«

»Aber ... Bestimmt stört es niemanden, wenn ich in ungefähr einer halben Stunde Schluss für heute mache.«

Harrys Gesicht entspannt sich. Er dachte wohl, ich hätte ihn weggestoßen, weil ich es für einen Fehler hielt, und nicht, weil ich will, dass es weitergeht. Dem Lächeln nach zu urteilen, das seine Augen erhellt, und wie er wieder auf meine Lippen schaut, scheint auch er ziemlich froh darüber zu sein, dass es weitergehen wird.

Die nächste halbe Stunde ist die längste meines Lebens.

Die Stunden danach könnten hingegen die besten sein.

Gegen drei Uhr morgens falle ich atemlos neben Harry auf die Matratze zurück, einen Arm über den Kopf gelegt, den anderen auf meinen Bauch, während er aufsteht, um das Kondom zu entsorgen. Er kommt zurück, seine Haare stehen nach allen Richtungen ab, und schlüpft wieder zu mir unter das Lakengewirr. Er gibt mir kleine Küsse von den Hüften bis zum Schlüsselbein hinauf, bevor er sich neben mich legt, um mich in die Arme zu schließen.

»Ich dachte gerade …«, sagt er, und ich unterbreche ihn mit einem Lachen.

»Oh nein, das ist doch nicht der Moment, in dem du mir deine unsterbliche Liebe erklärst, oder?«

»Nicht ganz. Weißt du noch, wie wir gesagt haben, dass dies eine einmalige Sache sein sollte?«

»Es *ist* eine einmalige Sache. Ich meine – ich meine, *das* gerade war …« Ich weiche ein wenig zurück und stütze mich auf einen Ellbogen ab. »Ich bin ja … irgendwie … vielleicht mit jemandem zusammen im Moment. Ein kleines bisschen. Erinnerst du dich an den Kerl, von dem ich dir sagte, dass er nicht mit mir kommen würde? Jaxon.«

Ich war noch nie die Art von Mädchen, die sich für mehr als einen Typen gleichzeitig interessiert. Wenn ich Jungs von Hookd treffe, gibt es keine Überschneidungen bei den Verabredungen. Wenn es mit einem nicht klappt, treffe ich den nächsten.

Eine zum Scheitern verurteilte nie so ganz richtige Beziehung nach der anderen ist alles, wofür ich die Energie habe.

Es ist ein komisches Gefühl, Jaxons Namen auszusprechen, während ich mit Harry im Bett liege.

Der verdreht derweil die Augen. »Der *Gute-Nacht-meine-Schöne*-Typ, der dich mehr oder weniger ghostet?«

»Ich bin mehr daran interessiert, mit *ihm* zusammen zu sein als mit *dir*«, fahre ich ihn an, ohne selbst zu verstehen, warum ich Jaxon plötzlich verteidige oder so fies zu Harry bin. Ich zucke zusammen, aber Harry grunzt nur gutmütig und drückt mich wieder an sich.

»Ich rede nicht von zusammen sein, du Dummkopf. Ich habe gerade erst eine furchtbare Ehe hinter mir, schon vergessen?«

»Nun«, unterbreche ich ihn, »du bist immerhin auf Hookd.«

Er wirft mir einen ausdruckslosen Blick zu, als wäre das ja wohl verständlich. Und vermutlich ist es das auch. »Ja, weil ich nicht weiß, wie man Single ist. Allein. *Ganz allein*, verstehst du? Ich bin ungefähr vor einem Monat offiziell ausgezogen und langweile mich schon zu Tode mit mir und suche verzweifelt nach einer Affäre.«

Ich nicke, weil ich das verstehen kann – mehr oder weniger. »Und jemanden, der dich auf Instagram gut aussehen lässt.«

»Genau davon spreche ich. Vielleicht können wir ja ein bisschen weitermachen und das zu unserem gegenseitigen Vorteil nutzen. Ich kann dein Pseudofreund sein, um dir deine Familie vom Hals zu halten, und du kannst meine Pseudofreundin sein, was meine Freunde und Familie betrifft. Damit sie sich über meine Midlife-Crisis lustig machen können.«

Er sagt es mit einem selbstironischen Lachen, aber ich schaue ihm ins Gesicht, bevor er seinen müden, traurigen Ausdruck verbergen kann. Einen, den ich nur zu gut kenne. Ich umarme ihn ein wenig fester und drücke ihm einen Kuss auf die Schulter, bevor ich wieder zu ihm hochsehe.

»Okay. Ja. Ja! Warum nicht? Und wenn es mit Jaxon ernst wird, lassen wir es.«

Harrys Augen leuchten auf, glitzern durch die Dunkelheit. Ein träges Lächeln umspielt seine Mundwinkel, ich möchte ihn sofort wieder küssen.

»Wirklich?«

»Wirklich. Aber wir taggen uns nicht gegenseitig auf Instagram, sonst finden sie heraus, dass wir nicht wirklich schon seit März zusammen sind.«

»Logisch.«

Wir schütteln uns nicht die Hand, sondern liegen still beieinander. Dann küsst Harry mich auf die Schläfe, und ich streiche über seine Brust, die sich immer langsamer hebt und senkt, während auch mir die Augenlider schwer werden. Harry zieht die Decke über uns.

Kurz bevor ich einschlafe, murmle ich seinen Namen.

»Ja?«

»Du bist ein ziemlich toller Pseudofreund. Ich möchte, dass du das weißt.«

»Du bist auch nicht schlecht, was Pseudofreundinnen angeht«, gibt er leise und mit einem verschlafenen Lachen zurück, das in ein Gähnen mündet.

Ja, denke ich, und etwas Unbehagliches und Endloses breitet sich in meiner Magengrube aus. Wenn mir nur jemand einmal die Chance geben würde, eine *richtige* Freundin zu sein.

Juli

Tante Dawns Babyparty

OH, BABY!
Feiert Baby Rigby mit uns!
Ein Nachmittag mit Tee und Drinks, Kuchen und Partyspielen
92 Church Lane, Kenilworth
Samstag, 17. Juli
13–16 Uhr
Geschenke sind willkommen, werden aber nicht erwartet!
Geschenkeliste unter http://ba.by/rigbyoctober
Wir sehen uns!
Dawn & Janice Rigby

18. KAPITEL

Zwingt Singles doch nicht ständig dazu, sich zu rechtfertigen

Ansichten über den Druck, einen Partner zu finden, von unserer Dating- und Beziehungskolumnistin

»Was gibt's Neues von dem Jungen, mit dem du dich triffst? Läuft es nicht so gut?«

»Was? Nein. Warum sagst du so was?«

Umgehend in die Defensive gedrängt, umklammere ich mein Handy fester.

Harry, dessen Kleidung von auslaufendem Toilettenwasser durchnässt ist, wirft mir einen unerträglich arroganten Blick zu, der wegen der Saugglocke in seinen Händen und der Tatsache, dass er auf meinem Badezimmerboden kniet, eigentlich gar nicht funktionieren dürfte, aber irgendwie ist das Gegenteil der Fall.

»Weil du seit zehn Minuten eine Antwort auf eine Nachricht schreibst und dann wieder umschreibst. Ich kann hören, wie die Tastatur klackt – ich wette übrigens, wenn *ich* so ein Geräusch auf meinem Handy hätte, würdest du sagen, dass das total nervt. Ich nehme also an, dass es nicht sonderlich gut läuft, wenn du dich wegen einer Nachricht derart quälen musst. Es sei denn – Oh-ho, *Sophie*!« Er lacht etwas höhnisch. »Du wirst mit diesem armen Trottel doch nicht per SMS Schluss machen?«

»Natürlich nicht! Ich schreibe sowieso nicht an Jaxon. Und

dass sein Name Jaxon ist, weißt du sehr wohl, und nicht *der Junge*. *Der Junge* lässt dich wie einen alten Mann klingen. Pass auf da unten, nicht, dass du dir noch die Hüfte brichst.«

Harry hebt eine Augenbraue und verzieht den Mund zu einem gutmütigen Lächeln, während er in Richtung Toilette gestikuliert und scherzt: »Vor allem, wenn man bedenkt, dass dir dieser *alte Mann* aus reiner Herzensgüte einen Gefallen tut. Er erwartet nicht einmal einen Blowjob als Gegenleistung.«

»Jetzt wirst du eklig *und* unheimlich. Halte einfach die Klappe und bring das in Ordnung, ja?«

Ich wollte nicht so schnippisch klingen und bekomme sofort ein schlechtes Gewissen. Das Telefon an die Brust gedrückt verziehe ich mich weiter Richtung Tür. Meine gereizte Stimmung verstärkt sich, wird greifbarer und vernebelt die Luft um mich herum wie etwas Giftiges, und das finde ich furchtbar.

Ich betrachte Harry, der ein Treffen mit seinen Freunden hat sausen lassen, um spät an einem Freitagabend meine kaputte Toilette zu reparieren. Ich habe ihn in Panik angerufen, weil ich nicht wusste, was tun. (Gibt es um diese Uhrzeit überhaupt Klempner? Wie finde ich einen guten und nicht nur einen überteuerten? Was, wenn es sich um etwas Supereinfaches handelt, das ich selbst reparieren könnte und ein Klempner mir ins Gesicht lachen würde?)

Ich war bei meinem verzweifelten Anruf den Tränen nahe, und er brüllte ins Telefon und mühte sich ab, mich in der lauten Bar zu verstehen, während seine Kumpels im Hintergrund laut stichelten.

Ich weiß, was für einen verdammt großen Gefallen er mir tut.

Die Worte liegen mir schwer auf der Zunge, aber irgendwie schaffe ich es trotzdem, sie auszusprechen: »Es tut mir leid. Das habe ich nicht so gemeint.«

»Ist schon okay.«

»Nein, ist es nicht. Du rettest mir den Hintern, und ich bin eine bescheuerte Zicke.« Aus irgendeinem gottverdammten Grund steigen mir Tränen in die Augen, und ich schniefe – dabei will ich mich eigentlich ernsthaft entschuldigen und nicht in Selbstmitleid verfallen.

»Du bist definitiv keine bescheuerte Zicke.« Harry drückt den Pümpel fest in die Toilette. Die Muskeln seiner Arme spannen sich, und ich kann den Blick nicht von seinen langen Fingern losreißen, die sich um den Griff schlingen, und auch nicht von seinen Schultern und davon, wie sein Hintern in der Jeans aussieht, wenn er kniet. (Vielleicht sind diese billigen Pornovideos ja doch irgendwie auf der richtigen Spur? Wer weiß.)

Er fährt fort: »Wenn du wirklich eine Zicke wärst, hättest du mich am Telefon angeschrien und darauf bestanden, dass ich sofort komme, anstatt dich für die Störung zu entschuldigen und darauf zu bestehen, dass ich *nicht* vorbeikomme.«

»Nun, offensichtlich habe ich darauf nicht genug bestanden.«

Ich lächle, und er lächelt zurück: »Du klangst sehr verzweifelt, da konnte ich dich schlecht hängen lassen. Das liegt nicht in meiner Natur als schneidiger Ritter in glänzender Rüstung.«

»Wie gesagt – du bist mein Lebensretter.«

»Wie läuft es nun mit diesem Jungen?«, fragt er ganz beiläufig, Jaxons Namen weiter ignorierend, während er wieder meine undichte Toilette mustert. Keine Ahnung, ob es Absicht ist, aber er wirft den Kopf zurück, weil ihm einige kastanienbraune Strähnen ins Gesicht gefallen sind, dann streicht er sie mit einer Schulter weg. Es ist definitiv Absicht, weil es den beabsichtigten Effekt erzielt: Die Schmetterlinge in meinem Bauch erinnern mich daran, wie attraktiv er ist.

»Ähm, okay. Gut, denke ich. Wir reden miteinander, also ist es ungefähr so wie zuvor. Nächste Woche gehen wir wieder zu einem Pub-Quiz mit seinen Freunden. Ich denke, er ist darüber hinweg, dass ich ihn zu Jessicas Hochzeit eingeladen habe.«

Ich hoffe, dass es gut zwischen uns läuft. Ich hoffe, dass er darüber hinweg ist und wir wieder auf dem richtigen Weg sind. Wir haben nicht wirklich darüber gesprochen, sondern es irgendwie unter den Teppich gekehrt und versucht, in unseren normalen Rhythmus zurückzufallen, in dem wir uns schreiben, wie unsere Tage verlaufen, und uns verabreden. Es macht mich nervös, die Hochzeit in seiner Gegenwart zu erwähnen, aber ich denke, das hat genauso viel mit Harry zu tun wie mit der Tatsache, dass Jaxon mich wegen der Einladung fast geghostet hätte.

Es ist völlig offensichtlich, dass Jaxon eine lustige Soph will, keine ernste Soph. Er hat sich noch nicht auf etwas Festeres eingelassen, als mich zu fragen, ob ich Barbecue- oder Tomatensoße auf meinem Bacon-Sandwich bevorzuge (wobei er prompt erklärte: »Das wird mir viel über dich verraten, Sophie, also wähle weise.«). Und deswegen will ich nicht diejenige sein, die die Dynamik verändert. Was auch in Ordnung ist. Wir gehen es einfach langsam an und lernen uns erst mal kennen. Das ist ganz normal.

»Offenbar nicht gut genug, dass ich ihn in einem Notfall anrufe und nicht dich«, fahre ich schnell fort, und es soll witzig und nicht etwa ernst klingen. Es ist seltsam, mit Harry über Jaxon zu sprechen. »Ich dachte, das könnte er falsch aufnehmen, weil es zu sehr nach *fester Freundin* aussieht. Ich wollte nicht riskieren, dass er mich wieder ghostet, lol.«

Oh Gott! Ich habe gerade laut »lol« gesagt.

Ich meine, so was sage ich in Gegenwart von Tally und Jessica und so weiter, aber niemals, wenn Männer in der Nähe sind.

Falls Harry mein »lol« total peinlich findet, zeigt er es nicht. Stattdessen meint er nur: »Bitte sag mir, dass das Dating-Leben nicht wirklich so läuft.«

»Mädchentoiletten reparieren und dafür nicht mal einen Blowjob bekommen?«

»*Ha-ha*. Die Ghosting-Sache. Ich weiß natürlich, dass es das gibt, also komm mir jetzt nicht wieder mit ›alter Mann‹, aber … Es klingt einfach nicht nach einem guten Start in eine Beziehung, wenn man alles Mögliche tun muss, um nicht sofort geghostet zu werden, wenn etwas nicht so gut läuft. Warum will man mit so jemandem zusammen sein? Das klingt anstrengend.«

Ist es auch, sage ich fast. *Oh Gott, das ist es wirklich.*

Es ist zum Heulen anstrengend, und diese ganze Toilettengeschichte hat mich so gestresst, dass ich wahrscheinlich wirklich zu weinen beginnen würde, wenn ich das zugäbe. Und das will ich nicht.

»So schlimm ist es gar nicht. Und Jaxon ist auch nicht so schlimm. Ich verstehe ihn, das ist alles. Wenn man jemanden gerade kennenlernt, muss man erst einmal herausfinden, ob man zusammenpasst, ob man eine ernsthafte Beziehung eingehen will … Das ist immerhin eine große Verpflichtung. Und wenn man schon eine Weile Single ist, hat man Ansprüche, verstehst du? Oder man weiß, wonach man sucht, und erkennt die Warnsignale sofort. Wahrscheinlich hatte er das Gefühl, dass ich zu früh etwas Festes verlange, und wollte mich nicht in die Irre führen. Deswegen hat er einen Rückzieher gemacht.«

Bestimmt ist es so.

Und zugleich ist es auch kompletter Schwachsinn, aber nicht auf diese zutiefst ehrliche Art wie in meinen Artikeln.

Harry scheint zu bemerken, dass ich mich in die Defensive gedrängt fühle, denn er nickt nur und sagt leichthin: »Also weiter. Was sind für dich Warnsignale?«

»Wenn jemand betrügt.«

Nicht, dass ausgerechnet ich das sagen darf, nachdem ich mit ihm geschlafen habe, während ich mit Jaxon zusammen war. Aber er nickt grinsend und wechselt jetzt vom Pümpel zum Spülkasten, der die ganze Zeit über unaufhörlich tröpfelt.

»Typen, die sagen, dass sie nie lesen, als wäre das eine gute Sache.«

»Hm. Ich liebe gute Sportbiografien, um ehrlich zu sein.«

»Das ist noch schlimmer. Und Typen, die sagen, dass sie eine Frau suchen, die ›den gleichen Humor hat‹ und ›sich selbst nicht zu ernst nimmt‹. Typen, die in ihrem Profil angeben, dass sie sich für Kryptowährungen interessieren, aber dann ein kleines Diamanten-Emoji danebensetzen. Ich dachte ewig, das sei der Code für irgendein Sex-Ding, weißt du. Wie sich herausgestellt hat, sind Typen, die das machen, meistens einfach selbstgerechte Idioten.«

»Verstehe.«

»Katzenmenschen.«

Harry hört abrupt auf, am Spülkasten herumzufummeln, und fixiert mich mit einem finsteren Blick. »Bist du etwa ein Hundemensch?«

»Ist das nicht jeder?«

Er zieht so ein entsetztes, angewidertes Gesicht, dass ich fast lachen möchte, aber stattdessen sage ich entrüstet: »Genau so denke ich über Katzen. Igitt. Sie sind *furchtbar*.«

»Sie sind besser als Hunde. Sie sind viel unabhängiger.«

»Sie würden dich ohne mit der Wimper zu zucken umbringen.«

»Ich bestreite nicht, dass sie kleine Teufel sein können«, sagt er, aber es liegt eine gewisse Zuneigung in seiner Stimme. »Doch sie sind auf jeden Fall besser als Hunde. Auch wenn sie die ganze Zeit zu der Frau halten und in deine Schuhe kotzen oder eine tote Maus auf deinem Platz auf dem Sofa liegen lassen.«

Ich blinzle ihn an, irgendwie verblüfft von dieser Enthüllung. »Du hast eine Katze?«

»Ja. Na ja, oder eher ich hatte eine. Sie ist natürlich bei meiner Ex-Frau im Haus geblieben. In meiner neuen Wohnung sind Haustiere sowieso nicht erlaubt.«

Es ist, als hätte sich der Boden unter meinen Füßen verschoben, als sähe ich Harry zum ersten Mal. Ich versuche mir vorzustellen, wie er mit einer Katze auf dem Schoß auf dem Sofa sitzt oder die Katzentoilette sauber macht, und schneide eine Grimasse.

»Was weiß ich sonst noch nicht über dich?«, frage ich etwas empört.

Er lacht. »Als ob du selbst ein Engel wärst.«

Also tauschen wir, während er die Toilette repariert und mir dann hilft, den Boden aufzuwischen und durchnässte Handtücher in die Waschmaschine zu stecken, all unsere kleinen schlechten Eigenschaften aus.

Ich vertrage beispielsweise kein scharfes Essen, es zerreißt mich, wenn ich etwas Schärferes als indisches Korma esse. Beim Nando-Gewürz entscheide ich mich immer für Zitrone-Kräuter. Ich fahre regelmäßig erst in der letzten Minute zum Flughafen, ich halte mich streng an mein monatliches Budget, auf Scones schmiere ich zuerst die Marmelade und dann die Sahne, und ich halte *Herr der Ringe* für völlig überbewertet.

Harry hört nur langweilige Business-Podcasts, die mit seiner Branche zu tun haben, hat immer Stift und Notizblock auf seinem Schreibtisch liegen und hält nachhaltige Modemarken für Betrug. Er hat einmal für die liberalen Demokraten als Stadtrat kandidiert (und haushoch verloren), obwohl er bis dahin sein ganzes Leben lang die Torys gewählt hat. Er macht jeden Morgen sein Bett, tippt seine Mahlzeiten und sein Training in eine App und hat eine Knirschschiene, die er nie trägt.

Sein Traumurlaub ist ein Roadtrip quer durch Amerika. Ich hingegen kann mir nichts Schlimmeres vorstellen, als stunden- oder tagelang in einem Auto festzusitzen – schlimmer wäre nur noch, die ganze Zeit selbst fahren zu müssen.

Er findet es furchtbar, dass ich meine Wäsche nicht ordentlich trenne, und ich werfe ihm vor, ein Snob zu sein, als er wegen meines schiefen IKEA-Fernsehständers die Nase rümpft – wobei das, um fair zu bleiben, vielleicht nur daran liegt, dass der möglicherweise wirklich jeden Moment zusammenbrechen könnte.

Im Laufe der nächsten Stunde – und bei einer Flasche Wein – finden wir tausend winzige Dinge über uns heraus, die nicht miteinander zu vereinbaren sind, und scherzen die ganze Zeit darüber, dass wir Gott sein Dank kein Paar sind, weil jeder von uns für den anderen ein Dutzend absolute K.-o.-Kriterien aufweist.

»Ich könnte das mit dem Glücksspiel und deiner Einstellung zum Geld nie akzeptieren«, verkünde ich.

»Ich käme nie damit klar, immer überall zu spät zu kommen«, feuert er zurück und erschaudert dramatisch. »Dieser Stress. So unnötig.«

Am Ende sitzen wir nebeneinander auf dem Sofa. Ich habe die Beine neben mir angezogen und lasse eine Hand auf Harrys Oberschenkel ruhen, unanständig weit oben. Er hat einen Arm um meine Schultern gelegt, seine Finger spielen abwesend mit meinen Haarspitzen.

Ich hatte *wirklich* nicht vor, wieder mit ihm zu schlafen. Ich hatte nicht einmal vor, ihn noch einmal zu küssen. Ich wollte Jaxon meine volle Aufmerksamkeit widmen und mich nicht von etwas so Unwichtigem und Gewöhnlichem wie ein bisschen sexueller Chemie zwischen meinem gut aussehenden Pseudofreund und mir ablenken lassen.

Nur ist es nicht gewöhnlich. Es ist sogar alles andere als das. Die Luft scheint elektrisch aufgeladen; seinen Körper so nah an meinem zu spüren, verzehrt mich fast, ich will mehr – ich muss die Haut seiner Brust unter meinen Händen spüren und hören, wie er leise ein Schimpfwort an meinen Lippen ausstößt, während wir uns, die Körper ineinander verschlungen, küssen.

Irgendwie kann kein noch so großes K.-o.-Kriterium meinen rasenden Puls oder die Hitze, die sich in meiner Magengrube sammelt, verhindern. Er sagt etwas, aber ich kann die Worte nicht verstehen. Alles, was ich mitbekomme, ist der langsame, tiefe Rhythmus seiner Stimme, der mich wie Sirenengesang näher lockt, bis ich seinen Satz in einem trägen, weintrunkenen Kuss verschlucke, auf seinen Schoß klettere und aufseufze, als er die Hände auf meinen Rücken legt, um mich fest an sich zu ziehen.

Anders als im Hotel ist der Sex dieses Mal langsam. Es ist, als würde es etwas bedeuten, als würden *wir uns* etwas bedeuten, und ich kann mich nicht daran erinnern, wann es sich das letzte Mal so angefühlt hat – wenn überhaupt jemals.

Ich will nicht darüber nachdenken, was das genau heißt. Ich will nicht darüber nachdenken, dass es sich anfühlt, als würde es etwas bedeuten.

Aber es ist schön, jemandem auf diese Weise nahe zu sein. Nicht nur körperlich, sondern auch …

Es ist ein gutes Gefühl, sich nicht verstellen zu müssen. Ehrlich sein zu können. Man selbst. Auch wenn sich herausgestellt hat, dass wir absolut inkompatibel sind und auf keinen Fall ein Paar sein wollen, ist das viel wert, und mir gefällt die daraus entstehende Intimität. Ich muss nicht nach ihr suchen oder sie mir vorgaukeln, nur damit ich mir einbilden kann, jemanden in meinem Leben zu haben wie alle anderen auch.

Harry verbringt die Nacht bei mir, und obwohl wir schon Stunden geredet haben, ist es offensichtlich noch nicht genug. Er nimmt meine Hand und drückt mir einen Kuss auf die Fingerknöchel, bevor er fragt: »Was war das für eine Nachricht, die dich so aufgeregt hat? Wenn sie nicht von diesem Typen war?«

Sofort machen sich Schuldgefühle in meiner Brust breit, denn seine Worte beschwören Jaxons lächelndes Gesicht in meinem Kopf herauf. Um mich abzulenken, stöhne ich auf, vergrabe mein Gesicht an Harrys Brust und erkläre: »Du warst so gut darin, mich das alles vergessen zu lassen.«

Er wartet jedoch interessiert ab – *neugierig*, der Mistkerl – und etwas von der Spannung in meiner Brust löst sich, als ich es ihm erzähle und nach meinem Handy greife, um ihm die beleidigende Nachricht zu zeigen.

Dawn Rigby

Hey, Kleine! Ich kann es kaum erwarten, dich nächsten Samstag bei der Babyparty zu sehen! Vergiss nicht, dass es um 13 Uhr losgeht, und es wird nur Fingerfood/Snacks geben, also solltest du vorher kräftig frühstücken! Es wird so ein schöner Tag werden. Da du bei deiner Mutter übernachtest, sehen wir uns bestimmt bei Granny zum Sonntagsbraten? Ich hoffe doch!!! Du warst schon VIEL zu lange kein ganzes Wochenende mehr hier, aber so ist das eben, wenn man seinen Freund vor uns versteckt, lol! Bis dann! Tante Dawn xxxxx

Es ist eine nette Nachricht. Gut gemeint.

Aber ich will nicht darauf antworten. Denn wie es aussieht, ist ausschließlich ein Freund eine akzeptable Entschuldigung dafür, dass ich nicht jedes Wochenende zu meiner Familie fahre. Oder, na ja, öfter als einmal alle paar Monate.

Damit das alles einen Sinn ergibt, muss ich Harry natürlich erst die Vorgeschichte erzählen. Meine Mutter war jung, als sie mich bekam, zweiundzwanzig. Und sie war fünfzehn, als meine Tante Dawn zur Welt kam, die somit altersmäßig näher an mir dran ist als an meiner Mutter, was meine Mutter *schrecklich* findet, weil sie manchmal gefragt wird, ob sie auch Dawns Mutter ist. Und das, behauptet sie, hat zu ihren allmählich mehr werdenden grauen Haaren und Falten beigetragen, was sie nur noch mehr wie Dawns Mutter aussehen ließe.

Wenn dann noch die beiden Scheidungen meines Vaters hinzukommen und meine beiden Stiefschwestern, dann ist mein Familienstammbaum in etwa so kompliziert wie in der Serie EastEnders, aber Harry nimmt es gelassen, und ich kann regelrecht sehen, wie er die Informationen im Kopf für späteren Gebrauch abheftet. Auf einmal wird mir klar, wie wenig ich über seine Familie weiß, abgesehen von der Geschichte, dass sein Bruder mit seiner Frau geschlafen hat – und dass Harry es vermeidet, über sie zu sprechen.

Vielleicht werde ich ihn irgendwann einmal fragen.

Ich erkläre ihm, dass ich Dawn und ihre Frau, meine Tante

Janine, sehr mag, und dass ich Janines Mutter Laura, die ich für eine abfällige, hochnäsige Kuh halte, nicht leiden kann.

Von Lauras Anwesenheit also abgesehen wird die Babyparty sicher nett werden. Ein paar alberne Spiele, eine Runde Geschenkeauspacken, ein paar Freundinnen von Tante Dawn und Tante Janine und einige Familienmitglieder, und alle werden von winzigen Babyschühchen schwärmen, die Vorzüge verschiedener Kinderwagen hervorheben und über ihre eigenen Kinder reden. Also nichts, wozu ich etwas beizutragen habe, aber es wird niedlich sein, und ich kann genauso über Babys schwärmen wie jeder andere auch.

Es geht eher um … alles andere. Die »Du bist als Nächstes dran!«-Kommentare, obwohl ein eigenes Kind nun wirklich in weiter Ferne liegt. Ich habe ja noch nicht einmal entschieden, ob ich überhaupt Kinder haben will. Harry hat dafür Verständnis – er ist Kommentare nach dem Motto »Wollt ihr beide jetzt ein Baby?« aus seiner Ehe gewohnt. Beiläufig erwähnt er, dass er gerne Vater wäre, wobei ich einen Unterton heraushöre, der darauf hindeutet, dass dahinter ein größeres Thema steckt, und da er es nicht von sich aus erläutert, dränge ich ihn nicht weiter.

Stattdessen erzähle ich ihm, dass meine Mutter dabei sein wird, die, wie mein Vater es ausdrückt, entweder »ein bisschen nervig oder ein bisschen aufgedreht« sein kann, je nach Tagesverfassung.

Meine Mutter erzählt gern, dass ihre Beziehung zu meinem Vater feurig und leidenschaftlich war (igitt), (was bedeutete, dass viel daran gut war), allerdings auch, dass sie als »Lebenspartner« nicht zueinanderpassten.

Dad behauptet zwar nicht das Gegenteil, aber meistens seufzt er, schüttelt den Kopf und sagt: »Ehrlich, Soph, deine Mutter … Viel Glück für den Mann, der versucht, sie zu zähmen.«

»Flatterhaft« ist vielleicht zu viel gesagt, aber meine Mutter liebt das Abenteuer, oder zumindest jagt sie gerne der Idee davon nach. Sie hat an Forschungsprojekten am Great Barrier Reef, im

Yellowstone-Nationalpark und in Naturschutzparks in Afrika und Thailand gearbeitet. Als mein Vater wieder heiratete, wohnte ich bei ihm, weil meine Mutter jobmäßig immer monatelang unterwegs war. Ich fand das toll und fühlte mich wie Tracy Beaker mit einer glamourösen Superstar-Mutter, die all diese unglaublichen Dinge tat und jedes Mal spannende Geschichten zu erzählen hatte, wenn sie per Video anrief und man hinter ihr immer eine neue exotische Kulisse sehen konnte.

Ich habe ein großartiges Verhältnis zu meinen Eltern, aber manchmal ist es schwierig, mit meiner Mum Schritt zu halten ...

Mit leiser Stimme murmle ich in die tröstliche Dunkelheit meines Schlafzimmers: »Ich weiß nicht, ob ich vielleicht ein bisschen neidisch oder nachtragend bin, aber ich fühle mich im Vergleich zu ihr irgendwie immer etwas weniger gut.«

Harry nickt, als ob er mich verstünde, was ich nicht glaube, aber es gefällt mir, dass er meinen Kommentar nicht auseinandernimmt, weil ich mich dann nur darüber ärgern würde, ihn überhaupt geäußert zu haben.

»Was dumm ist«, fahre ich fort, »denn sie ist meine Mutter, und sie hat ihr eigenes Leben, und es ist nicht so, dass ich gern dasselbe tun würde wie sie, aber ...«

Tante Dawn versteht mich nicht. Sie ist eine Stubenhockerin. Einmal im Jahr verreist sie für eine Woche nach Spanien oder vielleicht nach Griechenland, ab und zu für ein langes Wochenende in den Lake District oder nach Westwales, und das ist für sie Abenteuer genug. Sie liebt Mums Geschichten, die sie nicht so herunterziehen wie mich. Ich habe einmal versucht, es ihr zu erklären, woraufhin sie mir vorschlug, doch ein verspätetes Auslandsjahr einzubauen, wenn ich reisen wollte, worum es ja nicht wirklich ging. Mir wurde klar, dass sie es nie verstehen würde.

Um fair zu sein, verstehe ich es auch nicht wirklich.

Es ist manchmal einfach ein blödes Gefühl, das ist alles.

Normalerweise würde ich mich bei Tally deswegen ausheulen,

aber als ich sie vorhin fragte, ob wir uns bald mal auf einen Kaffee oder vielleicht sogar zum Abendessen treffen könnten, sagte sie, diese Woche wäre es nicht so gut, und sie war wohl viel zu beschäftigt, um zu fragen, was los ist.

Es handelt sich ja auch nicht gerade um ein Familiendrama, das ist ja das Problem, sondern lediglich um mein eigenes kleines Drama, das ich mir selbst eingebrockt habe.

Es fühlt sich seltsam an, mit einem relativ Fremden über diese Dinge zu sprechen, und gleichzeitig auch nicht. Die Worte sprudeln nur so aus mir heraus, und Harrys unvoreingenommene und beruhigende Antworten ermutigen mich weiterzureden. Mit Jaxon habe ich vollkommen anders über meine Mutter gesprochen: Ihn habe ich mit einigen ihrer besten Geschichten unterhalten, angefangen mit dem Wombat, der in ihr Auto geklettert war und den sie erst auf halber Strecke bemerkte, bis hin zu dem Tag, an dem sie sich mit Cate Blanchett zum Mittagessen traf, wo sie den Mann kennenlernte, mit dem sie die nächsten vier Monate zusammen war.

Ein Leben, das selbst ich aus verschiedenen Gründen nicht nachvollziehen kann.

»Und da bin dann ich, Single und mit Jobproblemen, und ich *will* ihnen nichts von der Arbeit erzählen, weil ich auch sonst nichts habe, das für mich spricht. Ich liebe sie alle, aber in letzter Zeit ist einfach jedes Gespräch mit meiner Familie anstrengend. Irgendwie haben sie mich so zermürbt, dass ich mich die ganze Zeit klein und nutzlos fühle. Tally sollte als Puffer mit zur Babyparty kommen, aber sie hat abgesagt, weil etwas mit ihrem Freund dazwischenkam, und …«

Und …

Ich setze mich auf und drehe mich zu Harry um, dessen Augen im Schatten silbern glänzen.

»Gehst du nächste Woche mit mir zur Babyparty meiner Tante?«

Ich beobachte, wie sich seine Lippen zu einem Grinsen verziehen, das er zu unterdrücken versucht, was aber gerade mal zwei Sekunden lang funktioniert.

»Willst du weiter von unserem kleinen Abkommen profitieren?«

»Ja.«

»Na gut, dann.«

»Und außerdem Abendessen mit meiner Mum und Sonntagsbraten bei meinen Großeltern«, platze ich schnell heraus, obwohl mir plötzlich klar wird, dass Harry die perfekte Ausrede wäre, um sich vor diesen Besuchen zu drücken.

Aber ich *will* mich nicht drücken. Ich möchte meine Familie sehen und Zeit mit ihr verbringen. Nur vorzugsweise in einer weniger babyfokussierten Umgebung.

Er schweigt eine Minute, sein Gesicht ist so ernst, dass ich erschaudere. Das war zu viel. Nicht genug, dass ich ihn letzten Monat meiner Familie vorgeführt habe, jetzt will ich ihn auch noch zu einem Wochenende mit der anderen Hälfte meiner Familie schleppen, den armen Kerl. Wahrscheinlich wird er mich ghosten so wie Jaxon, nachdem ich ihn zur Hochzeit eingeladen hatte. Ich habe alles ruiniert und …

Aber dann sagt er, immer noch todernst: »Sophie, ich würde *niemals* einen Sonntagsbraten ablehnen.«

Ich bin so erleichtert, dass ich ihm beinahe gesagt hätte, dass ich ihn liebe.

19. KAPITEL

»Sophie, mein Schatz! Hallo! Wie geht es dir? Wie war die Zugfahrt?«

Mum umarmt mich ganz fest. Ein blumiger Duft steigt mir in die Nase; sie hat ihr Parfüm gewechselt. Ich mag es, es passt zu ihr. Sie trägt eine schwarze, gerade geschnittene Jeans; sofort frage ich mich, ob ich in meinem rosafarbenen Midirock overdressed bin.

Meine Mutter ist eine dieser sehr zierlichen blonden Frauen, auf die ich manchmal neidisch bin, weil sie selbst in einem Kartoffelsack schick aussehen. Ich habe die Gene meines Vaters geerbt: größer, dunkler und ohne Chance auf eine Thigh Gap.

Ich weiß, dass es nicht nur auf das Aussehen ankommt, sondern vor allem auch auf die Haltung. Bei meiner Mutter auf jeden Fall.

Ich wünschte nur, ich hätte diese Haltung manchmal auch.

Ich erwidere ihre Umarmung und lasse mir von ihr die Reisetasche abnehmen. »Hallo, Mum. Ja, sie war gut. Soll ich mich umziehen, bevor wir zu Tante Dawn gehen?«

»Nein! Nein, sei nicht albern. Du siehst toll aus.« Dann aber öffnet sie meine Jacke, um mein Oberteil zu begutachten, und ihr Gesichtsausdruck besagt: *In dieser Hinsicht bin ich mir allerdings nicht so sicher*. Schnell fügt sie hinzu: »Ist schon gut, es ist ja nur eine kleine Feier bei ihr zu Hause.«

Dann dreht sich Mum zu Harry um – nun, tatsächlich muss sie einen halben Schritt zurückgehen und den Kopf heben, um sein Gesicht richtig sehen zu können. Sie schenkt ihm ein warmes Lächeln und wirkt aufrichtig erfreut, ihn zu treffen – und genauso erleichtert wie Camilla und Nadine vor Jessicas Hochzeit, was mich etwas zusammenzucken lässt.

»Und du musst der wunderbare Harry sein, von dem wir schon so viel gehört haben! Es ist so schön, dich endlich kennenzulernen. Sophie hat dich ja die letzten Monate vor uns geheim gehalten!«

Mum lacht leise und wirft einen mahnenden, aber liebevollen Blick in meine Richtung. Während ich eine Grimasse schneide, legt Harry einen Arm um meine Schulter.

»Oh, Sie kennen Sophie doch! Sie hat mehr Geheimnisse als ein MI6-Agent.«

Mum lacht wieder, als wäre allein die Vorstellung absolut lächerlich.

Hat sie eine Ahnung.

Wir gehen zum Auto, Mum und Harry halten einen höflichen Small Talk, der wieder einmal beweist, was für ein vorbildlicher Pseudofreund er ist. Als wir alle angeschnallt sind und uns auf den Weg machen – direkt zu Dawn, wie mir klar wird – habe ich nur noch eines im Kopf.

»Was machen wir eigentlich mit dem Mittagessen?«, frage ich.

»Bei der Babyparty gibt es etwas zu essen, Darling.«

»Aber nur so kleine Canapés.«

Mum winkt ab. »Tante Dawn wird nichts dagegen haben, wenn du dir ein Sandwich oder so etwas machst. Wir sind sowieso ein bisschen früh dran.«

»Ich hoffe, du hast recht«, grummele ich. Harry fängt an zu lachen, und ich werfe ihm einen Blick zu, der ihn nur noch mehr zum Lachen bringt. Noch ein Pluspunkt: Man muss dem Pseudofreund nichts vorspielen und so tun, als wäre man nicht hungrig.

Und nachdem Harry letzten Freitagabend meine Toilette repariert hat und ich ihm danach alle meine schlimmsten und merkwürdigsten Eigenschaften aufgezählt habe, kann ich in seiner Nähe ruhig ein bisschen *hangry* sein.

»Ich bin deine Mutter«, entgegnet Mum strahlend. »Ich habe immer recht.«

Zum letzten Mal habe ich meine Mutter kurz vor Lenas Verlobungsfeier gesehen – während einer Stippvisite zum Sonntagsessen bei Granny und Granddad. Wir sprechen oft per FaceTime und schreiben Nachrichten, aber in letzter Zeit hatte ich meistens schon etwas vor, wenn sie mal zu Hause war und mich fragte, ob ich Zeit hätte – ich musste etwa zu Frankies Einweihungsfeier oder war – selten genug – mit Tally fürs Kino verabredet. Meine Mutter berät seit einiger Zeit ein Team in Deutschland, was bedeutet, dass sie nahe genug ist, um für ein Wochenende nach Hause zu fliegen. Ich glaube, dieser Job hat irgendetwas mit Elektroautos zu tun, aber ehrlich gesagt schalte ich immer ab, wenn sie ins Detail geht. Mein Gehirn versucht, ihre Worte so zu übersetzen, dass ich sie verstehen kann, aber letztlich kommt nur ein Rauschen dabei heraus.

Ich frage sie trotzdem nach dem Projekt, und sie erzählt von einer Forschungsreise und einer Teststrecke und dann von einem Michelin-Sternerestaurant, das sie mit einem Mann besuchte, der irgendeinen Durchbruch bei der Entwicklung von Formel-1-Motoren erzielt hat, was Harrys Interesse weckt, woraufhin die beiden für den Rest der Fahrt angeregt miteinander plaudern.

Als wir die Auffahrt zu Tante Dawns Reihenhaus hinaufgehen, beendet Mum ihre Geschichte mit den Worten: »Jedenfalls zieht er zurück nach Ecuador, aber es war schön, solange es dauerte. Jetzt genug davon! Was ist mit … Dawn! Oh, hi! Hallo! Wie schön, dich zu sehen! Mensch, du bist vielleicht dick!«

Mum zieht Tante Dawn wie mich zuvor in eine feste Umarmung. Sie strahlt und berührt den vorspringenden Bauch ihrer Schwester, bevor sie zur Seite tritt, damit ich sie umarmen kann.

Soll ich ihren Bauch auch berühren, oder nervt das eher? Ist es unhöflich, Mum zuzustimmen und zu sagen, wie dick sie ist? Ich habe keine Ahnung, wie das Baby-Protokoll aussieht.

Tante Dawn sagt auch schon: »Gib mir deinen Mantel, Schatz. Was für ein toller Rock. Kommt rein, kommt rein! Zieht eure Schuhe aus – ja, einfach da drüben, so ist es gut … Tut mir leid, ich weiß, es ist albern, es wird sowieso alles schmutzig, wenn das Baby erst mal da ist, aber … Kommt herein! Janine und ich bereiten gerade die Teller vor. Granny ist auch da! Und Janines Mutter, Laura, ihr erinnert euch.«

Als ob man sie vergessen könnte. Laura kann es jederzeit mit Lenas Mutter aufnehmen, was die Fähigkeit angeht, einen mit einem einzigen Blick abzuwerten.

»Und du musst Harry sein!«, ruft sie genau wie Mum zuvor. Die beiden sehen sich ähnlich, obwohl Dawn ein bisschen größer und ein bisschen weicher ist als Mum. »Du verwöhnst uns, Sophie. Wir dürfen dich ein ganzes Wochenende lang sehen *und* lernen deinen neuen Mann kennen! Na ja, deinen *alten* Mann vielmehr, denn …«

»Also wirklich, er ist nicht alt!«, platze ich heraus. Auch wenn ich ihn ständig wegen unseres Altersunterschieds aufziehe, schäme ich mich dafür, dass er vor der ersten Beleidigung noch nicht einmal Hallo sagen konnte.

Dawn winkt ab: »Das will ich verdammt noch mal hoffen, sonst wäre ich ja auch alt. Ich meinte damit, dass ihr beide schon eine Weile zusammen seid.«

»Und trotzdem fühlt es sich höchstens wie ein Monat an«, scherzt Harry, woraufhin sogar ich ein wenig lachen muss. Dann überreicht er eine Geschenktüte und sagt: »Schön, dich kennenzulernen, Dawn, ich habe nur Gutes über dich gehört. Hier, eine Kleinigkeit von uns beiden.«

Er ist wirklich der perfekte Freund. Der perfekte Pseudofreund, meine ich. Ich hatte ihm ein Foto von der Babyparty-Einladung geschickt und ihm mitgeteilt, welchen Zug ich gebucht habe, damit wir uns am Bahnhof treffen konnten, und er hatte ein Geschenk von der Geschenkeliste dabei. Verpackt und alles.

Ich hatte nichts gekauft, wie immer. In der Einladung klang es so, als wären Geschenke optional, und ich wollte dem Baby etwas kaufen, wenn es tatsächlich auf der Welt war. Natürlich habe ich darauf bestanden, Harry das Geld zurückzugeben, weil er schon so viel für mich getan hat, da muss er nicht auch noch ein Geschenk für eine völlig Fremde kaufen.

Was die Behauptung angeht, er hätte nur »Gutes« über Dawn gehört – nun, er hat Freitagabend *alles* gehört. Ganz ehrlich, sollte er keine Karriere als Pseudofreund machen, kann er immer noch Therapeut werden.

Dawn nimmt die Geschenktüte entgegen. »Oh, wie lieb! Kommt, hier lang. Und, wie läuft's, Soph? Es kommt mir vor, als hätten wir dich ewig nicht gesehen!«

»Tut mir leid«, sage ich automatisch, obwohl sie beim letzten Mal mich besuchen kommen sollten, dann aber nicht kamen. »Ja, mir geht's gut, aber das sollte ich eigentlich dich fragen. Du strahlst förmlich.«

Das finde ich zwar wirklich – ihre Haut sieht frisch aus, ihre Wangen sind rosig – aber man sagt es so oder so zu schwangeren Frauen, oder nicht?

Jedenfalls besser als: »Du bist dick!«

»Davon merke ich nichts«, erklärt Tante Dawn lachend, aber sie fühlt sich offensichtlich geschmeichelt, was mich aufatmen lässt, denn wie es scheint, habe ich das Richtige gesagt. »Ich habe seit Ewigkeiten nicht mehr richtig geschlafen, und sieh dir nur die hier an!« Sie wackelt mit einem Fuß und zeigt mir einen lila Croc. »Das sind die einzigen Schuhe, in die ich momentan reinpasse.«

»Sieht ziemlich komisch aus«, meint Mum. »Meine Füße waren mit Soph nie so geschwollen.«

»Und das *Furzen* …«

Die beiden schlendern, Schwangerschaftsgeschichten austauschend, durch den Flur in die Küche. Harry und ich wechseln einen Blick – wobei er nicht besonders verstört wirkt – und folgen ihnen. Überall hängen gelbe und silberne Luftballons, und an einer Wand lehnt ein Brett mit dem Äquivalent des »Steck der Braut den Schleier an«-Spiels mit der Aufschrift »Pin the nappy on the baby«, bei dem man mit verbundenen Augen eine Windel auf ein Babybild an der Wand stecken muss. Auf dem Tisch und der Küchentheke stehen Platten voller Snacks und Fingerfood: Mini-Sandwiches mit Lachs und Gurken, winzige Wurstbrötchen, Weintrauben und Melonenwürfel und kleine Minibrownies. Tante Dawn und Mum gehen nach draußen, wo ein großer Picknicktisch aufgestellt ist. In der Küche macht sich Granny über eine Schale Chips her, während Tante Janine und ihre Mutter sich über die Getränke streiten.

»Es ist eine *Baby*party«, schimpft Laura.

»Genau! Wir feiern!«

»Zum Feiern braucht man keinen Alkohol. Dawn wird nichts trinken, deine Freundin wie heißt sie gleich noch mit dem Nasenring auch nicht, und auch niemand, der Auto fährt.«

»Oh, verdammt, Mum, ich werde dieses Gespräch *nicht* noch einmal führen. Daraus wird ja wohl kaum ein Besäufnis werden, oder? Es ist Nachmittag. Ich wette, Sophie möchte etwas trinken. Soph, möchtest du ein Glas Sekt?«

»Äh … Ich meine …«

Sorry, Laura.

»Ja, bitte. Wenn es nicht zu viel Mühe macht.«

»Siehst du? Ich hab's dir gesagt. Er ist im Kühlschrank, Liebes, bedien dich.«

Granny sieht mich an und verzieht das Gesicht, bemüht, nicht loszulachen, dann verdreht sie die Augen und zuckt mit den Schultern. Ich umarme Tante Janine und küsse sie auf die Wange, was sie herzlich erwidert, danach stelle ich ihr Harry vor, sage Hallo zu Laura, was unbeachtet bleibt, weil Mutter und Tochter jetzt darüber im Clinch liegen, dass es im Haus nur koffeinfreien Tee und Kaffee gibt.

Granny lässt die Chips stehen, um mir ein Sektglas zu holen. Da sie so zierlich ist wie Mum, muss sie halb auf den Tresen klettern, um an die Gläser heranzukommen, die auf dem obersten Regal des Schranks stehen; ich halte Harry am Mantel fest, als er Granny helfen will, weil die *immer* alles selbst machen will. Sie holt noch ein paar weitere Gläser aus dem Schrank und flüstert mir zu: »Wobei Janine wahrscheinlich eher einen Wodka braucht, aber sie muss sich jetzt damit begnügen. Das geht schon den *ganzen* Morgen so. Du hättest hören sollen, wie Laura sich darüber aufgeregt hat, weil keine rosa Luftballons aufgehängt waren.«

»Oh.« Ich sehe mich um. »Mir gefallen sie. Sie sind hübsch. Sie passen zur Dekoration.«

»Luftballons«, sagt Granny mit flacher Stimme. »Das Baby ist ja nicht mal hier, um sie zu sehen.«

Ich schnaube leise und versuche, ein Lachen zu unterdrücken.

»Wie auch immer, hallo, du. Und du bist Harry, nicht wahr? Hallo. Wie war die Zugfahrt?«

»Gut.« Ich gieße den Sekt ein, reiche Janine ein Glas und sage: »Kann ich mir einen Toast machen oder irgendwas? Ich bin am Verhungern.«

Laura schürzt die Lippen. Mein »Hallo« hat sie nicht gehört, aber *das* natürlich schon. »Wusstest du nicht, dass es nur Kleinigkeiten gibt?«

»Ich wollte eigentlich am Bahnhof etwas essen, aber …« Aber ich war ein bisschen abgelenkt, weil Harry mit einem Geschenk gekommen war und ich mich wunderte, dass er überhaupt gekommen war, außerdem dachte ich, ich könnte noch schnell etwas bei Mum essen …

»Nur zu, Soph, bedien dich. Und du, Harry, fühl dich wie zu Hause. Mum, ehrlich, es sind nur ein paar Freunde und Verwandte, ich weiß nicht, warum du dich so aufregst …«

»Nun, entschuldige, dass ich für mein erstes Enkelkind alles perfekt haben will.«

Zu unserem Glück stürmen die beiden davon, um woanders weiterzustreiten.

Tante Dawn streckt den Kopf in die Küche. »Oh mein Gott, zanken sie immer noch? Das geht schon die ganze Woche so. Die nehmen sich beide nichts. Ich würde ja gern sagen, dass wir nicht immer so sind, Harry, aber ich will dich nicht mit falschen Behauptungen in die Familie locken.« Seufzend verdreht sie die Augen, wobei sie genau wie Granny aussieht. Sie betrachtet mein Glas mit unverhohlenem Neid. »Gott, hätte ich gern einen Sekt.«

»Falls es dich tröstet«, sagt Granny, »ich habe nur das billige Zeug gekauft.«

»Oh gut«, rufe ich. »Das heißt, es macht niemandem etwas aus, wenn ich eine ganze Flasche trinke, oder?«

»Vielleicht solltest du erst mal was essen«, schlägt Mum vor. »Hier, ich mache dir etwas.«

Tante Dawn übernimmt Janines leeren Stuhl an der Küchentheke, lehnt sich zurück, reibt sich über den Bauch und sagt: »Wie läuft es so mit euch beiden Turteltäubchen? Erzählt mir alles. Ich will hören, was ihr uns bisher verheimlicht habt.«

Granny zwinkert mir zu, nickt sehr auffällig in Harrys Richtung und sagt dann mit einem Bühnenflüstern: »Und zwar *alles*, Sophie! Da hast du dir einen wirklich hübschen Kerl geangelt!«

»Äh«, ist alles, was ich zustande bringe. Harry räuspert sich, um nicht loszulachen. Von ihm ist keine Hilfe zu erwarten, da er es zu lustig findet, mir beim Zappeln zuzusehen.

»Was *ich* wissen will«, sagt Mum, »ist, warum ich es von deiner Ex-Stiefmutter erfahren habe und nicht von dir.«

Das Komische ist, dass Mum und Camilla sich wirklich gut verstehen. Sie machen Tagesausflüge in Wellness Center und gehen zusammen einkaufen. Und da Camilla und mein Vater sich ebenfalls einvernehmlich getrennt haben, sind alle Eltern in unserem Gruppenchat vertreten. Die WhatsApp-Gerüchteküche arbeitet manchmal rasend schnell, da könnte sich Vin Diesel eine Scheibe von abschneiden.

»Na ja«, sage ich schließlich, »wir sind das Ganze einfach … ähm, du weißt schon, langsam angegangen. Um zu sehen, wie es läuft, bevor wir es allen erzählen.«

»Ihr Kinder von heute«, sagt Granny. »Weißt du, als dein Granddad mir den Hof gemacht hat …«

»Den Hof gemacht! Du bist nicht im 18. Jahrhundert geboren, Mum.« Tante Dawn lacht. »Für wen hältst du dich, für jemanden aus *Bridgerton*? Dein erstes Date war im Kino, sei nicht albern. Du redest, als hätte er deine Tanzkarte für eine verdammte Quadrille ausgefüllt!«

Endlich erbarmt sich Harry meiner: »Nun, jedenfalls haben wir es hingekriegt. Stimmt's, Soph? Wundert mich, dass du meinen Anblick nicht satthast, nachdem ich dir so lange ›den Hof gemacht habe‹.«

Er zwinkert mir zu, und Schmetterlinge fliegen in meinem Bauch auf. Granny zeigt mit dem Finger auf ihn und sagt zu niemanden im Speziellen: »Der gefällt mir«, und Mum fragt mich, wie es bei der Arbeit läuft.

Ich wünschte, sie hätte nicht gefragt. Ich murmle etwas, suche nach Worten, um es besser klingen zu lassen, um nicht sagen zu müssen, dass ich irgendwie ständig Mist baue. Natürlich kann ich die Kolumne nicht erwähnen, und zu meinem Pech erinnert sich Dawn plötzlich an die Beförderung, von der ich im Januar gesprochen und die ich nie bekommen habe, also muss ich vorgeben, noch immer darauf hinzuarbeiten, obwohl ich in Wahrheit versuche, mich irgendwie über Wasser zu halten.

Aber zur Abwechslung muss ich nicht lange über dieses Thema reden, denn ich habe nun einen Freund und kann das Gespräch wieder in seine Richtung lenken. Das tue ich auch – und es funktioniert.

Ich hatte immer das Gefühl, dass ich mein Leben mit meinem Job rechtfertigen müsse. Als ob es nicht schlimm wäre, Single zu sein, solange es in der Arbeit so gut läuft. Ich könnte behaupten, eine Karrierefrau zu sein. Die Leute neigen dazu, einem etwas mehr Spielraum zu gönnen, wenn sie glauben, dass man sich »im Moment nur auf die Karriere konzentriert«.

Das ist einer der Gründe, warum es mich so stresst, Zeit mit diesem Teil meiner Familie zu verbringen, insbesondere mit meiner Mutter. Sie besitzt Leidenschaft – und zwar im Übermaß. Sie hat ihre Karriere darauf aufgebaut, die Welt zu verändern und die Umwelt zu schützen. Dawn ist Musikliebhaberin und spielt in ihrer Freizeit in einem Orchester; eine Begeisterung, die sie mit Granddad teilt. Granny malt gerne und hat seit ihrer Pensionierung auch mit dem Töpfern begonnen. Janine ist Lehrerin – eine von der Sorte, die außerschulische Clubs leitet und ehrenamtlich eine lokale Mädchenfußballmannschaft trainiert.

Dafür habe ich sie immer bewundert.

Ärgerlich, dass diese Art von Leidenschaft in meinem Fall eine Generation übersprungen hat. Meine Karriere ist nicht so glamourös wie die meiner Mutter, und meine Freizeit verbringe ich damit, Besorgungen zu machen oder Netflix zu schauen, gelegentlich ein bisschen zu fotografieren, wenn ich in der richtigen Stimmung bin, oder natürlich zu feiern, wie spektakulär sich das Leben meiner Freunde entwickelt.

Aber zumindest muss ich mich heute nicht rechtfertigen. Ich muss nicht vorgeben, eine Karrierefrau zu sein oder was weiß ich. In ihren Augen ist jetzt alles in Ordnung: Mein Leben ist großartig.

Ich habe einen Freund. Mein Leben ist jetzt ausgefüllt.

Was könnte ich mehr wollen?

20. KAPITEL

Alles in allem wird es keine schlechte Babyparty.

Nicht, dass ich sie mit irgendeiner anderen vergleichen könnte, aber Tante Dawn und Tante Janine scheinen zufrieden zu sein, und das ist die Hauptsache. Außer uns sind Freunde und Kollegen hier und ein paar Cousinen von Janine. Zwei Frauen sind ebenfalls schwanger; viele haben bereits Kinder. Alle scheinen sich gut zu amüsieren – sie trinken Sekt (oder auch nicht, was keinen wirklich interessiert), essen genug, um zu demonstrieren, dass es schmeckt, aber niemand verlangt nach mehr, sie lachen über die Spiele und die ausgetauschten Anekdoten und freuen sich, als die Geschenke ausgepackt werden.

»Was ist mit dir?«, fragt mich eine Kollegin von Janine.

»Oh, ähm, ich bin, äh …« Ich schaue mich hilfesuchend um, aber Tante Dawn ist gerade damit beschäftigt, einen Strampler mit Elefantenaufdruck auszupacken und sich über den winzigen dazu passenden Hut zu freuen. Ich lache, vielleicht ein bisschen zu laut, und nippe an meinem Sekt. »Ich bin noch etwas zu jung, um über Kinder nachzudenken.«

Leider hat Tante Dawn das mitbekommen, denn sie sagt: »Da wäre ich mir nicht so sicher, Soph! Du wirst in Nullkommanichts so alt sein wie ich.«

»Als ich so alt war wie du, habe ich dich schon in der Schule angemeldet!«, fügt Mum hinzu.

»Ich hatte mein erstes Kind in deinem Alter«, bemerkt eine alte Unifreundin. »Wie alt bist du jetzt, Sophie? Dreiundzwanzig?«

»Fast sechsundzwanzig …«, murmle ich und schrumpfe in meinem Sitz zusammen.

»Die Uhr tickt«, sagt jemand anderes lachend. »Du willst sicher nicht warten, bis es zu spät ist!«

Und jemand – ein absoluter Bösewicht – wirft Harry und mir einen Blick zu und fragt: »Habt ihr noch nicht über Kinder gesprochen?«

Was objektiv gesehen lustig ist, da wir schließlich kein Paar sind. Aber das wissen sie nicht, und ich verschlucke mich an dem billigen Sekt, von dem ich gerade einen Schluck getrunken habe. Wir waren noch nie eine religiöse Familie, doch beginne ich jetzt verzweifelt zu beten. *Bitte, Gott, oder wer auch immer da oben ist, falls jemand zuhört – bitte erspare mir dieses Gespräch.*

Es gibt jedoch keine göttliche Rettung, und so bleibe ich hustend und stotternd zurück, erleichtert, als Harry mir sanft den Oberschenkel drückt und übernimmt.

»Ja. Wir sind da derselben Meinung, was immer ein gutes Zeichen ist, nicht wahr?«

Er sagt das so fröhlich, mit einem so charmanten Lächeln, dass die anderen nur zurücklächeln und nicken können, während Janine etwas von »guter Kommunikation als Schlüssel zu einer funktionierenden Beziehung« sagt. Ein paar Leute erwarten von uns offensichtlich eine ausführlichere Antwort – ein bisschen zu viel des Guten, da es sie überhaupt nichts angeht.

Möchten sie vielleicht auch wissen, wann meine nächste Periode kommt und welche Art von Tampon ich bevorzuge, wenn wir schon mal dabei sind?

Aber abgesehen davon ist es wirklich keine schlechte Babyparty.

Ich gehe davon aus, dass Mum und ich (und damit auch Harry) länger bleiben, um beim Aufräumen zu helfen, aber nur ein oder zwei Minuten, nachdem der letzte Gast gegangen ist, schnappt sich Mum ihren Mantel und reicht mir meinen; Harry ist aus dem Hinterhalt von meiner Großmutter überfallen worden, aber sie lachen jetzt über etwas. Ich frage mich, ob der Witz auf meine Kosten ging.

»Ich habe uns einen Tisch in diesem neuen griechischen Restaurant am anderen Ende der Stadt reserviert«, erklärt Mum, mehr an Dawn gerichtet als an mich und kein bisschen entschuldigend. »Dmitri, du erinnerst dich an Dmitri? Der uns an dem Wochenende, als du mich in São Paulo besucht hast, in diesem schönen Hotel in Brasilien untergebracht hat? Wie auch immer, sein Freund hat in das Restaurant investiert und seine Beziehungen spielen lassen. Normalerweise sind sie Wochen im Voraus ausgebucht, besonders an einem Samstag! Sehen wir uns morgen zum Mittagessen? Sophie, mein Schatz, willst du dich vorher umziehen? Soll ich deine Tasche aus dem Auto holen?«

»Was stimmt mit meinem Outfit nicht?«

»Ich habe eine Bluse, die du dir ausleihen kannst«, bietet Janine an und oh mein Gott, was stimmt nicht mit der, die ich gerade trage? Ernsthaft? Liegt es am schulterfreien Stil? An der Rüsche am Halsausschnitt? Ist sie mit Flecken übersät, die ich nicht bemerkt habe? Ich schaue nach unten, entdecke aber nichts objektiv Falsches. Vielleicht ist sie einfach nicht ihr Geschmack. Mir hat sie eigentlich ganz gut gefallen. Hilfesuchend sehe ich Harry an, jetzt, wo er sich endlich auch anschickt, seinen Mantel anzuziehen, aber er zuckt nur mit den Schultern, genauso verdutzt wie ich.

»Sie sieht gut aus«, sagt Granny, und dann scheucht sie uns Gott sei Dank aus dem Haus, damit sie aufräumen können, wobei sie den frühen Abendverkehr als weiteres Argument anführt, um uns rausschmeißen zu können.

Mum hatte offensichtlich einen kleinen Mutter-Tochter-Abend geplant, und genau aus diesem Grund habe ich Harry als Puffer mitgenommen. Im Auto werde ich auf den Rücksitz verbannt, und wir kommen automatisch auf die Babyparty zu sprechen: die Gäste und ihre Geschenke, Janines überhebliche, pingelige Mutter und das grässliche neongelbe Kleid, das eine von Dawns

Freundinnen trug, beschäftigen uns auf dem ganzen Weg in die Stadt, bis in das griechische Restaurant hinein und zur Bestellung der Getränke.

Es ist nicht schwer zu verstehen, warum Mum »ihre Beziehungen spielen lassen« musste, um einen Tisch zu bekommen.

Ich meine, bestimmt ist das Lokal wirklich angesagt und hat eine großartige Küche, aber es ist auch, und das ist das Wichtigste, *winzig*. Es handelt sich praktisch um ein Loch in der Wand mit höchstens fünfzehn Tischen, die alle sehr dicht nebeneinanderstehen. Die Kellner sind nicht grundlos so dünn, denn sonst könnten sie sich hier gar nicht bewegen. Zwar läuft Musik, doch das ändert nichts daran, dass man locker fünf verschiedene Gespräche gleichzeitig mitverfolgen könnte. Die Decke ist hoch mit jeder Menge frei liegender Holzbalken, an denen lange Pflanzen hängen, die, wie ich annehme, den Mangel an Quadratmetern ausgleichen sollen.

Allerdings muss ich Mums Freund Dmitri und seinem Investor-Freund zugutehalten, dass das Essen hervorragend ist. Und deswegen bin ich froh über unseren Tisch, auch wenn der Mann hinter mir ständig mit seinem Stuhl gegen meinen stößt und mich mit dem Ellbogen stupst, wenn er sich umdreht, um einen Kellner herbeizurufen.

Es ist wirklich ein schöner Abend. Die Unterhaltung fließt leicht und locker, und ausnahmsweise fühle ich mich nicht unter Druck gesetzt, nicht ganz so unzulänglich wie sonst, da Harry unter dem Tisch ein Bein gegen meines presst, und seine Augen funkeln im Kerzenlicht, wenn er meinen Blick auffängt. Was oft der Fall ist.

Praktisch ständig.

Als er sich entschuldigt, um auf die Toilette zu gehen, und ich mit Mum allein bin, stürzt sie sich auf mich.

»Er scheint sehr nett zu sein.«

»Das ist er.«

»Und es läuft wohl gut. Ziemlich ernst«, fährt sie fort, mit einem spitzen Unterton, den ich nicht ganz verstehe, aber auf jeden Fall nicht mag. Es klingt irgendwie herablassend, und ich spanne den Kiefer an.

»Du mochtest ihn genug, um ihn zu Jessicas Hochzeit einzuladen«, macht Mum weiter.

Shit. *Shit.* Der Trick mit dem Pseudofreund ist ja schön und gut, aber ich vergesse immer wieder, dass er nicht *zu* gut funktionieren darf, sonst wird es immer schwieriger, irgendwann zu sagen, dass wir uns getrennt hätten und lieber Freunde bleiben wollten.

Ausweichend sage ich: »Ich … Ich meine … Ja, ich denke schon. Es ist keine große Sache.«

Mum schürzt die Lippen, als versuche sie, nicht zu lächeln. Dann zieht sie die Augenbrauen in die Höhe, ihr ganzes Gesicht scheint zu sagen: *Nun, mir kommt das schon wie eine ziemlich große Sache vor.*

Irritiert, weil ich mich in die Ecke gedrängt fühle, bereue ich es auf einmal, Harry überhaupt mitgebracht zu haben; und weil ich als Single ausnahmsweise einmal keinen Minderwertigkeitskomplex haben will, entgegne ich: »Nur weil du dich nicht mit Männern einlässt, die länger mit dir zusammen sein wollen …«

»Ach bitte, hier geht es doch nicht um mich. Du willst ablenken, glaub nicht, dass ich das nicht weiß. Ich will doch nur mit meiner Tochter über ihre Beziehung sprechen, das ist alles.«

»Wer lenkt jetzt ab?«, murmle ich und lasse die Schultern sinken.

Mum seufzt, gibt aber nach. »Sophie, ich habe die ganze Beziehungssache mit deinem Vater ausprobiert, und es hat nicht geklappt. Keine noch so gute Chemie zwischen zwei Menschen kann eine grundsätzliche Unvereinbarkeit ausgleichen«, sagt sie mit einer Gewissheit, die mich mitten ins Herz trifft, denn mir fällt die lange Liste der Gründe ein, warum Harry und nicht zusammenpassen.

Zum Glück bemerkt Mum meine Reaktion nicht.

»Und überhaupt, selbst wenn es das wäre, was ich suche, bei meinem Beruf – die Beratungen, die Forschungsprojekte, monatelanges Reisen …«

»Oh, für dich ist es also in Ordnung, wenn du dich auf deine Karriere konzentrierst, aber wann immer ich das versuche, heißt es laufend: ›Wie läuft's mit dem Liebesleben?‹ Als ob *mein* Job nicht gut genug wäre«, nuschele ich, um dann schnaubend und finster blickend mit der Gabel in die zierliche, zerlegte und eigentlich sehr leckere Moussaka auf meinem Teller zu stechen. »Richtig, ja. Kapiert.«

»Sophie«, sagt sie ernst; und toll, jetzt klingt sie auch noch *besorgt*. Großartig. Mum runzelt die Stirn und rückt etwas näher – was bei der Größe des Tisches wirklich nicht schwer ist. Der Typ hinter mir stößt mit seinem Stuhl wieder gegen meinen.

»Sophie«, wiederholt sie. »Geht es um die Arbeit? Die Beförderung, die du nach Weihnachten nicht bekommen hast? Ich habe dir doch gesagt, wenn du …«

»Ich habe nicht …! Mum, ich habe mich schon vor Monaten um den Job beworben. Das war ungefähr im Januar. Und ich habe bei meinem Jahresgespräch wirklich gut abgeschnitten. Sie haben sich einfach für jemand anderen mit mehr Erfahrung entschieden, also …«

Und für jemanden, der die Zeitung nicht jedes Mal viel Geld kostet, sobald er um mehr Verantwortung bittet und anschließend alles ruiniert …

»Ich weiß. Aber ich weiß noch, dass du ziemlich verärgert warst, als sie dich ablehnten. Du hast damals zu deinem Vater gesagt, dass du vielleicht bei der Zeitung aufhören und dir einen anderen Job suchen willst. Du hast mir deinen Lebenslauf geschickt, damit ich ihn mir ansehe, weißt du noch? Aber dann hast du dich auf keine neue Stelle beworben.«

»Na ja … Ja. Ich meine. Ich war … Ich war verärgert, aber das war nur eine Kurzschlussreaktion.« Außerdem wurde mir kurz danach die Kolumne angeboten, also … »Mir gefällt es bei der Zeitung. Und Jenny, meine Chefin, hat gerade verkündet, dass sie schwanger ist, also müssen sie in ein paar Monaten eine Mutterschaftsvertretung finden, und vielleicht kann ich das ja übernehmen.«

Mit dieser Erklärung verblüffe ich mich selbst, setze aber ein Pokerface auf, als meine Mutter nachdenklich die Augenbrauen hebt. Ich soll mich für Jennys Mutterschaftsvertretung bewerben? Wie komme ich denn auf *so* etwas?

Das würden sie doch auf keinen Fall in Betracht ziehen. Oder?

Wobei Oscar erst seit Januar bei uns ist, Karl sich nie für eine Beförderung bewirbt und ich schon länger bei der Zeitung bin als Isaac … Die Kollegen mögen mich, und Führungspositionen sind ja immerhin ziemlich menschenbezogen. Manchmal gelingen mir auch gute Sachen wie die Online-Fotokampagne, als die Community an einer großen Schnitzeljagd teilnahm … Es ist nicht alles immer ein katastrophales Desaster. Somit ist nicht völlig ausgeschlossen, dass ich Jennys Mutterschaftsvertretung sein könnte …

»Mm-hmm. Nun, vielleicht wäre es eine Überlegung wert. Sich nach einem neuen Job woanders umzusehen, meine ich.«

»Was? Warum? Ich sagte doch gerade …«

»Was sollte dann diese abfällige Bemerkung, dass ich mich so auf meine Karriere konzentriere, Fräulein? Dass dein Job nicht gut genug sei? Und glaube bloß nicht, mir wäre nicht aufgefallen, dass du auf der Babyparty nichts über deinen Job sagen wolltest. Du warst ziemlich barsch.«

Nun ja, *klar*, möchte ich erwidern. Natürlich war ich das. Denn anscheinend darf ich nur Single sein, solange ich eine tolle, supererfolgreiche Hashtag-Girlboss-Karriere vorzuweisen habe. Oder meine eigene Werbeagentur leite und die Hälfte meines Gewinns für wohltätige Zwecke spende, gleichzeitig in meiner Freizeit den Kampf gegen Armut führe und bei einer luxuriösen Zeremonie das Band für mein neues Büro durchschneide, für das ich gerade den Mietvertrag unterzeichnet habe.

(Was nur eine *leichte* Übertreibung ist. Es ist eine Kombination von Posts, die ich von Freundinnen von der Uni oder Schule auf ihren sozialen Medien gesehen habe.)

Vielleicht liebe ich meinen Job nicht, aber er gefällt mir gut genug. Zumindest meistens, und im Grunde ist es das, was ich machen möchte – vielleicht für etwas mehr Geld oder mit mehr Verantwortung. Aber es handelt sich eben nur … um einen normalen Job. Einen, den jeder machen kann. Nichts Besonderes. Nichts, was Neid hervorruft oder Ehrfurcht einflößt. Es ist einfach nur ein Job.

Und das ist für mich absolut in Ordnung, denn mir reicht es total, jemanden zu haben, der älter ist als ich, dem ich Fragen stellen kann und der mir hilft, Fehler zu korrigieren, um dann nach Hause zu gehen, durch die sozialen Medien zu scrollen und vielleicht ein paar Kapitel eines Buches zu lesen, bevor ich ins Bett gehe und am nächsten Tag alles von vorn beginnt.

Also nicht ich bin etwa mit meiner Karriere unzufrieden, nur scheinen die anderen Leute mehr von mir zu erwarten, was ich verdammt frustrierend finde. Als ob keinen Freund zu haben bedeutet, dass es in meinem Leben eine große klaffende Lücke geben muss, die irgendwie zu füllen ist, und zwar mit Erfolg im Beruf oder Geld auf der Bank. Und wenn das nicht der Fall ist, warum gebe ich mir dann nicht mehr Mühe, einen Freund zu finden? Mein Leben ist nie *ausreichend* für die anderen, nie okay so, wie es ist – und wenn ich es oft genug gehört habe, beginne ich, ihnen größtenteils zuzustimmen.

Ich weiß allerdings nicht, wie ich das formulieren soll, und noch weniger, ob meine Mutter es verstehen würde.

Denn auch wenn sie selbst nicht auf der Suche nach einer »Beziehung« ist, findet sie immer eine, und sie hat einfach *alles*: diese großartige, erstaunliche, total erfüllende Karriere, einen Beruf, den sie liebt und mit dem sie auch noch Gutes tut; Männer, mit denen sie sich zwanglos für drei Wochen oder vielleicht acht Monate treffen kann; Zeit zu Hause, um ihre Familie zu sehen.

Sie hat alles, genauso wie Lena oder Frankie Zwei.

Deswegen weiß ich, dass sie es nie verstehen würde, wenn ich gestehe, wie klein sich mein Leben manchmal anfühlt. Das Beste, worauf ich hoffen könnte, wäre Mitleid – worauf ich wirklich nicht scharf bin.

Außerdem denkt sie natürlich, ich hätte einen Freund.

Somit begnüge ich mich damit zu sagen: »Ich wollte nicht so schnippisch sein. Du hast recht, ich mache mir einfach Sorgen, dass ich die Mutterschaftsvertretung für Jenny genauso wenig bekomme wie die Beförderung. Das stresst mich schon ein bisschen. Und das wollte ich bei der Babyparty nicht ansprechen.«

Mum seufzt voller Mitgefühl, sanft und fürsorglich, aber bevor sie versuchen kann, mir einen Rat zu geben oder mich zu beruhigen, ist Harry wieder da. Etwas ungeschickt quetscht er sich auf seinen engen Platz und drückt mir einen Kuss auf die Wange, bevor er sagt: »Worüber reden wir?«

Ich sage: »Nichts.«

Und Mum widerspricht mir nicht.

Der Rest des Wochenendes verläuft angenehm. Oder zumindest wäre es so, wenn ich meine schlechte Laune abschütteln könnte.

In Mums Wohnung, die sie für ihre unregelmäßigen Besuche zu Hause behält, schlafe ich auf einer Luftmatratze, und Harry schläft auf dem Sofa, was bedeutet, dass ich nicht genug Schlaf bekomme – und Jaxon hat die SMS, die ich ihm am Samstagmorgen geschickt habe, ignoriert, was mich nicht gerade aufmuntert, denn vierundzwanzig Stunden Funkstille von ihm grenzen schon wieder an Ghosting.

Wir treffen uns alle bei Granny und Granddad zum Sonntagsbraten, auch Dawn und Janine, und vielleicht spüren sie, dass ich nicht reden will, oder vielleicht hat Mum ihnen erzählt, dass ich wegen der Beförderung, die ich mir gestern Abend nur ausgedacht habe, im Stress bin: Vielleicht sind sie aber auch durch meinem tollen neuen Freund abgelenkt, jedenfalls trete ich wie durch ein Wunder ganz in den Hintergrund. Natürlich beteilige ich mich am Gespräch, aber meine Antworten sind knapp, und ich fühle mich nicht wie ich selbst.

Als ich meine Familie zum Abschied umarme, sagen mir alle, wie sehr sie Harry mögen; diesmal verspüre ich aber nicht diesen selbstgefälligen Stolz wie bei Jessicas Hochzeit.

Im Zug nach Hause spreche ich auch mit Harry nicht viel. Ich döse ein wenig, und den Rest der Zeit tue ich so als ob.

Als wir aussteigen, stellt sich Harry mit gerunzelter Stirn und ernstem Gesicht vor mich hin.

Mich überkommt das vertraute Gefühl, gleich abserviert zu werden. Nach dem Motto »Das war toll, aber es funktioniert einfach nicht«. Und ehrlich gesagt könnte ich es ihm nicht verdenken: Ich war eine schreckliche Pseudofreundin. Der arme Kerl hat die ernste Sophie und nicht die lustige Sophie abgekriegt – somit alle miesen Seiten einer Beziehung, ohne dass echte Gefühle sie ausgleichen könnten. Mit Braten und Gelegenheitssex ist es da nicht getan, nehme ich an.

Aber stattdessen sagt er einfach: »Hast du Lust auf Kino?«

Ich blinzle ihn verblüfft an, überzeugt, dass ich halluziniere.

»Du siehst echt nicht gut aus«, sagt er, als würde das alles erklären.

»Oh je, und da dachte ich, du wärst so charmant.«

Harry hebt seinen Rucksack auf die Schulter, nimmt mir meine Übernachtungstasche ab und greift nach meiner Hand. Seine Handfläche fühlt sich warm und angenehm schwer an.

»Komm schon. Wir schauen uns einen schlechten Actionfilm oder eine langweilige Dokumentation oder so was an und entspannen uns ein paar Stunden.« Dann schenkt er mir ein Lächeln, das ich nur als schüchtern bezeichnen kann: »Ich habe für den Rest des Abends nichts vor, und du siehst aus, als wolltest du nach Hause gehen und dich mit einem Becher Eiscreme in Selbstmitleid suhlen. Also, vielleicht heitert dich das ein wenig auf.«

Oh Gott.

Das ist wirklich süß. So richtig, echt süß.

So sehr, dass es mich all meine Willenskraft kostet, nicht in Tränen auszubrechen, als ich mich frage, ob es sich so anfühlt, einen Freund zu haben, einen Partner, jemanden, mit dem man sein Leben teilt. Jemanden, der sich auf meine Gefühle einstellt und mir dabei hilft, sie durchzustehen. Jemanden, der sich mit mir suhlt, wenn auch mit Popcorn statt Eiscreme.

»Ich mag Dokumentarfilme wirklich sehr«, sage ich ihm.

»Wirklich? Hm.«

»Das steht in meinem Hookd-Profil. Als eines meiner Hobbys, weißt du.«

»Ich erinnere mich. Du hast bei der Hochzeit gesagt, du magst True-Crime-Geschichten, aber das hielt ich für einen Witz. Ich dachte … Na ja, dass man so was nur in sein Profil schreibt, um sich interessanter zu machen.«

Und zum ersten Mal seit der Babyparty muss ich wirklich lachen und lehne mich an ihn. Wie ironisch, da es vielleicht das einzige durchweg Ehrliche in meinem Profil ist – keine Übertreibung, keine kleine Notlüge, kein Beschönigung.

Als wir ankommen, steht nur ein Thriller auf dem Programm, Harry kauft die Karten, und ich besorge uns Snacks. Im Dunkeln sitzen wir mit ein paar Dutzend anderer Paare zusammen, und für eine Weile fühle ich mich wie eine von ihnen. Ich stelle die Popcornschachtel in meinem Schoß und lege den Kopf an Harrys Schulter, und zumindest für diese zwei Stunden fühlt sich das Ganze nicht unecht an.

August

Lucys Hochzeit

Lucy Edmonds

Gesendet am Mittwoch, dem 11. August, 12.36 Uhr

Hey, Soph! Ich bin so froh, dass du mit den Mädels dieses Wochenende zu meiner Hochzeit kommst, ich kann es kaum erwarten, euch alle zu sehen! Wie ich Tally und Lena bereits gesagt habe, tut es mir wirklich leid wegen der Sache mit der Begleitperson, wir versuchen einfach, die Kosten niedrig zu halten, aber es ist SO schön, dass du jetzt einen Freund hast (endlich, lol!). Ich habe auf Facebook Fotos von euch beiden auf der Hochzeit deiner Schwester gesehen, supersüß! Bis Samstag, wenn ich Frau Williams werde!

Annabelle und Patricks Hochzeit

An Harry Chapman und Begleitperson

Michael und Carol Walker
laden Sie ein zur Hochzeit ihrer Tochter

ANNABELLE
mit
PATRICK

am Samstag, dem 21. August,
um 14 Uhr
Marshall Oak Farms
Cotswolds

21. KAPITEL

Immer heißt es, man soll sich nicht mit jemandem zufriedengeben, der nicht perfekt zu einem passt, da frage ich mich doch, wieso tun es dann so viele?

Nachdenkliches über Kompromisse
von unserer Dating- und Beziehungskolumnistin

»Du bist eh zu gut für ihn, Barker.«

Erschrocken lasse ich mein Handy mit einem so lauten Klappern auf den Schreibtisch fallen, dass sich ein paar Leute im Büro nach mir umsehen. Ich kauere mich auf meinem Stuhl zusammen und blicke zu Duncan auf, der finster dreinschaut. Er hat sich an mich herangeschlichen, als ich mal wieder nachschaute, ob Jaxon sich gemeldet hat – als ob ich die Benachrichtigung verpasst haben könnte, auf die ich in höchster Alarmbereitschaft warte, und durch das Öffnen unserer WhatsApp-Konversation auf wundersame Weise eine Nachricht von ihm erzwingen könnte.

Alle kümmern sich wieder um ihre Arbeit, schlapp, verschwitzt und müde von der Augusthitze, gegen die die Klimaanlage im Büro nichts ausrichten kann. Was die anderen lustlos macht, mich aber verdrossen. Duncan zieht einen Stuhl heran und stützt den Ellbogen auf die Hälfte meines Schreibtischs auf, die mit einem bedenklich hohen Berg Werbegeschenke bedeckt ist. Wenn man bedenkt, dass wir (d. h. ich) ihn erst Ende Juli aufgeräumt haben …

Wir müssen endlich einen weiteren Praktikanten einstellen.

Ich weigere mich, das Aufräumen von Werbegeschenken zu meiner Aufgabe zu machen. Oder zumindest nicht die ganze Zeit. Nicht, wenn ich schon ein Jahr länger hier arbeite als der andere Marketingassistent, Isaac, der ständig den ganzen Kram auf meinem Schreibtisch ablädt, als wäre es mein Problem.

Wobei ich mich im Moment nicht über Isaac oder den Stapel von Werbegeschenken ärgere, auch die brütende Hitze stresst mich nicht, aber beide Tatsachen sind ein gutes Ventil, bis Jaxon endlich zurückschreibt.

Duncan zeigt mit dem Kinn auf mein Handy, das jetzt mit dem Display nach unten auf meiner Tastatur liegt. Ich schiebe es zur Seite und drehe es um, damit ich sehen kann, wenn eine Benachrichtigung kommt.

»Wie lange ghostet er dich schon?«

»Er *ghostet* mich nicht«, schnauze ich ihn an, lenke dann aber ein und murmle: »Er hat gestern gesagt, dass er noch nicht weiß, ob er heute Abend kann, und er ist einfach … Es geht ständig hin und her, weißt du? In der einen Minute schickt er mir eine Reihe von Küssen und sagt mir, dass er es nicht erwarten kann, mich wiederzusehen, und dann höre ich ein paar Tage lang kaum etwas von ihm.«

»Autsch.«

»Nein«, beharre ich und setze ein Lächeln auf, als könnte ich mich selbst überzeugen, wenn Duncan mir nur glaubt. »Es ist in Ordnung. Er hat einfach viel zu tun. Und was ist schon dabei, wenn er unsere Verabredung für Freitagabend absagen muss. Das ist keine große Sache. Es kann immer mal was dazwischenkommen. Und es wäre nicht einmal besonders kurzfristig.«

»Oh ja, nein, sicher.« Duncan grinst schief und zieht die Augenbrauen hoch. »Deshalb hast du ihm auch seither fünf Nachrichten geschickt, auf die er den ganzen Tag nicht geantwortet hat?«

»Vielleicht ist er beschäftigt. Manche Leute müssen in ihrem Job auch tatsächlich arbeiten, weißt du.«

Er lacht. »Schon gut, Chefin, beruhige dich, ich warte gerade auf ein paar redaktionelle Notizen. Und im Übrigen bin ich nicht dermaßen mit meinem Handy beschäftigt, dass ich nicht zum Arbeiten komme. Er hat also eure Verabredung abgesagt, hm? Warum beendest du das Ganze nicht einfach, wenn er sich nicht festlegen will? Magst du ihn so sehr?«

Ich öffne den Mund, um etwas zu antworten und ihn dann zu bitten, mich in Ruhe zu lassen, aber … mir fällt nichts ein. Als Harry mich das letzte Mal etwas Ähnliches gefragt hat, weil Jaxon mich quasi so etwas wie geghostet hat, konnte ich behaupten, dass er nach seiner Langzeitbeziehung nun wirklich keine Ahnung von der Dating-Welt habe, aber bei Duncan ist das etwas anderes. Er ist genauso ein bedauernswerter Single und verzweifelt auf der Suche nach jemandem wie ich. Er weiß, wie es läuft. Er weiß, wann er Schadensbegrenzung betreiben muss, weil es nicht funktioniert.

Funktioniert es mit Jaxon etwa nicht?

Denn wenn ich so darüber nachdenke, ist der einzige Grund, warum ich mich weiter mit Jaxon treffe, der, dass es … praktisch ist. Auf dem Papier erfüllt er alle Kriterien – und zwar ganz sicher die, die Harry nicht erfüllt, wie zum Beispiel, dass er ein Hundemensch ist und nicht auf Fußballspiele wettet, während er gleichzeitig seine Monatsmiete per Kreditkarte bezahlt. Er hat genau das, was ich mir von einem Freund wünsche: Er ist nett, hat einen soliden, festen Job; er ist in der Lage, das Badezimmer zu putzen und eine Zimmerpflanze am Leben zu halten; ich verstehe mich gut mit ihm, und er sucht auch nach einer festen Beziehung.

Ich mag Jaxon, weil er genau die Art von Mann ist, die ich mögen sollte. Und ich genieße es tatsächlich, Zeit mit ihm zu verbringen. Ich mag ihn als Mensch – aber als fester Freund … Möglicherweise will ich ihn viel mehr mögen, als ich es in Wahrheit tue. Ich warte darauf, mich eines Tages in ihn zu verlieben, als ob das so einfach wäre.

Aber … So läuft es doch, oder? Mehr oder weniger? Es ist ja nicht so, dass sich alle Paare, die ich kenne, sofort ineinander verliebt haben. Jessica *mochte* Conor anfangs nicht einmal, und jetzt sind sie verheiratet.

Duncan sitzt still da, während ich diese kleine existenzielle Krise wegen Jaxon durchmache, und dann sagt er: »Vielleicht ist er mit einer anderen verabredet.«

»Was?«

»Heute Abend. Weißt du, er hat dir ohne eine wirkliche Begründung abgesagt … Ihr haltet das Ganze ja schon seit Ewigkeiten ziemlich zwanglos. Vielleicht trifft er eine andere.«

»Aber – aber … Aber er trifft sich mit *mir*.«

Er sieht mich an, als wollte er sagen, *na und*?

Das Schlimmste an der Sache ist, dass es stimmt. Jaxon und ich haben nie darüber gesprochen, ob das mit uns etwas Ernstes ist.

»Deswegen bist du Single«, meckere ich Duncan an, statt zuzugeben, dass er recht haben könnte. Ich stoße sein Knie an, um ihm zu signalisieren, dass er verschwinden soll, damit ich meine Arbeit fortsetzen kann, die darin besteht, mich *nicht* auf den Posteingang zu konzentrieren und Anzeigen für lokale Unternehmen *nicht* Korrektur zu lesen. Dabei wäre das eine leichte Arbeit, die selbst ich nicht allzu sehr vermasseln kann, perfekt für einen Tag, an dem ich dermaßen abgelenkt bin und an dem alle anderen zu schläfrig sind, um sich darum zu kümmern.

Duncan zieht natürlich nicht ab.

»Ich meine nur«, sagt er, diesmal etwas sanfter, »dass er es vielleicht nicht für besonders ernst hält. Ein Gespräch darüber könnte sich lohnen, wenn du ihn wirklich magst. Und außerdem kannst du dich nicht beschweren. Du bist mit Harry zusammen.«

»Ich bin nicht mit Harry zusammen! Wir schreiben uns nur … Nachrichten.«

»War er nicht am Wochenende zum Abendessen bei dir zu Hause? Hat er dich nicht für nächstes Wochenende zur Hochzeit seines Freundes eingeladen?«

Ich schnaube, ohne ihn mit einer Antwort zu würdigen. Uns war einfach langweilig. Wir hatten nichts Besseres zu tun, und als ich Tally und Duncan und sogar Jessica und Nadine fragte, waren alle schon verplant. Und was die Hochzeit angeht – nun, das ist schließlich unsere Abmachung, oder? Wir gehen zusammen zu Veranstaltungen, um uns gegenseitig gut aussehen zu lassen.

Außerdem hat er auf Jessicas Hochzeit mehr als deutlich gemacht, dass er nur eine zwanglose Affäre sucht, um sich von der alles verzehrenden Einsamkeit seines plötzlichen Singledaseins abzulenken. Also. Mehr nicht.

»Ich habe letztes Wochenende nicht einmal mit Harry geschlafen. Wir haben nur abgehangen, weil ich mit *Jaxon zusammen bin*. Und der ist nicht so. Ihm muss man nicht sagen, dass er das Mädchen, mit dem er seit mehr als zwei Monaten zusammen ist, nicht betrügen soll. Er hat einfach … Es ist nichts.«

»Du siehst wegen nichts aber furchtbar gestresst aus«, bemerkt er. »Das ist sogar Jenny und Isaac aufgefallen. Ich habe sie in der Küche reden hören, als ich Kaffee holte.«

Verdammter Isaac.

Hätte mir klar sein müssen, dass er die Werbeartikel nicht aufräumen kann, weil er zu sehr damit beschäftigt ist, über mich zu lästern.

»Hör mal, Barker, ein paar von uns gehen heute Abend nach der Arbeit was trinken. Komm doch mit. Einige aus der Finanz- und IT-Abteilung kommen auch. Vielleicht lenkt dich das ein bisschen von diesem Loser ab.« Er schnappt sich mein Handy, hält es vor mein erschrockenes Gesicht, um es zu entsperren, und tippt dann darauf herum, bevor er es wieder hinlegt. »So! Ich habe ihn bei WhatsApp stumm geschaltet. Jetzt musst du nicht jedes Mal durchdrehen, wenn dein Handy piept, und kannst ihn für eine Weile vergessen.«

»Das ist nicht …«

»Siebzehn Uhr dreißig, ja?«, sagt er und steht auf. »Wir treffen uns unten im Foyer; von dort aus suchen wir uns einen Biergarten und genießen die Sonne. Ein paar Bierchen und dann ab nach Hause.«

»Ich weiß nicht …«

Lachend rüttelt er an meinem Stuhl: »Ach, *komm schoooooon …* Das wird dir guttun!«

»Vielleicht genauso wie dieses Gespräch gerade? Ich sage es dir nur ungern, aber ich habe mir nicht eine Sekunde lang Gedanken darüber gemacht, ob er sich mit einer anderen trifft, bis du mir diese Idee in den Kopf gesetzt hast, also, danke dafür.«

»Du bist sowieso zu gut für ihn, Soph.«

»Du kennst ihn doch gar nicht.«

»Stimmt«, sagt Duncan, stößt mich gegen die Schulter und grinst freundlich. »Aber ich kenne dich.«

Dann schreitet er davon und ruft über die Schulter: »Siebzehn Uhr dreißig! Komm nicht zu spät!«

Wenn ich mich mit meinen Freunden unterhalte, kann ich mich manchmal des Eindrucks nicht erwehren, dass sich ihr Leben komplett um ihren Partner dreht. Und so ist es ja auch. Es sind Paare. Sie bauen sich ein gemeinsames Leben auf, und das bedeutet nun mal, dass sie die meiste Zeit untrennbar miteinander verbunden sind.

Und wahrscheinlich ist das ja auch sinnvoll. Man kann nicht einfach den Müll wegbringen, ohne dem anderen Bescheid zu sagen, oder was weiß ich. Man muss ihn nach seiner Meinung fragen, wenn man bei IKEA Geschirr aussucht, und man muss darauf warten, dass er einen Toilettensitz austauscht. (Was ich für Lena getan habe, als ich nach ihrer Herzoperation bei ihr war, weil Johnny es schon seit Wochen »vorhatte«, aber einfach nie dazu kam. Und Tally hat mich tatsächlich einmal hinbestellt, als

Sam weg war, damit ich mich um die Mausefalle und die dazugehörige tote Maus unter dem Waschbecken kümmere).

So ist das eben, bei allen.

Und manchmal verblüfft mich das. Die Tatsache, dass sie diese andere Person bei jeder ihrer Entscheidungen berücksichtigen müssen, selbst wenn es um etwas so Einfaches wie ein Treffen am Wochenende geht – wie werden sie das dann mit dem Abendessen handhaben? Oder wird es dem Hausarbeitsplan zuwiderlaufen, den die beiden miteinander vereinbart haben?

Mir kommt das alles so kompliziert und so unnötig vor, manchmal sitze ich da und starre auf die Nachrichten meiner Freunde, in denen sie beiläufig ihren Lebensgefährten erwähnen, während ich nicht einmal auf die Idee kam, dass dieser für unser Thema überhaupt relevant war, und dann denke ich: Wie kann man so leben? Wie könnte ich so etwas je wollen? Wie könnt ihr alle so besessen sein, so *verzehrt* von diesem anderen Menschen?

Und doch sitze ich hier und denke seit etwa achtundvierzig Stunden – seit der Funkstille am Donnerstag und Freitag und der abgesagten Verabredung – an nichts anderes als an Jaxon. Und ich bin unfähig, mit den Mädchen über irgendetwas anderes als Jaxon zu reden, vor allem, weil sie immer noch nichts von Harry wissen und ich auch nicht über meinen Job sprechen möchte, um nicht versehentlich etwas über meine Kolumne zu verraten.

(Sie denken immer noch, dass Jaxon mit mir auf der Hochzeit war. Ich habe sie nicht korrigiert. Es ist völlig in Ordnung so und sowieso zu spät, es jetzt noch richtigzustellen. Ich habe ihnen nichts von meinen gelegentlichen Treffen – okay, von der Affäre – mit Harry erzählt, also es ist ja nicht so, als würde ich sie richtig *belügen*).

Jedenfalls bin ich ja noch bescheuerter, weil ich dermaßen besessen von jemandem bin, der nicht einmal mein Freund ist und den ich vielleicht nicht einmal als Freund haben will.

Ich würde gerne glauben, dass ich nicht »boy crazy« bin, aber die Beweise für das Gegenteil sind erdrückend. In der Schule war ich nie das Mädchen, das ständig Lipgloss auftrug und ihr Haar herumwirbelte und alle zwei Wochen einen neuen Schwarm hatte, und ich war auch nie das Mädchen, das auf dem Campus der Uni einen Typen sah und plötzlich Facebook-Gruppen durchforstete, um ihn ausfindig zu machen, und dann sein Instagram durchsuchte, um herauszufinden, ob er eine Freundin hatte oder man ihm vielleicht eine private Nachricht schicken konnte.

Allerdings *bin* ich das Mädchen, das immer zu viel und zu oft über die Typen nachdenkt, mit denen sie öfter als ein- oder zweimal ausgegangen ist – das habe ich in meinem bisher erfolglosen Dating-Leben oft genug getan.

Ich persönlich glaube allerdings nicht, dass ich mich in diesem speziellen Fall von anderen Frauen unterscheide.

Man muss sich ja nur die Fakten ansehen: Ich treffe mich seit etwas mehr als *zwei* Monaten mit diesem Typen, und er hat seit Donnerstag auf keine meiner Nachrichten reagiert, bis dann endlich eine knappe Antwort kam, die besagte, dass er »mit einigen Dingen beschäftigt« sei und »sich bald bei mir melden« würde.

»*Bald melden*«, knurre ich Tally an, während ich mit den Riemchen meiner Schuhe kämpfe. Wir sind in einem winzigen B&B über einem Country Pub mitten im Nirgendwo der Cotswolds und bereiten uns auf die Hochzeit unserer alten Unifreundin Lucy vor, mit der wir früher zusammengewohnt haben. »Als wäre ich nur eine verdammte Kollegin und nicht seine … Na ja, vielleicht nicht gerade seine Freundin, aber so gut wie! Ist das nicht seltsam?«

»Das ist wirklich komisch«, stimmt sie mir zu. »Und du bist sicher, dass beim letzten Mal nichts passiert ist? Hat er vielleicht was gesagt …?«

Oder hast du es irgendwie total vermasselt, bleibt unausgesprochen.

»Ja!« Ich gebe den Schuh vorerst auf und drehe mich auf dem Bett herum, um sie anzusehen. »Ich bin mir sicher! Es war alles ganz normal. Er kam Montagabend vorbei, wir bestellten chinesisches Essen, schauten ein paar Folgen dieser Superheldenserie auf Prime … hatten Sex, gingen am nächsten Morgen zur Arbeit. Er gab mir einen Abschiedskuss und sagte, wir sehen uns am Donnerstagabend, und dann …«

»War es nicht so«, beendet Tally den Satz für mich. Sie trägt Lippenstift auf und schaut mich, nachdem sie ihn etwas abgetupft hat, stirnrunzelnd und mit zur Seite geneigtem Kopf an. »Das ist wirklich seltsam.«

»Du glaubst doch nicht … Ich meine, du glaubst doch nicht, dass er …« Ich schlucke den Kloß in meinem Hals hinunter. Meine Handflächen haben angefangen zu schwitzen; ich wische sie an der Bettdecke ab.

Dieser verdammte Duncan. Ich frage: »Du glaubst doch nicht, dass er sich mit einer anderen Frau trifft, oder?«

»Oh, Süße, nein!«, ruft Tally so entsetzt, dass mir sofort klar wird, sie hat auch schon daran gedacht. Ich kenne sie ein bisschen zu gut, als dass sie damit durchkommen würde, aber selbst als ich skeptisch die Augenbraue hochziehe, fährt sie fort. »Auf keinen Fall! Du hast doch gesagt, dass er sein Hookd-Profil schon vor Ewigkeiten gelöscht hat.« Das war allerdings eine kleine Notlüge, damit ich ihr das Profil nicht bei einem unserer seltenen morgendlichen Kaffeekränzchen zeigen musste, denn dann hätte sie gewusst, dass Jaxon und Harry nicht ein und derselbe sind. An diesem Tag hatten wir wirklich keine Zeit, über all das zu reden. »Und er hat gesagt, dass er keine der anderen Apps benutzt, also … Außerdem hättest du es doch bemerkt, wenn er sich mit einer anderen treffen würde! Wer wäre so dreist, sich *drei* Monate nach Beginn einer Beziehung mit einer anderen zu treffen?«

Ich denke an meinen Kinobesuch mit Harry nach Dawns Babyparty, an den Sex, nachdem er meine Toilette repariert hat, daran, wie einfach es war, letztes Wochenende mit ihm essen zu gehen …

Tally bemerkt nicht, dass ich rot werde, und fährt fort: »Ja, es ist noch nicht richtig fest und auch noch früh, aber trotzdem! Nein, natürlich ist er mit keiner anderen zusammen. Er wird nur – er hat einfach etwas anderes vor.«

»Und was? Was kann so wichtig sein, dass er mir nicht mal eine Nachricht schicken kann: ›Viel Spaß auf der Hochzeit deiner Freundin‹ oder so was?«

Tally weiß diesmal nicht so schnell eine Antwort, aber als wir uns fertig machen, teilt sie mir ihre Theorie mit: Vielleicht hat er viel Stress auf der Arbeit und ist so erledigt, dass er keine Energie mehr hat, mir zu schreiben, oder vielleicht steckt er in irgendwelchen Schwierigkeiten, womöglich gibt es ein Familiendrama, und wir stehen uns noch nicht so nahe, dass er mir davon erzählen kann. Und vieles mehr.

Oder es ist einfach der uralte Klassiker: Er hat eine andere getroffen.

Was schlimmer ist als jede offene Ablehnung. Denn dazu kommt noch die Erniedrigung, ersetzt worden zu sein. Es ist ein Schlag ins Gesicht: »Tut mir leid, aber du bist einfach nicht *gut genug.*«

Und das tut weh, selbst wenn es von einem Mann kommt, den ich vielleicht gar nicht mehr wirklich mag.

22. KAPITEL

Lucy ist eine Freundin von der Universität. Die Art von Freundin, deren Instagram-Fotos man mit »Sieht toll aus!« kommentiert, mehr nicht. An der Uni standen wir uns allerdings ziemlich nahe, sie und Tally und ich wohnten eine Weile zusammen, und durch sie haben wir Lena kennengelernt – die beiden waren im selben Kurs. Jetzt ist Lena eine unserer besten Freundinnen, wohingegen Lucy …

Lucy hat aber noch eine Menge andere Freunde, wie man an der Gästezahl auf der Hochzeit sehen kann.

Wollte ich boshaft sein, würde ich sagen, dass sie mit all den Leuten nicht wirklich befreundet ist, sondern sich einfach gerne aufspielt und umschwärmen lässt.

Aber es ist ihr großer Tag, und mein besonderes Geschenk zu diesem Anlass ist es, keine Zicke zu sein – zusätzlich zu dem Silberbesteck, das Tally, Lena und ich zusammen gekauft haben.

Lena übernimmt die Rolle der Zicke dann jedoch ganz schnell, denn kaum haben wir die große Scheune betreten, in der die Zeremonie stattfindet, flüstert sie: »Oh mein Gott, ist das ihr Ernst? Dieser ganze Schwachsinn von wegen ›Tut uns leid, wir halten die Kosten niedrig, es kommen nur enge Freunde und die Familie, also keine Begleitpersonen‹? *Das* nennt sie enge Freunde und Familie? Ich wette, allein der Veranstaltungsort hat mehr als fünf Riesen gekostet. So eine Frechheit!«

Tally stimmt in das Gegrummel ein, während wir in den Sitzreihen alte Freunde von der Uni entdecken. Ich kann ihren Ärger verstehen. Nicht, weil sie keine zehn Minuten ohne ihre Partner auskommen können, sondern wegen der Behauptung, es wäre zu kostspielig, diese ebenfalls einzuladen.

Und ausnahmsweise kann ich mich ihrem gerechten Zorn anschließen: Auch ich hätte eine Begleitperson gehabt.

Auch ich hätte mit der Tatsache prahlen können, einen Freund und ein ganz und gar perfektes Leben zu haben. Wenn ich nur daran denke, wie Lucy diese Tatsache vor ein paar Tagen mit »Endlich, lol!« kommentiert hat, beginne ich mit den Zähnen zu knirschen.

Aber vielleicht ist es besser so. Wenn Harry mitgekommen wäre, hätte ich den Mädchen die ganze Sache mit dem Pseudofreund erklären müssen – denn sonst hätte ich mich bei ihnen nicht länger darüber beschweren können, wie die Dinge mit dem echten Jaxon im Moment laufen.

Irgendwann werde ich alles aufklären. Sie werden es verstehen. Es wird schon gut gehen.

Allerdings erst später. Sehr viel später.

»Wir hätten ihr die Salz- und Pfeffermühle schenken sollen«, murrt Lena und legt unser teures Silberbesteck zu dem großen Stapel auf dem Gabentisch. Dann schlurfen wir davon, um uns einen Platz zu suchen.

Obwohl es in diesem Monat schon die zweite Hochzeit ist, kann ich nicht behaupten, dass ich in meinem Leben auf sehr vielen gewesen bin, das hier ist vielleicht die vierte oder fünfte. Aber selbst ich weiß, wie übertrieben das Ganze ist: Lucys Bruder singt während der Zeremonie ausgerechnet »My Heart Will Go On«, die Gelübde dauern ewig, es werden drei Gedichte vorgetragen, und der Standesbeamte verliest einen ganzen Roman.

Die Angelegenheit ist richtig schmerzhaft, aber wir setzen ein Lächeln auf und klatschen mit allen anderen, als die beiden irgendwann endlich für verheiratet erklärt werden. Ausnahmsweise haben die Mädchen den ganzen Hochzeitstrubel genauso satt wie ich: Tally stürmt aus der Scheune ins Freie, wo Getränke und Häppchen serviert werden.

Mit den Getränken in der Hand gesellen wir uns zu einigen von unseren alten Studienfreunden.

Insgesamt sind wir vielleicht zehn Leute. In den ersten Minuten verläuft das Gespräch schleppend. Wir alle sind uns der Tatsache bewusst, dass wir uns früher einmal täglich sahen, uns in Nachtclubs zusammen in eine Toilettenkabine quetschten, uns stritten, wenn jemand eine wilde Party veranstaltete, obwohl einige von uns noch Prüfungen hatten … und jetzt kaum noch miteinander reden.

Aber die Cocktails mit Pfirsichgeschmack, die die Runde machen, tun ein Übriges, und nachdem wir darüber geredet haben, wie wundervoll die Zeremonie war, und unbeholfen in ein paar »schönen Erinnerungen« schwelgen, weil das unsere einzige Gemeinsamkeit ist, beginnt die »Und was machst du jetzt so?«-Fragerei.

Einerseits ist das perfekt, weil jeder gerne über sich selbst spricht, und gelegentlich kann einer von uns sagen: »Oh, und herzlichen Glückwunsch! Ich habe gesehen, dass du dich vor ein paar Wochen verlobt hast!« oder »OMG, ich liebe die Instagram-Storys von deinem Mops. So niedlich!« oder »Lena, o Mann, ich habe gesehen, dass du vor ein paar Monaten eine Herz-OP hattest, das muss so beängstigend gewesen sein! Ich kann mich noch erinnern, wie viele Kurse du verpasst hast wegen dieser ganzen Arztbesuche. Ich bin so froh, dass es dir jetzt gut geht!«

Auf der anderen Seite handelt es sich um einen Höllenkreis.

Drei sind bereits verheiratet. Zwei weitere (Lena mitgezählt) sind verlobt. Vier (Tally mitgezählt) leben mit ihrem Partner zusammen oder stehen kurz davor und wollen vielleicht sogar gemeinsam eine Wohnung kaufen.

Es gibt einen alleinstehenden Mann, Leon.

»Und was ist mit dir?«, fragt ihn Tally unverblümt. »Hast du momentan jemanden?«

»Nein«, sagt er, als ob das so einfach wäre. »Momentan nicht.«

Ich erinnere mich vage an Leon als jemanden aus Lucys und Lenas Kursen. Ich sage »vage«, weil die meisten unserer Begegnungen an Abenden stattfanden, an denen viel Alkohol im Spiel war, deshalb sind meine Erinnerungen ziemlich verschwommen. Ich weiß noch, dass er ein guter Tänzer war und versuchte, mir das Fluchen auf Koreanisch beizubringen, da er in Seoul aufgewachsen war. Er war ein wirklich toller Kerl – und das scheint er auch heute noch zu sein, weshalb es mich überrascht, dass er Single ist.

Ich warte darauf, dass die anderen ihn fragen, warum er Single ist oder wann er seine letzte Beziehung hatte oder ob er zumindest »offen dafür« ist, was den meisten Leuten auf unerklärliche Weise immer ein Trost zu sein scheint. Aber sie fragen ihn nicht. Irgendetwas daran geht mir auf die Nerven; ich bausche meine Beziehung zu Jaxon auf und lasse sie viel ernster klingen, als sie ist, natürlich ohne zu erwähnen, dass er mich momentan praktisch ghostet.

Tally und Lena stellen mich deswegen nicht zur Rede, wechseln aber Blicke, die ich standhaft ignoriere.

Am Ende sitzen wir zehn auch beim Abendessen zusammen – immer noch damit beschäftigt, uns gegenseitig über unser wunderbares, brillantes, erfolgreiches Leben auf den Stand zu bringen. Alles, was ich über mich erzähle, klingt genauso positiv, wie es bei einem ersten Date der Fall wäre. Das ist nicht verwunderlich, denn diese Leute sind mir inzwischen relativ fremd, und ich will sie genauso beeindrucken wie einen Mann beim ersten Treffen.

Es ist anstrengend, und das Schlimmste ist, dass ich nicht einmal weiß, wozu ich mich so anstrenge. Es ist ja nicht so, dass ich sie vor Lenas Hochzeit wiedersehen werde, wenn überhaupt.

Zum Glück amüsieren sich Tally und Lena auch nicht besonders. Sie ärgern sich allerdings eher darüber, dass Lucy uns kaum mehr als ein »Hallo, danke fürs Kommen, ist mein Kleid nicht wunderschön, habt ihr den Kuchen schon probiert?« zukommen lässt, bevor sie sich mit anderen Leuten unterhält.

»Ich weiß nicht, warum sie sich überhaupt die Mühe gemacht hat, uns einzuladen«, sage ich, als meine besten Freundinnen leise über sie zu lästern beginnen.

Tally schnaubt. »Weil sie einfach protzen muss. Es geht immer nur um Lucys Welt – wir anderen leben nur in ihr. Schon vergessen?«

Da hat sie nicht unrecht. Jetzt, wo sie es erwähnt, fällt mir ein, dass Lucy schon immer so war. Es hat uns damals zwar genervt, doch haben wir uns damit abgefunden, weil man mit ihr wirklich gut feiern konnte, weil sie immer ein paar Lernkarten übrig hatte und freiwillig den Müll rausbrachte.

Wir machen uns früh aus dem Staub, finden eine Pommesbude, die bis spät in die Nacht geöffnet hat, und legen uns dann in Lenas Zimmer aufs Bett. Dort futtern wir unser öliges Essen und sehen uns alte Folgen von *Friends* auf dem iPad an. Wir sind zu gereizt und erschöpft vom Tag, um viel zu reden, aber das stört mich nicht.

Selbst jetzt muss ich daran denken, wie sehr ich es vermisse, Zeit mit meinen Freundinnen zu verbringen, und wie sehr ich sie liebe.

23. KAPITEL

Am Morgen nach Lucys Hochzeit höre ich endlich von Jaxon – er entschuldigt sich dafür, dass er sich in letzter Zeit nicht oft gemeldet hat, hofft, dass ich auf der Hochzeit Spaß hatte, und fragt, ob wir uns später in dieser Woche sehen können. Er fügt der Nachricht ein paar Smileys und ein paar Küsse hinzu.

»Siehst du!«, sagt Tally, als ich sie ihr zeige. »Ich wusste, dass alles gut ist. Du machst dir immer viel zu viele Gedanken über diese Dinge, Soph, dabei gab es gar keinen Grund. Vielleicht warst du ein bisschen komisch zu ihm, und er hatte Angst, zu eifrig zu wirken. Du machst das manchmal, weißt du.«

»Was mache ich manchmal?«, frage ich, nicht sicher, ob ich überrascht oder gekränkt sein soll.

Tally zuckt mit den Schultern, als ob es keine große Sache wäre. »Du kannst ein bisschen schwierig sein. Du erwartest oft zu viel, meine ich, und willst, dass alles sofort perfekt ist.«

Ich kann sie nur anstarren, zu verblüfft, um etwas zu entgegnen. Wie kann es sein, dass ich Perfektion von anderen Menschen verlange – von Männern, mit denen ich ausgehe –, wenn ich doch diejenige bin, die …

Wenn ich ständig mir *selbst* Perfektion abverlange, wie auch immer das in der jeweiligen Situation aussehen mag.

Aber das ist nicht nur meine Schuld, möchte ich schreien. Es ist ja nicht so, dass ich es absichtlich tue. Ich habe einfach ständig das Gefühl, dass die anderen so viel von mir erwarten, mehr erwarten, und dann versuche ich, ihre Erwartungen zu erfüllen – zum Beispiel, nicht mehr Single zu sein.

Aber das sage ich nicht, und ich vermeide das Thema auch, als wir uns mit Lena zum Frühstück treffen, bevor wir wieder nach Hause fahren. Tally scheint zu wissen, dass ich nicht darüber reden will, aber später am Abend schickt sie mir den Link zu einem Artikel, von dem sie glaubt, dass ich durch ihn eine neue Perspektive gewinnen könnte.

Es handelt sich um meine letzte Kolumne: eine bissige, witzige Abrechnung mit dem Bedürfnis, sein Singledasein zu rechtfertigen.

Wenn das mal nicht ein Schlag ins Gesicht ist, denke ich, und antworte nicht. Stattdessen konzentriere ich meine Energie darauf, die Situation mit Jaxon zu bewerten und zu entscheiden, ob ich wirklich selbst an allem schuld bin. Vielleicht ist es gar nicht so, dass ich ihn nicht genug mag, um eine Beziehung zu führen – vielleicht habe ich ihm bisher einfach keine echte Chance gegeben.

Und die hat er schließlich verdient, oder nicht? Oder zumindest verdient er es, dass ich mir ein bisschen mehr Mühe gebe.

Die Sache mit Jaxon wird tatsächlich im Laufe der nächsten Woche etwas besser – gut genug, um zu glauben, dass Tally recht hat: Ich habe überreagiert und mir alles nur eingebildet. Er hatte viel zu tun. Am Wochenende ist er nach Hause gefahren, um seine Familie zu besuchen, weshalb ich nicht viel von ihm gehört habe. Auf seinen Vorschlag hin gehen wir am Dienstagabend in einem netten Restaurant essen, von dem ich einmal gesagt habe, dass ich es gern ausprobieren würde; er gibt sich offensichtlich Mühe, und es war idiotisch von mir zu glauben, er wäre nicht interessiert.

Allerdings wünschte ich, er hätte sich keine Mühe gegeben, denn das macht es mir schwerer herauszufinden, ob *ich* interessiert bin oder nicht.

Am Ende der Woche wird es wieder ruhiger, seine Nachrichten sind rar gesät. Vielleicht liegt es erneut am Job oder seiner Familie.

Was es auch sein mag, ich denke nicht mehr viel darüber nach, weil Harry mich am Samstagmorgen zur Hochzeit seiner Freundin Annabelle abholt. Er trägt einen grauen Nadelstreifenanzug und eine himmelblaue Krawatte. Mein neongrünes Kleid, das ich vor ein paar Wochen im Laden noch so hübsch und sommerlich fand, passt überhaupt nicht dazu.

»Das sind aber viele Rüschen«, sagt Harry statt einer Begrüßung, und seine Augenbrauen wandern immer höher, je länger er mein Kleid betrachtet.

»Ich fand sie süß«, murmle ich und fühle mich wie eine Vollidiotin. Unbeholfen zupfe ich an dem Rock herum. An Schaufensterpuppen sehen Kleider immer besser aus als an einem echten Menschen, das hätte mir klar sein müssen.

»Sehr niedlich«, sagt er grinsend. »Du siehst aus wie ein sehr süßer Haufen fluoreszierender Rüschen.«

Ich stoße ihm sanft gegen die Brust. »Halt die Klappe. Gib mir fünf Minuten, ich habe ein Kleid, das ich letzte Woche auf einer Hochzeit getragen habe, ich kann mich umziehen …«

»Auf keinen Fall. Es wäre schade, mit dir in etwas weniger Grellem gesehen zu werden. Komm schon, du heißes Ding – lass uns ein bisschen Eindruck schinden.«

Er bugsiert mich auf den niedrigen Beifahrersitz seines Mercedes, wo mein heißes, gerötetes Gesicht sofort von der Klimaanlage gekühlt wird, als ich in dem weichen Ledersitz versinke. Obwohl ich ab und zu bissige Bemerkungen darüber mache, dass er nicht mit Geld umgehen kann, scheint mir dieses Auto jeden Penny wert zu sein.

»Erzähl mir noch mal, wer diese Leute sind«, sage ich, als wir uns auf den Weg zu irgendeinem Herrenhaushotel auf dem Land machen. Ich habe mir den Veranstaltungsort kurz angesehen, nachdem Harry mir ein Foto der Hochzeitseinladung geschickt hat, piekfein. So piekfein, dass Lucys Hochzeit dagegen fast schon armselig wirkt. Ich frage mich, was für Freunde Harry hat und in was für einer Welt sie leben. Fahren sie alle solche Autos, haben sie alle Fußbodenheizung in den Badezimmern ihrer

Stadtwohnungen, verprassen sie alle gedankenlos ihr Geld, weil sie so viel davon besitzen?

Ich hätte auf jeden Fall nicht in irgendeinem x-beliebigen Laden mein Kleid kaufen dürfen, sondern mir stattdessen ein Chanel-Kleid oder so ausleihen müssen.

»Annabelle ist eine Freundin von der Uni, wir haben das gleiche Praktikum gemacht. Sie ist toll. Sie lässt sofort alles stehen und liegen, um zusammen essen zu gehen, wenn man in der Stadt ist, selbst wenn man ewig nicht mehr miteinander gesprochen hat. Ein bisschen wie dein Freund Frankie. Du wirst sie mögen. Jeder mag sie.«

»Weiß sie über mich Bescheid? Oder – oder, ähm, vielmehr … Was weiß sie über mich?«

»Ich habe ihr gesagt, dass ich eine Freundin habe. Ursprünglich war die Einladung an mich und Louisa gerichtet, und … Ja, jedenfalls habe ich ihr eine Nachricht geschickt, damit sie deinen Namen für die Tischkarten und so weiter weiß.«

»Wird …« Die Frage fällt mir schwer, weil sie so ungewohnt ist. »Wird sie auch dort sein? Deine Ex, meine ich?«

Harry schüttelt lachend den Kopf, umklammert aber das Lenkrad so fest, dass seine Knöchel weiß werden. »Nein, Gott sei Dank nicht. Annabelle war zuerst meine Freundin, also durfte ich sie bei der Scheidung sozusagen behalten. Apropos – die beschissenen Anwälte, ich schwöre, die *wollen* geradezu, dass wir uns wegen jeder Kleinigkeit streiten. Sie bringen uns ständig gegeneinander auf. Ich meine, jetzt, wo ich es laut ausspreche, klingt es ja nur logisch – je länger das so weitergeht, desto mehr Geld verdienen sie. Wirklich, wir haben uns diese Woche darüber gestritten, wer die *Gin-Gläser* behalten darf. Gin-Gläser! Heirate niemals, Soph.«

Ich kann ihn nur anstarren und weiß nicht, was ich sagen soll, außer: »Das ist ja eine tolle Einstellung kurz vor der Hochzeit deiner Freundin.«

Harry stößt ein plötzliches lautes Lachen aus, und augenblicklich weicht die Anspannung aus seinem Körper. Erst jetzt merke ich, wie angespannt *ich* war, als er von seiner Scheidung erzählte. Seine Ex-Frau ist ein häufigeres Gesprächsthema als seine Familie, aber über die eigentliche Scheidung hat er bisher nicht viel gesagt, er erwähnt höchstens gelegentlich ein Treffen mit seinen Anwälten.

Es liegt mir auf der Zunge, ihn endlich nach seiner Familie zu fragen – nach dem Bruder, den er tunlichst nicht erwähnt, nach den Anrufen seiner Mutter, die er ignoriert –, aber jetzt, wo er wieder entspannt wirkt, jetzt, wo dieses leichte, strahlende Lächeln auf seinem Gesicht zu sehen ist, will ich ihm nicht die Laune verderben.

Er wird darüber reden, wenn er es will.

Heute geht es nicht darum, die Therapeutin in unserer seltsamen Beziehung zu geben. Er hat mich eingeladen, damit er nicht neben einem leeren Stuhl sitzen muss, damit die Leute nach mir fragen statt nach seiner Ex – denn mal ehrlich, welches Arschloch würde es wagen, über eine laufende chaotische Scheidung zu reden, wenn die neue Freundin dabei ist? Ich bin die Ablenkung, eine Requisite, genau so, wie er es für mich auf Jessicas Hochzeit war.

Und das ist auch in Ordnung. Ich mag Harry – viel mehr, als ich es jemals erwartet hätte, als ich ihn als Pseudofreund rekrutierte. Es ist schon fast ärgerlich leicht, Zeit mit ihm zu verbringen, ich selbst zu sein … Ja, er ist mir ziemlich wichtig geworden.

Ich darf nur nie vergessen, ihn – und mich – auf Abstand zu halten, denn er ist ja auf keine echte Beziehung aus. Vielleicht hat er sogar andere Verabredungen – lustige Affären und heiße One-Night-Stands, die er nicht für erwähnenswert hält. Wahrscheinlich. Er macht immer wieder Witze darüber, dass er sein Singleleben ausnutzen will.

Es nicht zu vergessen, fällt mir auch nicht allzu schwer, solange ich mir immer wieder vor Augen führe, wie wenig wir zusammenpassen.

Aber, nun ja. Es könnte mir ruhig ein bisschen schwerer fallen, mich ihm gegenüber zu öffnen und ihn zu mögen.

Die Erkenntnis, was ich für Harry empfinde – und sei es nur als Freund (mit herrlichen Extras) –, sickert langsam in mein Bewusstsein, so wie man nach und nach warm wird, wenn man in ein heißes Bad eintaucht. Ich mag ihn, er ist mir wichtig, ich will in seiner Nähe sein, nicht nur irgendwie Zeit mit ihm verbringen.

Bei Jaxon empfinde ich nicht so.

Und damit meine ich nicht, dass ich Harry fragen sollte, ob er mit mir zusammen sein will – woran er a) nicht interessiert ist, und b) schon das Gespräch mit meiner Mutter ergeben hat, dass wir überhaupt nicht zusammenpassen – aber ich weiß, dass meine erzwungene Zuneigung zu Jaxon im Vergleich zu dem hier vollkommen verblasst.

Mit Harry ist es leicht.

Und sagt man nicht immer, dass sich Gegensätze anziehen?

Ich versuche, auf dem Rest der Fahrt nicht zu viel darüber nachzudenken, genauso wenig wie über Jaxon und seinen neuesten Versuch, mich zu ghosten. Stattdessen konzentriere ich mich nur darauf, wie Harrys Lachen mein Herz warm werden lässt, und auf die Fältchen in seinen Augenwinkeln, wenn er über seine eigenen Witze lacht, und den Blitz, der mich durchfährt, sobald er eine Hand auf meinen Schenkel legt.

»Es gibt einen *Sitzplan* für die Zeremonie«, zische ich Harry entsetzt und zugleich ehrfürchtig zu. »Was ist das hier, die New York Fashion Week?«

»Könnte gut sein«, entgegnet er nachdenklich, ohne sich offenbar daran zu stören. »Annabelle ist vor ein paar Monaten in der *Vogue* als Stylistin erwähnt worden.«

Mir fällt die Kinnlade herunter, und Harry lacht, bevor er mir einen Kuss in den Mundwinkel drückt und seinen Arm um meine Taille legt, um mich zu meinem zugewiesenen Platz zu begleiten. Ich habe mich zu Recht gefragt, was für Freunde Harry hat und wie nobel diese Hochzeit wohl werden wird. Auch die Gäste sehen aus, als würden sie auf eine Show der New York Fashion Week warten – alles ist sehr mondän und vornehm, es gibt geschmackvolle Blumenarrangements und ein Streicherduo, das klassische Musik spielt.

Der Verlobte – oder fast Ehemann – ist irgendein Typ aus der Hightech-Industrie, der mit Kryptowährungen reich geworden ist, und Annabelle hat einen mysteriösen und glamourösen Job in einem Modestudio und ist außerdem Teilzeit-Influencerin. Also, eine *echte*. So eine wie Gigi Hadid. Oder zumindest eine etwas abgespeckte Version von Gigi Hadid, was immer noch ziemlich toll ist. Wie auch immer, sie hat fast dreihunderttausend Follower. Ich habe auf der Fahrt auf Instagram nachgesehen, nachdem Harry es so beiläufig erwähnte, als wäre es keine große Sache.

Ich bin zu verblüfft, um neidisch zu sein; das hier ist eine so völlig andere Welt, dass ich sie nicht einmal ansatzweise begreifen kann. Wie meine Mutter lebt Annabelle eindeutig auf einer anderen Existenzebene, die wir Normalsterblichen aus der Ferne nur erahnen können.

Aber, um Annabelle gegenüber fair zu sein, sehe ich hier viele Leute, die mit Sicherheit zur Familie gehören, und Harry zeigt mir einige Freunde aus ihrer Studienzeit. Anna Wintour ist nirgends zu sehen. Es ist genauso viel los wie bei Lucys Hochzeit, aber nach allem, was Harry erzählt hat, *wollte* sie all diese Leute sehen und einladen, um den Tag mit ihr zu genießen. Und was die Begleitpersonen betrifft, war sie sehr großzügig.

Annabelle und ihr zukünftiger Ehemann Patrick haben für die gesamte Hochzeit ein Handy-Verbot erteilt. Nicht nur für die Zeremonie, sondern auch für das Abendessen danach und die

Party. Trotz ihrer Influencer-Tätigkeit sollen wir »total präsent« sein, und es wird nicht einen einzigen Tweet geben, bevor der Tag zu Ende geht.

Insgeheim ist mir dieses Konzept ohne Handys lieber als die Art und Weise, wie Lena und Johnny versuchen, den perfekten Hashtag für ihre Hochzeit zu finden. Ich weiß, dass man das jetzt so macht (Jessica hatte einen für ihre: #MrCandMrsJ1906), aber deswegen muss es mir noch lange nicht gefallen. Auch nicht Lena zuliebe.

Annabelle und Patrick sind ein wirklich schönes Paar. Er weint, als er sie in dem schlichten, taillierten weißen Kleid mit aufwendigem Spitzenmieder und kleinen Diamantohrsteckern zum Altar schreiten sieht. Sie prustet während seines Gelübdes vor Lachen, aber da sie gleichzeitig versucht, nicht zu weinen, wird daraus ein etwas rotzig klingendes Geräusch.

Sie sehen sich an, als gäbe es uns alle nicht, es ist wie im Film. Dieser Blick rührt die Gäste zu Tränen. Mir fährt er direkt in die Brust und nimmt mir die Luft zum Atmen, weil ich *genau das will, ich will das so sehr.*

Und mein Quasi-Freund schreibt mir nicht einmal zurück, wobei – ich glaube, ich will mich sowieso nicht mehr mit ihm treffen.

Was ist, wenn mich niemals jemand so anschaut?

Harry sieht mich manchmal ein bisschen so an. Aber vielleicht ist das auch nur Teil seiner Pseudofreund-Nummer – womöglich fühlt er sich einfach seiner Rolle gegenüber verpflichtet. Ziemlich sicher ist es nur das.

Die Zeremonie ist alles in allem schlicht und unkompliziert. Als Annabelle zum Altar schreitet, spielen der Cellist und die Geigerin etwas Süßes und Traditionelles. Die Schwester des Bräutigams trägt nur ein einziges Gedicht vor, und die Großmutter der Braut spricht ein kurzes Gebet – Lucy hat allein für das Verlesen ihres Gelübdes länger gebraucht. Alle applaudieren und jubeln, als sich das Brautpaar küsst, und dann gehen wir nach draußen, um das umweltfreundliche, biologisch abbaubare Konfetti in die Luft zu werfen, das wir auf dem Weg nach draußen vor dem Gebäude erhalten haben.

Dann ist es Zeit für die Fotos. Draußen sind Sitzgelegenheiten (mit echten Polstern) aufgestellt worden, damit sich alle vor dem Abendessen miteinander unterhalten können, eine Pop-up-Bar wurde aufgebaut, zudem laufen ein paar Catering-Mitarbeiter mit leckeren Canapés herum. Wir trinken teuren Champagner, während verschiedene Gästegruppen vom Assistenten des Fotografen zusammengestellt werden.

Ich verbringe die ganze Zeit an Harrys Arm, genieße die späte Augustsonne und die Tatsache, dass hier alles neu für mich ist. Fremde Leute machen mir Komplimente, und eine besonders schöne Lady, die ein echtes Chanel-Kostüm trägt, sagt mir, dass ihr mein Kleid gefällt, was mich sehr freut.

Und wenn mich jemand fragt, was ich mache, habe ich keine Angst, ihnen zu antworten, dass ich eine erfolgreiche Online-Kolumne über Beziehungen schreibe. Sie sind ja Fremde. Ich gehe nicht ins Detail, aber irgendwie sind sie umso beeindruckter, je vager ich bleibe, was mein Selbstvertrauen weiter stärkt. Ich blende sie, bringe sie zum Lachen, und nicht nur eine Frau legt eine Hand auf meinen Arm und sagt zu Harry: »Also, sie ist einfach *toll*. Vermassle es nicht!«

Das passiert ein paarmal – alte Freunde machen gut gemeinte Witze über seine Scheidung, wünschen ihm, dass er diesmal mehr Glück hat, ab und zu drohen sie ihm jovial mit dem Finger und ermahnen ihn, sich nicht wieder anderswo umzusehen – und jedes Mal lacht Harry ein bisschen zu laut, ein bisschen zu forsch. Er wird starr an meiner Seite und kippt seinen Drink hinunter, um die Auswirkung der Sticheleien zu betäuben.

Als es das fünfte Mal passiert, streiche ich mit einer Hand seinen Arm hinauf und hinunter, drücke seine Schulter und strecke mich, um ihn zu küssen.

»Du schaffst das«, sage ich.

»Vermutlich haue ich dem nächsten, der einen Witz darüber macht, dass ich dich von meinem Bruder fernhalten soll, eine rein.«

»Du weißt, dass ich nur Augen für dich habe, Süßer«, sage ich nur halb im Scherz und küsse ihn erneut. Dann nehme ich seine Hand, verschränke meine Finger mit seinen und halte sie fest; dieses Mal bin ich für ihn ein Anker. »Soll ich Champagner auf jemanden schütten und eine Szene machen, um von dir abzulenken?«

Er lacht, und sein Gesicht wird weicher. »Danke für das Angebot, aber ich komme schon klar.«

»Na gut, sag mir einfach Bescheid, wenn sich etwas ändert und ich ein Stück Hochzeitstorte auf das Kleid der Braut fallen lassen soll.«

Zum Glück gibt Harry mir nicht Bescheid. Erstens sind wohl jetzt alle »Witze« gemacht, und zweitens wäre ich gar nicht in der Lage gewesen, das Kleid der Braut mit Hochzeitstorte zu beschmieren. Sie ist so nett, dass ich es niemals tun könnte.

Das Abendessen findet an langen Tischen mit teuren weißen Tischdecken und geschmackvollen Blumenarrangements statt; Harry und ich setzen uns zu einigen seiner Freunde, mit denen wir uns zuvor unterhalten haben.

Während des Hauptgangs flitzt Annabelle zwischen den Tischen hin und her, um sich mit denen zu unterhalten, mit denen sie bisher wegen der Fotos noch nicht sprechen konnte. Auf ihrem Weg durch den Raum wird sie ständig aufgehalten – jeder will heute ein Stück von ihr haben, was ich niemandem verdenken kann. Obwohl ich mich mit Annabelle nicht wirklich unterhalten habe, abgesehen von einem schnellen »Herzlichen Glückwunsch!«, werde ich ein bisschen aufgeregt, als ich sie in unsere Richtung kommen sehe. Harry hatte recht: Alle mögen sie, und bei ihrer Ausstrahlung und Offenheit ist auch leicht zu verstehen, warum.

Sie ist wirklich die Schönste auf dem Ball, und wie extravagant ihre Hochzeit auch ist, ist sie doch eine viel unkompliziertere Braut als Lucy letzte Woche.

Annabelle begrüßt uns, errötet wegen der Komplimente, die ihr vom Tisch »Uni-Freunde und Begleitung« gemacht werden, sie sagt, wie froh sie ist, dass wir heute gekommen sind, um mit ihr und Patrick zu feiern, und dass wir uns hoffentlich gut amüsieren. Sie geht um den Tisch herum, umarmt jeden und unterhält sich kurz. Ich frage mich, ob sie über einen inneren Wecker verfügt, der sie alle sechzig Sekunden dazu veranlasst weiterzugehen, oder ob sie durch ihren Beruf einfach so versiert im Networking ist, dass dies inzwischen zu ihrer zweiten Natur wurde.

Als ich an der Reihe bin, umarmt sie mich warm und fest und will alles über mich wissen. Kein einziger Kommentar über Harrys Ex kommt ihr über die Lippen, und sie spricht mit mir, als wären wir alte Freundinnen. Sie gibt einem das Gefühl, etwas Besonderes zu sein, man fühlt sich einfach wohl in ihrer Nähe, obwohl sie diejenige ist, die sich im Rampenlicht sonnt.

Frankie Zwei könnte sich eine Scheibe von Annabelle abschneiden. Seit ihrem Ausraster bei der Einweihungsparty habe ich zu viel Angst, Frankie Eins eine Nachricht zu schicken. Ich könnte wetten, dass Annabelle so etwas mit Patricks Freunden nie machen würde. Jedenfalls bin ich froh, dass sie so nett zu mir ist, obwohl sie Louisa, die Ex-Frau, kennt und wahrscheinlich eine eigene Meinung zu Harrys Scheidung hat.

Es ist eine schöne Hochzeit. Eine *tolle* Hochzeit. Sie stellt jede andere Hochzeit, die ich je besucht habe, in den Schatten (sorry, Jessica), obwohl ich nur eine einzige Person hier kenne.

Wobei man Harry zugutehalten muss, dass es toll ist, ihn zu kennen.

Und ich gestehe auch gern, dass es mir gefällt, so zu tun, als wäre er mein wichtigster Mensch, zumindest für heute.

24. KAPITEL

Nach ein paar weiteren Tagen mit seltenen, kurzen WhatsApp-Nachrichten sehe ich Jaxon schließlich am Mittwoch wieder. Wir treffen uns nach der Arbeit zum Abendessen.

Unter den gegebenen Umständen bin ich mir nicht sicher, ob wir tatsächlich zum Essen kommen werden. Gern würde ich sagen können, dass die sexuelle Chemie zwischen uns nach über einer Woche so intensiv sein wird, dass wir so schnell wie möglich aus dem Restaurant verschwinden werden, aber tatsächlich will er wahrscheinlich einfach mit mir Schluss machen – da lag ein Ton in seiner Nachricht, als er endlich antwortete und ein Treffen vorschlug, der meine Alarmglocken schrillen ließ.

Kann man jemanden abservieren, mit dem man gar nicht richtig zusammen ist?

Den ganzen Tag vor der Verabredung habe ich ein ungutes Gefühl. Ich schwitze, und mein Herz klopft unangenehm, wenn ich nur daran denke. Meine Chefin merkt das, aber als ich ihr von dem möglichen »Trennungsdate« heute Abend erzähle, ist es ihr wichtiger, mich aufzumuntern, als dafür zu sorgen, dass ich mich auf das Versenden von E-Mails konzentriere.

Auf ihren Rat hin – und auch auf den von Lena – gebe ich mir große Mühe. Lena sagt, damit er weiß, was er verpasst, falls er mich wirklich abservieren will; meine Chefin Jenny sagt, damit ich mich so verdammt gut fühle, dass es mir egal ist, wenn er mich abserviert. Tally sieht meine Nachrichten im Gruppenchat, aber sie ist wohl zu beschäftigt, um zu antworten.

Das Problem ist weniger, dass er mit mir Schluss machen könnte, sondern dass ich nicht weiß, *warum*, was ich falsch gemacht habe. Obwohl ich es selbst vielleicht beenden will, bin ich irgendwie besorgt – und mit irgendwie besorgt meine ich in totaler und beschissener Panik, weil das in letzter Zeit meine einzige echte Chance auf eine feste Beziehung war, denn Harry zählt nicht.

Während ich mich auf das Date vorbereite, hoffe ich irgendwie, dass Jaxon *wirklich* mit mir Schluss macht, damit ich keine Entscheidung treffen muss.

Da es sich nur um ein Abendessen in einer Restaurantkette handelt, kleide ich mich ziemlich leger – Jeans und ein schönes Oberteil –, aber ich nehme mir die Zeit, meine Haare zu locken, meinen Lieblingslippenstift aufzutragen und etwas Schmuck anzulegen, um das Outfit aufzuwerten.

Kurz bevor ich das Restaurant betrete, betrachte ich mein Spiegelbild in einem Schaufenster.

Es erfüllt mich nicht mit der erhofften »Oh ja, er macht einen großen Fehler, ich bin umwerfend«-Stimmung: Die elastischen Bündchen an meinen Ärmeln scheuern an meinen Handgelenken und machen mich zappelig, und ein Riemen von meinen Sandalen sieht aus, als könnte er jeden Moment reißen. Das und die Vorahnung, dass ich gleich abserviert werde, lassen mein Selbstvertrauen komplett verschwinden, jetzt, wo ich fast da bin.

Dann höre ich: »Soph! Hey!«

Ich blicke auf und sehe Jaxon, der sich aus der entgegengesetzten Richtung nähert. Er sieht gut aus: Jeans und ein gebügeltes, kurzärmeliges weißes Hemd, das bei ihm als smart casual durchgeht. Sein Haar ist etwas platt und seine Schläfen und Nase glänzen ein wenig vor Schweiß, aber wer kann ihm das bei dieser Hitze verdenken? Er schiebt sich die runde Brille auf die Nase und lächelt breit, als er mir zuwinkt. Ich warte auf die Schmetterlinge im Bauch, aber sie kommen nicht.

So sieht doch kein Mann aus, der mich nicht wiedersehen will, oder?

Sehe ich aus wie ein Mädchen, das ihn nie wiedersehen will?

Möchte ich wie so ein Mädchen aussehen?

Ich winke unbeholfen zurück und versuche, einen neutralen Gesichtsausdruck aufzusetzen, für den Fall, dass er meine Gedanken lesen kann. »Hi.«

Jaxon zögert nicht, einen Arm um meine Taille zu legen und mich für einen kurzen, aber süßen Kuss an sich zu ziehen.

Ich möchte mich darüber freuen, aber alles, was ich denken kann, ist: *Oh nein, mein Lippenstift*, und: *Er küsst nicht so gut wie Harry.*

Jaxon hebt den Kopf, weicht aber nicht zurück. Jemand in der Nähe murmelt etwas vor sich hin und schimpft darüber, dass wir den Weg versperren, aber falls Jaxon es bemerkt, ignoriert er es. Seine Lippen verziehen sich zu einem Lächeln. »Hi.«

»Hi«, sage ich noch einmal, zu verwirrt, um etwas anderes zu sagen.

»Ich habe dich vermisst.«

Das ist nun doch ein bisschen zu viel des Guten.

Aber ich antworte: »Ich dich auch. Sollen wir reingehen?«

»J-ja.«

Er lässt mich los, geht zur Tür und hält sie für mich auf. Ich nutze die Gelegenheit, um mich zu schütteln, damit ich den Kopf freibekomme, und versuche, mich zusammenzureißen.

War ich nicht bis vor etwa dreißig Sekunden davon überzeugt, dass es mit uns vorbei ist? War ich nicht in der letzten Woche gereizt und panisch und gestresst wegen »uns«? War ich nicht wütend auf ihn und hatte ich nicht vor, ihm meine Meinung darüber zu sagen, wie er mich in letzter Zeit behandelt hat?

Oh, aber er hält mir die Tür auf und nimmt meine Hand, als wir zu unserem Tisch geführt werden, und wahrscheinlich habe ich die Messlatte sehr niedrig angesetzt, denn ich ertappe mich dabei, dass ich ihm einen Vertrauensvorschuss geben möchte. Das will ich *wirklich*, es geht nicht etwa nur darum, mich selbst davon zu überzeugen, um mich nicht mit der Alternative auseinandersetzen zu müssen.

Jaxon bestellt Bier, ich nehme eine Cola.

Die ganze Sache fühlt sich surreal an, wie eine Art Fiebertraum. Als würde ich über dem Tisch schweben, nach unten sehen und mich selbst bei diesem Date mit einem Typen sitzen sehen, der von Nachrichten wie »Gute Nacht, meine Schöne xxx« dazu übergegangen ist, kaum noch mit mir zu sprechen, einem Typen, mit dem ich mich nur treffe, weil … Weil, was? Weil er auf dem Papier betrachtet alles hat, was ich mir wünsche? Weil ich anderen Leuten erzählen kann, dass ich einen Freund habe, damit sie endlich aufhören, mir das Gefühl zu geben, weniger wert zu sein?

In einem plötzlichen Anfall von Klarheit habe ich eine Vision von mir selbst in zwanzig, dreißig, fünfzig Jahren, mit einer Familie und einem Haus und einem Hund und einem ganzen Leben mit Jaxon, und das nur, damit alle anderen endlich zum Schweigen gebracht werden, und das kommt mir so verdammt lächerlich vor, dass ich nicht weiß, was ich überhaupt noch hier mache.

Nachdem die Getränke eingetroffen sind und wir Essen bestellt haben, bringe ich endlich die Willenskraft auf, den höflichen Small Talk zu unterbrechen, den wir geführt haben.

»Also, was ist mit dir los?«, frage ich.

»Entschuldigung?«

Ja, entschuldige dich ruhig.

»Du hast mir in letzter Zeit kaum geschrieben und unser Date abgesagt. Ich habe dich nicht gesehen. Ist alles in Ordnung?«

Jaxon nimmt einen Schluck von seinem Bier und rückt das Besteck und die Serviette auf seiner Seite des Tisches zurecht. Dann zieht er die Stirn in Falten und schaut mich durch seine Brille fragend und süß an.

»Ja. Ja, es ist alles in Ordnung. Ich bin … Wow, ich habe nicht … Es tut mir leid, Sophie. Das ist mir gar nicht aufgefallen. Auf der

Arbeit war viel los, ich hatte Pläne mit Freunden, und du warst übers Wochenende weg … Das Leben kam mir einfach in die Quere. Tut mir leid.«

Ich beiße die Zähne zusammen und bekämpfe ein Aufflackern von Wut aus meiner Magengrube, das sich in einen bösartigen, schnippischen Wortschwall aus meiner Kehle zu verwandeln droht. Bei ihm klingt es so *okay, so verständlich*, aber …

Ich will ihn nicht drängen. Ich will ihm nicht misstrauen. Ich will nicht wie eine paranoide, überhebliche Helikopterfreundin klingen, die ihm kein eigenes Leben gönnt. Vielleicht mache ich mir zu viele Gedanken. Vielleicht hat Tally recht und ich habe ohne es zu merken Perfektion verlangt. Aber es ist einfach nicht fair. Es ist sicher nicht fair, dass ich mit Harry geschlafen habe, kann sein, aber das macht Jaxons Verhalten auch nicht besser. Es entschuldigt nicht, dass er sich wie ein Idiot benommen hat.

Es entschuldigt ebenfalls nicht, mich weiter mit ihm zu treffen, nur um sagen zu können, dass ich mit jemandem zusammen bin. Ich halte nicht nur ihn hin – ich halte auch mich selbst hin.

Nach seiner Entschuldigung greift Jaxon über den Tisch nach meiner Hand, streicht mit dem Daumen über meine Haut und schenkt mir ein unbekümmertes Lächeln. Dasselbe Lächeln, das ich ursprünglich in seinem Hookd-Profil so sehr mochte.

Die Worte sprudeln nur so aus mir heraus, bevor ich mich von seiner Hand auf meiner abhalten lassen kann, von seinem Lächeln, von der Erleichterung der Menschen um mich herum, wenn ich erzähle, dass ich nun offiziell einen Freund habe.

»Ich glaube, wir sollten Schluss machen, Jaxon.« Ich schaue ihm in die Augen, direkt und ohne zu zögern. »Ich denke nicht, dass das mit uns funktioniert. Du schreibst mir den ganzen Tag, dann schreibst du tagelang nicht, du sagst, du kannst es nicht erwarten, mich wiederzusehen, aber dann sagst du unsere Verabredung ab … Es ist, als wolltest du dich nur mit mir treffen, wenn es dir gerade passt. Und … Und ich weiß nicht genau, wonach ich suche, aber ich weiß, dass es für keinen von uns fair ist, dich zu benutzen, um das herauszufinden.«

»Sophie …«

Er klingt überrascht. Er sieht überrascht aus. Die Augen weit aufgerissen, mit geöffnetem Mund wirkt er wie ein getretener Welpe.

Fassungslos hingegen sieht er nun wirklich nicht aus. Weil er es vielleicht nicht ist.

Ich versuche, nach meinem improvisierten Monolog meine Gedanken zu sammeln, um es ihm zu erklären und dabei nicht wie eine totale Zicke zu klingen. Natürlich könnte ich Harry als Ausrede benutzen – sagen, dass ich jemanden kennengelernt habe und dass es zwischen ihm und mir einfach nicht funkt – aber ich weiß, wie mich die bloße Vorstellung verletzt hat, Jaxon könnte mich durch eine andere ersetzt haben, und das will ich ihm nicht antun.

Letztendlich weiß ich nicht, was ich sagen soll, also sage ich nichts.

Jaxon schließt den Mund, schaut auf einen Punkt hinter mir und nickt dann. »Okay.«

»O-okay?«

»Okay«, wiederholt er, und ich starre ihn an, bis er halb im Scherz sagt: »Sollte ich um uns kämpfen? Ein leidenschaftliches Plädoyer halten und dich anflehen zu bleiben? Was denkst du von mir, Sophie? Du hast recht. Ich glaube, wir wollen im Moment einfach … nicht dasselbe.«

Gerne würde ich wissen, was ich seiner Meinung nach will. Ob er denkt, dass ich zu schnell etwas Festes suchte, weil ich ihn zu Jessicas Hochzeit einlud, oder ob er das Gefühl hat, von mir auf Distanz gehalten zu werden, so wie Tally behauptet.

Aber ich schätze, das ist jetzt egal.

Eine peinliche Stille entsteht, bevor Jaxon aufsteht. Er wünscht mir alles Gute, also sage ich: »Wünsche ich dir auch. Viel Glück da draußen«, und er lässt mir Geld für seine Hälfte der Rechnung da. Ich sehe ihm nach, und dann winke ich so diskret wie möglich einen Kellner heran und bitte ihn, das Essen zum Mitnehmen einzupacken.

Plötzlich spüre ich die Blicke der anderen Gäste auf mir, als wüssten sie, dass Jaxon und ich uns getrennt haben. Als ob sie sich in meiner alternativen, egozentrischen Realität wirklich dafür interessieren würden.

Mir ist klar, dass es sie nicht kümmert. Wahrscheinlich hat es niemand auch nur bemerkt. Aber die Vorstellung, hierzubleiben und allein zu essen, ist zu demütigend. Schnell bezahle ich die Rechnung, nehme die kleinen Pappschachteln mit dem Essen mit zur Bushaltestelle und esse beide Gerichte auf, als ich wieder allein in meiner Wohnung bin.

September

Feiert Anthonys 10. Geburtstag mit uns!
13.00 – 17.00 Uhr.
Samstag, 18. September

An HARRY & GAST

Unser Kleiner wird im September zehn Jahre alt,
und wir würden uns freuen,
wenn ihr mit uns diesen runden Geburtstag feiert!
Es gibt Snacks und Partyspiele, Hunde sind willkommen!
Die Kleiderordnung ist smart casual.
Bitte teile uns bei der Antwort eventuelle Diätwünsche mit.
Wir sehen uns!
Penny & Ieuan

25. KAPITEL

Was haben Singles eigentlich zu feiern?

Wieso gibt es anscheinend nur Partys für Paare,
fragt sich unsere Dating- und Beziehungskolumnistin

»Nun, man muss eben ein paar Frösche küssen, bis man seinen Prinzen findet, oder?«, meint Tally fröhlich, als wir uns für Kaffee anstellen. Bis jetzt war der September feuchtwarm und miserabel: Es hat die ganze Woche geregnet, aber die Hitze hat nicht nachgelassen. Tallys Haare sind durch die Feuchtigkeit ganz wild, obwohl sie sie zu einem Pferdeschwanz hochgesteckt hat. Mein durchnässter Regenmantel klebt an meinen nackten Armen und tropft auf meine Beine; ich bereue langsam, dass ich heute ein Kleid angezogen habe.

Bei *Costa* gibt es auch keine große Verschnaufpause, denn wahnsinnig viele Leute strömen auf dem Weg zur Arbeit herein, um dem Regen zu entkommen; es ist schwül, die Luft ist stickig, alle sind ein wenig gereizt.

Ich auch, aber nicht wegen des Wetters oder der Aktentasche, die sich von hinten in meine Beine bohrt, sondern wegen Tallys »Frösche-küssen«-Bemerkung.

Als sie auf meinen starren Blick nicht reagiert, werfe ich den Kopf zurück und seufze laut, um sie genau wissen zu lassen, was ich empfinde. »Es sind schon eine Menge Frösche, die da zusammenkommen.«

Und seien wir ehrlich: Ihr Freund Sam ist auch nicht gerade ein Prinz.

Na ja. Ich meine … Wenn damit die arrogante, frauenfeindliche Art gemeint ist, dann wahrscheinlich schon. Dann ist er ein echter Heinrich VIII.

Aber natürlich kann ich das nicht sagen, weil man seinen Freunden nie verrät, wie schrecklich man ihren Partner findet, da sie ihn ja offensichtlich lieben, also entgegne ich stattdessen: »Ich habe einfach das Gefühl, zu viel Zeit mit Jaxon verschwendet zu haben. Drei Monate! Da könnte ich glatt das erste Drittel einer Schwangerschaft hinter mir haben. Im Ernst, Leute, die wir kennen, bekommen jetzt Babys, Talls. Gewollt. Drei Monate sind eine Ewigkeit, um mit jemandem zusammen zu sein, den ich nur ein bisschen mochte.«

»Ich verstehe auch nicht, warum du so viel Zeit mit ihm verschwendet hast, wenn du ihn nicht wirklich mochtest.« Sie zuckt mit den Schultern und sieht sich die Getränkekarte an, als wüssten wir beide nicht genau, was sie bestellen wird.

»Warum ich … Weil … Weil …« Ich halte inne, atme scharf und kurz ein und versuche, mich zu fassen. Und denke daran, dass Tally glücklich verliebt ist und zwar schon seit einer Weile – sie hat vergessen, wie es ist, Single zu sein. Sie hat keine Ahnung, wie es ist, mit Mitte zwanzig Single zu sein und zuzusehen, wie alle anderen in ihrem Leben voranschreiten, während man selbst zurückbleibt und vergessen wird. Sie kennt nicht dieses Mitleid, das man bekommt, wenn andere hören, dass man Single ist, den Druck, jemanden zu finden und endlich ernst zu machen – auch wenn ihr meine Kolumne von Ende August über den Widerspruch gefallen hat, dass man immer sagt: »Gib dich nicht mit jemandem zufrieden, der nicht perfekt zu dir passt«, obwohl es doch so viele tun.

Wir müssen das Gespräch sowieso unterbrechen, um unsere Getränke zu bestellen. Tally bezahlt für beide mit ihren Treuepunkten, und als ich ihr einen freien Tisch zeige, meint sie: »Okay, aber nur für zwei Minuten. Ich habe dir doch gesagt, dass ich mich heute nicht lange mit dir treffen kann.«

Das hat sie, aber abgesehen von der Hochzeit von Lucy-von-der-Uni haben wir uns gefühlt schon ewig nicht mehr gesehen, deswegen bin ich eine ganze Stunde früher aufgestanden, nur um sie auf ihrem Arbeitsweg zu treffen und eine Viertelstunde mit ihr in diesem lauten, überfüllten *Costa* zu verbringen.

Ich vermisse meine beste Freundin.

»Wollen wir diese Woche etwas unternehmen? Oder am Wochenende? Etwas trinken gehen oder essen gehen oder ... Du könntest zu mir kommen, und ich koche, oder ich komme zu dir, und wir bestellen was oder ...«

Tally verzieht das Gesicht, genau wie diese Typen, die, wenn man am Ende eines Dates sagt, dass man eine schöne Zeit hat, bereits genau wissen, wie sie dir einen Korb geben werden. Ich atme durch und setze eine lässige, unbekümmerte Miene auf, als sie zu sprechen beginnt.

»Es tut mir so leid, ich würde ja gerne, aber diese Woche ist einfach alles ein bisschen verrückt. Die Dinge mit Sam sind ... Wir haben für dieses Wochenende einen Ausflug nach Brighton gebucht, weißt du noch? Wir sind beide super gestresst wegen der Hypothek und dem Umzug und den Verträgen, die in den nächsten Wochen unterschrieben werden ...«

»Oh Gott, nein, verstehe ich total«, entgegne ich sofort. Merkt sie, dass es nicht echt klingt, oder ignoriert sie diese Tatsache genauso bewusst wie ich? »Du hast mir davon erzählt. Mein Fehler. Ich will alle Fotos von dort sehen!«

»Ein anderes Mal«, sagt sie und lächelt mich etwas zu ernst an. Es handelt sich um eine verzerrte Version ihres üblichen Lächelns, es ist, als sähe ich sie durch Milchglas, das Messer in meiner Brust gräbt sich plötzlich tiefer ein. Meine beste Freundin ist mir fremder denn je, und das ist schlimmer als jeder Liebeskummer, den ich in meinem ganzen Leben erlebt habe. »Ganz bestimmt werde ich irgendwann vor dem Umzug einen freien Abend haben, vielleicht wenn Sam etwas mit seinen Kumpels unternimmt oder so. Und du keine Dates hast. Aber, wir haben über Jaxon gesprochen. Was hast du gesagt? Dass du dich weiter mit ihm triffst oder so?«

Wechselt sie das Thema, weil sie auch diesen Bruch in unserer Freundschaft spürt? Oder weil sie es tatsächlich wissen will?

Ich würde gerne glauben, dass es Letzteres ist, also greife ich mit beiden Händen zu – zwar kann ich ihr nicht die ganze Wahrheit sagen, aber doch immerhin einen Teil.

»Auf dem Papier war er großartig«, erkläre ich. »Und ich habe die Dates genossen; wir haben uns gut verstanden ... Es war ... Es ist nicht so, dass es da alle möglichen Alarmsignale gab oder dass er kein anständiger Kerl ist oder miserabel im Bett oder so.«

Tally blinzelt mich an, das Gesicht etwas verkniffen. »Du hast dich also weiter mit ihm getroffen, weil du keinen Grund hattest, es nicht zu tun? Oh mein Gott! Babe, du *musst* die Dating-Kolumne lesen, die ich dir geschickt habe, die passt so gut zu dir. Willst du denn nicht, dass es richtig funkt? Romantisch ist? Dass dir innerlich ganz warm wird?«

Ich starre sie an. Blinzle. Sehe, wie sie ihren Kaffee absetzt und erwartungsvoll auf meine Antwort wartet. Und ich denke an das Date, das ich heute Abend habe, mit einem Typen, den ich gestern Abend auf Hookd kennengelernt habe, während ich mir alte Folgen von *Queer Eye* ansah.

»Tally«, antworte ich ehrlich, »im Moment würde ich mich sogar mit jemandem begnügen, der mir ein gutes Gefühl gibt, nur weil er nach der Arbeit neben mir auf dem Sofa sitzt. Ich glaube manchmal, ich würde ich mich sogar mit Mr.-Vollkommen-Falsch-Für-mich zufriedengeben, solange es bedeutet, dass ich jemanden habe wie alle anderen auch.«

Den ganzen Vormittag und bis weit in den Nachmittag hinein kann ich sie hören. *Willst du nicht, dass es richtig funkt?*

Ob ich das nicht will? Natürlich will ich das, verdammt. Will das nicht jeder? Liebesromane und -filme sind nicht deshalb so beliebt, weil sie die großartigen Geschichten erzählen, wie jemand für dich den Internetanbieter anruft, weil am Router dieses seltsame orangefarbene Licht blinkt. Sie haben uns alle von sprühenden Funken, Romantik, Wundern und Seelenverwandtschaft überzeugt. Natürlich will ich das. Natürlich hoffe ich jedes Mal, das zu finden, wenn ich jemanden aus den Dating-Apps zum ersten Mal im echten Leben treffe.

Bei Harry sprühen die Funken. Oder – vielleicht sind es nicht *Funken*, es ist einfach nur die Chemie.

Nicht nur die sexuelle Chemie, natürlich, aber die auch. Zwar reden wir fast jeden Tag miteinander, und ich habe ihn ein paarmal außerhalb von Hochzeiten und Tante Dawns Babyparty getroffen, aber nicht mehr seit meiner Trennung von Jaxon.

Und ooh, denke ich. Jetzt, wo ich mit Jaxon Schluss gemacht habe … Da muss ich nun zumindest kein schlechtes Gewissen mehr haben, wenn wir miteinander schlafen. Ich habe es bereut, die letzten Male nicht mit Harry geschlafen zu haben. All die beiläufigen Berührungen könnten endlich mal wieder zu mehr führen, er könnte die Hand auf meinem Bein unter mein Kleid schieben, während er meinen Hals küsst und …

Es ist fast so, als ob er spürt, dass ich an ihn denke – und lieber Gott, falls er das kann, lass ihn bitte nicht wissen, dass ich wieder explizit an Sex gedacht habe –, denn eine E-Mail von Harry taucht auf meinem Computer auf.

Ich mache mich auf etwas total Langweiliges gefasst – vielleicht hat er mir einen Artikel weitergeleitet mit fünf Tipps »wie man seinen Chef um eine Beförderung bittet« (den er mir tatsächlich einmal schickte, nachdem ich ihm erzählt hatte, dass ich eventuell

Jenny um mehr Verantwortung bitten möchte, wenn sie im Mutterschaftsurlaub ist).

Tatsächlich aber hat er eine Einladung von einer Person namens Ieuan weitergeleitet, die nach der E-Mail-Adresse zu urteilen im selben Unternehmen wie Harry arbeitet. Es ist eine Einladung zu Anthonys zehntem Geburtstag. Harry hat nichts weiter dazu geschrieben, aber ich weiß natürlich, worum es sich handelt – ich soll wieder seine Freundin spielen.

Wenige Sekunden später leuchtet mein Telefon auf, und Harrys Name erscheint auf dem Display.

»Hey.« Er klingt etwas gehetzt. »Hast du …«

»Deine E-Mail bekommen? Ja, ich sehe sie mir gerade an.«

Ich lese die Einladung auf meinem Computerbildschirm noch einmal durch, dann lehne ich mich im Stuhl zurück und halte mir das Handy wieder ans Ohr.

»Hast du Zeit?«, fragt Harry flehend.

Als ob ich irgendwelche Pläne hätte. Harry weiß, wie leer mein Terminkalender ist. Ich gehe zur Arbeit, ich schlafe auf dem Sofa beim Fernsehen oder Scrollen durch die sozialen Medien ein oder, wenn ich mich etwas motivierter fühle, mit einem Buch in der Hand. Hin und wieder beschließen meine Freunde oder meine Familie, meine Zeit zu beanspruchen. Das Einzige, was ich diesen Monat gemacht habe, war eine ungeplante Fahrt in die Midlands am Wochenende, weil bei Tante Dawn die Wehen etwas früher eingesetzt haben und sie das Baby bekommen hat. Meine Mutter flog nach Hause, wir ließen alles stehen und liegen, um das bezaubernde, rosafarbene Baby Poppy zu besuchen. Ich werde erst nächsten Monat wieder hinfahren. (Diesmal weniger, weil ich nicht will, sondern weil Tante Dawn und Tante Janice einen Haufen Freunde haben, die zu Besuch kommen wollen.)

Trotzdem ist es schön, ausnahmsweise einmal gefragt zu werden, ob ich Zeit habe.

»Bitte!«

Mit vor Sarkasmus triefender Stimme sage ich: »Weißt du, ich fange an zu glauben, dass du mich nur benutzt. Du willst mit einer heißen jungen Freundin vor deinen Kollegen angeben, um gut dazustehen.«

»Heiß?«, spottet er. »Übertreib mal nicht. Ich habe dich gesehen, nachdem du dir fast eine Woche lang die Haare nicht gewaschen hast, vergiss das nicht. Katastrophale Freundin vielleicht.«

Uff.

Er hat nicht unrecht, auch wenn er nur scherzt.

Und da er nicht unrecht hat und es nur als Scherz meint, lasse ich es ihm durchgehen und beantworte seine eigentliche Frage.

»Natürlich habe ich Zeit.« Auf der elektronischen Einladung steht, dass sie bereits im August verschickt wurde, nur wenige Tage nach Annabelles Hochzeit. Ich verdrehe die Augen, denn die Party findet schon dieses Wochenende statt.

»Du kommst also mit?«

Als ob ich jemals Nein sagen würde.

Aber da ich offenbar nicht schnell genug reagiere, beginnt er zu erzählen, dass es eine Gruppe von Kollegen gibt, die er zwar überwiegend langweilig und nervig findet, mit denen er sich aber »umständehalber« angefreundet hat – und sie haben seine neue Freundin (mich) mit ihm zusammen auf der Hochzeit auf Instagram gesehen. Offensichtlich hat er ihnen dann von mir erzählt, und sie haben ihn ermutigt, mich mitzubringen, und jetzt kann er nicht unhöflich sein und einfach Nein sagen …

So offensichtlich finde ich das gar nicht. Wir haben ein paar »Pärchen«-Fotos zusammen gemacht, und ich weiß, dass er einige auf Instagram und seiner Facebook-Seite gepostet hat (auf seiner *Facebook*-Seite, echt, was für ein alter Mann), aber ich wäre nie auf die Idee gekommen, dass er Leuten von mir erzählt.

Es ist eigentlich ziemlich schmeichelhaft.

»Ich komme mit. Du musst mich aber abholen.«

»Ja! Oh, Soph, du rettest mir das Leben. Danke, dass du nicht auf Moralapostel machst und als schmückendes Beiwerk mitkommst, wofür ich selbst natürlich immer viel zu stolz wäre. Gott, ich bin einfach … Diese Leute, verstehst du?«

Er stößt einen leidgeprüften Seufzer aus, den ich nachempfinden kann, obwohl er mit »diese Leute« nicht dieselben meint wie ich, also die, die ständig fragen, warum man Single ist, und die davon ausgehen, dass man immer Zeit hat.

Bis jetzt war ich voll und ganz mit an Bord. Misstrauisch wippe ich auf meinem Schreibtischstuhl herum, um etwas von meiner nervösen Energie loszuwerden. Ich runzle die Stirn.

»Wenn du ›diese Leute‹ sagst … Über welche Art von Leuten reden wir genau?«

»Du weißt schon. Einfach …« Er schnaubt wieder, und ich weiß, dass er die Augen verdreht. »Kennst du Bridget Jones?«

»Was, die tragen alle große Unterhosen und kochen blaue Suppe?«

»Nein, so wie … Na ja, wahrscheinlich. Ich wette, sie würden blaue Suppe servieren und sie als ›Delikatesse‹ bezeichnen. Was ich meine, ist, als sie zum Essen eingeladen ist und nur Pärchen da sind.«

»Oh!« Jetzt verstehe ich. Und dann sage ich noch mal »*Oh*«, weil ich mehr verstehe. »Bitte, bitte sag nicht, dass das alles total selbstgefällige Ehepaare sind. Oh mein Gott, warst du früher auch so einer? Warst du einer dieser hochmütigen, selbstgefälligen Menschen, für die Verheiratetsein das Allerwichtigste war?«

Ich meine es als Scherz, aber Harrys Schweigen am anderen Ende des Telefons lässt mich das, was ich gesagt habe, sofort bereuen. Der Mann, den ich kenne, wirkt immer eher sorglos – manchmal grenzt sein Verhalten schon fast ein wenig an Leichtsinn – und vielleicht ist er auch ein bisschen verloren. Er liebt seinen Job (zumindest genug, um sich in ihn zu stürzen und viel zu viele Überstunden zu machen), er hat immer einen Kumpel, den er nach der Arbeit auf einen Drink treffen kann, und er weiß immer etwas Neues und Interessantes zu erzählen. Dass er einmal auf Dinnerpartys über Hypothekenzinsen und Kinderbetreuungskosten diskutiert haben soll, kann ich mir kaum vorstellen.

Was mich wieder an folgende Tatsache erinnert: Momentan sucht er lediglich eine Frau, die ihm das Gefühl der Einsamkeit nimmt. Das, was wir haben, ist beim besten Willen nicht real. Vielleicht arbeitet er deshalb so viel und hat immer einen Freund, mit dem er Zeit verbringen kann. Ein bisschen tut er mir leid – bis mir klar wird, dass ich im Grunde das Gleiche mit all meinen Hookd-Dates mache. Das lässt mich erschaudern. Schnell fahre ich fort: »Nur damit du es weißt, du stehst tief in meiner Schuld.«

»Zur Kenntnis genommen. Und … Äh … Wenn ich schon Schulden anhäufe …«

»Was noch?«, frage ich, als ob ich *ihm* nicht auch eine Menge schulden würde.

»Könntest du ein Geschenk besorgen? Ich bin den Rest der Woche wegen dieser Pressetour nicht in der Stadt, und …«

Ich ziehe die Augenbrauen hoch und presse die Lippen zusammen. Harry räuspert sich, er spürt meine Irritation.

»Louisa hat sich früher um solche Dinge gekümmert«, gesteht er und bestätigt damit meinen Verdacht. Wenn es eine Geschenkeliste gibt, ist die Sache natürlich viel einfacher – wie bei Tante Dawns Babyparty. Und auch, wenn man nicht erst wenige Tage vor der Party daran denkt.

Jedenfalls kenne ich mich mit Geschenken für Kinder wirklich nicht aus. Nehmen wir nur Dawns und Nadines Babys – da habe ich mich vorher durch endlose Vorschlagslisten gequält, um zu entscheiden, was ich ihnen schenken soll, und das, obwohl sie zur Familie gehören.

»Was mag das Kind?«

»Ich weiß es nicht. Sie machen viele Wochenendausflüge aufs Land und gehen immer wandern und so. Äh … Oh, Ieuan sagte, dass Anthony immer mitsingt, wenn das Radio läuft. Offenbar ist er ein großer Adele-Fan. Eine CD oder so? Oder haben Zehnjährige jetzt Spotify?«

Die Bemerkung mit dem Mitsingen bringt mich auf eine Idee, eine Geschichte, die Lena mir einmal über ein Geburtstagsgeschenk aus ihrer Kindheit erzählt hat. Na ja – sie war bereits ein Teenager, aber das kommt der Sache schon recht nahe.

Ich klemme mir das Handy zwischen Wange und Schulter und tippe schon mal eBay in die Suchleiste meines Computers.

»Wie sehr magst du diese Leute?«

»Warum?«

»Sag einfach.«

»Unter uns: Nicht besonders, Soph. Wie ich schon sagte, sie sind eher Kollegen und … und ehrlich gesagt auch eher Louisas Freunde als meine. Sie hat früher auch hier gearbeitet. Sie waren zuerst ihre Freunde, aber ich schätze, sie wollen einfach großherzig sein. Oder sie wollen dich total auseinandernehmen und sich hinter unserem Rücken über uns lustig machen.«

»Ausgezeichnet.«

Ich klicke, um eine gebrauchte Kinderkaraokemaschine zu kaufen.

26. KAPITEL

Als ich auf den Beifahrersitz von Harrys Auto gleite, fällt mir wieder einmal das glatte Leder auf, das schlichte Armaturenbrett und das leise, kaum wahrnehmbare Brummen des Motors. Das wird einfach nie langweilig.

»Du siehst hübsch aus«, sagt Harry.

»Mein bester Bridget-Jones-Look«, scherze ich. Ich habe mich für dasselbe Kleid entschieden, das ich auf Lucys Hochzeit getragen habe – zum Glück ist es noch warm draußen, und es hat endlich aufgehört zu regnen. Ich habe sogar die Grasflecken von meinen Sandalen entfernt; und wer nicht zu genau hinsieht, könnte meine Fünf-Mäuse-Sonnenbrille mit Dior oder so verwechseln.

Auf der Einladung stand »smart casual«, aber so wie Harry über seine Kollegen gesprochen hat, schätze ich, dass sie damit wohl eher »smart« meinten.

Harry schnappt melodramatisch nach Luft und senkt den Kopf, sodass ich seine Augen über seiner Sonnenbrille glitzern sehen kann, während er mich mit einem Grinsen fixiert. »Hast du auch die große Unterhose an? Bring mich nicht in Versuchung, Soph, wir sind sowieso schon spät dran.«

Er streckt eine Hand aus, und seine Finger streifen die Haut meiner Oberschenkel in der Nähe des Rockschlitzes, dann streichelt er mein Bein. Mir wird warm im Bauch, ich bin versucht herauszufinden, was er vorhat, schiebe dann aber seine Hand weg, bevor einer von uns beiden zu weit geht. Lachend legt Harry den Gang ein und fährt auf die Straße – aber nicht, ohne mir zuzuzwinkern und zu versprechen: »Dann eben später.«

Ich weiß, dass das alles nur Show ist, aber ich könnte mich wirklich daran gewöhnen.

Auf der Fahrt fange ich an, Harry mit Fragen über die Leute zu löchern, die ich gleich treffen werde, aber er ist weniger auskunftsfreudig als bei Annabelle. Ich versuche es weiter, entschlossen, ihm etwas Interessantes zu entlocken, bis er mich mit einem Lachen unterbricht.

»Dass sie dich auseinandernehmen werden, war nur ein Scherz, weißt du. Na ja … fast. Sie werden dich jedenfalls nicht ausfragen.«

»Aber ich bin deine … deine ›Freundin‹«, ich male Anführungszeichen in die Luft. »Ich sollte solche Dinge wissen. Auch wenn es sich nur um Arbeitskollegen handelt.«

»*Ich* sollte solche Dinge wissen«, korrigiert er mich. Er wechselt die Spur und wirft mir einen kurzen Blick zu, weniger beschämt als resigniert. »Wie ich schon sagte, sie waren eigentlich Louisas Freunde. Ich kann mich mit ihnen unterhalten, wenn es sein muss, aber meistens spreche ich nicht mit ihnen, es sei denn, es handelt sich um den üblichen Büro-Small-Talk. Ich könnte dir nicht sagen, was ihr Lieblingsfilm ist, wo ihre Kinder zur Schule gehen, wo sie diesen Sommer in Urlaub waren …«

»Das *ist* Büro-Small-Talk«, sage ich. Ich kenne sogar Isaacs Lieblingsfilm. (Zu meinem ständigen Erstaunen ist es der Film *Stolz und Vorurteil* aus dem Jahr 2005.)

Harry seufzt. »Dann mag ich sie wohl nicht genug, um mir die Informationen zu merken.«

»Wenn du sie nicht magst, warum gehen wir dann auf ihre Party?«

»Ich konnte die Einladung nicht ablehnen. Außerdem …«

Er bricht mit einem Grummeln ab und schneidet eine Grimasse, die ich inzwischen kenne. *Außerdem,* meint er, *ist es etwas, das er Louisa unter die Nase reiben kann.*

Normalerweise ist das der Punkt, an dem ich einfach abwarte, bis sich die Gewitterwolken, die sich über seinem Kopf zusammenbrauen, verziehen, aber dieses Mal stürze ich mich darauf, da mir mein Gespräch mit Tally von neulich noch im Hinterkopf herumschwirrt. »Wie hast du Louisa kennengelernt?«

»Hm?« Vom Autofahren abgelenkt und von meiner Frage überrumpelt, zuckt Harry mit den Schultern. »Online. Ist das nicht immer so?«

»Oh.«

Ich bin ein bisschen enttäuscht. Ich schätze, ich hatte mir etwas anderes erhofft.

Etwas mehr. Etwas anderes.

Etwas, das darauf hindeutet, dass mein Liebesleben vielleicht nur deshalb so mies läuft, weil ich niemanden auf die altmodische Art im echten Leben kennenlerne.

Ich versuche es noch einmal. »Woher wusstest du, dass sie die Richtige ist?«

Er schnaubt. »Hast du schon getrunken, bevor ich dich abgeholt habe, Soph? Jetzt komm schon. Offensichtlich war sie es nicht, sonst wären wir noch verheiratet.«

»Schon, aber … Ich meine, du wolltest mit ihr zusammen sein. Du hast geglaubt, dass es richtig ist zusammenzuziehen, zu heiraten und all das, verstehst du? Ihr wart lange zusammen. Warum genau?«

Harry wirft mir einen kurzen Seitenblick zu. »Ich weiß, dass es hier nicht um Louisa geht. Was willst du eigentlich wissen?«

Verdammt noch mal.

Ich fange an zu glauben, dass Harry mich in gewisser Hinsicht besser kennt als ich mich selbst. Oder er hört doch besser zu, als mir bewusst ist, wenn ich ihm von meinen schwierigen Dates vorjammere.

»Was hat dich dazu gebracht, dich ein zweites Mal mit ihr zu verabreden? Ein drittes, viertes, fünftes …« Ich drehe mich leicht, um ihm ins Gesicht zu sehen. Der Sicherheitsgurt schneidet mir in den Hals. »Warum sind alle meine Verabredungen so ein totaler Reinfall?«

Harry zuckt lässig mit den Schultern und murmelt unverbindlich »Weiß nicht«, woraufhin ich ihn klagend anstarre, bis er sagt: »Ich weiß es nicht. Ich bin schließlich nicht dabei, oder?«

»Tally und Lena sagen immer nur, dass die Typen offensichtlich nicht die Richtigen sind, sonst würde es klappen. Aber egal, wie sehr ich mich bemühe, keiner von ihnen ist es.«

»Wer kann schon behaupten, dass der Partner der Richtige ist?«, fragt Harry. »Vielleicht ist er nur richtig genug. In Beziehungen geht es schließlich um Kompromisse. Vielleicht gehst du einfach keine Kompromisse ein. Du begnügst dich nicht mit jemandem, der nicht perfekt ist, wie du ja in deiner letzten Kolumne geschrieben hast.«

»Ich gehe keine Kompromisse ein? Wie bitte?« Mir fällt kein einziger ein, den ich noch eingehen könnte. »Ich habe bereits meinen Radius bei Hookd erweitert, *und* ich habe mich mit dem Typen verabredet, der in der letzten Staffel von *The Apprentice* als Erster rausgeflogen ist, obwohl ich ihn in der Sendung für ein totales Arschloch hielt. Somit habe ich ihm einen ganz schönen Vertrauensvorschuss gegeben, oder vielleicht nicht?«

»Klar. Aber es hat trotzdem nicht funktioniert, richtig?«

»Wir haben uns nicht verstanden. Und er hat während unseres Dates sechsmal telefoniert, nur um dann einen abfälligen Kommentar abzugeben, als ich auf mein Handy schaute, um zu sehen, wie spät es ist. Heuchler.«

»Siehst du? Du warst also nicht bereit, für ihn Kompromisse einzugehen. Deine Ansprüche runterzuschrauben.«

Ich runzle die Stirn. »Tally und Lena haben ihre Ansprüche für ihre Freunde nicht heruntergeschraubt. Alle sagen immer, dass man sich nicht irgendwie zufriedengeben soll. Dass man nicht weniger akzeptieren soll, als man will oder verdient oder was auch immer. Ist das nicht das Gleiche?«

Wobei es da noch das ganze Lena/Helena-Debakel gibt, und Tallys Freund manchmal ein richtiger Trottel ist, also …

»In Beziehungen geht es um Kompromisse, aber vielleicht ist das ja nicht immer eine gute Sache. Ich sage nicht, dass du sie eingehen sollst, ich sage nur, dass andere Leute es wahrscheinlich tun. Sieh dir Louisa und mich an. Sie sagte mir, dass sie weiß, was sie wert ist. Ich glaube, so bist du auch.«

»Zu gut für jeden?«

Harry grunzt. »Zu gut, um deine Zeit mit Typen zu verschwenden, die du nicht wirklich magst. Zu gut, um sich mit *Mr. Gut Genug* abzugeben. Ich würde mir da nicht zu viel Stress machen, Soph. Ehrlich. Sieh mal, du bist gut darin, Single zu sein – im Gegensatz zu mir, der so verzweifelt nach Gesellschaft und der Illusion von Intimität sucht, dass ich sogar bereit war, für eine Hochzeit den Freund eines unbekannten Mädchens zu spielen.«

Ich versuche, über seinen Scherz zu lachen. Das scheint mir zu gelingen, denn hier endet das Gespräch.

Ich würde gerne glauben, dass er recht hat. Das würde ich wirklich.

Aber wenn es wahr wäre, würde ich mich nicht länger mit jedem treffen, den ich auf Dating-Apps auch nur im Entferntesten attraktiv oder interessant finde; ich würde nicht mehr zu Verabredungen gehen, von denen ich mir nur wenig erwarte.

Ich würde nicht mehr darauf hoffen, dass es dieses Mal endlich klappt.

»Du heißt Charlotte, nicht wahr?«

Mein Lächeln erstarrt, ein Muskel in meinem Kiefer kribbelt. Eine Wolke aus teurem, blumigem Parfüm umhüllt mich, als unser Gastgeberin Penny mir einen Luftkuss auf die Wange gibt.

»Sophie«, korrigiert Harry sie, bevor ich es tun kann. Sein Arm liegt um meine Taille, seine Berührung lässt meine Haut prickeln. Er drückt mich etwas fester an sich, und ich umklammere unser sorgfältig verpacktes Geschenk, weil ich Angst habe, es fallen zu lassen.

»Sophie! Ja, natürlich. Es tut mir so leid.« Penny lacht leise, zuckt mit einer Schulter und sieht Harry mit einem Blick an, der zunächst fast liebevoll wirkt, aber ich merke schnell, dass es sich tatsächlich um schlecht verschleierte Abneigung handelt.

Die noch weniger verschleiert ist, als sie mein Outfit von oben bis unten mustert. Ihre beigefarbene, maßgeschneiderte Leinenhose und ihre weiße Bluse wirken unangestrengt stilvoll – im Vergleich dazu sehe ich aus, als hätte ich mich zu sehr bemüht. Sie verbringt wahrscheinlich den Sommer in den Hamptons. Ich wette, irgendwo im Haus liegt ein Exemplar der *Vogue* herum; ich wette, sie besitzt aus ästhetischen Gründen Bildbände und hat keine Liebesromane mit Eselsohren ungeordnet unter einem schrägen IKEA-Fernsehständer gestapelt.

Das Haus ist riesig, sehr offen gestaltet mit glänzenden Böden, klaren Linien und großen Fenstern, aber wir haben kaum Zeit, uns umzusehen, bevor Ieuan (der um einiges freundlicher ist als seine Frau) uns in den weitläufigen Garten mit einem gepflegten Rasen und schicken Terrassenmöbeln führt.

Ich schaue mich um und blende aus, was auch immer Ieuan, Harry und Penny sagen – irgendetwas über die Fahrt, irgendetwas über die Arbeit und die Stadt und das Hin- und Herpendeln. Der Himmel ist blau, die Wolken sind flauschig und reinweiß, die Blätter an den Bäumen klammern sich noch an den letzten Atemzug des Sommers. Die ganze Szene im Garten wirkt wie aus einem Katalog. Kleine Gruppen von Menschen tummeln sich und schlürfen Getränke. Rechterhand ist ein Tisch mit Snacks aufgebaut – eine große Etagere voller Muffins, Schalen mit professionell dekorierten Keksen in Form von Luftballons und Geburtstagskuchen mit der Zahl Zehn. Am anderen Ende des Gartens steht ein Gartenhaus – das Home Office, von dem Ieuan gerade erzählt, wie ich annehme –, und lediglich ein abgenutzter Fußball und ein paar

Tennisbälle auf dem Rasen deuten die Anwesenheit von Kindern an. Zu beiden Seiten des Gartens sind blaue Luftballons kunstvoll am Zaun befestigt, die zu denen an der Haustür passen, außerdem ein großes Transparent mit der Aufschrift »Happy 10th Birthday, Anthony«. Ein paar Hunde liegen herum und sonnen sich, zwei kämpfen spielerisch mit einem Seilspielzeug.

Vielleicht ist es das, was solche Leute tun, denke ich. Sie laden ihre Kollegen zum Kindergeburtstag ein, damit die Erwachsenen tratschen und trinken können, und sie bringen natürlich upperclassmäßig ihre Hunde mit. All diese erwachsenen Paare mit ihren Häusern und ihren Fahrten »in die Stadt« und ihren Haustieren und ihren Kindern und ...

Oh Gott, denke ich.

Das sind *echte* Erwachsene. Im Gegensatz zu was auch immer ich bin. Und auch nicht Probe-Erwachsene wie meine Freunde, die gerade erst anfangen, ihr Leben zu leben. Die hier sind richtig erwachsen, so wie Nadine oder Dawn. Sie wissen, wo's langgeht. Sind erfahren. *Sesshaft*.

Es ist nicht annähernd so gesellig wie bei Annabelles Hochzeit, bei der sich alte Freunde mit einem freundlichen Lächeln trafen. Das hier ist ganz, ganz anders.

»Wo ist das Geburtstagskind?«, frage ich unsere Gastgeber in dem verzweifelten Versuch, so zu tun, als würde ich dazugehören.

Penny wedelt mit der Hand und lächelt jetzt etwas aufrichtiger. (Notiz an mich selbst – nach den Kindern fragen, wenn man sich beliebt machen will.)

»Oh, er ist irgendwo hier! Wahrscheinlich amüsiert er sich drinnen mit seinen Freunden.«

Ieuan lacht. »Er war den ganzen Morgen total von *Die Schöne und das Biest* gefesselt. Dafür hat er sogar sein Frühstück stehen lassen. Es ist sein Lieblingsfilm, wisst ihr.«

Sehnsüchtig blicke ich zum Haus. Ich würde alles dafür geben, die langweilige Erwachsenen-Gartenparty gegen einen Disney-

Film eintauschen zu können. Das wäre eine viel angenehmere Art, den Samstag zu verbringen.

Aber ich fühle mich ja jetzt schon wie ein Eindringling – da muss ich mich nicht auch noch komplett zum Affen machen. Penny ist nicht besonders beeindruckt von mir, und ich bin hier, um Harry einen Gefallen zu tun, und nicht, um ihn in Verlegenheit zu bringen, indem ich mit ein paar Zehnjährigen abhänge.

»Komm, ich lege das mal zu den anderen Geschenken.« Ieuan nimmt mir die verpackte Schachtel ab. »Warum holt ihr euch nicht etwas zu trinken und unterhaltet euch?«

Es klingelt an der Tür, und Penny entschuldigt sich, um zu öffnen.

»Sie ist immer noch gut mit Louisa befreundet«, murmelt Harry in mein Ohr. »Tut mir leid. Falls es dir hilft, sie ist eigentlich zu niemandem nett.«

»Sind noch mehr Leute hier, die mit deiner Ex-Frau befreundet sind und mich garantiert hassen?«

Er grinst. »Ein paar wenige.«

Den Arm immer noch um meine Taille gelegt, steuert Harry mich auf eine Gruppe von fünf Leuten zu und stellt mich vor. Ich tue mein Bestes, um mir ihre Namen zu merken, und mache mir im Geiste Notizen, woher sie sich kennen. Es scheint, dass alle hier entweder zusammenarbeiten, früher zusammengearbeitet haben oder Ehepartner sind. Offensichtlich kennen sich die meisten von ihnen schon seit Jahren. Sie waren auf den Hochzeiten oder Geburtstagen der jeweils anderen; sie gehen manchmal zusammen essen; einige von ihnen waren auch schon zusammen im Urlaub. Es gibt viele Kommentare, die ich nicht verstehe, und noch mehr, denen ich nur schwer folgen kann, weil sie über die Arbeit, gemeinsame Freunde oder Kinder sprechen. Glücklicherweise gehört Harry nicht zu dieser Clique, sodass ich auch bei ihm ein paar leere Blicke bemerke. Dadurch fühle ich mich etwas weniger überfordert.

Meistens nicke ich lächelnd und mache »mm-hmm« und versuche, mir etwas Kluges auszudenken, wobei ich mich von Minute zu Minute dümmer fühle.

Alle sind jedenfalls ziemlich höflich, was ich schon einmal großzügig finde, wenn man bedenkt, dass sie immer noch mit Harrys Ex-Frau befreundet sind. Ich hatte im Scherz behauptet, dass er mich als seine heiße junge Freundin vorführen wolle, aber tatsächlich spricht er über meinen Marketingjob, meine Arbeit als Journalistin (er nennt mich sogar eine »etablierte Journalistin«, was mir sehr gefällt). Er gibt mir nicht das Gefühl, dass ich nur dazu da bin, um ihn gut aussehen zu lassen.

Und das bin ich auch nicht, das ist mir klar. Ich bin da als seine Freundin, seine Vertraute. Ich bin für ihn da, so wie er zuvor für mich da war, und nicht für all die anderen.

Ein Mann schnieft leise und fragt: »Haben wir vielleicht etwas von dir gelesen?«

Ich denke an einige der neuesten Zahlen – die Zugriffe auf die Website, wie oft die Artikel in den sozialen Medien geteilt werden, und an die Flut von positiven Kommentaren zu meiner Kolumne. Daran, dass Leute wie Jessica und Tally und Lena sie lesen und mit ihren Freunden teilen. Und daran, wie beeindruckt die Leute auf Annabelles Hochzeit waren, als ich ihnen ein bisschen davon erzählte.

Also lächle ich rätselhaft und sage: »Wahrscheinlich«, und zwar so selbstbewusst, dass sie sich alle (etwas widerwillig) beeindruckt anschauen.

Wir unterhalten uns noch eine Weile, bevor Harry uns entschuldigt und mich auf die andere Seite des Gartens führt. Neben dem Haus ist ein Tisch mit einer Schale Punsch aufgestellt, und wir gießen uns jeder ein Glas ein, dann steuern wir auf das Essen zu. Harry nimmt sich einen Keks, und ich entscheide mich für einen Cupcake – was ich sofort bereue, er ist dick mit Zuckerguss und Schokoladenstreuseln dekoriert, und mit einem Glas

Fruchtpunsch in der anderen Hand ist es schwierig, ihn zu essen. Es wird kaum elegant aussehen, denke ich und schaue traurig zu den anderen Gästen, die größtenteils wie Variationen von Penny aussehen. Kultiviert, zurückhaltend. Erwachsen.

Der Altersunterschied zwischen mir und Duncan ist mir immer bewusst, doch bei ihm habe ich immer das Gefühl, dass er mein älterer Bruder sein könnte. Wir machen uns so oft über das Alter des anderen lustig, dass es nicht mehr merkwürdig ist.

Und mit Harry fühlt es sich auch nicht merkwürdig an. Das mit ihm sollte immer nur eine vorübergehende Sache sein – ein Mittel zum Zweck –, deswegen habe ich nie länger über sein Alter nachgedacht, außer wenn ich ihn damit aufziehen konnte. Je mehr Zeit wir miteinander verbringen, desto weniger unwohl fühle ich mich wegen des Altersunterschieds.

Doch in diesem Moment fühle ich mich unwohl.

Himmel noch mal, eine der Frauen sieht aus, als wäre sie so alt wie meine Mutter. Eigentlich sollte ich mich cool und jung fühlen, wie jemand, auf die *sie* neidisch sein sollten, aber das ist nicht der Fall.

Ich kippe meinen Punsch hinunter, stelle das Glas kurz ab und fummle an dem Cupcake-Papier herum.

»Was ist?«, fragt Harry.

»Nichts. Gar nichts. Also, ähm, was … Was kann ich noch sagen? Was für ein toller, fantastischer Freund du bist? So tun, als wärst du nicht von deiner Trennung emotional gezeichnet und das Beste, was mir je passiert ist?«

Etwas flackert über Harrys Gesicht, sein Mund und seine Augenbrauen zucken, er blickt kurz zu Boden, aber bevor ich herausfinden kann, was genau dieser Blick bedeutet, verdreht er die Augen. »Ich *bin* das Tollste, was dir je passiert ist.«

»Im Bett. Besonders im *Bett*. Das habe ich gesagt.«

»Na ja …« Er grinst breit. »*Das* kannst du ihnen gerne sagen.«

Jetzt verdrehe ich die Augen und nehme einen Bissen von dem

Cupcake. Es ist nicht möglich, das anmutig oder dezent zu tun, jeder, der herüberschaut, kann sehen, wie ich meinen Kiefer wie bei einer Boa Constrictor ausklappe, um ihn ganz zu verschlingen.

Ich verschlinge ihn natürlich nicht ganz, aber mein ganzer Mund ist voll Zuckerguss und Schokoladenteig.

Nein, es ist keine Schokolade. Es ist …

Was ist das?

Harry hat die Gelegenheit genutzt, um die Hälfte seines Kekses zu essen, und während er kaut, verzieht er das Gesicht. »Igitt«, sagt er und würgt ihn hinunter. »*Igitt*, ist der trocken. Und komisch. Pikant. Wer hat denn pikante Kekse? Essen Kinder auf diese Weise jetzt ihr Gemüse?«

Pikant.

Oh, mein Gott, es schmeckt pikant.

Es schmeckt wie *Fleisch*.

Nach Rindfleisch, nach Bratensoße, nach …

Neben meiner Schulter räuspert sich jemand, und eine Dame sagt: »Ihr wisst, dass die für die Hunde sind, oder?«

Ich spüre, wie das Blut augenblicklich aus meinem Gesicht weicht. Harry verschluckt sich an seinem zweiten Bissen, kämpft damit, ihn nicht überall hin zu spucken, während er hustet und gleichzeitig versucht, ihn schneller hinunterzuschlucken, damit er sprechen kann.

Schließlich gelingt es ihm. »Amelia. Hi. Das erklärt dann wohl die Konsistenz, nehme ich an. Ich fand es ein bisschen trocken.«

Die Frau, Amelia, schnalzt mit der Zunge. »Also ehrlich! Er isst wohl alles, was man ihm vorsetzt, was?«, fügt sie an mich gerichtet hinzu.

»Mm-hmm«, murmle ich, die Lippen fest zusammengepresst. Ich umklammere immer noch das Törtchen und wische mir eilig die Krümel vom Mund. Mit einem höflichen Lächeln nimmt mir Amelia den halb aufgegessenen Cupcake ab und schält ihn aus dem Papier. Dann pfeift sie scharf, dreht sich um und ruft: »Duchess, hierher, Liebling!«

Wie aus dem Nichts taucht kläffend ein Dackel auf und verschlingt den Cupcake.

Amelia richtet sich wieder auf und streicht mir über den Arm. »Du bist also Harrys neue Flamme! Ihr beide habt auf dieser Hochzeit vor ein paar Wochen auf Instagram so süß zusammen ausgesehen. Er hat dich jetzt ewig lang geheim gehalten; wir konnten es kaum erwarten, dich kennenzulernen.«

»Sie konnten es kaum erwarten, dich auszufragen«, sagt Harry, aber es klingt wie ein Scherz, und Amelia lacht und zeigt mit dem Finger auf ihn. Ich frage mich, ob sie ebenfalls mit seiner Ex-Frau befreundet ist.

Bevor ich es herausfinden kann, ziehe ich meinen Arm zurück und trete einen Schritt nach hinten. »Kann ich das Verhör verschieben? Ich gehe nur kurz auf die Toilette.«

»Natürlich! Es ist gleich links hinter der Treppe.«

Während ich eilig die Flucht ergreife und nur knapp verhindern kann, über einen Spaniel zu stolpern, der einen Tennisball jagt, höre ich, wie sie Harry vom Urlaub seiner Ex in Südfrankreich während der August-Feiertage erzählt. Ich werfe einen Blick zurück und sehe, wie unbehaglich er dreinschaut, und dann betrachtet er die Hunde-Cupcakes, als würde er lieber einen davon essen als dieses Gespräch zu führen.

Ich denke wieder daran, warum ich hier bin.

Wenn Harry vor meiner Familie so tun kann, als sei er mein Freund, so kann ich ihm jetzt auch helfen zu beweisen, dass er ohne seine Frau glücklicher ist.

Wozu sonst sind Pseudofreundinnen da?

27. KAPITEL

Wie durch eine wundersame Fügung des Schicksals gibt es auf der Toilette im Erdgeschoss – die größer ist als das gesamte Badezimmer in meiner Wohnung – eine Zahnbürste und Zahnpasta.

Natürlich benutze ich die Zahnbürste nicht, aber ich drücke etwas Zahnpasta auf meinen Finger und schrubbe mir damit die Zähne und die Zunge, wobei ich bei dem nachklingenden Fleischgeschmack des Hundefutter-Cupcakes würgen muss. Ich kann noch immer nicht glauben, dass ich gerade so etwas gegessen habe.

Ich befinde mich in diesem riesigen, schicken Haus in der Nähe von Oxford – so eines werden Lena und Johnny sicher eines Tages auch haben – und sollte eigentlich einen eleganten Nachmittag mit Fruchtpunsch verbringen und intelligente und interessante Gesprächen führen …

Stattdessen habe ich gerade *Hundefutter* gegessen.

Das ist etwas, was ich meinen Freunden wohl eher nicht erzählen werde. Jedenfalls nicht so bald.

Ich spucke aus und spüle, dann streiche ich mit den Händen über mein Kleid und gehe zu den anderen zurück in den Garten. Auf dem Weg schnappe ich mir einen Drink und geselle mich zu Harry, der mit Penny, Amelia und einer Handvoll Leute dasteht, die mir so schnell vorgestellt werden, dass ich mir nicht einen einzigen Namen merken kann.

Aber ich lächle fröhlich und grüße höflich und lehne mich an Harry, als er mir eine Hand auf den Rücken legt.

»Ich kann nicht glauben, dass er schon zehn ist«, sagt jemand zu Penny. »Es kommt mir vor, als wäre es erst gestern gewesen, dass du ihn nach Hause gebracht hast …«

»Ich weiß! Wir haben uns heute Morgen Bilder angesehen – als er noch so klein war, dass er in unsere Hände passte … Jetzt ist das natürlich was ganz anderes«, sagt Penny mit einem hübschen Lachen. »Aber er ist immer noch ein Quälgeist, der viel Unfug anstellt!«

»Sie werden so schnell erwachsen«, sagt jemand anderes weise und nickt.

»Meine Tante hat gerade eines bekommen«, platze ich heraus, weil ich irgendwie das Bedürfnis habe, den Vorfall mit dem Hundefutter wiedergutzumachen.

»Oh! Wie schön«, sagt Amelia. »Hat sie es adoptiert?«

Ich starre erst sie an und dann Harry. Spricht er mit seinen Kollegen so viel über mich? Hat er ihnen erzählt, dass meine Tante lesbisch ist?

Aber hey – ich hätte auch nicht gedacht, dass er mit »diesen Leuten« Kontakt hat, also was weiß ich schon?

»Nein«, sage ich. »Sie …«

»Natürlich, das ist jetzt der letzte Schrei, nicht wahr?«, mischt sich jemand anderes ein. »Unsere Nachbarin hat gerade eins adoptiert, aus Ungarn. Es hat Wochen gedauert.«

Harry und ich wechseln einen Blick, sprachlos, entsetzt.

Ja, ich kann *absolut* verstehen, dass er sie nicht mag. Das kann doch nicht ihr Ernst sein.

Aber so ist es offensichtlich, und schlimmer noch, *keiner von ihnen denkt sich etwas dabei.* Es kostet mich all meine Willenskraft, nicht zu gaffen oder Harry mit dem Ellbogen anzustoßen.

»Und wie alt?«, fragt mich Amelia mit einem so aufrichtig und interessiert wirkenden Lächeln, dass ich mich in die Defensive gedrängt fühle.

»Erst ein paar Wochen, aber …«

»Oh Gott! Ich erinnere mich noch an diese Zeit«, meint Penny wieder lachend und wirft ihr Haar über die Schulter. Beim näheren Hinsehen fällt mir auf, dass es trocken aussieht, als bräuchte es eine Haarkur oder so etwas. Auch ihr Ansatz kommt zum Vorschein, dunkel, das gefärbte Blond soll vermutlich einige graue Haare verdecken, die wieder durchscheinen. »Es ist eine riesige Umstellung, man muss sich an eine neue Routine gewöhnen und einen neuen Zeitplan aufstellen …«

»Ja«, sage ich und nicke, als ob ich vollkommen verstehen würde – und davon nicht nur durch Informationen aus zweiter Hand wüsste. Ich bin hier, um Harry gut aussehen zu lassen, nicht, um mich mit völlig Fremden zu streiten. »Ja, genau. Ich werde sie in ein paar Wochen besuchen.«

»Vorsichtig«, warnt mich ein Mann. »Dann wirst du bald selbst eins wollen!«

Ich schneide eine Grimasse und spüre, wie ich mich sofort aus dem Gespräch zurückziehe, während ich mich fester an Harry drücke und mein Gewicht von einem Fuß auf den anderen verlagere. Dann nehme ich einen Schluck von meinem Drink, um Zeit zu gewinnen.

»Was meint ihr?« Pennys Lächeln ist höflich und starr. Ihr Blick wandert zwischen mir und Harry hin und her, während sie auf eine Antwort wartet.

Er räuspert sich und will schon für mich antworten, aber ich beschließe – nur dieses eine Mal – diesen neugierigen Wichtigtuer, die mich fragen, ob ich Kinder will, wann ich sie haben will und wie genau meine Pläne sind, den Gefallen zu tun. Ich gebe mein bestes Kichern zum Besten, das so überlegen klingt, wie ich es mir erhofft hatte, lege besitzergreifend eine Hand auf Harrys Brust und wiederhole, was er gesagt hat, als ich auf Dawns Babyparty auf diese Weise ausgefragt wurde.

»Nun, es ist natürlich noch etwas früh, aber wir haben darüber gesprochen. Und wir haben dieselben Vorstellungen.«

Er versteht und fügt hinzu: »Genau. Wir haben von Anfang an klargestellt, was wir wollen – stimmt's, Baby?«

Mir wird ein wenig schlecht, was nichts mit dem Hunde-Cupcake, aber alles mit dem Kosenamen »Baby« zu tun hat, doch ich kichere erneut und antworte: »Absolut.«

Ich stelle mich auf die Zehenspitzen, um ihn zu küssen – da ich flache Absätze trage, muss ich mich strecken, um seinen Mund zu erreichen. Harry beugt sich lächelnd zu mir herunter. Oder eher grinsend, er versucht, nicht loszulachen.

Unsere Lippen berühren sich fast, als er zurückweicht, hustet und mich mit einer festen Hand wegstößt. »Oh Gott, Soph. Tut mir leid. Aber du *riechst* einfach aus dem Mund. Das muss der Cupcake sein.«

Ich bedecke meinen Mund mit einer Hand, atme darauf und versuche zu riechen. Ich habe noch immer einen schlechten Geschmack im Mund, was daran liegen muss, dass ein Finger nur ein schlechter Ersatz für eine Zahnbürste ist.

»Aber ich habe mir die Zähne geputzt«, sage ich, und es ist mir nicht einmal peinlich, vor völlig Fremden wegen meines schlechten Atems zurückgewiesen zu werden.

»Nein, hast du nicht.«

»Doch, habe ich. Es gab Zahnpasta auf der Toilette unten, und ich …«

Pennys Lachen ist zart und ein bisschen heiser. Wir alle wenden uns ihr zu wie eine Einheit. Sie räuspert sich ebenso zart und schenkt mir dann das herablassendste Lächeln, das ich in meinem ganzen Leben gesehen habe.

Und das will etwas heißen, so wie ich an herablassende Fragen über mein nicht vorhandenes Liebesleben gewöhnt bin.

»Oh, Süße.« Lachend legt sie mir eine manikürte Hand auf die Schulter. »Das war Hunde-Zahnpasta.«

»Wie bitte, *was*?«

»Das ist Anthonys Zahnpasta. Ieuan muss sie dort vergessen

haben, nachdem wir ihm vorhin die Zähne geputzt haben. Sie ist mit Lebergeschmack.«

Harry grunzt etwas, das Geräusch bleibt ihm in der Kehle stecken, als er versucht, es zu unterdrücken, und alle anderen lachen laut auf. Niemand hier schenkt mir auch nur das geringste Mitgefühl, keine Spur von Anteilname.

Ich würde Harry ja anstarren oder vielleicht in Tränen ausbrechen, bin aber zu sehr mit dem beschäftigt, was Penny gerade gesagt hat.

»Tut mir leid.« Ich muss meine Stimme ein wenig wegen des Gelächters anheben. »Sagtest du, das war *Anthonys* Zahnpasta? *Hunde*-Zahnpasta?«

»Nun, ja. Offenbar. Hast du nicht hingeschaut, bevor du sie benutzt hast?«

Oh, mein Gott!

Oh, *mein Gott.*

Ich betrachte erneut das Banner und die Luftballons, die schicken Kekse und Muffins, die nicht für Menschen bestimmt sind, die anderen Hunden im Garten …

Und Oh. Mein. *Gott.*

Ich bin immer noch verwirrt, als Penny nun endlich doch Mitleid mit mir hat, sagt: »Warum gehst du nicht nach oben? Ganz rechts ist ein Gästezimmer, und ich bin sicher, dass dort im Bad Zahnpasta und eine neue Zahnbürste sind.«

»Danke«, sage ich wie betäubt und greife nach Harrys Ärmel. »Entschuldigt uns einen Moment, ja?«

Ich gebe niemandem die Möglichkeit zu antworten, sondern verkralle die Finger im Stoff und zerre Harry hinter mir her. In unserem Kielwasser ist eine Welle von Gemurmel und Gelächter zu vernehmen.

»Du hast doch nicht vor, mir deinen riesigen Schlüpfer zu zeigen, oder?«, fragt Harry, als wir uns der Tür nähern, und als er anfängt zu lachen, drehe ich mich zu ihm um, die Zahnpasta für einen Moment vergessend, jetzt, da wir nicht mehr in unmittelbarer Hörweite sind.

»Das kann nicht dein Ernst sein.«

»Das war ein Scherz! Offensichtlich! Was hältst du denn von mir, Sophie, ich werde dich doch wohl kaum im Gästezimmer meiner Freunde vögeln, wenn sie …«

»Die Geburtstagsparty ihres Hundes feiern«, unterbreche ich ihn und balle meine Hände zu festen, zitternden Fäusten. »Harry, das ist die Geburtstagsparty für ihren verdammten *Hund*.«

»Nein, es … Es ist …«

Aber dann dämmert es ihm. Ich beobachte, wie sein Gesicht vor Erkenntnis erschlafft, während er noch einmal Revue passieren lässt, was Penny vorhin gesagt hat, und dann beginnt er sich im Garten nach Anzeichen von zehnjährigen Kindern umzusehen.

Für ihren Hund.

»Oh mein Gott«, murmelt er. »Oh mein Gott. Es geht um ihren verdammten Hund.«

»Wie konntest du das nicht wissen?«, zische ich. Meine Schultern spannen sich an, und mein Kiefer ist verkrampft.

»Du hast doch gehört, wie sie über ihn geredet haben, Soph!«, zischt er zurück und gestikuliert so wild, dass er Punsch aus seinem Glas auf die Terrasse schüttet. »Er hat einen Lieblingsfilm! Sie kaufen ihm Outfits! Krawatten! Schuhe!«

»Er geht gerne *spazieren*, Harry. *Spazieren*. Weil er ein Hund ist.«

»Aber …«

»Wie konntest du nicht merken, dass sie von ihrem Hund sprachen? Kennst du die beiden nicht schon seit Ewigkeiten?«

»Ja, aber sie sind, du weißt schon, *Kollegen*. Wir haben doch darüber gesprochen. Ich weiß auch nicht. Sie reden immer davon, dass er sich mit Spielkameraden trifft oder … Ich meine, wer nennt seinen Hund denn Anthony? Das ist ein Name für einen Menschen. Hunde heißen … Sie heißen Fenton! Oder Scout oder Cinnamon oder – oder Pongo oder Sandwich …«

»Wer nennt seinen Hund Sandwich!«, rufe ich aus, viel lauter als beabsichtigt. Ein paar Köpfe drehen sich in unsere Richtung. Ich bemerke, dass die Leute uns mit großen Augen anstarren, während wir uns zanken. Für sie sieht es sicher nach einem ziemlich ernsten Streit aus. Ich erröte, aber nur die Hälfte von ihnen schaut weg, als sie merken, dass ich sie beim Starren erwischt habe.

Harry kann das nicht sehen, er steht mit dem Rücken zu ihnen. Er fährt sich mit der Hand durch die Haare und kippt seinen Punsch hinunter, als wünschte er, es handelte sich um etwas viel Stärkeres als Fruchtsaft.

»Wer nennt seinen Hund Anthony?«, gibt er zurück, etwas leiser.

Ich starre ihn mit offenem Mund an, unsere Arme hängen jetzt nutzlos zwischen uns. Niedergeschlagen und in dem Wissen, dass der heutige Tag ein kompletter Scherbenhaufen ist und es kein Zurück mehr gibt, presse ich eine Hand an die Stirn und schließe die Augen, bevor ich mir auf die Lippe beiße und wieder zu ihm hochschaue.

»Harry«, sage ich langsam. »Wir haben ihrem Hund eine Karaokemaschine gekauft.«

Er starrt mich an, genauso verwirrt und hilflos, wie ich mich fühle, bevor sich seine Lippen zu einer dünnen Linie verziehen. Eine Sekunde lang denke ich, dass er wütend ist – auf sich selbst, nehme ich an, denn ich wüsste nicht, inwiefern das alles meine Schuld sein könnte –, aber dann zieht er eine Augenbraue hoch, sein Mund zuckt, und ein Lachen sprudelt aus ihm heraus.

Ich selbst beginne hysterisch zu kichern und schlage mir schnell die Hand vor den Mund, um es zu unterdrücken, aber es ist zu spät: Harry lacht laut und von ganzem Herzen, seine silbernen Augen leuchten. Es ist so ansteckend, dass ich nicht anders kann, als ebenfalls weiterzukichern.

Wir lachen noch immer, als Harry sagt: »Oh, Soph«, mich am Ellbogen packt, mich abrupt zu sich zieht und mir einen schnellen, festen Kuss auf die Lippen drückt, der mich so überrascht, dass ich keine Chance habe, mir zu wünschen, es bedeutete etwas. Mein Lachen geht in ein kleines Lächeln über, und ich spüre, wie meine Wangen rot werden.

»Geh und putz dir die Zähne mit Menschenzahnpasta, ja?«, sagt Harry zu mir. »Du stinkst wirklich.«

»Als ob es bei dir besser wäre, Hundekeks-Atem«, murmle ich und stoße ihn sanft in die Brust.

Er taumelt etwas zurück, schnappt nach meinem Handgelenk und beugt sich zu mir, seine Lippen streifen meine Wange in der Nähe des Ohrs. »Ich könnte dir jederzeit nach oben folgen …«

»Was ist mit deinen Freunden?«

»Welche Freunde?«

Er legt eine Hand um meine Taille, drückt sanft die Lippen auf meine Wange, und jeder Nerv in meinem Körper fühlt sich an wie ein stromführender Draht.

Ein Hund bellt, und ich raffe das letzte bisschen Verstand in meinem Kopf zusammen, um Harry wegzuschieben. Er lacht kurz auf, anscheinend nicht überrascht über meine Abfuhr, aber doch ein bisschen traurig. Er drückt mir einen weiteren Kuss auf die Lippen, bevor er mich zur Tür schiebt und mir spielerisch einen leichten Klaps gibt.

»Geh schon. Ich werde etwas Menschenessen für dich gefunden haben, wenn du zurückkommst.«

Ich täusche Begeisterung vor, bevor ich ins Haus gehe. »Mein Ritter in glänzendem Burberry. Du hast Hundekekskrümel auf deinem Hemd.«

Oktober

Mein Geburtstag

28. KAPITEL

Nehmt euch mehr Zeit nur für euch!

Wie man Beziehungskomplikationen vermeidet,
von unserer Dating- und Beziehungskolumnistin

Es ist eine allgemein anerkannte Wahrheit, dass jede Frau, die sechsundzwanzig wird und gerne einen Freund hätte, einen verdammt miserablen Geburtstag verbringen wird.

»Was machst du an deinem Geburtstag?«, frage ich meine Freunde immer. »Irgendetwas Schönes?«

Und Junge, Junge, haben die vielleicht Pläne.

Mein Freund lädt mich zum Essen ein.

Meine Freundin hat eine Wochenendreise für uns gebucht.

Wir fahren übers Wochenende zu meiner Familie.

Wir haben Pläne mit seiner Familie, aber bestimmt können wir trotzdem zusammen ein Stück Geburtstagstorte essen!

»Nichts Großes« ist immer noch »etwas«. Immer, ohne Ausnahme, denn ihre Version von nichts Großes bezieht doch immer den Partner mit ein, und allein aus diesem Grund unterscheidet sich dieser Abend von jedem anderen, da ja der Partner zumindest ein *bisschen* Aufhebens um die Sache macht.

Wenn also Kollegen oder Freunde mich fragen, was ich an meinem Geburtstag mache, ob ich etwas Schönes vorhabe, weiß ich nie, was ich antworten soll, außer: »Ach, nichts Besonderes, denke ich.«

Was ich ihnen schlecht sagen kann, ist Folgendes: »Ich werde den Tag allein verbringen. Wahrscheinlich muss ich noch Wäsche aufhängen. Vielleicht bestelle ich mir was zu essen. Dann werde ich durch die sozialen Medien scrollen und mich bei den Leuten bedanken, die mir per Nachricht zum Geburtstag gratulieren.«

Wie traurig hört sich das an?

Nun, es ist ein Klischee, dass der Valentinstag der schlimmste Tag für Singles ist, aber da muss ich widersprechen. Weihnachten steht wahrscheinlich an zweiter Stelle auf der Liste, aber auch da muss ich widersprechen. Es ist schön, wenn man den Valentinstag mit jemandem verbringen kann – man hat dann eine gute Ausrede, um besonders schick essen zu gehen oder was auch immer –, aber letztlich ist es einfach nur ein irgendein Tag, und selbst meine Freunde in Langzeitbeziehungen scheinen sich nicht besonders dafür zu interessieren. Und was Weihnachten betrifft – da gibt es Verwandte, mit denen man den Tag verbringen kann, also ist das auch in Ordnung.

Aber mein Geburtstag?

An dem Tag fühle ich mich einsamer denn je.

Es ist ja immer etwas schwierig, mit meinen Freunden Pläne zu machen: Sie wohnen weit weg, wir haben alle Jobs und Wochenendpläne, die wir unter einen Hut bringen müssen, wobei sie natürlich meist mehr Pläne haben als ich.

Wie auch immer, jetzt ist es eindeutig zu spät, um mit ihnen etwas für meinen Geburtstag zu planen.

Der letzte Monat ist wie im Fluge vergangen. Auf der Arbeit lief alles wie am Schnürchen (glücklicherweise ohne weitere Katastrophen), Lena bat uns, mit ihr in Bath Brautkleider anzusehen, ich habe wieder meine neue Baby-Cousine besucht … Und ich hatte ein paar Nicht-Dates mit Harry.

Jetzt ist plötzlich fast Ende Oktober … Ich habe Geburtstag und feiere ihn nicht.

Ich hätte rechtzeitig Leute einladen sollen. Zwar fällt mein Geburtstag dieses Jahr auf einen Donnerstag, und an einem Donnerstag feiert sowieso niemand, aber wenigstens hätte ich mich dann auf das Wochenende freuen können. Doch Tally macht irgendwas mit Sam, Lena ist wieder mit Hochzeitsvorbereitungen beschäftigt, und ich habe immer noch zu viel Angst vor Frankie Zwei, um meinen Frankie zu fragen, ob er Lust hat, etwas zu unternehmen. Jessica und Conor genießen nach wie vor ihren »Nach-Hochzeits-Siebten-Himmel« (als ob sie das nicht schon lange genug täten), und Nadine hat bis das Baby da ist Bettruhe verschrieben bekommen. Auch auf den Rest meiner Familie kann ich mich nicht verlassen: Tante Dawn und Janine fahren mit Baby Poppy zu Janines Familie, Mum ist wieder außer Landes, und sogar Dad und Camilla haben beide schon Pläne. Camilla verzeihe ich das, denn sie kümmert sich um Nadine, aber Dad hat ein verdammtes *Date*. Ich bin sechsundzwanzig und an meinem Geburtstag allein, und selbst mein Vater hat keine Zeit, weil er auf ein Date geht. Duncan ist auch nicht besser – er ist gerade mit jemandem *zusammen*, und damit ist auch die letzte Chance, mich mit jemandem zu treffen, dahin.

Mein Schicksal war besiegelt, als Harry sagte, dass er wieder beruflich verreist sei. Ein toller Pseudofreund, der mich im Stich lässt, wenn ich ihn am nötigsten brauche.

Das Ganze ist eine wirklich traurige Angelegenheit.

Zu allem Übel habe ich heute auch noch meinen freien Tag.

Und nichts zu tun.

Theoretisch weiß ich, dass ich mich über den Tag freuen sollte. Einer der (sogenannten) Vorteile in meinem Job ist, dass man an seinem Geburtstag – oder am darauffolgenden Freitag, wenn dieser auf ein Wochenende fällt – einen zusätzlichen freien Tag bekommt. Objektiv gesehen ist das großartig. Aber im Moment denke ich, dass ich den freien Tag lieber zu einem anderen Zeitpunkt nehmen würde und heute gerne im Büro wäre.

Schließlich ist Donnerstag. Was zum Teufel soll ich an einem Donnerstag tun? Was macht irgendjemand an einem beliebigen Donnerstag? Es ist ja nicht einmal kurz vor Weihnachten, denn dann könnte ich mich zumindest mit Weihnachtseinkäufen ablenken. So aber ist dieser freie Tag nutzlos.

Besser gesagt schlimmer als nutzlos, weil er mich wieder daran erinnert, wie schrecklich und unendlich einsam ich bin.

Kein Wunder also, dass ich am einundzwanzigsten Oktober, einem wolkenverhangenen, nieseligen Donnerstag, aufwache und mich miserabel fühle. Erschöpft und mürrisch. Und selbst als ich zum Telefon greife, weil mir bestimmt schon ein paar Leute einen schönen Tag gewünscht haben, blicke ich finster drein.

Und ich habe recht, was meine Stimmung natürlich nicht hebt. Da ist eine E-Mail von Camilla mit einem Gutschein für LUSH; Tally und Frankie haben mir gratuliert. Jessicas Freundin Lydia vom Junggesellinnenabschied hat auf meine Facebook-Pinnwand gepostet und Frankie Zwei auch. Siobhan hat ein paar enthusiastische »HAPPY BIRTHDAY!!!!«-Nachrichten in Großbuchstaben auf Instagram geschickt mit dazu passenden GIFs.

Es ist erst acht Uhr – ich hatte vergessen, meinen Wecker auszuschalten – und da ich nirgendwo hinmuss und nichts zu tun habe, möchte ich einfach wieder einschlafen, denn dann wäre ich wenigstens nicht mit der schmerzhaften Tatsache konfrontiert, mit niemandem feiern zu können.

Es ist nicht ihre Schuld, dass sie keine Zeit haben, das weiß ich. Die meisten wohnen recht weit entfernt, allerdings kommt es mir so vor, als wären wir nicht nur örtlich voneinander entfernt.

Natürlich hellwach strecke ich mich unter den Laken wie ein Seestern aus, die Arme zu beiden Seiten weit ausgebreitet.

Ich frage mich, wie es wohl ist, jeden Morgen neben jemandem aufzuwachen. Aufzuwachen und zu wissen, dass jemand da ist, immer und nicht nur nach einer gemeinsamen Nacht, bevor die ganze Sache wieder im Sande verläuft. Ich frage mich, wie es ist, aufzuwachen und zu wissen, dass man einfach ... mit jemandem *zusammen* ist.

Bevor ich es verhindern kann, schleicht sich ein kleiner Tagtraum in meinen Kopf – ich stelle mir vor aufzuwachen, und jemand neben mir sagt »Guten Morgen« und »Hey, alles Gute zum Geburtstag, Sophie«, da ist die Wärme eines Körpers und ein Geruch auf dem Kissen neben meinem, dann steht er auf, um seinen Tag zu beginnen, aber nicht, bevor er mir eine Tasse Tee bringt oder fragt, ob er mir einen Toast machen soll.

Gott, das will ich. Diese Nähe, diese Vertrautheit, diese Zugehörigkeit.

Es ist bestimmt wunderschön.

Stattdessen liege ich unter der Bettdecke und frage mich, ob die Bagels inzwischen verschimmelt sind, denn ich habe vergessen, sie einzufrieren, während mein Telefon wieder piept, aber diesmal ist es nur eine Junk-Mail.

Ich habe nicht einmal eine Geburtstagstorte. Wer kauft sich schon selbst eine Geburtstagstorte, wenn er sie mit niemandem teilen kann? Es ist so ein kleines, dummes Detail, das keine Rolle spielt, sich aber plötzlich so groß und entsetzlich anfühlt, dass ich sogar weinen muss. Natürlich habe ich keine Torte. Soll ich etwa ein paar Kerzen in eine Biskuitrolle stecken, mir selbst »Happy Birthday« vorsingen, mir etwas wünschen und dann ein einsames Stückchen essen? Na klar.

Ich kuschle mich in die Kissen und schließe eine Weile die Augen, in der Hoffnung, wieder einschlafen zu können.

Was nicht funktioniert, und irgendwann piept mein Telefon wieder. Diesmal ist es eine nette Nachricht von meiner Mutter, die mir einen schönen Tag wünscht und mir Geld schickt, damit ich mir was kaufen kann. Ich schreibe meine Antwort x-mal um, bis sie nach einer Mischung aus brutal ehrlich und lässig optimistisch klingt.

Danke, Mum! Um ehrlich zu sein, werde ich den Tag wohl im Bett verbringen, lol. Vielleicht haue ich so richtig auf den Putz und bestelle Chinesisch. Oder ich gehe shoppen, um mein Geburtstagsgeld auszugeben.

Das klingt schon besser!!! Du kannst nicht den ganzen Tag in der Wohnung herumhängen. Warum gehst du nicht shoppen und gönnst dir ein nettes Mittagessen? Xxx

Weil alle meine Freunde arbeiten und nicht einfach für ein paar Stunden abhauen können, um mit mir essen zu gehen?

Warum müssen deine Freunde dabei sein? Geh einfach allein essen. Xxx

Mum, nein. Das wäre echt eigenartig. Das werde ich nicht tun.

Warum nicht? Xxx

Eine Zeit lang starre ich ungläubig auf ihren »Warumnicht«-Text. Ich finde keine Antwort, weil es Hunderte Gründe gibt, doch jedes Mal, wenn ich sie benennen will, läuft es letztlich nur wieder auf »es wäre echt eigenartig« hinaus. Ich meine, es war *grässlich*, als Jaxon mich im Restaurant sitzen ließ, nachdem ich Schluss gemacht hatte; niemals hätte ich dort allein essen können.

Für sie ist so etwas kein Problem, sie macht das ständig. Da sie beruflich so viel unterwegs ist, muss sie allein in Hotelrestaurants essen oder hungern. Aber das ist etwas anderes. Auch wenn ich nicht genau erklären kann, warum.

Also antworte ich ihr einfach nicht mehr.

Für jemanden wie Mum wäre so ein Tag ein Geschenk. Ein ganzer Tag, an man nichts zu tun hat, ein normaler Wochentag für einen ganz allein! Ich könnte alles Mögliche tun. Ich könnte die Wohnung verlassen und den Tag verbringen, wie immer ich will.

Aber so jemand bin ich nicht.

Ich schicke den Mädchen einen Screenshot meines Nachrichtenaustauschs mit Mum und weiß, dass sie mir recht geben werden. Sie werden das ebenfalls eigenartig finden. Tally antwortet schnell – sie schreibt, dass sie unter einem Berg von Arbeit begraben sei, mich heute wirklich gern gesehen hätte und es ihr leid tut – und als Lena sich zu uns gesellt, bin ich schon aufgestanden und in die Küche gestapft, um die Frühstückssituation zu klären.

Meine Freundinnen, die Verräterinnen, ergreifen Mums Partei. Zwar stimmen sie mir zu, dass es sich eigenartig anfühlen wird, etwas alleine zu unternehmen, aber dann schreiben sie auch: »Warum denn nicht?«

Ich schweige so lange im Chat, bis ich deutlich gemacht habe, dass ich ihre Ermutigungen nicht wirklich schätze, denn schließlich schlägt Tally vor, ein paar Termine zu verschieben, damit wir zusammen ins Kino gehen und einen Film sehen können, den wir schon lange im Auge haben. Ich kann das Angebot gar nicht schnell genug annehmen – auch wenn meine Erleichterung einen bitteren Beigeschmack hat, weil mir klar ist, wie verzweifelt und deprimiert ich geklungen haben muss, wenn sie mir so ein Angebot macht.

Der Film beginnt erst um kurz nach vier Uhr, ich habe also noch den ganzen Tag Zeit und nichts zu tun.

In der Küche warte ich darauf, dass mein (zum Glück nicht verschimmelter) Bagel aufgeht, und starre auf Lenas letzte Nachricht. Sie fragt, was ich heute gerne tun würde, wenn ich es mir aussuchen könnte. Wenn meine Freunde bei mir wären.

Und die ehrliche Antwort ist … Ich weiß es nicht. Ich bin so daran gewöhnt, mich nach den Terminkalendern von anderen zu richten, dass ich mich nicht mehr daran erinnern kann, wann ich mir das letzte Mal wirklich Zeit für mich genommen habe.

Lena schreibt: »Verabrede dich mit dir selbst, Soph.«

Und Tally meint: »Ja! Das hast du dir verdient!«

Und im Ernst.

Vielleicht mache ich das.

Plötzlich von der Idee berauscht, mich selbst zu einem Date einzuladen, lege ich mir eine Gesichtsmaske auf, lackiere mir die Nägel und föhne mir die Haare. Mit dem Schminken gebe ich mir etwas mehr Mühe, als ich es normalerweise an einem Arbeitstag tun würde. Als ich fertig bin, ist es fast Mittag. Bevor ich die Nerven verlieren und es mir anders überlegen kann, bin ich schon aus dem Haus und fahre mit dem Bus in die Stadt.

Ein oder zwei Stunden lang schlendere ich durch die Geschäfte, löse meinen LUSH-Gutschein ein und gebe einen Teil meines Geburtstagsgeldes für ein hübsches Kleid und ein neues Buch aus – einen Fantasy-Liebesroman, von dem auf TikTok in letzter Zeit immer wieder geschwärmt wird.

Dann habe ich noch eine halbe Stunde Zeit, bevor ich mich auf den Weg zum Kino machen muss, um Tally zu treffen. Ich gehe in ein kleines Café, das ich schon lange mal ausprobieren wollte, und rede mir gut zu.

Du schaffst das, Sophie. Du bist kein Kind mehr. Du bist eine sechsundzwanzigjährige Frau mit einem Job und einer Wohnung, da kannst du doch wohl allein einen verdammten Kaffee bestellen.

Wobei es weniger darum geht, ihn zu bestellen – schwieriger scheint mir die Vorstellung, mich allein an einen Tisch zu setzen. Ich habe Angst, die Leute könnten denken, dass ich auf jemanden warte und versetzt worden bin. Ich habe Angst, dass es so aussieht, als würde ich anderen den Tisch wegnehmen. Ich habe Angst, dass ich nicht wie eine Frau wirke, die einfach allein Kaffeetrinken geht, und dass sie mich anstarren und sich fragen, was zum Teufel ich hier eigentlich zu tun gedenke.

Erst als ich an einem Tisch in der hintersten Ecke sitze und nachdem ich ein paar Minuten mit meinem Kürbisgewürz-Latte und dann mit meinem Telefon herumgespielt habe, wird mir klar, dass ich die perfekte Entschuldigung – das perfekte Werkzeug – bei mir habe. Ich kann meinen Besuch hier absichtsvoll und ganz normal aussehen lassen.

Also ziehe ich das Buch, das ich gerade gekauft habe, aus der Waterstones-Tragetasche und lege es auf den Tisch. Dann schaue ich mich um und erwarte schon fast, dass jemand auf mich zukommt und sagt, ich solle aufhören, alle zu verarschen, und verschwinden. Ich bin nicht die Hauptfigur in einem idealisierten, romantisierten Instagram-Cut-Reel mit kontrastarmem Filter und daruntergelegten Lo-Fi-Beats. Wenn überhaupt, dann bin ich die schrille beste Freundin, die gelegentlich als Nebenfigur auftaucht und alles tut, um sich in Szene zu setzen, um später nicht vollkommen vergessen zu werden.

Da mich überhaupt niemand zu bemerken scheint, schlage ich das Buch auf und beginne mit klopfendem Herzen zu lesen.

Den ersten Absatz muss ich etwa achtmal lesen, bis sich meine Nerven endlich beruhigt haben; danach dauert es nicht lange, und ich bin ganz und gar in die Geschichte hineingezogen.

Es ist ja nicht so, dass ich noch nie allein unterwegs war oder dass ich immer jemanden brauche, der mir die Hand hält, aber das hier fühlt sich … Es ist neu und ungewohnt. Es überschreitet definitiv alle meine Grenzen und widerspricht allen meinen Vorstellungen, und doch kann ich mir nach wie vor nicht genau erklären, *warum* ich es so falsch finde.

Die Mädchen hatten recht – wenn ich etwas tun will, warum tue ich es dann nicht einfach?

Andererseits ist es nicht fair, dass sie immer jemanden haben, der mit ihnen in ein Restaurant oder ins Kino geht, dass sie nie allein Kaffeetrinken gehen müssen. Es ist nicht *fair*.

Warum kann ich diese Dinge nicht allein tun?

Warum bin ich so sicher, dass ich es nicht kann? Ich meine, niemand schenkt mir und meinem Kaffee und meinem Buch auch nur einen zweiten Blick. Und das wäre bei einem Drei-Gänge-Menü vielleicht dasselbe.

Ich ärgere mich immer über all das, was ich ohne Freund nicht tun kann, aber …

Aber, nun, vielleicht kann ich es ja doch.

Ich will nicht behaupten, dass ich mich wirklich amüsiere, aber als ich meinen Kürbisgewürz-Latte ausgetrunken habe und am Ende eines Kapitels angelangt bin, markiere ich die Seite mit der Quittung der Buchhandlung und bin stolz auf mich.

Im Kino kaufe ich zwei Karten für das Historiendrama, das Tally und ich uns unbedingt ansehen wollen, dann nehme ich mein Handy heraus, um sie wissen zu lassen, wo ich bin.

Meine Nachricht bleibt ungelesen, aber das ist okay. Tally wird mich schon finden. Sie ist wahrscheinlich bereits auf dem Weg und schaut nicht auf ihr Handy. Der Film fängt erst in zehn Minuten an, es ist also noch genug Zeit – und es laufen vorher sowieso noch fünfzehn oder zwanzig Minuten lang Trailer.

Doch zwei Minuten vor Vorführungsbeginn wird mir etwas mulmig zumute.

Drei Minuten danach starrt mich der Platzanweiser so intensiv an, dass ich ihn nicht länger ignorieren kann und so tun muss, als würde ich ihn und sein mitleidiges Stirnrunzeln erst jetzt bemerken.

»Wurdest du versetzt?«

»N-nein! Nein, es ist nur – meine Freundin verspätet sich ein bisschen. Sie kommt schon noch.«

Oh Gott! Das schlimmste Szenario wird wahr: *Ich wurde versetzt.* Wer würde seiner besten Freundin so etwas antun? Was für ein Geburtstagsgeschenk ist diese sehr spezielle Art der Folter?

Sieben Minuten, nachdem der Film begonnen hat, kommt endlich eine Nachricht von Tally.

Tallulah King

Babe! Es tut mir SO leid, auf der Arbeit war es heute furchtbar hektisch, und jetzt haben wir einen kleinen Notfall, ich kann nicht früher gehen – ich steckte den ganzen Tag in Meetings fest und habe total vergessen, dir Bescheid zu sagen! Ich bin schrecklich. Ich mache es wieder gut, versprochen xxx

Sie lässt mich im Stich. Meine beste Freundin, meine einzige Hoffnung für den heutigen Tag, hat mich versetzt.

Und was noch schlimmer ist: Ich habe die Tickets schon gekauft. Mein Magen verknotet sich angesichts des verschwendeten Geldes, ich drücke die kleinen Papiertickets fester zusammen.

Der Platzanweiser, der mich die ganze Zeit beobachtet hat, fragt: »Sie kommt also nicht?«

»Nein«, stoße ich hervor, unfähig, ihn anzusehen.

Aus dem Augenwinkel bemerke ich, wie er mit den Schultern zuckt und mir die Hand für die Eintrittskarte hinhält. »Dann kannst genauso gut reingehen. Wahrscheinlich erwischst du noch ein paar Trailer.«

Reingehen?

Allein? Das kann er doch nicht ernst meinen. Ich kann doch nicht …

Ich *kann*.

Ist doch keine große Sache. Genauso wie vorhin, als ich allein Kaffee getrunken habe. Ich schaue mir ständig allein Filme an, zugegebenermaßen auf dem Sofa in meiner Wohnung, aber trotzdem. Es ist nur ein Film. Und es ist sowieso dunkel. Es ist nur ein Film, und er dauert nur ein paar Stunden, und – verdammt noch mal, brauche ich wirklich einen *Mann*, um mir einen Film anzusehen? (Oder, gut, in diesem Fall, Tally, die leider zu beschäftigt ist, um ihn mit mir zu sehen.)

Ich raffe die Reste meines Mutes von heute Morgen zusammen, drücke dem Platzanweiser meine Eintrittskarte in die Hand und mache mich auf den Weg, bevor ich es mir anders überlegen kann. Als ich meinen Platz gefunden habe, werfe ich einen kurzen Blick auf die anderen Anwesenden – einige sind auch allein – und niemand, wie ich feststelle, sieht mich an.

Es ist ihnen egal, wie mir plötzlich klar wird. Diese Leute, diese Fremden, scheren sich einen Dreck um mich. Es ist ihnen egal, ob ich allein hier bin oder ob ich Geburtstag habe oder warum ich diesen Film sehen will oder warum ich an einem Donnerstagnachmittag nicht arbeite oder was auch immer – ich bin hier wirklich nicht die Hauptperson, sondern lediglich ein Hintergrundgeräusch in ihrem Leben. Ich bin ein Nichts für sie – genau wie sie für mich.

Vielleicht sollte das ein deprimierender Gedanke sein, vor allem heute an meinem Geburtstag, da ich mich doch sowieso schon so verdammt einsam fühle, aber es hat genau den gegenteiligen Effekt.

Niemand kümmert sich um mich oder darum, wie ich meinen Tag verbringe.

Das ist verdammt befreiend.

So sehr, dass ich auf dem Heimweg bei Marks & Spencer anhalte und eine Geburtstagstorte kaufe, nur für mich.

29. KAPITEL

»Ist dieser Platz besetzt?«

Ja, offensichtlich, du Idiot. Oder meinst du, ich habe ein halb ausgetrunkenes Bier bestellt, damit es so aussieht, als wäre ich nicht allein?

Die Bar, in der ich mich befinde, bewegt sich auf dem schmalen Grat zwischen gut beleuchtet und schummrig, was ihr einen Hauch von Intimität verleiht. Die Musik ist ein bisschen zu laut, weshalb alle lauter reden müssen, und dadurch scheint der Laden voller zu sein, als er tatsächlich ist.

Ich schenke dem Mann, der sich mit einer Hand auf den freien Hocker an meinem Tisch stützt, nicht viel Beachtung: »Ich bin mit jemandem hier, danke.«

»Oh. Entschuldigung. Alles klar.«

Er geht weg und bleibt an einem anderen Tisch in der Nähe stehen, an dem sich drei Mädchen angeregt unterhalten. Ich rümpfe angewidert die Nase. Kann er es nicht einfach gut sein lassen? Merkt er nicht …

Sie nicken ihm zu, und er nimmt den vierten leeren Hocker von ihrem Tisch und trägt ihn zur Bar, wo seine Freunde sitzen.

Oh. Okay, mein Fehler.

Es ist der Samstag nach meinem Geburtstag, und inzwischen hat sich die Einsamkeit wieder eingeschlichen, zusammen mit dem Unmut darüber, dass meine Freunde und meine Familie an diesem Wochenende »bessere« Pläne haben. Die Kraft, die mir mein (wenn auch ungewollter) Alleingang gegeben hat, ist völlig verflogen, und der Schmerz, von meiner eigenen besten Freundin versetzt worden zu sein, hat die Oberhand gewonnen. Die Einsamkeit hinterlässt ein flaues Gefühl in meinem Magen – das allerdings auch daher rühren könnte, dass ich die ganze Geburtstags-Schokocreme-Biskuitrolle allein verdrückt habe.

Egal, heute Abend habe ich ein richtiges, echtes Date.

Na ja. Nicht … *ganz*, denn es ist handelt sich nur um Harry. Der betrügerische Bald-Geschiedene, der diese Woche fünfhundert Pfund beim Wetten auf ein Fußballspiel verloren hat (man stelle sich vor, so viel Geld zu verlieren! Ich war schon verbittert wegen der zwanzig Tacken für Tallys Kinokarte) und mit dem ich eigentlich gar nicht ernsthaft zusammen sein will. Trotzdem waren wir essen und sind jetzt in einer Bar, um etwas zu trinken, weil wir uns gut amüsieren und der Abend nicht so schnell zu Ende gehen soll.

Nur weil ich nichts Festes mit ihm haben will, heißt das ja nicht, dass ich ihn nicht mag und wir keinen Spaß miteinander haben können.

Und mit Harry Zeit zu verbringen, macht eine Menge Spaß.

Vielleicht ist es reiner Selbsterhaltungstrieb, über nichts Ernsthaftes mit ihm nachzudenken, weil ich weiß, dass er nicht nach so etwas sucht. Soweit es ihn betrifft, ist die Sache mit uns amüsant und zwanglos und für beide Seiten vorteilhaft.

Außerdem: Er ist ein Katzenmensch. Sein Lieblingskuchen ist Karottenkuchen. Er hasst den Geruch von geschmolzenem Käse. Es würde nie funktionieren.

»Alles klar?«

Harrys Stimme reißt mich aus meinen Gedanken, als er sich wieder auf seinen Hocker setzt, nachdem er von der Toilette zurückgekehrt ist. Er grinst mich an, und wenn er mich so ansieht, werden all meine Vorbehalte gegen ihn hinweggefegt.

Ich frage mich, ob er immer so gut aussieht. Bestimmt, oder? Jedes Mal, wenn wir uns treffen, ist er atemberaubend attraktiv. Wie viele Stunden er wohl investiert, um derart mühelos gut auszusehen? Stylt er sein Haar absichtlich so, dass es nur ein kleines bisschen unordentlich aussieht und einen einlädt, mit den Fingern hindurchzufahren? Hat er sich überlegt, welches Hemd er anziehen soll, oder hat er sich einfach irgendeins geschnappt, weil er weiß, wie sexy er aussieht, wenn er einen Knopf zu viel offen lässt, egal, welches er trägt?

Seine Sommerbräune ist inzwischen verblasst. Ich kann die Sommersprossen auf seinem Nasenrücken ausmachen. Um den vierten Finger seiner linken Hand verläuft eine schwache Linie, wo früher sein Ehering war.

Wir kommen sofort wieder ins Gespräch. Noch immer fühle ich nicht den geringsten Druck in seiner Gegenwart, nichts von dem, was wir uns erzählen, zieht Konsequenzen nach sich – was mir nur noch deutlicher macht, wie ungezwungen die Sache zwischen uns ist. Ich habe ihm alles über Tallys fürchterlichen Verrat erzählt und dass ich meinen Geburtstag allein verbrachte … dass ich es am Ende sogar ein klein wenig genoss und nicht fassen kann, wie lange ich brauchte, um einmal allein Kaffeetrinken zu gehen. Er erzählt mir, dass seine Ex-Frau versucht, ihm die Katze wegzunehmen, die ihn sowieso nicht leiden kann, weshalb es ihm egal sein sollte, was es aber irgendwie nicht ist, und er sagt, dass er neulich stundenlang wegen der verdammten Katze geweint hat.

Ich glaube nicht, dass es um die Katze ging.

Weil Harry immer so unbeschwert und lustig ist, wenn wir uns sehen oder schreiben, vergesse ich meistens, dass er seine eigenen Probleme hat. Ich sehe seine Junggesellenwohnung im zwanzigsten Stock mit ihren minimalistischen, klaren Linien, der teuren Kaffeemaschine in der Küche, dem Ledersofa mit niedriger Rückenlehne und den Glasmöbeln, die zur Wohnung gehörten, dem beheizten Fußboden im Bad, und ich denke – der Typ hat es geschafft. Ich weiß nicht, wie er früher gelebt hat, aber er spricht manchmal von »unserem Haus«; Louisa, die Ex, wohnt jetzt dort.

Ich frage mich, wie es aussah. Hatten sie ein Gästezimmer, das später das Schlafzimmer ihres zukünftigen Kindes werden sollte? Gab es einen Fernseher und eine gemeinsame DVD-Sammlung? Hat er am Wochenende den Rasen gemäht, während sie Blumen pflanzte und ihre Katze in der Sonne döste?

Es ist nicht leicht, sich diesen impulsiven, lächelnden Mann so vorzustellen. Sesshaft und ernst. Der so unbedingt seine Traumzukunft anstrebte, dass er sich in eine Ehe stürzte, die er eigentlich gar nicht wollte.

Ich weiß, dass er das letzte Jahr seiner Beziehung bereut, den Antrag, die Hochzeit und das Fremdgehen. Ich weiß, dass er nicht darüber hinweggekommen ist, dass Louisa mit seinem Bruder geschlafen hat, und ich weiß, dass er noch immer die Nachrichten seines Bruders und die Anrufe seiner Mutter ignoriert. Manchmal sehe ich die Trauer in seinem Gesicht, wenn er darauf wartet, dass die Benachrichtigung verschwindet, und wie er dann direkt zu einer seiner Wett-Apps wechselt – so wie ich Dating-Apps öffne, wenn meine Freunde keine Zeit für mich haben. Ich weiß, dass er diese »neu entdeckte Freiheit«, die »Alte los zu sein« (seine eigene, sehr peinliche Wortwahl), auslebt, indem er sich in die Arbeit stürzt oder sich mit seinen Kumpels zu heftigen Saufgelagen trifft.

Oder mich anruft. Jedes Mal, wenn ich von Harry höre, durchfährt mich ein Kribbeln, und ein Teil von mir wünscht, dass unsere zwanglosen Treffen etwas verbindlicher wären … Aber so leicht ich es auch vergessen könnte, ist mir doch klar, dass er sich mit mir trifft, wenn er einsam ist und nicht weiter weiß. Und da ich mich normalerweise in der gleichen Situation befinde, funktioniert das auch gut.

Dass er stundenlang wegen einer Katze weint, die ihm in die Schuhe gekotzt hat, finde ich verblüffend. Ich kann mir nicht vorstellen, dass der Harry, den ich kenne, so etwas tut. Was hat er früher wohl zum Spaß gemacht, bevor sein Leben auseinanderfiel und die Zukunft, an die er sich geklammert hatte, um ihn herum zerbröckelte?

Fast hätte ich ihn danach gefragt, aber er trinkt einen Schluck Bier und sagt: »Da kann ich mich wohl auf all das freuen.«

Harry deutet mit einer vagen Geste auf mich.

Und obwohl ich weiß, dass er von etwas anderem redet, scherze ich: »Wow, so umwirbt man eine Dame. Wenn Sie so weiterflirten, Mister, haben Sie in Nullkommanix eine brandneue Affäre.«

Er lacht. »Du weißt, was ich meine. Das *alles*. Dieses ... Dinge allein unternehmen.«

»Oh. Das.«

»Geburtstage und ... und, *verdammt*, Weihnachten ... Oh mein Gott«, stöhnt er und vergräbt den Kopf in den Händen. »Was mache ich nur an Weihnachten?«

»Kannst du nicht mit deinen Eltern feiern?«

»Was, wo dann mein Bruder mit seinen Kindern auftauchen wird? Ja, genau. Toll. Ich kann es kaum erwarten. Vielleicht ... Vielleicht sollte ich über die Feiertage wegfahren. Einfach irgendwo hinfliegen. Es ist bestimmt nicht so schrecklich, allein zu sein, wenn man in Antigua oder so ist, richtig?«

Er sieht mich an, als hätte ich all die Antworten.

Als müsste ich es wissen.

Als wäre ich Expertin für »Wie man Single und allein ist«.

Vielleicht bin ich das ja. Jedenfalls für »Wie man Liebe findet und glücklich ist« bin ich es sicher nicht.

»Wahrscheinlich«, ist alles, was ich sagen kann.

Harry starrt mich an, seine grauen Augen sind traurig, und ein weiterer schwerer Seufzer entweicht seinen Lippen, während er wieder nach seinem Bier greift.

Als Expertin für das Singledasein, wie meine beliebte Kolumne zu diesem Thema beweist, sollte ich versuchen, ihn ein wenig aufzumuntern.

Immerhin hat *er* das Abendessen bezahlt.

»Du könntest es als Chance sehen. Dich mit dir selbst verabreden. Mehr Raum in deinem Leben beanspruchen. Mach dich nicht klein, nur um zu anderen Menschen zu passen. Finde heraus, was du ohne Partnerin magst und wer du bist. Tu das, was du schon immer tun wolltest. Verbringe Weihnachten in Australien und genieße die Sonne und die Krabben am Strand, oder sieh dir die Nordlichter in Island an und fahr dann mit Freunden nach Schottland zum Hogmanay-Festival oder so was. Mach eine große Sache daraus, so wie du es machen würdest, wenn du noch mit Louisa zusammen wärst. Unternimm all diese tollen Dinge und genieße die Tatsache, dass du auf niemanden Rücksicht nehmen musst, dich nicht darum kümmern musst, was andere machen oder wo sie wohnen wollen. Ich meine, was hat das alles für einen Sinn, wenn man die ganze Zeit nur darauf wartet, dass man jemanden kennenlernt? Ich verstehe natürlich, dass man sein Leben *teilen* will, aber das ist was anderes. Scheiß drauf, flieg nach Antigua. Oder wenn du Weihnachten mit deinen Eltern verbringen willst, dann soll sich eben dein Bruder unwohl fühlen, weil *er* mit deiner Frau geschlafen hat. Sei einfach egoistisch. Hab Spaß. Finde heraus, was dir wichtig ist und – und tu es.«

»Mit mir selbst ein Date haben«, wiederholt er und nickt. »So wie du es am Donnerstag getan hast.«

Erst jetzt wird mir richtig klar, was ich gerade zu ihm gesagt habe.

Vielleicht bin ich ja *wirklich* eine Autorität, denn das war ein toller Ratschlag, einer, den ich in meiner Kolumne geben würde. Aber wann habe ich das jemals wirklich geglaubt oder etwas in dieser Richtung getan? In meinen Artikeln übertreibe ich ständig, beschönige die Ecken und Kanten meines Lebens und schütte meine dunkelsten Gedanken aus, indem ich Theorien aufstelle und Lösungen anbiete, die ich mir jeden Monat mehr oder weniger spontan ausdenke. Es ist alles übertrieben, ich bin dann eine andere – bessere, coolere, freimütigere – Version meiner selbst.

Wann habe ich mein Leben das letzte Mal wie ein großes Abenteuer behandelt, das nur mir gehört, statt zu glauben, dass ich es mit jemandem teilen muss, damit es überhaupt einen Wert hat?

Ich glaube, an meinem Geburtstag war es das erste Mal … überhaupt.

»Ja. Ja, so wie ich am Donnerstag. Genau so.«

»Oder ich könnte Weihnachten mit dir verbringen. Als dein Pseudofreund natürlich.«

Sein gelassener Tonfall wird durch die plötzliche Anspannung in seinen Schultern und die Tatsache, dass er mir nicht in die Augen sehen will, Lügen gestraft.

Zwar ist Weihnachten noch eine gefühlte Ewigkeit entfernt, doch ganz sicher werde ich dann unversehens wieder mit meiner Familie und den Familien meiner Schwestern am Tisch sitzen und das Gefühl haben, dass wieder ein Jahr vergangen ist und ich einen Scheißdreck dafür vorzuweisen habe.

»Ich werde darauf zurückkommen«, antworte ich. Ursprünglich wollte ich bis dahin mit ihm »Schluss gemacht« haben, aber … »Vielleicht ist das gar keine so schlechte Idee.«

Er versucht – und scheitert –, nicht allzu erfreut zu wirken. »Vielleicht ist diese ganze ›Such dir einen Kerl, der so tut, als wäre er dein Freund‹ der neue Weg nach vorne. Das könnte dein nächster Artikel werden. Für dich läuft es ja auf jeden Fall gut genug: Aus dieser einmaligen Sache wurde ein Typ, den du anrufen kannst, um mit ihm Geburtstagssex zu haben.«

»Deswegen habe ich dich *nicht* angerufen!«

»Oh, sicher.« Seine Augen glänzen silbern, während sich ein träges Lächeln auf seinem Gesicht ausbreitet. »Es ging immer nur ums Abendessen.«

Ich habe das Gefühl, dass er sich auch dann mit mir getroffen hätte, denn er scheint sich heute genauso verzweifelt nach Gesellschaft zu sehnen wie ich. Wir haben die ganze Zeit geflirtet, so wie immer. Man könnte ein Feuer entfachen mit den Funken, die fliegen, wenn wir zu lange Blickkontakt halten oder unsere Finger langsam über den Arm des anderen streichen lassen.

In diesem Moment sind unsere Beine unter dem Tisch verschränkt. Ich streiche mit dem Fuß an seiner Wade auf und ab, ohne es zu bemerken.

Als Antwort auf seine Bemerkung ziehe ich mich jetzt mit dem Fuß näher an den Tisch, neige den Oberkörper vor und hebe das Kinn. Sein Blick wandert zu meinem Hals, dann zu meiner Brust, und als er mir wieder ins Gesicht schaut, grinse ich ihn an.

»Genau. Nur Abendessen.«

Gut, ich bin nicht stolz darauf, aber ich genieße jede Sekunde auf der Taxifahrt zurück zu meiner Wohnung. Sobald wir die Bar verlassen haben, nicht beschwipst, aber berauscht von der Chemie zwischen uns, sind Harry und ich übereinander hergefallen. Auf dem Rücksitz des Taxis gleitet er mit der Hand unter mein Oberteil und schiebt meinen BH beiseite. Ich seufze, als er meinen Hals küsst, und klettere halb auf seinen Schoß.

Wir schaffen es … einigermaßen jugendfrei zu bleiben, bis wir aus dem Taxi steigen und vor dem Wohnblock stehen, in dem ich wohne. Die Vorfreude bringt mich fast um. Ich hoffe, dass die Wohnung einigermaßen ordentlich ist, verschwende aber keine Sekunde damit, mir darüber Gedanken zu machen; ich kann nur an eines denken, nämlich an die Packung Kondome, die ich vor ein paar Tagen gekauft habe, doch wo zum Teufel habe ich sie hingeräumt? Wie viel kostbare Zeit werden wir verlieren, um sie zu suchen?

Am Haupteingang gebe ich den Code ein, dann fallen wir küssend und an der Kleidung des jeweils anderen herumzerrend durch die schwere Tür, voneinander berauscht. Ich muss kichern, als er stolpert und wir beide fast hinfallen, und schlage blindlings gegen die Wand, wo sich der Aufzugsknopf befindet. Drinnen stürze ich mich wieder auf ihn. Harrys Hände wandern von meinen Hüften zu meinem Hintern, er zieht mich fest an sich heran; ich presse mich gegen seinen Körper, und ein leises Stöhnen entweicht seinem Mund, als ich ihn erneut küsse.

Der Aufzug hält, die Türen öffnen sich.

Wir taumeln hinaus, wobei er jetzt hinter mir ist. Er hat einen Arm um meine Taille geschlungen und dreht mich zu sich herum, und er küsst wieder mein Gesicht und meinen Hals und schiebt mein Haar aus dem Weg. Ich kichere, beschwere mich aber nicht – ganz bestimmt nicht – und krame in meiner Handtasche nach meinen Schlüsseln. Meine Hand stößt an den Geldbeutel, den Lippenstift, den er mir wahrscheinlich schon abgeküsst hat, und an mein Telefon, auf das ich den ganzen Abend über nicht ein einziges Mal geschaut habe.

Seine Hand gleitet von meiner Taille und wandert in meine Jeans, als …

»Sophie?«

Tallys Stimme zu hören, *genau hier*, direkt vor mir, ist, als würde ich in Eiswasser getaucht. Ich wende mich von Harry ab, der sich aufrichtet und hastig seine Hand zurückzieht.

Mein Magen verkrampft sich, aber nicht etwa, weil ich gerade mit der Hand eines Mannes in meiner Unterwäsche erwischt worden bin.

Ein paar Meter vor mir, mit aufgedunsenem Gesicht und blutunterlaufenen Augen, umgeben von einem Koffer, einem Seesack, einer Handtasche und einem prall gefüllten Rucksack, steht meine beste Freundin, und ich habe das schreckliche Gefühl, dass ich genau weiß, warum sie hier ist.

30. KAPITEL

Sam und Tally wurden kurz nach dem Studium an der Uni ein Paar. Sam ist etwa zwei Jahre älter und arbeitete damals als Webdesigner; inzwischen ist er bei einer Gamingfirma tätig. Jedenfalls lernten sie sich bei der Arbeit kennen, zwei Monate, bevor er in das andere Unternehmen wechselte, er hatte bereits gekündigt, als Tally ihren Job begann.

Sie glaubt, dass es Schicksal war, dass sie dazu bestimmt waren, sich zu treffen.

Tally sagt, Sam sei tiefgründig, er mache sich viele Gedanken über die Welt und ziehe seine eigenen Schlüsse. Auch geht er gerne seinen Hobbys nach; ihr gefällt, wie engagiert er ist und wie pragmatisch er das Leben meistert.

Ich meine, sie *muss* ja offensichtlich etwas in ihm sehen, nachdem sie seit etwa vier Jahren mit ihm zusammen ist.

Aber Sam ist auch ein grenzwertiger Frauenhasser (was meiner Meinung nach eher milde ausgedrückt ist. Er gehört zu diesen Arschlöchern, die niemals laut »das Falsche« sagen, aber doch gerade genug, dass man weiß, wie sie in Wahrheit denken). Er ist ein faules Muttersöhnchen: Zwar hat er gelernt, für sich selbst aufzukommen, hat aber beschlossen, es nie tun zu müssen. Er nutzt es aus, dass Tally es mag, wenn die Dinge genau so gemacht werden, wie sie es sich vorstellt, weshalb sie alles lieber gleich selbst macht. So behält sie die Kontrolle und fühlt sich wohler. Er verbringt zu viel Zeit damit, über seinen Job, sein Leben und seine Freunde zu reden, er stellt einem eine einzige Frage, um dann einen ganzen Monolog über irgendwelche belanglosen Dinge in seinem Leben zu halten.

Die Liste, warum ich Sam nicht mag, ist noch viel länger.

Aber das habe ich nie jemandem gesagt. Nicht Lena, nicht Frankie, nicht meiner Familie, niemandem – denn Tally ist meine beste Freundin, und er ist der Mann, den sie gewählt hat.

Sicher, er kocht eine wirklich tolle vegetarische Lasagne, und er gibt eine Menge Geld aus, um Tally schöne Dinge zu kaufen, weil, Zitat: er »gemerkt hat, dass Geschenke ihre Liebessprache sind«. Und weil sie sich solche Dinge nie selbst gönnen würde. Zudem kann er sehr gut singen und Klavier spielen – aber befinden wir uns vielleicht noch in der Regency-Ära, in der es wichtig war, dass der Ehepartner Klavier spielen konnte? Jetzt mal ehrlich.

Natürlich schimpfe ich nicht über ihn. Genauso wenig wie ich darüber schimpfe, wie teuer die Hochzeitssaison ist und wie scheiße ich es finde, dass ich zu all diesen Feiern und Veranstaltungen gehen und ständig Geschenke kaufen muss, ohne jemals etwas zurückzubekommen, da ich selbst nie an der Reihe sein werde.

Tally und Sam haben schon öfter gestritten, genauso wie Lena und Johnny. Genauso wie Jessica und Conor. Jeder streitet sich. Und bei der besten Freundin – ach was, bei *jedem* – muss man dann auf dem schmalen Grat wandern, zu ihnen zu halten, ohne den Partner ganz und gar schlecht zu machen.

Ich meine, Himmel, was, wenn ich Tally bei ihrem letzten Streit gesagt hätte, was ich von Sam halte? Schon am nächsten Tag hatten sie sich versöhnt und ihr gemeinsames Leben weitergeführt, und sie würde jetzt *wissen*, was ich von ihm halte. Zudem würde sie ihm wahrscheinlich erzählen, was ich gesagt habe, somit würde er es auch wissen. Irgendwann wüssten dann alle, wie blöd ich Sam finde, und es wäre immer dieser große Elefant im Raum, ich – und nur ich – hätte einen riesigen Keil zwischen Tally und mich getrieben. Genau so endete meine Freundschaft mit meiner Arbeitskollegin Magda in meinem alten Job; ich habe meine Lektion gelernt.

Also habe ich immer den Mund gehalten, größtenteils.

Schließlich bin nicht ich es, die tagein, tagaus mit Sam leben muss. Ich verstehe mich gut mit ihm, wenn wir aus irgendeinem Grund zusammentreffen. Den Rest der Zeit versuche ich nicht daran zu denken, wie sehr ich ihn nicht leiden kann oder dass Tally etwas viel Besseres als ihn verdient hat.

Das ist nicht meine Aufgabe, oder? Auch wenn ich ihre beste Freundin bin. Sie liebt ihn, und sie hat ihn sich ausgesucht, das sollte mir genügen. Es muss mir genügen. So ist es nun mal.

Aber jetzt steht Tally mit Gepäck und verheult vor meiner Tür, und daraus kann ich nur eine Schlussfolgerung ziehen.

Sie und Sam haben sich getrennt.

Oder sie haben sich zumindest so heftig gestritten, dass sie aus der gemeinsamen Wohnung ausgezogen ist und bei mir Zuflucht sucht.

Einen Moment lang starren wir einander an. Ich betrachte Tally mit einem flauen Gefühl im Magen; sie blickt zwischen mir und Harry hin und her; er sieht sie eine Weile an und dann mich, und ich weiß nicht, was ich sagen soll.

Mist. Das ist *Harry*. Mit dem ich seit Juni diese seltsame On-Off-Beziehung führe, und Tally hat keine Ahnung davon; sie denkt immer noch, dass dieser Mann mit seiner Hand in meinem Schlüpfer *Jaxon* ist, um Himmels willen, und das Ganze ist viel zu kompliziert, als dass ich es jetzt schnell erklären könnte.

Und dann bricht Tally in lautes, rotziges Schluchzen aus.

»Es tut mir leid!«, heult sie. »Es tut mir leid, Sophie, es war … Es war … Es ist nur … Ich musste weg und wusste nicht, wohin … Und du sagtest … Du sagtest, du hättest heute Abend nichts vor, also dachte ich, du wärst zu Hause, und ich dachte, ich k-komme her und …«

Sie fängt so heftig zu weinen an, dass der Rest ihrer Worte nur noch ein wirres Durcheinander ist.

Ich drehe mich zu Harry um. Die ganze Aufregung und Vorfreude ist verflogen; ich bin enttäuscht, aber das verblasst im Vergleich zu meiner Sorge darüber, in welchem Zustand Tally ist.

»Es tut mir wirklich leid«, sage ich, denn was soll ich sonst sagen?

Er schüttelt den Kopf und sieht ebenfalls enttäuscht aus, aber er akzeptiert die Situation. »Ist schon okay. Wir hatten trotzdem eine lustige Nacht, was? Kümmere du dich um deine Freundin, sie scheint dich zu brauchen.«

»Danke.«

Er gibt mir einen schnellen und freundschaftlichen Kuss auf die Wange. »Bis bald. Vielleicht kannst du das nächste Mal zu mir kommen, ich werde kochen. Und noch mal alles Gute nachträglich zum Geburtstag, Sophie.«

In diesem Moment stößt Tally einen erneuten Heulton aus und schreit: »Oh mein Gott, es ist dein Geburtstagswochenende, ich bin so eine miese Freundin!«

Ich winke Harry unbeholfen zu und lächle zum Abschied, bevor ich ihm den Rücken zukehre. Diesmal kann ich meinen Schlüssel in der Tasche problemlos finden. Tally redet weiter, als ich die Tür aufschließe, ihre Taschen aufhebe und sie in die Wohnung schiebe, wo sie in Ruhe weinen kann.

»Es tut mir leid, Soph, ich habe dein Wochenende ruiniert und … und ich habe dir den Abend mit diesem Dingsbums mit dem komischen Namen verdorben, du hast ihn mit nach Hause gebracht, um mit ihm Geburtstagssex zu haben, und jetzt hast du stattdessen mich am Hals und … und … Aber du bist nicht ans Telefon gegangen, und jetzt weiß ich auch, warum, aber …«

Ich stelle ihre Sachen im Flur neben der Eingangstür ab und drücke sie aufs Sofa. Dann ziehe ich ihr die Jacke aus, gebe ihr meinen Morgenmantel und mache eine Tasse Tee.

Während ich darauf warte, dass das Wasser kocht, werfe ich unauffällig einen Blick auf mein Telefon.

Verpasste Anrufe von Tallulah King (17)

Tallulah King
Gesendet um 20.03 Uhr.

Babe, bist du da?

Nimm ab

Bitte

SOS

Sophie

???????????

Notfall, wo bist du?

Tallulah King
Gesendet um 20.17 Uhr.
Ich glaube, Sam und ich haben uns gerade getrennt.

Mein Magen verknotet sich, die Margarita, die ich in der Bar getrunken habe, droht mir wieder hochzukommen. Meine beste Freundin hat mich gebraucht, mich wirklich gebraucht, und wo war ich? Ich habe getrunken und mit meinem Pseudofreund geflirtet.

Ich bin so eine schlechte Freundin.

In meinen Morgenmantel gehüllt und mit einer großen Tasse Tee in der Hand hört Tally lange genug auf zu weinen, um zu erzählen, was passiert ist.

Sie waren dabei, Kisten zu packen, das war ihr großer »Tagesordnungspunkt« an diesem Wochenende, denn sie gingen davon aus, dass der Vertrag für die gemeinsame Wohnung Ende des Monats unterschrieben sein wird.

Ein kleiner, wütender und verbitterter Teil von mir fragt sich, ob das *wirklich* so wichtig war, dass sie sich mit mir nicht einmal auf einen Kaffee treffen konnte, damit ich an meinem Geburtstagswochenende nicht allein bin? Ich bremse mich aber schnell wieder; es ist sowieso zu spät, und es gibt im Moment Wichtigeres. Außerdem ist sie so schon verzweifelt genug, da muss ich nicht auch noch meine Probleme bei ihr abladen, nur weil ich nicht in der Lage bin, allein zu sein – und auch nicht in der Lage, einen Freund zu finden.

Jedenfalls waren sie am Packen, und es gab ein paar kleine Streitereien. Brauchte er wirklich all diese Socken? Die Hälfte davon war sowieso durchlöchert. Er fand, sie besäße zu viele Tassen. Warum konnte sie sich nicht von den alten T-Shirts trennen, die sie noch aus der Unizeit hatte? Er wiederum sollte einsehen, wie lächerlich es war, an dem Stapel von Postern festzuhalten, die sie auch in der neuen Wohnung auf keinen Fall aufhängen würden.

Irgendwann drehte sich das Ganze, plötzlich wurde daraus ein handfester Streit und dann …

»Dann«, sagt Tally mit zitternder Stimme und frischen Tränen auf den Wangen, »sagte er, er wüsste nicht, warum wir gemeinsam eine Wohnung kaufen, wenn er nicht einmal wüsste, ob er überhaupt mit mir zusammen sein will.«

»Oh, Scheiße.«

Bis zu diesem Zeitpunkt war ich mir sicher, dass sie übertrieb. Ich dachte, die Sache sei aus dem Ruder gelaufen, und sie würde morgen früh einsehen, wie albern es gewesen war, und zu ihm zurückkehren, während ich froh sein konnte, nicht zu viel über ihn geschimpft zu haben.

Aber das …

Ja, denke ich und atme scharf durch die Zähne ein, ich glaube, das ist nicht so einfach rückgängig zu machen.

»Hat er wirklich gesagt, er sei sich nicht einmal sicher, ob er mit dir zusammen sein will?«

»Wortwörtlich. Ich habe ihn gefragt, warum wir dann zusammen eine Wohnung kaufen, und er hat gesagt, weil alle anderen es auch tun und weil wir seit fast fünf Jahren zusammen sind, dass er dachte, das wäre eben der nächste Schritt.«

»Wieso zum Teufel wollte er den ›nächsten Schritt‹ mit dir zu machen, wenn er nicht mit dir zusammen sein will?«

Tally schnieft und blickt traurig auf ihre Tasse hinunter. Sie flüstert: »Er hat gesagt, dass er sich nicht einmal mehr daran erinnern kann, warum wir überhaupt zusammen sind.«

»Wie bitte? Also … Was, du bist nur … praktisch für ihn? Er ist nur mit dir zusammen, weil er nicht weiß, was er sonst tun soll? Er kauft nur eine Wohnung mit dir, weil er es nicht übers Herz bringt, mit dir Schluss zu machen?«

»So einfach ist das nicht, Soph«, sagt sie und schnieft wieder, und das tut weh.

Es ist dieses *Du verstehst das nicht, weil du Single bist, weil du noch nie in einer Beziehung warst, du kannst es unmöglich verstehen.*

Ich beiße die Zähne zusammen und schlucke die Kränkung hinunter.

»Wir sind seit fünf Jahren zusammen. Wir wissen praktisch alles übereinander. Wir sind ein *Paar*. Es ist nicht so leicht, einfach Schluss zu machen. Alles ist so sehr miteinander verwoben, vor allem auf praktischer Ebene. Der Mietvertrag, die Wohnung, die wir kaufen wollten, die Kaution, die Rechnungen … Wir haben in den letzten fünf Jahren unser ganzes Leben umeinander herum aufgebaut. Natürlich gibt es nicht nur Sonnenschein und Regenbögen, und es ist auch keine ununterbrochen romantische Seifenblase. Es ist schon seit einer Weile angespannt, wir haben viel gestritten, aber … Aber ich dachte, das läge am Umzug und am Wohnungskauf! Es war so stressig, verstehst du? Aber wir lieben uns, und … Oder ich liebe ihn, und er hat mich geliebt, schätze ich, und …«

Tally bricht ab, die Worte bleiben ihr in der Kehle stecken, als ihr klar wird, dass ihr der komplette Boden unter den Füßen weggezogen wurde.

Ich könnte Sam in Stücke reißen, weil er ihr das antut.

»Hat er es gesagt? Dass er dich nicht mehr liebt?«

»Nicht direkt, aber so gut wie. Er hat gesagt, dass er so ein Leben zu zweit gewollt hat und es deswegen nicht beenden wollte und dass er mich *natürlich* liebt, dass es sich aber einfach nicht mehr so anfühlt wie früher. Und ich habe ihn gefragt, was das bedeutet, denn ich liebe ihn, und er hat irgendwie nur mit den Schultern gezuckt.« Jetzt zuckt sie mit hängenden Schultern und mürrischer Miene, was eine sehr gute Imitation von Sam ist. »Und er hat gesagt, er wisse es nicht, und wenn ich das nicht verstehe, wären wir vielleicht nicht am selben Punkt in unserer Beziehung.«

»Nicht am selben Punkt?«, rege ich mich auf, wie es jeder Mensch mit einem moralischen Kompass tun würde – und jede beste Freundin. »Ihr lebt zusammen! Ihr wolltet eine Wohnung kaufen und Ende des Monats einziehen! Ihr habt euch monatelang Wohnungen angeschaut, wochenlang mit den Anwälten verhandelt, an welchem Punkt der Beziehung war er denn da verdammt noch mal?«

Aber Tally weiß es nicht, und ich habe auch keine Antworten.

Ich beschließe, dass es trotzdem keine gute Idee wäre, jeden Nachteil an Sam aufzuzählen und damit praktisch eine PowerPoint-Präsentation nach dem Motto »Sämtliche Gründe, warum Tally etwas Besseres verdient als diesen Drecksack« zu geben – nur für den Fall.

Stattdessen lasse ich sie weinen und verschiedene Facetten des Streits immer wieder wiederkäuen. Ich koche mehr Tee und entdecke im Schrank ein paar Whiskypralinen, die wir uns teilen können. Dann sage ich ihr, dass sie bleiben kann, solange sie will, und dass sie sich keine Gedanken über mein Geburtstagswochenende machen soll, und reiche ihr dann die Taschentücher, als sie wieder weint und sich fragt, was sie tun soll, wenn es das *wirklich* war, für immer?

Irgendwann wird sie müde, und ich gebe ihr ein paar Decken und ein Kissen, bevor ich mich ins Bett lege und höre, wie sich meine beste Freundin wegen des Jungen, mit dem sie die letzten fünf Jahre ein Leben aufgebaut hat, in den Schlaf weint.

Ich beneide sie kein bisschen.

Der Sonntagmorgen bricht blass, kühl und grau an, ich wache davon auf, dass Tally ein Gespräch mit Sam beendet und wieder schluchzt.

Ein paar Minuten lang bleibe ich im Bett und überlege, wie ich mit all dem am besten umgehen soll.

Allerdings gibt es vermutlich keinen »richtigen« Weg, um Tally zu helfen. Es ist nicht an mir, ihre Beziehung zu kitten – und auch wenn ich weiß, wie glücklich sie mit Sam ist – vielmehr war –, weiß ich nicht, ob ich sie überhaupt kitten wollte. Ich denke, ich muss einfach nur für sie da sein.

Zumal ich ihr ja nun wirklich nicht viele Ratschläge geben kann, oder?

Ich habe Harry vielleicht einen Expertinnenrat über das Singledasein geben können, aber das ist es nicht, was Tally jetzt braucht. Ich stehe auf und gehe ins Wohnzimmer, um mich meiner besten Freundin und ihrem Liebeskummer zu stellen, bereit, alles für sie zu tun.

»Oh.« Schniefend wischt sie sich mit dem Handrücken über das Gesicht. »Hi. Tut mir leid. Ich wollte dich nicht aufwecken.«

»Schon okay. War das Sam?«

Als ob sie sonst jemandem am Telefon »Und was ist mit dem Hypothekenantrag?« ins Ohr brüllen würde.

»Ja.« Sie schnieft wieder. »Er will mit dem Umzug warten.«

»Was, so wie … verschieben?«

Tally verdreht die Augen, lässt die Wimpern flattern und legt die Stirn in Falten. Dann beugt sie sich vor, stützt die Ellbogen auf die Knie und vergräbt das Gesicht in ihren Händen.

»Er will die ganze Sache abblasen. Und ich … Ich habe … Ich habe gesagt, wir müssen darüber sprechen. Es klären, verstehst du? Jetzt, wo wir beide eine Nacht darüber geschlafen und einen klaren Kopf haben. Und er sagte, dass er so klar im Kopf ist wie schon lange nicht mehr. Und dass das Beste, was wir jetzt tun können, ist, auszusteigen, bevor es zu spät ist.«

Von wegen klarer Kopf. Wollen mal sehen, wie klar er denkt, wenn ich ihm mit seiner blöden PlayStation eins über den Schädel ziehe.

Wobei ich ihm zugestehen muss, dass er sehr pragmatisch an die Sache rangeht, etwas, das Tally so sehr an ihm liebt. Wenn sie einen Streit oder eine schwierige Phase oder eine Trennung durchmachen, was auch immer es ist, ist es natürlich das Beste, vom Kauf einer Wohnung zurücktreten, bevor sie sich dadurch zu fest aneinander binden und ihre Ersparnisse für die Hypothek und den Umzugswagen und was auch immer verschwenden.

Laut sage ich: »Und? Will er mit dir über alles reden? Versuchen, eine Lösung zu finden, auch wenn ihr nicht umzieht?«

»Ich weiß es nicht«, flüstert sie hinter ihren Händen. »Ich glaube … Gott, Soph, ich glaube, er hat sich schon entschieden. Er wird mich verlassen. Oder?«

Ich wünschte, ich könnte Nein sagen.

Ich wünschte, es wäre der richtige Zeitpunkt, ihr zu sagen, dass sie etwas viel Besseres haben kann.

Doch ich setze mich neben sie aufs Sofa und nehme sie in den Arm.

»Er wird nicht für uns kämpfen, oder? Er ist schon halb weg. Er hat sich *entschieden*. Und … Und der verdammte Dreckskerl hat damit gewartet, bis wir fast eine Wohnung gekauft haben und kurz davor waren, einzuziehen und gemeinsam den Rest unseres Lebens zu beginnen! Dieses Arschloch!«

Sie setzt sich abrupt auf und wirft eines meiner Sofakissen gegen die Tür. Tränen laufen ihr über die Wangen, die nun gerötet sind. Sie schnappt sich ein weiteres Taschentuch, um sich die Nase zu putzen, und wischt sich dann mit dem Ärmel des Morgenmantels das Gesicht ab.

»Meinst du, er hat eine andere?«

»Nein! Was? Nein! Sam liebt ... Sieh mal, Talls, er ist ein Drecksack, und ich kann nicht glauben, dass er dir das antut, aber ... dass er dich betrügt? Ich glaube, das ist nicht sein Stil.«

Weil er zu verdammt faul ist, um sich die Lügen auszudenken, die man zum Betrügen braucht. Und Tally hätte ihn sowieso sofort durchschaut.

»Er besitzt nicht die Frechheit, dich zu betrügen«, wage ich zu behaupten.

»Ja ... Das ist wahr ... Aber warum dann ...? Warum hat er es so weit kommen lassen? Warum hat er vorgeschlagen, dass wir uns gemeinsam nach einem Haus umsehen, warum hat er erst letzte Woche davon gesprochen, den Internetanbieter zu kontaktieren, wenn er es nicht wirklich durchziehen wollte? Wenn er mich nicht mehr liebt und nicht mehr mit mir zusammen sein will, warum hat er es nicht einfach gesagt?«

Mir kommt eine erschreckende Erkenntnis.

Ich glaube, ich weiß genau, warum Sam es so weit hat kommen lassen.

Was hat er während ihres Streits gesagt? Dass er »einfach dachte, man tut das, weil alle anderen es auch tun«.

Ich muss an einige der Männer denken, mit denen ich in den letzten Jahren ausgegangen bin, an all ihre schlechten Angewohnheiten und den anderen Mist, den ich hingenommen habe, weil – nun ja, weil sie einfach *nett* waren. Ich wollte, dass es klappt. Ich wollte jemanden haben, genau wie alle anderen auch. Die Latte liegt so niedrig. Sie liegt so beschissen niedrig, dass selbst Sam sie an seinen besten Tagen überspringen konnte.

Er blieb, weil das einfach normal war und weil er Tally *genug* liebte.

Ich kann das verstehen. Ist das nicht genau der Grund, warum ich mich so lange mit Jaxon getroffen habe? Weil ich hoffte, dass er für mich eines Tages auch genug wäre? Letztlich war das auch der Grund, warum Harry seiner Ex-Frau einen Heiratsantrag gemacht hat, obwohl ihre Beziehung bereits auf der Kippe stand, oder nicht?

Vielleicht hat Sam gestern das Kistenpacken erschreckt. Oder vielleicht wollte er das alles nie wirklich laut sagen, aber jetzt ist es zu spät, um es zurückzunehmen.

Was nicht die Antwort ist, die Tally hören will, also sage ich nur: »Weil er ein verdammter Idiot ist, deshalb. Wenn ich ihn das nächste Mal sehe, werde ich ihm richtig die Meinung geigen. Wie kann er es wagen? Wie kann er es verdammt noch mal wagen?«

Ich mache uns Frühstück, während sie damit hadert, wie sehr ihre Leben miteinander verstrickt sind. Der Mietvertrag, das gemeinsame Bankkonto, ihr Amazon-Prime-Abonnement ... Es ist eine endlose Liste, und mir wird klar, dass sie recht hatte: Ich verstehe es nicht. Solange ich nicht so eine Beziehung geführt habe, werde ich es nie verstehen.

Es geht hier um ihr *ganzes* Leben. Um alles. Jeder noch so langweilige, gewöhnliche Teil ihres Lebens ist mit Sam verbunden, hat irgendetwas mit ihm zu tun. Und ich kann mir vorstellen, wie lange es nach fünf Jahren dauern wird, das alles auseinanderzufriemeln.

Wie ich so ihre Panik und Verzweiflung über die Trennung und die Auswirkungen auf ihre Finanzen miterlebe, bekomme ich ein schlechtes Gewissen, weil ich mich so oft darüber beschwert habe, wie teuer mich die Hochzeitssaison zu stehen kommt. Dad und Camilla haben uns beigebracht, wie wir mit Geld umgehen müssen, somit war es für mich eine Selbstverständlichkeit, meinen Gebrauchtwagen und meine Miete selbst zu bezahlen. Aber Tally kann sich das nicht vorstellen. Auch nur daran zu denken, ist für sie verheerend.

Dann wird sie wieder traurig: Was soll sie nur ohne ihn machen? Sie liebt ihn so sehr. Es tut so weh. Wie konnte er ihr das nur antun? Warum liebt er sie nicht, und was hat sie falsch gemacht? Wie soll sie jemals wieder zur Arbeit gehen und ganz normal weitermachen, wenn dieser große Teil ihres Lebens plötzlich weg ist?

Sie redet, als wäre sie in Trauer; was ich ihr nicht verdenken kann, wobei ich mich auch da nicht wirklich hineinversetzen kann.

Aber als ich die Pfanne mit Frühstück auftische, ruft sie: »Oh Gott, und ich bin so eine schlechte Freundin. Du bist die Beste, Soph, ehrlich. Danke, dass ich hierbleiben und dich die ganze Zeit vollheulen darf. Oh mein Gott. Nein. Nein, und da war auch noch dieser gut aussehende Typ letzte Nacht! Jaxon! Oh Gott, und das, nachdem du mit ihm Schluss gemacht hast! Scheiße. Was war da los? Ich wusste gar nicht, dass ihr wieder zusammen seid? *Bitte*, erzähl mir alles. Ich kann Ablenkung gebrauchen.«

»Nein, ich bin nicht … Das war nicht … Wir sind nicht wieder zusammen. Das war nur, ähm …«

Ich kann ihr jetzt nicht die ganze Vorgeschichte erzählen. Da gibt es zu viele Geheimnisse; es würde mich egoistisch und grausam erscheinen lassen. Und Tally ist im Moment emotional zu zerbrechlich. Ich sollte ein Fels für sie sein und nicht ein weiteres Erdbeben, mit dem sie fertig werden muss.

»Es ist nichts Ernstes. Wir haben nur … Spaß.«

Tally stößt einen langen Seufzer aus. Ich kann nicht sagen, ob er wehmütig oder niedergeschlagen ist. »Ich nehme an, so was werde ich auch bald erleben, oder? Ich ziehe los und habe Sex mit irgendwelchen Typen, die ich auf Dating-Apps kennengelernt habe.«

»Du sagst das so, als würde ich alle paar Tage mit einem anderen Typen schlafen. Oh Mann. Er ist erst der zweite, mit dem ich in diesem Jahr im Bett war.«

»Oh. Nun, ja. Also die Typen.« Sie rümpft die Nase und sticht mit der Gabel in ein Würstchen. »Die sind doch nicht alle so schlimm wie die, die du triffst, oder?«

»Ganz und gar nicht. Es gibt eine Menge toller Männer. Viel bessere als die, mit denen ich ausgehe. Aber offensichtlich habe ich meine Filter zu großzügig eingestellt und ziehe damit eine Menge Loser an, die lieber die Unterhose umdrehen, als sie zu waschen, die nur etwas Zwangloses wollen und die zehn Zentimeter kleiner sind, als sie angegeben haben …«

Tally zuckt unter meinem unbewegten Blick zusammen.

»Oh, okay.«

Und überhaupt, will ich sie anschnauzen, *Sam ist auch nicht gerade der Hit, oder?*

»Also willst du nichts Ernstes mit ihm?«

»Nein.«

»Perfekt. Dann hast du mehr Zeit, mir bei der Wohnungssuche zu helfen und mit mir in Bars zu gehen, wenn ich auch wieder Single bin.«

31. KAPITEL

Der Oktober geht zu Ende, und das Leben meiner besten Freundin gerät vollkommen aus den Fugen.

Am Wochenende der Trennung ist sie irgendwann am Sonntagnachmittag zu Sam nach Hause gefahren. Es wäre dumm von ihr gewesen, einfach so abzuhauen, sagte sie, und außerdem würde *sie* sich verdammt noch mal nicht von ihm aus der Wohnung jagen lassen, wo doch eindeutig alles seine Schuld war.

Sie stritten noch ein paar Stunden lang, und seitdem schläft er auf dem Sofa. Tally übernachtete am nächsten Wochenende bei mir, und Lena kam auch zu Besuch.

Ein Frauenabend, erklärten sie, wäre genau das, was wir bräuchten. Wir verkrochen uns in meiner Wohnung, guckten Filme und redeten, wir bestellten Essen, legten Tuchmasken auf und aßen *Ben and Jerry's* direkt aus dem Becher. Wir zogen alle Register, um für eine Weile Spaß zu haben und Tally von ihrem abscheulichen Ex-Freund abzulenken.

Und keine Frage, ich hatte ein tolles Wochenende. Ich freute mich sehr, die beiden zu sehen, und es hat Spaß gemacht, zur Abwechslung einfach mal ohne große Pläne und ohne Druck gemeinsam abzuhängen.

Ist es schlimm, wenn ich mich trotzdem ärgere? Denn ich komme nicht umhin festzustellen, dass es wieder einmal eine Beziehung ist, die unsere Freundschaft bestimmt. Sicher, statt um eine Hochzeit oder eine Babyparty geht es um eine Trennung, aber das Prinzip ist doch dasselbe.

Wo waren sie an meinem Geburtstag?

Wie viele Wochenenden habe ich damit verbracht, durch Instagram zu scrollen und mir all die lustigen, tollen Dinge anzusehen, die meine Freundinnen mit anderen Menschen unternahmen? Und Tally hält nicht mal ein einziges Wochenende allein aus? Und Lena fühlt sich verpflichtet, alle Termine zu verschieben, um bei ihr zu sein?

Es gibt also die ganze Zeit eine bittere, furchtbare Stimme in meinem Hinterkopf, die mir die Freude an dem Wochenende verdirbt, doch ich kann sie einfach nicht abstellen. Ich weiß nicht mal, ob ich das überhaupt will.

Und Tally hat, seit sie mit Sam zusammen war, nie mehr so viele Nachrichten wie jetzt geschrieben. Zwar hatten wir auch sonst fast jeden Tag Kontakt, aber jetzt schickt sie mir ständig Nachrichten, und ich kann nicht anders, als mich zu fragen, wo diese Nachrichten in den letzten Jahren waren? Oder ist sie einfach nur so verzweifelt einsam und schickt allen möglichen Leuten Nachrichten in der Hoffnung, dass jemand antwortet und ihren Schmerz für eine Weile lindert? Sind das all die Dinge, die sie früher Sam erzählt hat und jetzt mir schreibt, weil er nicht mehr da ist?

Und ich frage mich – ist es das, was ich für all meine Freunde bin?

Ich hoffe es nicht, bin mir aber wirklich nicht sicher.

Ich liebe Tally über alles. Ich möchte für sie da sein, und natürlich werde ich ihr geben, was auch immer sie braucht, auch wenn das im Moment nur Gesellschaft und Aufmerksamkeit zu sein scheint. Sie tut mir leid, ich fühle ihren Schmerz und hasse Sam dafür, dass er ihr das angetan hat.

Aber da brodelt noch immer dieser Groll in meiner Magengrube und steigt hin und wieder in meine Brust auf.

Warum darf sie sich fühlen, als sei ihr Leben vorbei, nur weil er nicht mehr mit ihr zusammen sein will?

Warum tun alle so, als wäre das so eine schreckliche, aussichtslose Sache?

»Weißt du, du klingst wie ein herzloses Miststück, Barker«, meint Duncan, als ich mich bei ihm ausheule und Tallys fünfzigste Nachricht im Gruppenchat ignoriere. Allerdings grinst er dabei, um mir zu zeigen, dass er mich nicht ernsthaft verurteilt.

»Halt die Klappe. Du weißt, wie ich das meine. Natürlich ist es schrecklich, und sie ist untröstlich über die Trennung. Aber davon spreche ich ja gar nicht. Es geht darum, dass sie allen so leidtut, weil sie jetzt Single ist. Als ob ihr Leben vorbei wäre. Ich meine, sie ist nicht *gefeuert* worden. Sie hat nicht ... Ich meine, sie hat fast ihre Wohnung verloren, aber dann doch nicht. Sam zieht aus, und sie kann die Miete allein bezahlen, bis sie etwas anderes gefunden hat. Es ist sicher nicht ideal, aber es ist auch nicht unmöglich oder das Ende der Welt. Sie hat immer noch ihre tolle Karriere. Sie hat immer noch ihre Wohnung. Aber alle tun so, als ob alles verloren wäre, *finito*, das Ende, nur weil er nicht mehr da ist.«

»Und wenn du alle sagst ...?«

»Oh mein Gott, dann meine ich *alle*. Ihre Kollegen. Freunde aus der Schule. Ihre Eltern. Ihre Schwester. Ihre Brüder. Lena. Sogar Frankie Zwei hat ihr eine Nachricht geschickt. Tally hat mir die Screenshots geschickt.«

»Bist du immer noch sauer auf sie, weil sie dachte, du würdest Frankie Eins vögeln?«

»Nein! Ich ... Ich meine, ja, ein bisschen, aber darum geht es nicht.«

»Geht es darum, dass du glaubst, Sams Freunde sagen ihm etwas ganz anderes? Dass sie es zwar schade finden, aber, na ja, dass sie ihm raten, jetzt am besten Gas zu geben? Also nieder mit dem Patriarchat, sprengt die Fesseln, die die Gesellschaft den Frauen anlegt, weil Frauen mit dreißig schon sesshaft sein und Kinder haben müssen und so weiter, und die Männer nicht?« Dann murmelt er eher zu sich selbst: »Oh ja. Ich wäre absolut qualifiziert, so einen Artikel zu schreiben«, und macht sich eine Notiz in seinem Handy. Ich ignoriere ihn.

»Nicht einmal das! Obwohl … Obwohl, ja, jetzt, wo du es erwähnst …«

Aber ich bin so wütend, dass ich mir diesen ärgerlichen Teil des Problems für später aufheben muss. Ich deute mit der Tasse auf Duncan.

»Ich meine«, rufe ich aus, »dass die Leute sie behandeln, als wäre es das Schlimmste, was ihr jemals passieren konnte. Als wäre Single zu sein eine schreckliche, tragische Sache. Das Ende ihrer Beziehung mag ja traurig sein, aber nicht die Tatsache, *dass sie jetzt keinen Freund mehr hat.* Als wäre das Leben verdammt grauenvoll, wenn man keinen hat!«

»Genau.« Duncan grinst. »Du hingegen bist die ganze Zeit ein regelrechter Sonnenschein und trauerst nicht ständig einem Mann hinterher oder schwärmst für einen oder verabredest dich mit einem oder …«

Ich zucke ein wenig zusammen und starre ihn an, während er mich nach dem Motto »Muss ich noch mehr sagen?« angrinst, als hätte er gerade einen brillanten Witz gerissen, doch die Pointe fühlt sich an wie ein Schlag in die Magengrube.

Bin ich wirklich immer so?

Ist mein Leben tatsächlich so mies, wie es sich jetzt alle in Tallys Fall vorstellen?

Sogar noch letztes Wochenende hätte ich wahrscheinlich Ja gesagt. Da war mein Leben genau so mies.

All die endlosen Versuche, sich zu verabreden und einen Freund oder einen Mann zu finden, mit dem ich mein Leben teilen kann, sind auch ziemlich schlimm, vor allem, wenn es aus irgendeinem Grund wieder nicht klappt und der ganze Zyklus von vorne beginnen muss, aber …

Ansonsten ist mein Leben gar nicht so schlecht, oder?

Ich habe einen Job. Einen Job, den ich mag, einen Job, in dem ich sogar ziemlich gut bin – meistens. Ich habe meine eigene Wohnung und bezahle die Miete ganz allein. Ich habe … so etwas wie ein soziales Leben, auch wenn es sich dabei hauptsächlich um Hochzeiten und Einweihungen und Dates dreht und in letzter Zeit sogar hauptsächlich um einen Kerl, den ich dazu gebracht habe, meinen Partner zu spielen.

Ist mein Leben so wertlos, frage ich mich, doch dann wird mir klar, dass das die völlig falsche Frage ist.

Was ich wirklich fragen sollte ist: Ist mir all das wirklich so wenig wert, nur weil ich niemanden habe, mit dem ich es teilen kann?

Duncan starrt mich an, als ob er sehen könnte, wie sich die Rädchen in meinem Hirn drehen. Er runzelt die Stirn. »Was habe ich gesagt?«

»Ich bin doch nicht immer so, oder?«

»Nicht immer, nein!«, entgegnet er ein bisschen zu schnell. »Nein! Nur, du weißt schon. Oft.«

»Oh mein Gott. So bin ich wirklich, oder?«

Er sieht mich fest an, seufzt dann und sagt: »Soll ich ehrlich sein oder das Ganze journalistisch positiv darstellen? Das kann ich machen, aber du musst wissen, dass ich als ewiger Single eher voreingenommen bin.«

Ich kann ihm nicht antworten, zu erschüttert bin ich von dieser entsetzlichen und beschämenden Erkenntnis. Ich finde das unendlich viel peinlicher als die Tatsache, dass Frankie Zwei mir unterstellt, eine Schlampe zu sein, die ihr den Mann ausspannen will, peinlicher als Hunde-Cupcakes zu essen und danach Zahnpasta mit Lebergeschmack zu benutzen; es ist schlimmer, als an meinem Geburtstag allein im Kino zu sitzen, und schrecklicher, als mit einem Mann, der vorgibt, mein Freund zu sein, zu Jessicas Hochzeit zu gehen.

Duncan bemerkt, dass ich praktisch zur Salzsäule erstarrt bin, denn er klopft mir auf die Schulter und sagt: »Ach, komm, Barker, wirklich. Nimm's nicht so tragisch. Mir ginge es genauso, wenn mir jeder sagen würde, dass meine Uhr tickt. Glaubst du, ich sterbe nicht auch jedes Mal ein bisschen, wenn mich ein Mädchen abblitzen lässt oder meine Granny enttäuscht aufseufzt, weil ich noch immer niemanden gefunden habe? Oder noch schlimmer, wenn mich Frauen scherzhaft fragen, was mit mir nicht stimmt, weil ich mit achtunddreißig noch nie verheiratet war und keine Kinder habe? Sie sagen es, als ob sie es nicht so meinen, aber meinen es *doch* so. Das macht einen wirklich fertig. Genau genommen ... Genau genommen ist das ein echt guter Aufhänger für einen Artikel ... Hey, wenn ich das Andy vorschlage, kannst du mir dann ein paar Zitate aus der weiblichen Perspektive geben? So was kommt auf der Website immer gut an.«

»Klar«, sage ich, bin aber so weggetreten, dass ich gar nicht begreife, was ich da verspreche. Duncan und ich nehmen unsere inzwischen lauwarmen Getränke und gehen zurück zu unseren Schreibtischen. Ich öffne das Word-Dokument mit meiner Kolumne, die mit Anmerkungen des Redaktionsteams versehen ist, aber meine Augen werden glasig, die Worte auf dem Bildschirm verschwimmen.

Meine ganze Schimpftirade über Tallys Trennung hatte sich in die Behauptung »Single zu sein, ist gar nicht so schlimm« verwandelt, ohne dass ich es überhaupt bemerkt habe. Dabei war das glatt gelogen. Meine Brust fühlt sich plötzlich eng an, meine Handflächen sind feucht, und Blut rauscht in meinen Ohren.

Ich bin keinen Deut besser als all die Leute, über die ich mich beschwere, nicht besser als Lena mit ihrer plötzlichen Besessenheit für Hochzeits-Boards auf Pinterest oder als Tally mit ihren Nervenzusammenbrüchen, weil sie nicht weiß, wie sie die Weihnachtsdekoration aufteilen oder ob sie Sams Mutter noch eine Geburtstagskarte schicken soll oder nicht.

Auch ich habe mein ganzes Leben auf jemand anderen ausgerichtet, ohne überhaupt jemanden zu *haben*.

Vielleicht stimmt es ja doch: Single zu sein, ist tatsächlich eine einzige Tragödie.

November

Nadine Cox-Dawes

Gesendet um 4.19 Uhr morgens

Hey, Soph, danke für die schöne Karte und das Elefantenplüschtier – unser Baby liebt es! Tut mir leid, dass ich mich so lange nicht gemeldet habe, aber Mum und Jess halten dich ja auf dem Laufenden und schicken Fotos. Es war einfach alles total verrückt hier! Und ich bin fix und fertig. Wie auch immer, ich freue mich darauf, dich nächstes Wochenende zu sehen. xx

Nadine Cox-Dawes

Gesendet um 4.19 Uhr morgens

Und bitte zieh etwas an, das du nicht mehr unbedingt brauchst. Dad trug letztens das Ralph-Lauren-Hemd, das ich ihm zu Weihnachten geschenkt habe, und innerhalb von zwei Minuten war es vollgekotzt.

Nadine Cox-Dawes

Gesendet um 4.22 Uhr morgens.

Noch was: Kannst du mir Mince Pies mitbringen? David weigert sich, vor Dezember irgendetwas Weihnachtliches zu kaufen, aber ich bin total wild darauf. Leider bin ich ans Haus gekettet, und Mum fährt morgen ENDLICH wieder nach Hause. Jess kann ich nicht fragen, weil sie mich an David verpfeifen würde. Danke xx

32. KAPITEL

Nur weil ich Single bin, heißt das nicht, dass ich anderen ständig zur Verfügung stehe

Wie man Grenzen setzt,
von unserer Dating- und Beziehungskolumnistin

»Du solltest selbst bald daran denken, Kinder zu haben, meine Liebe. Du willst doch nicht als eine dieser alten Mütter enden. Ich weiß, dass Ärzte heutzutage zaubern können, aber ich habe neulich in der *Daily Mail* gelesen, dass das sowohl für das Baby als auch für die Mutter alle möglichen Probleme verursachen kann …«

Oh, verpiss dich, Laura.

Ich meine, wirklich. So eine *Frechheit.* Von meiner eigenen Granny würde ich mir so einen Kommentar vielleicht noch gefallen lassen, aber nicht von Janines Mutter. Sie *mag* mich nicht einmal besonders.

Aber jetzt – oh, jetzt interessiert sie sich also für mich, ja? Dieselbe Frau, die mich etwa ein Jahr lang Sophia genannt hat, nachdem Tante Dawn und Janines Beziehung eng genug war, um ihre Familien miteinander bekannt zu machen?

Ich ignoriere sie und lese lieber die Nachrichten, die auf meinem Handy eintrudeln, die überraschenderweise von Nadine sind. Sie hat ihr Kind Anfang des Monats bekommen – die Wehen setzten an Halloween ein, und in den frühen Morgenstunden des ersten Novembers hat sie dann entbunden – doch ich habe sie seitdem noch nicht gesehen. Natürlich habe ich ihr über FaceTime gratuliert, aber seitdem hat sie auf meine Nachrichten nicht mehr geantwortet.

Zuerst dachte ich, sie wäre sauer, weil ich weder im Krankenhaus wartete noch sie und das Baby abholte, als sie nach Hause durften, aber Camilla hat mir erklärt, dass Nadine einfach erschöpft ist und ich ihr eher einen Gefallen tue, wenn ich wegbleibe. Trotzdem erfuhr ich all die blutigen Details, nach denen ich nicht gefragt hatte, wie schwierig die Geburt war, wie viele Stiche Nadine brauchte und so weiter – anscheinend hat sie sogar ihre beste Freundin gebeten, sie erst zu besuchen, wenn sie sich wieder ein bisschen gefangen hat. Davids Eltern kamen natürlich zu Besuch, doch Davids Geschwister und deren Kinder bat sie, nicht zu kommen.

»Sie braucht einfach etwas Ruhe und Frieden, um sich zu erholen«, sagte Camilla.

»Aber du bleibst bei ihr.«

»Natürlich, Liebes, ich bin ihre Mutter.«

Ich bin überrascht – aber erfreut –, jetzt diese Nachrichten von Nadine zu lesen. Die erste klingt seltsam förmlich, was ich versuche, nicht an mich heranzulassen. Meine Beziehung zu Nadine war schon immer freundlich, aber ein bisschen distanziert. Doch es liegt nur an den Umständen, es ist nichts Persönliches.

Dann komme ich zu dem Text, in dem sie mich um Mince Pies bittet, und muss laut lachen.

Ja, so ist meine große Stiefschwester.

»Oh!«, sagt Granny. »Ist das von deinem Harry?«

»Nein, das ist nur Nadine wegen unseres Treffens am nächsten Wochenende«, erkläre ich.

Auch wenn Lauras Alte-Mutter-Geschwafel verklungen ist, richtet sie sich bei der Erwähnung eines weiteren Babys wieder auf, sieht mich mit zusammengekniffenen Augen an und schürzt die Lippen so, dass jede Falte in ihrem Gesicht betont wird. »Siehst du? Pass auf, dass du nicht als Einzige übrig bleibst. Oh je, du gehörst doch nicht zu denen, die keine Kinder wollen, oder?«

Wow.

Mum, die das mitbekommen hat, winkt kurz ab, bevor sie wieder das Baby streichelt. »Also, Laura, ehrlich. Heutzutage wollen viele Leute keine Kinder.«

»Viele Leute wollten früher auch keine … Ich könnte wetten, sie haben sich gewünscht, dass das kein Tabu und ein bisschen mehr wie heute wäre«, fügt Granny mit einem trockenen Lachen hinzu, woraufhin Laura die Lippen noch mehr schürzt, bis ich befürchte, sie könnte ein Aneurysma bekommen.

Janine rutscht ein wenig auf ihrem Stuhl herum, und Tante Dawn wirft ihr einen Blick zu, denn beide wissen, dass die Stimmung kippt und sich ein Streit abzeichnen könnte. Tante Dawn sagt nichts, anscheinend zu müde, um einzugreifen; Janine verzieht das Gesicht, wobei sie ihrer Mutter unheimlich ähnlich sieht, und bleibt ebenfalls stumm, allerdings setzt sie sich kerzengerade hin und beobachtet uns alle aufmerksam, bereit, einen Streit zu schlichten, wenn es notwendig sein sollte.

Laura scheint nicht einmal zu bemerken, dass ich nicht antworte, sie nickt nur in Richtung Baby Poppy, und ihr Gesicht wird weicher, als ihre Enkelin fröhlich vor sich hinzuplappern beginnt. »Es wäre so schön für Poppy, mit Cousins und Cousinen aufzuwachsen … Janines Vater war Einzelkind, deswegen hatte sie nie Cousins von dieser Seite der Familie, und ich fand es auch immer schade, dass mein Bruder keine Kinder hatte, aber was soll man machen?«

Äh, keine Ahnung, vielleicht hättest du ihn ins Kreuzverhör nehmen sollen so wie mich? Vielleicht hättest du ihn damit so verrückt gemacht, dass er nur welche bekommen hätte, um dich zum Schweigen zu bringen?

Ich nehme mir vor, dieses Gespräch Duncan gegenüber zu erwähnen. Vielleicht kann er es für seinen Artikel über den unterschiedlichen gesellschaftlichen Druck, sich fest zu binden, brauchen. (Ich weiß noch nicht, ob ich ihm erlaube, meinen Namen zu nennen, oder ob ich einfach als jedermanns liebste anonyme Kolumnistin zitiert werden möchte.)

Während ich Laura antworte, sehe ich alle anderen im Raum an. »Wenn ich Kinder hätte, wären sie aber keine Cousins und Cousinen, oder? Sie wären ... Was? Großcousinen? Cousinen zweiten Grades?«

Granddad, der still hinter seiner Zeitung gesessen und Laura völlig ignoriert hat, um Poppy dumme Grimassen zu schneiden, meldet sich zu Wort: »Cousinen zweiten Grades, bestimmt. Ich hatte dreizehn Cousins und Cousinen. Ein Haufen Idioten, zumindest die meisten von ihnen. Eine sitzt seit über vierzig Jahren im Knast.«

»War das die mit dem Wettbüro?«, fragt Granny.

»Hm? Oh, nein, nein, das war Eddy. Toller Kerl, Eddy. Ein hervorragender Kricketspieler, weißt du, Sophie, er hätte für England spielen können«, sagt er. »Nein, der ist nach Spanien abgehauen, bevor sie ihn verhaften konnten. Es war, ähm ... Wie war gleich ihr Name? Fällt mir bestimmt wieder ein.«

»Margaret«, antworte ich, denn ich habe diese Geschichte – und Variationen davon – schon etwa fünfzigmal gehört. »Und sie sah auch aus wie die Schwester der Queen, hast du immer gesagt.«

»Aye, richtig! Ja, natürlich.«

Laura scheint gleichzeitig schockiert und verwirrt über die plötzliche Wendung des Gesprächs zu sein. Ich mache den Fehler, Mums Blick aufzufangen; sie hat es auch bemerkt, und wir müssen uns schwer zusammenreißen, um nicht loszulachen. Ich traue mich nicht, Granny anzuschauen, weil ich weiß, dass es ihr genauso geht.

Granddad erklärt Laura: »Sie war ein echter Hingucker. Natürlich standen alle Kerle auf sie, und sie hat das ausgenutzt ... und ihnen nicht nur die Taschen geleert. Einmal hat sie sogar einem Scheich Geld gestohlen, glaube ich.«

»Ist sie deshalb im Gefängnis?«

»Oh nein.«

Sie starrt ihn nur an.

»Was ich damit sagen will, ist, dass Poppy eine ganze Ladung Cousins und Cousinen haben könnte, und es wäre nicht unbedingt förderlich für sie. Deiner Janine geht es ohne wahrscheinlich besser als mir, obwohl ich so viele habe.«

»Nun, vergiss nicht, dass Eddy uns einen Kredit für das Haus gegeben hat«, bemerkt Granny.

»Oh, stimmt.« Granddad sieht mich spöttisch-ernst an und zieht ein komisches Gesicht. »Dann hat sie doch recht, Sophie. Am besten, du bindest deinen Harry fest an dich. Wenn es nicht Poppy ist, dann muss jemand anderes die Familientradition fortsetzen, oder?«

»Das solltest du wirklich!«, ruft Laura. »Er ist schon ein bisschen älter, nicht wahr? Er denkt sicher darüber nach, eine Familie zu gründen, und …«

»Eigentlich«, unterbreche ich sie, »will Harry keine Kinder.«

Das ist eine glatte Lüge; er hat ein paarmal gesagt, wie gern er Vater wäre und dass das einer der Gründe war, warum er die Hochzeit durchgezogen hat, obwohl es mit seiner Beziehung nicht zum Besten stand. Aber der schockierte Gesichtsausdruck von Laura ist es wert, und es kostet mich all meine Willenskraft, nicht zu lachen.

»Nun.« Granny lächelt mich an. »Wenigstens ist er kein Trickbetrüger.«

Ich lächle entspannt zurück – und fühle mich seltsam siegestrunken.

Denn eigentlich hatte ich erwartet, dass meine Familie auf Lauras Seite ist. Sie fragen immer, ob ich inzwischen einen Freund gefunden habe, wie es mit dem Typen läuft, von dem ich erzählt hatte … Ich habe gesehen, wie glücklich und aufgeregt sie alle waren, als Dawn von ihrer Schwangerschaft erzählte, und bestimmt fragten sie sich, wann ich an der Reihe sein würde. Sie haben mir *ins Gesicht* gesagt, dass ich als Nächste dran bin. Sie üben einen ständigen, vertrauten Druck aus, und ich glaube, dass sie sich dessen nicht einmal bewusst sind.

Vielleicht reagieren sie jetzt nur so, weil Laura manchmal einfach eine hochnäsige Zicke ist, oder vielleicht setzen sie mich gar nicht unter Druck, auf jeden Fall ist es schön, dass meine Familie ausnahmsweise einmal wirklich hinter mir steht.

Dann wirft Granddad die Zeitung beiseite und steht auf, um noch mehr Kaffee zu kochen. Mum gibt mir das Baby und geht ihm zur Hand. Kaum sind sie am Ende des Flurs angelangt, höre ich beide lachen.

Und, heilige Scheiße, ich habe ein Baby auf meinem Schoß.

Ich habe das Baby jetzt schon ein paarmal gesehen und fand es ganz okay.

Es ist süß. Ich weiß, so etwas muss man über Babys sagen, aber Poppy ist es wirklich. Sie hat rosige, runde Wangen, Büschel von weichen blonden Haaren, all diese pummeligen, weichen Gliedmaßen, große, leuchtend grüne Augen und dieses breite, wunderschöne Lächeln. Sie ist bezaubernd und kostbar, und ich liebe sie sehr.

Zugleich habe ich auch eine Scheißangst vor ihr, denn sie ist ein Baby, und ich weiß nicht, wie ich mit ihr umgehen soll.

Die ersten paar Male, als ich Poppy besuchte, schlief sie meistens. Sie war dick in Decken eingemummelt, und ich saß nur da, als Tante Janine mir dieses gewickelte Ding in den Arm legte, und nach einer Weile nahm es mir jemand wieder ab. Als ich das zweite Mal zu Besuch kam, war es nicht viel anders – ich stand meistens über ihr Bettchen gebeugt und sah ihr dabei zu, wie sie mit einem Mobile spielte.

Jetzt zappelt sie herum, Arme und Beine sind frei, sie trägt ein weiches moosgrünes Kleid mit einem aufgedruckten Teddybär, und sie ist weder still noch schläft sie oder wird gewickelt.

Ich lege eine Hand um ihren Hinterkopf, weil ich weiß, dass man das tun sollte, und der blanke Terror setzt ein, das Gespräch der anderen kann ich nicht mehr mitverfolgen. Nun gibt es nur mich und dieses Baby, und das meine ich auf die schlimmstmögliche Weise.

Ich frage mich, ob meine Freunde es anders erleben. Ob sie von Liebe überwältigt sind und mit glänzenden Augen von ihren eigenen Kindern träumen?

Ich kann doch nicht die Einzige sein, die von Panik ergriffen ist. Das kann nicht sein.

Es ist ja nicht so, dass ich mich von Poppy abgestoßen fühle. Und es ist auch nicht so, dass ich nichts dabei empfinde, wenn ich ihr süßes kleines Gesicht anschaue und sie an mich drücke. Ich denke auch nicht, dass ich selbst auf keinen Fall Kinder will.

Ich denke lediglich: *Aber was soll ich denn jetzt damit anfangen?*

Müsste ich das wissen? Hätte ich einen Kurs besuchen oder ein Buch lesen sollen, wie es werdende Eltern tun? Habe ich irgendwo etwas verpasst, das einem sagt, wie man mit einem Baby umgeht, wenn es noch nicht einmal das eigene ist?

Es ist wie damals, als ich mich bereit erklärte, auf den Hund einer Kollegin aufzupassen, und trotz der zweiseitigen Liste mit Anweisungen für das Wochenende waren irgendwann plötzlich nur noch ich und dieser Zwergschnauzer da, beide hilflos und verwirrt, und ich konnte nur beten, dass wir das Wochenende heil überstehen würden.

Poppy legt ihre klebrigen kleinen Hände auf mein Gesicht, ihr Blick bohrt sich ernst und streng in meinen, als wüsste sie, dass ich gerade in den Krisenmodus geschaltet habe, und wollte mich beruhigen, woraufhin ich in Lachen ausbreche.

»Tja, da sind wir nun, meine Kleine.«

33. KAPITEL

Wie es aussieht, wird sich mein ganzer November um Babys drehen. Ähnlich wie bei Tallys Trennung habe ich das Gefühl, als wären sie meine Verantwortung (»Problem« wäre übertrieben, schließlich spreche ich von zwei goldigen Babys, die ich bereits sehr lieb gewonnen habe), und ich verstehe nicht ganz, wie das passieren konnte. Wie es sein kann, dass ich Single bin, und es trotzdem die ganze Zeit nur um *Babys* geht?

Sogar auf der Arbeit kann ich mich dem nicht entziehen. Meine Chefin Jenny bereitet sich jetzt voll auf ihren Mutterschaftsurlaub im nächsten Jahr vor und bringt das Thema am Mittwochmorgen zur Sprache, als wir über das Sponsoring einer lokalen Veranstaltung reden.

»Idealerweise möchte ich keinen Ersatz einstellen«, sagt sie. »Ich glaube, das würde das Gleichgewicht im Team stören, und im Moment läuft alles so gut.«

»Auf jeden Fall«, sage ich, obwohl mich Isaac vom Schreibtisch gegenüber immer noch fast täglich wegen jeder Kleinigkeit nervt. »Du solltest dir auf keinen Fall Sorgen machen müssen, dass du in ein Chaos zurückkehrst.«

»Genau!« Ihre Augen leuchten auf, sie macht eine große Geste und wirkt erleichtert. Ich frage mich, ob sie schon mit anderen Leuten im Büro darüber gesprochen hat oder vielleicht mit ihrem Mann, und ob die ihr gesagt haben, dass sie es für eine dumme Idee halten. »Ich bin so froh, dass wir einer Meinung sind.«

»Hast du schon jemanden im Sinn?«

Komm schon, Jenny. Du weißt, worum ich dich hier bitte. Jetzt mach endlich …

Wahrscheinlich wäre ich niemals auf die Idee gekommen, wenn ich mich damals nicht mit Mum gestritten hätte – und vor allem nicht, wenn Duncan, Harry und sogar Siobhan mich nicht weiter angestachelt hätten.

Ihnen habe ich mich nicht nur deshalb anvertraut, weil sie von meiner anonymen Kolumne wissen, sondern weil ich bei ihnen nicht das Gefühl habe, dass ich nur »ihre alleinstehende Freundin« bin, die sich an ihre Karriere klammert, um die Leere in ihrem Leben zu füllen. Zudem wissen sie ja, wie tief ich gesunken bin, als ich Harry bat, meinen Freund zu spielen, und deswegen kann ich ihnen auch alles erzählen, was ich bei der Arbeit verbockt habe und was meine Beförderung verhindern könnte. Ihre Ermutigungen fühlen sich echter an als jedes enthusiastische »Du schaffst das!« von Tally oder Lena oder Jessica.

Jetzt kann ich nur noch den Atem anhalten und abwarten.

»Also.« Jenny legt beide Handflächen auf ihren Schreibtisch, lehnt sich im Stuhl zurück und schaut mich lächelnd an. »Ich hatte eigentlich gehofft, Sophie, dass du ein bisschen mehr Verantwortung übernehmen willst.«

YES!!!!!

Ich bleibe ganz cool und versuche, angenehm überrascht und geschmeichelt, aber auch absolut kompetent und erwachsen zu wirken, während sie weiterredet – es klingt fast so, als wollte sie mir den Job schmackhaft machen, und das, obwohl ich mich mit Siobhans, Harrys oder Duncans Hilfe mental darauf vorbereitet habe, mich gut zu »verkaufen«.

»Du hast dich wirklich sehr entwickelt, und du hast auch schon einige Veränderungen im Team miterlebt, diesen Push von Markenwerbung und Geschäftsabschlüssen und den Mitarbeiterwechsel … Außerdem hast du mit deiner Kolumne einen großen Schritt aus deiner Komfortzone heraus gemacht, es ist eine große

Verantwortung, und die hast du gut gemeistert. Und«, sie senkt die Stimme leicht und sieht ein wenig schuldbewusst aus, »die Kollegen mögen dich, du kommst mit so ziemlich jedem klar, was man nicht von allen im Team behaupten kann. Das ist eine Eigenschaft, die in Führungspositionen sehr wichtig ist. Außerdem weiß ich, dass du in abteilungsübergreifenden Besprechungen deine Meinung sagen wirst.«

Ich platze fast vor Stolz. Was ein Satz ist, den ich bis zu diesem Moment nie verstanden habe, doch jetzt habe ich das Gefühl, buchstäblich platzen zu können. Ich spüre, wie ein riesiger Freudenschrei in meiner Brust anschwillt, und ich möchte über den Tisch springen, Jenny umarmen und ihr dafür danken, dass sie all diese netten Dinge über mich und meine Arbeit gesagt hat und dass sich das alles so viel größer und wichtiger anhört, als es sich im Alltag anfühlt. Es ist ein unerwarteter und enormer Selbstvertrauensschub; ich möchte sofort allen, die ich kenne, eine Nachricht schicken und damit angeben.

Sie sagt, dass sie die Neuigkeiten an den Rest des Führungsteams weitergeben wird – und dass sie sie bitten wird, von Zeit zu Zeit vorbeizuschauen, um mich ein wenig zu unterstützen. Außerdem werden wir einen Termin vereinbaren, damit sie mich einweisen kann.

»Danke, Jenny. Ich weiß das wirklich zu schätzen. Wirklich. Das ist …« Ich schlucke den Klumpen Emotionen hinunter, bevor ich aufgeregt losplappere oder in Tränen ausbreche. »Danke, dass du mir dein Vertrauen schenkst, das bedeutet mir wirklich sehr viel. Ich verspreche, ich werde dich nicht enttäuschen.«

Zu meiner Überraschung lacht Jenny. »Soph, mach keine Versprechungen, die du nicht halten kannst. *Ich werde dich nicht enttäuschen*. Mal ehrlich, wer sagt denn so was?«

»Äh …«

»Eine Sache, die ich wirklich an dir bewundere«, erklärt meine Chefin und lächelt dabei breit, »ist, wie oft du Scheiße baust.«

»Ich … Wie bitte?«

Sie sieht mich erschrocken an. »Oh nein, versteh mich bitte nicht falsch! Ich finde, das ist eine gute Sache. Du hast einige der Markenverträge verloren, weil du zu sehr Druck gemacht oder nicht verstanden hast, was genau sie wollten. Du hast uns letztes Jahr diesen Designer vorgeschlagen, erinnerst du dich? Der diese ganzen Street-Art-Werbungen in der Stadt machen sollte. Das ging total nach hinten los, und am Ende mussten wir dem einen Ladenbesitzer ein paar Tausender als Entschädigung zahlen. Und dann bei dem Kneipenvertrag Anfang des Jahres …«

Meine Wangen werden heiß. Ich habe viel Zeit damit verbracht, mich wegen dieser Dinge schuldig zu fühlen – und hätte mit einer anderen Chefin wohl sogar noch viel mehr Zeit verschwendet, das weiß ich –, doch Jenny hat es jedes Mal unter den Teppich gekehrt, woraufhin ich dachte: Ich muss es einfach noch einmal versuchen. Es besser machen, *gut* machen, bevor jemand auf die Idee kommt, mich zu feuern.

Doch Jenny lächelt mich an, als wäre das ein Grund, mich zu befördern, statt mich zu feuern.

»Du bist ein ziemliches Naturtalent, was Scheitern betrifft.«

»Stimmt … Ähm … Dankeschön? Glaube ich?«

»Was ich damit sagen will, ist, dass du dich nicht unterkriegen lässt, wenn etwas nicht ganz nach Plan läuft oder wenn sich herausstellt, dass du etwas verpfuscht hast. Du machst einfach weiter. Wäre das hier deine jährliche Mitarbeiterbeurteilung, würde ich sagen, dass du vielleicht lernen solltest, schneller mit diesen Fehlern zu *leben* und deine Lehren daraus zu ziehen, aber …«, sie lächelt mich wieder an, »ich mache mir keine Sorgen, wenn du für mich einspringst, weil ich weiß, dass du es einfach immer weiter versuchen wirst. Du wirst nicht beim ersten Anzeichen von Schwierigkeiten das Handtuch werfen und einen Anfall bekommen. Verdammt noch mal, sogar in deinem Liebesleben bist du so! In deiner Kolumne geht es oft darum, dass du das Gefühl hast, es zu vermasseln, und genau das ist es, was den Leuten gefällt.«

Wir plaudern noch ein bisschen darüber, dass sie sich die Budgets ansehen wird, damit ich eine Gehaltserhöhung bekomme, die »diese neue Verantwortung widerspiegelt«, aber sobald ich wieder an meinem Schreibtisch sitze, lässt meine Begeisterung merklich nach, immer wieder denke ich über ihre Bemerkung nach, ich sei »ein Naturtalent« im Scheitern.

Ich fühle mich sowieso schon wie eine Versagerin – weil ich ungefähr fünfzig Jahre davon entfernt bin, genug Geld für eine Wohnungsanzahlung zusammenzukratzen, weil meine Freunde heiraten, während ich kaum ein zweites oder drittes Date hinbekomme, weil ich bei der Arbeit Mist gebaut habe …

Ich habe immer das paranoide Gefühl, dass alle anderen in mir eine Versagerin sehen, tröste mich aber immer mit dem Gedanken, dass ich mir das vielleicht einfach nur *einbilde*.

Doch wenn sogar meine Chefin mich darauf hinweist, dass ich bei der Partnersuche versage … Dann bilde ich es mir definitiv nicht nur ein, oder?

Die Sache nagt den ganzen Rest des Tages an mir, während ich arbeite, Nachrichten von Tally entweder direkt an mich oder im Gruppenchat beantworte, und als Duncan vorbeikommt, um mir eine Nachricht von dem Mädchen zu zeigen, mit dem er sich trifft, und um mich zu fragen, ob sie wohl sauer auf ihn ist, und wenn ja, was er Falsches gesagt hat und wofür er sich entschuldigen muss. Und es nagt immer noch an mir, als ich später am Abend zu Hause bin, in meinen Bademantel gehüllt, neben Tally auf dem Sofa vor dem Fernseher sitzend, die nach einem Film auf Netflix sucht. (Tally hat jetzt plötzlich alle Zeit der Welt, sogar an einem Mittwochabend, ohne Grund und ohne große Vorankündigung.)

Ich öffne den Mund, um sie zu fragen, aber ich lasse es. Will ich wirklich wissen, was sie denkt?

Was, wenn sie derselben Meinung ist?

»Was?«, sagt sie und sieht mich nicht einmal an.

»Ich habe nichts gesagt.«

»Wolltest du aber. Dann hast du dieses Gesicht gezogen wie immer, wenn du zu viel nachdenkst. Zum Beispiel, als Lena gesagt hat, dass dir Burgunderrot nicht schmeichelt.«

Verdammt, Tally ist meine beste Freundin und kennt mich so gut.

Also fange ich an, es ihr zu erzählen. Sie weiß bereits von meiner vorübergehenden Beförderung, da ich es im Gruppenchat erzählt habe, aber jetzt gebe ich ihr fast wortwörtlich den Rest meines Gesprächs mit Jenny wieder, einschließlich der ganzen Sache mit dem Dating-Versagen.

»Und sie hat recht, oder nicht? Ich bin eine Versagerin.«

»Und?«

»Was meinst du mit *›und‹*? Offensichtlich bin ich dazu bestimmt, ewig Single zu bleiben, ich werde nie einen Mann finden, der mit mir zusammen sein will oder sich in mich verliebt, weil ich verdammt noch mal nichts richtig machen kann, und …«

»Na, das ist jetzt ein bisschen drastisch. Wenn wir schon über Misserfolge in der Liebe reden, was ist mit mir? Ich war buchstäblich kurz davor, mit meinem Freund eine Wohnung zu kaufen. Ich war verliebt. Ich fragte mich, wann er mir einen Antrag macht. Und jetzt geht er die ganze Zeit mit seinen Kumpels in die verdammte Kneipe, weil er offenbar schon lange, bevor wir uns getrennt haben, nicht mehr mit mir zusammen sein wollte. Könnte man das als Versagen bezeichnen?«

»Das ist etwas anderes.«

»Ist es? Denn lass mich dir sagen, Soph, dass es ein Haufen Scheiße ist. Ich fühle mich in Liebesdingen gerade wirklich nicht besonders erfolgreich.«

»Ja, aber …«

»Aber«, sagt sie scharf, wenn auch nicht unfreundlich, »du bist hier die Versagerin. Dabei stehst du immer wieder auf, klopfst den Staub ab und machst weiter. Du lässt dich nie runterziehen. Obwohl – bei Gareth, dem Weihnachtsruinierer, war es schon ein bisschen so. Aber Heiligabend sitzen gelassen zu werden, wäre für jeden schrecklich gewesen. Nach einer Weile hattest du dich wieder erholt, nicht? Gott, stell dir vor, wenn es nicht so wäre. Wenn du nach einer einzigen schlechten Beziehung nicht mehr weitersuchen würdest. *Das* wäre traurig.«

Aber ich schüttle den Kopf. Manche Dinge an ihrer Trennung habe ich nicht verstanden; manche Dinge am Dauersingledasein versteht sie nicht.

»Ja, okay … Aber das meine ich nicht. Ich matche Männer, die mir halbwegs anständig erscheinen, verschwende meine Zeit damit, mit ihnen zu chatten, auch wenn ich sie nicht besonders mag, verabrede mich mit ihnen, um zu sehen, ob die Chemie stimmt … Und selbst wenn es gut läuft, funktioniert es nicht. Weil sie mich ghosten oder einer von uns beiden es nicht will oder weil einfach keine Funken fliegen oder weil es nichts Ernstes war oder …«

Oder weil sie in millionenfacher Hinsicht das genaue Gegenteil von mir sind, mitten in einer schrecklichen Scheidung stecken und emotional nicht bereit für eine Beziehung sind, auch wenn sie sich in Wahrheit danach sehnen.

Tally starrt mich verständnislos an. Sie weiß, dass es so läuft, da ich sie ja immer sehr detailliert über mein Dating-Leben informiere. Also atme ich tief durch und fahre fort, weil ich es ihr plötzlich unbedingt verständlich machen will.

»Wenn es gut ist, eine Versagerin zu sein, weil ich es immer wieder versuche, dann bedeutet das nur, dass ich die letzten Jahre damit verschwendet habe, mich im Kreis zu drehen und nie *wirklich* etwas zu erreichen. Man soll aus Misserfolgen etwas lernen, aber was habe ich gelernt? Ich meine, ernsthaft. Was habe ich aus all dem gelernt? Anhand von Bildern auf Google nach Fotos zu suchen, um sicherzustellen, dass sie nicht lügen oder verheiratet sind? Nun, whoopee, betrachte mich als Expertin darin. Alles, was ich tue, ist, Zeit und Geld und einige meiner besten Witze an Männer zu verschwenden, mit denen es nicht klappt, doch ich tue es immer wieder, und ich komme nicht weiter. Ich weiß, ich weiß, ich habe einfach noch nicht den Richtigen gefunden«, füge ich hinzu, als ich spüre, dass sie etwas sagen will, aber ich stecke zu tief in meiner Tirade oder meinem Monolog oder was auch immer das ist, um jetzt aufzuhören. »Und dann heißt es, ich soll einfach weitersuchen. Ein paar Frösche küssen! Der Traumprinz wäre irgendwo da draußen! Und was, wenn es ihn nicht gibt? Was, wenn ich es wirklich satthabe, zu suchen und mir ständig Hoffnungen zu machen? Es ist immer das Gleiche. Es ist immer ein Fehlschlag. Und es ist anstrengend. Was daran ist nicht ein Haufen Scheiße, Tally?«

Einen Moment lang starrt mich meine beste Freundin fassungslos an. Dann beugt sie sich zur Schachtel mit den Taschentüchern auf dem Couchtisch und reicht mir eins. Da erst merke ich, dass mir die Tränen über die Wangen laufen, ich habe keine Ahnung, wie lange ich schon weine.

Sie sagt leise: »Wenn du dich dabei so schlecht fühlst, warum machst du es dann immer wieder?«

Und darauf habe ich keine einzige verdammte Antwort.

34. KAPITEL

Als Harry mich fragt, ob er mich begleiten kann, um das Baby kennenzulernen, sage ich bereitwillig ja und denke mir nichts weiter dabei. Was meine Familie angeht, bin ich schließlich immer noch mit Harry zusammen, und was Harry *selbst* angeht …

Nun, er ist in letzter Zeit etwas anhänglich. Ständig will er mich unbedingt sehen, Zeit mit mir verbringen. Natürlich immer noch zwanglos, ich habe den Eindruck, dass er Ablenkung braucht, Gesellschaft. Ich würde mich vielleicht ausgenutzt fühlen, wenn wir nicht immer so viel Spaß miteinander hätten, wenn er nicht so ein guter Freund wäre – und das ist er. Ein großartiger sogar. Doch in letzter Zeit hat er mich regelrecht gebraucht, und ich als gute Freundin bin für ihn da; all die Treffen mit den Scheidungsanwälten und die Streitereien mit seiner Ex scheinen ihn am Ende doch an die Leber zu gehen. Auch wenn ich das nicht richtig nachempfinden kann, so weiß ich doch zumindest, wie es ist, überfordert zu sein.

Und der arme Kerl *sieht* auch überfordert aus. Als er am Freitagabend mit Abendessen in meiner Wohnung auftaucht, hat er Tränensäcke unter den Augen, und seine sonst so makellose Kleidung sieht zerknittert aus; er riecht nach Bier – wie sich herausstellt, hat er seit dem Mittagessen getrunken. Ich lasse die Flasche Weißwein, die ich für uns kaltgestellt habe, im Kühlschrank, und reiche ihm ein großes Glas Wasser.

Er ist blass, hat sich seit ein paar Tagen nicht rasiert, und der Glanz ist aus seinen Augen verschwunden. Er murmelt etwas von Kreditkartenabrechnungen und Freunden, die keine Zeit für ihn haben, davon, wie viel Zeit er verschwendet hat, indem er seine Beziehung nicht früher beendete, und davon, wie zurückgelassen er sich fühlt, wenn er sich seine Freunde und deren Familien ansieht. Da ich das gut nachvollziehen kann, lasse ich ihn reden, während ich versuche, den sonst so sorglosen Mann mit diesem Schatten seiner selbst in Einklang zu bringen.

Er ist zu müde, um auch nur zu lächeln, und schläft schließlich am frühen Abend mit dem Kopf in meinem Schoß ein. Als ich ihn wachrüttle, damit wir ins Schlafzimmer gehen können, öffnet er kaum die Augen. Vollständig bekleidet fällt er ins Bett und bietet einen so erbärmlichen Anblick, dass ich ihn in den Arm nehme und über sein Haar streiche.

In seinem Zustand bin ich nicht sicher, ob er wirklich einen ganzen Tag mit meiner Familie verbringen sollte, aber als Dad draußen parkt, um mich abzuholen, ist Harry ein vollkommen anderer Mensch. Eine Dusche, frische Klamotten und ein Becher Kaffee verwandeln ihn zurück in den charmanten, gesprächigen Typen, der er bei der Hochzeit war.

Ich kann ihn nur ungläubig anstarren, als er meinem Dad die Hand schüttelt und sie über irgendetwas lachen. Mit einem breiten Grinsen nimmt er mir die Tüte mit den Geschenken ab, um sie ins Auto zu legen.

Dad umarmt mich. »Alles klar, Soph? Du siehst ein bisschen blass aus.«

»Hm? Oh nein, ich bin … Ja, alles in Ordnung.«

»Nochmals herzlichen Glückwunsch zu deiner Beförderung! Tolle Neuigkeiten. Wir freuen uns alle sehr für dich, das ist wirklich großartig. Ich weiß ja, wie schlecht du dich gefühlt hast, als es das letzte Mal nicht klappte.«

»Was? Nein, überhaupt nicht.«

Er wirft mir einen merkwürdigen Blick zu. »Das hat mir deine Mutter aber vor ein paar Wochen erzählt. Und es klang auch logisch, denn du willst in letzter Zeit kaum noch über die Arbeit reden. Camilla und ich dachten schon, du würdest kündigen. Du wechselst immer sofort das Thema, wenn dich jemand fragt, wie es läuft.«

So ein Mist. *Scheiße*, das stimmt, oder? Ich habe zu viel Angst, dass sie von meinen Misserfolgen und meiner anonymen Kolumne erfahren, als dass ich es riskieren würde, lange über meine Arbeit zu reden.

Während ich überlege, ob ich vorgeben soll, das lustig zu finden oder nicht, stammle ich etwas vor mich hin.

Harry springt für mich ein: »Das ist meine Schuld, Doug. Ich mag es nicht, zu Hause über die Arbeit zu reden; deswegen haben wir uns angewöhnt, das Thema größtenteils im Büro zu lassen.«

Gott segne meinen angeblichen Lebenspartner, meinen Ritter im glänzenden Herrenkurzmantel.

Während der vierzigminütigen Fahrt zu Nadine dreht sich das Gespräch hauptsächlich um meine Beförderung und die Pläne für Weihnachten. Als Dad Harry fragt, was er vorhat, hustet dieser und sagt, er sei sich noch nicht sicher. »Vielleicht verbringe ich dieses Jahr ein ganz ruhiges Fest«, fügt er vage hinzu.

Er tut mir etwas leid, denn auch ich habe ja behauptet, meinen Geburtstag »ganz ruhig« begehen zu wollen. Ich stelle mir vor, wie Harry am Weihnachtsmorgen in seiner kalten, leeren Wohnung aufwacht und der ganze Tag vor ihm liegt … einsam und trostlos und so, so traurig.

Das kann ich nicht zulassen. Auf keinen Fall.

»Du bist immer willkommen, Weihnachten bei uns zu verbringen«, sagt Dad sofort fröhlich. »Nicht wahr, Soph? Je mehr da sind, desto besser!«

»Oh nein, ich kann mich nicht aufdrängen …«, entgegnet er höflich, als hätte er mir nicht selbst vorgeschlagen, Weihnachten zusammen zu verbringen. Ich drehe mich in meinem Sitz um und werfe ihm einen langen Blick zu; er erwidert ihn mit einem unschuldigen Lächeln.

»Natürlich ist er willkommen«, zische ich und verdrehe die Augen. Allerdings schenke ich Harry ein Lächeln, bevor ich mich wieder umdrehe, damit er weiß, dass ich es ernst meine. Das ist wirklich das Mindeste, was ich tun kann.

Nadine ist eine der stolzesten Hausfrauen, die ich kenne, sie war schon immer so. Selbst in ihrer Uni-WG stellte sie für ihre Mitbewohner und sich einen so strengen Hausarbeitsplan auf, dass ihre heruntergekommene zweistöckige Wohnung über einer Pommesbude besser in Schuss war als mein Jugendzimmer. David ist auch ein bisschen spießig, und so habe ich ständig Angst, dass ich ihr Heim mit Kekskrümeln, verschüttetem Tee oder einer Schlammpfütze ruiniere.

Heute aber herrscht in dem grau-weißen Flur ein einziges Durcheinander aus Taschen und Kinderwagen und … *Zeugs*. Auf der Treppe türmen sich verschiedene Stapel: gefaltete Babyschlafanzüge, von denen ich annehme, dass sie sauber sind, und ein weiterer Stoffstapel, der schmutzig aussieht. Außerdem ein halb ausgetrunkener Becher Kaffee und eine Brille von David, die nur darauf wartet, zertreten zu werden.

»Wir sind da«, rufe ich. Hastig bringt Dad mich zum Schweigen, während Camilla aus dem nahe gelegenen Wohnzimmer geflitzt kommt, um genau das Gleiche zu tun.

»Scheiße«, flüstere ich erschaudernd. Kaum durch die Eingangstür, habe ich es schon vermasselt. »Entschuldigung. Schläft das Baby?«

»Nein, aber Nadine«, antwortet Camilla laut flüsternd.

»Nadine *hat* geschlafen«, haucht eine Stimme, dann kommt meine Stiefschwester mit einem müden Lächeln aus dem Wohnzimmer. Ihr Bauch ist immer noch geschwollen, und sie watschelt eher, als dass sie geht, so wie gegen Ende der Schwangerschaft. Natürlich sollte es mich nicht überraschen, aber Tante Dawn war sofort wieder wie vor der Geburt; ich habe wohl erwartet, dass es bei Nadine genauso wäre, auch wenn ihre Geburt viel schwieriger verlief. Sie hat dicke Tränensäcke unter den Augen und sieht ein wenig grau aus, ihre Blässe passt zum Dekor des Hauses. Ich will nicht wissen, wann sie sich zuletzt die Haare gewaschen hat.

»Hey, Nads«, sage ich. »Du siehst toll aus.«

»Ich sehe scheiße aus«, sagt sie. »Und ich fühle mich auch so.«

»Stimmt, ich wollte nur nichts sagen …«

»Sophie!«, fährt mich Camilla an, die Augen geweitet, aber Nadine lacht nur. Ich weiß nicht, ob das Muttersein sie milder gestimmt hat, oder ob sie einfach zu müde ist, um sich zu ärgern. Wahrscheinlich Letzteres. Sie umarmt mich fest; sie riecht anders. Nach Babypuder statt nach ihrem üblichen Parfüm, und auch ein bisschen schal.

»Hast du die Mince Pies mitgebracht?«, zischt sie in mein Ohr.

»Zwei Packungen. Ich verstecke sie unter den Geschirrtüchern.«

»Du bist ein Schatz.« Nachdem sie sich von mir gelöst hat, schaut Nadine auf die Tüten, die Dad und Harry hereingetragen haben. »Was hast du denn da alles mitgebracht?«

Ich zeige abwechselnd auf beide. »Das ist mein Freund, Harry. Und das ist Dad.«

»Ha-ha-ha«, schnaubt sie, aber es gelingt ihr, höflich zu nicken und »Hallo, Harry. Entschuldige das Chaos hier« zu sagen.

Er antwortet, sie solle sich keine Gedanken machen, sie sehe toll aus und habe ein schönes Zuhause, und ich beginne, die Tragetaschen weiterzureichen. »Poppy ist bereits aus ihren Neugeborenen-Sachen herausgewachsen«, sage ich, »deswegen hat Dawn mir einen Haufen Sachen mitgegeben. Wenn du sie nicht willst, können wir sie spenden oder recyceln oder was auch immer. Ähm, und ein Geschenk von meiner Mum …«

»Oh, sie hat mir eine Nachricht geschickt.«

»Sie hat dir ein paar Klamotten gekauft«, sage ich und halte unsicher die große Geschenktüte von Mum in die Höhe. »Ein

Haufen Oberteile und so was. Sie sagte, nur für den Fall, dass du mit Wäschewaschen im Rückstand bist ... Und da sind auch ein paar Bücher für das Baby ...«

»Oh mein Gott, das ist so süß. Ich schreibe ihr später, aber bitte grüße sie von mir. Gott, wie aufmerksam. Mum, schau mal.« Nadine hat mir die Tüte schon aus den Händen gerissen, wühlt darin herum und zieht ein oder zwei Oberteile heraus, um sie Camilla zu zeigen.

»Äh, und ich ... Ich habe das für dich.« Ich greife in die andere Geschenktüte und nehme die Decke heraus, befürchte aber, dass sie nach den Geschenken meiner Mum nicht mehr gut ankommen wird. Es ist eine weiche Strickdecke in Zitronengelb, vielleicht drei Quadratmeter groß, auf die in Schwarz die Initialen des Babys aufgestickt sind – *FJD*, für Finlay James Dawes.

Ich habe sie auf Etsy bestellt, nachdem ich Dutzende von Artikeln zum Thema »Gute Geschenkideen für frischgebackene Mütter« durchforstet habe. Als das Baby auf die Welt kam, schickte ich einen Spielzeugelefanten, nur um ein paar Tage später von Jessica zu erfahren, dass praktisch alle anderen die gleiche Idee hatten. Und Tante Dawn hat so viele Outfits für Neugeborene bekommen, dass sie viele gar nicht benutzen konnte, also wollte ich Nadine keine schenken. Andererseits kann man nicht einfach mit *Windeln* oder so etwas auftauchen. Wie ich mich kenne, würde ich zudem die völlig falschen kaufen.

Die Decke fand ich aber niedlich. Ein Andenken. Und auch praktisch.

»Oh, ist die aber hübsch! Und so weich. Das ist so lieb von dir, Sophie, wirklich.«

Sie strahlt mich an und sieht wieder wie sie selbst aus, und Camilla streckt ihre Hand aus, um die Decke mit einem anerkennenden Brummen zu berühren. Erleichtert seufze ich auf und grinse zurück.

»Schön!« Dad klatscht in die Hände, schiebt mich beiseite und macht sich auf den Weg ins Wohnzimmer. »Wo ist denn mein Enkel? Hallo, David, alles klar?«

Camilla und Harry folgen ihm, während Nadine mir einen Blick zuwirft. »*Mince Pies*«, zischt sie und entspannt sich erst, als ich sie aus meiner Handtasche gefischt habe. Auf ihrem Hemd ist ein Milchfleck zu sehen, aber ich weiß nicht, ob ich sie darauf hinweisen soll.

»Mach uns einen Tee«, sagt sie und schiebt mich in die Küche. »Ich trinke immer noch koffeinfreien; es ist der in dem blauen Le-Creuset-Topf.«

»Oh. Okay.«

Ich kann der frischgebackenen Mutter schlecht widersprechen, also gehe ich in die Küche, verstecke die Mince Pies in der dritten Schublade unter den sauberen Geschirrtüchern und setze dann den Kessel auf. Ich hatte gehofft, gleich mit meinem Neffen schmusen zu können, aber – nun ja, Nadine hat mir wahrscheinlich einen Gefallen getan, mich zum Teedienst einzuteilen. Dad genießt es so sehr, Großvater zu sein, dass es eine Weile dauern wird, bis er das Baby abgibt.

Als ich allen im Wohnzimmer eine Tasse Tee gebracht habe, breitet sich in meinen Knochen dieses panische Gefühl aus, das ich inzwischen gut kenne. Was, wenn ich ihn fallen lasse? Was, wenn ich ihn nicht richtig halte? Was, wenn er nicht so ruhig und still ist wie Poppy, und was, wenn ihm schlecht wird, was mache ich dann? Bleibe ich sitzen oder gebe ich ihn jemand anderem zum Saubermachen? Ist es unhöflich, wenn ich Letzteres tue? Und warum ist mir das so wichtig? Es handelt sich schließlich um meine eigene *Familie*.

Harry steht in der Mitte des Raumes, das Baby in seine Armbeuge geschmiegt. Im Vergleich zu dem kleinen Fin wirkt er wie ein Riese – und, was noch erstaunlicher ist, er ist völlig entspannt, während er sanft von einem Fuß auf den anderen wippt und mit leuchtenden Augen auf das Baby hinabschaut.

Oh Gott! Er wirkt *nachdenklich*. Ich kann nur hoffen, dass mich nicht gleich alle so wie letzte Woche bei Dawn und Janine fragen, wann es bei mir so weit ist.

Dann meint Camilla: »Schon gut, schon gut, genug – jetzt lass Sophie mit ihm schmusen. Sophie … Das ist Finlay!« Geschickt nimmt sie ihn Harry ab, um ihn quer durch den Raum zu tragen, bedeutet mir, mich auf das Sofa neben Nadine zu setzen, und legt das Baby ganz zart in meine Arme. Offenbar spürt sie meine Ängstlichkeit, denn sie schiebt meine Arme ein wenig zurecht, damit ich ihn besser halten kann, und legt meine eine Hand auf seinen Hinterkopf.

Natürlich sind alle Babys süß, und Finlay ist es auch, aber … er sieht auch irgendwie seltsam aus. Poppy ist weich und rosig. Fin hingegen sieht ein bisschen aus wie ein alter Mann, wenn er sein Gesicht verzieht – was er oft tut.

Aber er riecht gut. Man hört ja immer, dass Babys gut riechen, und das stimmt auch.

»Hey, Fin«, sage ich leise, als er mich mit schielenden blauen Augen anstarrt, sein Gesicht ist gerötet und faltig. »Ich bin's, Tante Sophie.«

Ich wiege ihn ein wenig hin und her, so wie Harry es vorhin getan hat, da ihm das offenbar ziemlich gefallen hat. Sofort fängt Finlay an zu weinen. So ein Mist. Ich wiege ihn etwas heftiger, weil man das anscheinend so macht, doch Nadine nimmt ihn mir ziemlich schnell ab.

»Tut mir leid«, sage ich, ohne zu wissen, warum, aber ich fühle mich plötzlich unheimlich schuldig. »Ich glaube, ich kann nicht besonders gut mit Babys umgehen. Abgesehen von Dawn und dir kenne ich niemanden, der ein Kind hat.«

»Was? Nein, du machst das gut.«

»Aber du hast ihn mir weggenommen.«

Nadine wirft mir einen ausdruckslosen Blick zu. »Ja. Falls du nicht gerade eine Schwangerschaft vor uns verheimlichst, Soph, und Milch produzierst, kannst du ihm nichts zu essen geben.«

Ich stoße einen hörbaren Seufzer der Erleichterung aus, was Camilla zum Lachen bringt. »Ehrlich, Sophie. Du musst nicht so erschrocken gucken. Anfangs weiß doch niemand, wie es geht; du hast das gut gemacht.«

»Außerdem kannst du dich nicht einfach so verziehen«, fährt Nadine mich an. »Gewöhn dich dran. Du stehst auch auf meinem Babysitter-Dienstplan.«

Ja, das bin ich: Babysitterin und Spitzen-Tante.

Auch Jessica kommt zu dem Familientreffen. Dad holt sie vom Bahnhof ab – es ist nur eine Stunde Fahrt mit dem Zug, und sie kann gar nicht genug Zeit mit ihrem Neffen verbringen. Sie muss in den letzten Wochen ein Vermögen für Zugtickets ausgegeben haben.

Nach dem Essen sind wir beide zum Küchendienst eingeteilt, ich wasche ein paar Schüsseln ab, während sie die Spülmaschine einräumt und die Arbeitsflächen putzt, und ich nutze die Gelegenheit, um zu fragen: »Hey, Jess? Fühlst du dich manchmal auch ein bisschen … überwältigt von dem Baby?«

»Wie, im Sinne von selbst eines zu bekommen? Ich hatte schon so meine Zweifel, als ich hörte, wie Nadines Vagina danach aussah«, antwortet sie lachend, »aber das ist es einfach wert, oder? Ich habe natürlich leicht reden, ich wurde ja nicht genäht, aber, Gott, er ist einfach so *wundervoll*. Ich weiß nicht«, fügt sie leise hinzu, zuckt mit den Schultern, und ihr Ehering und der Verlobungsring glitzern im Küchenlicht, als sie zwei leere Becher in die Hand nimmt. »Ich bin schon etwas nachdenklich geworden. Conor und ich haben, nachdem wir Fin zum ersten Mal gesehen haben, die ganze Nacht über Kinder gesprochen.«

»Fühlt es sich aber nicht auch komisch an? Ihn im Arm zu halten und einfach … die totale Verantwortung zu haben? Er ist völlig von einem abhängig. In jeder Hinsicht. Und er ist … winzig.«

»Was willst du damit sagen?«

Ich höre auf, die Auflaufform zu schrubben, schaue sie eindringlich an und frage mit gesenkter Stimme: »Hast du keine Angst, ihn fallen zu lassen und zu verletzen oder so?«

Jessicas Augen weiten sich, eine Sekunde lang denke ich: Scheiße, das hätte ich nicht sagen sollen. Sie denkt jetzt bestimmt, dass ich ein schrecklicher Mensch bin. Dann wird sie es Nadine erzählen, und ich werde Finlay erst wieder auf den Arm nehmen dürfen, wenn er fünf Jahre alt ist.

Sie schnappt mein Handgelenk und beugt sich nahe an mein Gesicht. »Oh mein Gott, ist das dein Ernst? Aber *ja*. Mann, Sophie, das ist total beängstigend. Nadines Freundinnen haben schon vor Ewigkeiten angefangen, Babys zu bekommen, deswegen ist sie das alles irgendwie gewöhnt, aber mir geht es genauso wie dir. Beim ersten Mal musste ich mir von Mum zeigen lassen, wie man ihn richtig hält. Neulich habe ich versucht, ihm die Windel zu wechseln, weil ich helfen wollte, und habe ungefähr zwanzig Minuten dafür gebraucht. Ich war kurz vor einem Nervenzusammenbruch; am Ende habe ich danach gegoogelt – es war mir zu peinlich, den anderen zu sagen, dass ich keine Ahnung habe.«

»Aber du wirkst wie ein Naturtalent im Umgang mit ihm. Als wüsstest du, was du tust.«

Sie winkte ab. »Von wegen. Wahrscheinlich bin ich einfach zu beschäftigt, daran zu denken, wie sehr ich ihn liebe und wie süß er ist, aber glaub mir, da ist immer diese Stimme in meinem Hinterkopf, die sagt: Halt seinen Kopf. Flipp nicht aus und lass ihn nicht fallen, wenn er plötzlich alles vollkotzt.«

Ich könnte vor Erleichterung heulen, weil sogar die nachdenkliche, ernsthaft über Kinder nachdenkende Jessica im selben Boot sitzt wie ich. Ich bin also doch keine furchtbare Laune der Natur.

»Trotzdem«, sinniert sie und blickt in Richtung Wohnzimmer, wo die anderen plaudern und Finlay lustige Geräusche macht. »Man bekommt schon richtig Lust auf ein eigenes Kind, oder?«

Also vielleicht nicht *ganz* im selben Boot.

Ich meine, ein Kind … Ein ganz neues menschliches Wesen … Das ist einfach so *viel.* Ich glaube nicht, dass ich das im Moment verkraften könnte.

An manchen Tagen bin ich mir nicht mal sicher, ob ich mich selbst verkraften kann.

Dezember

KALENDER

Freitag, 3. Dezember – freier Tag, um Weihnachtseinkäufe zu erledigen!!!!!

Samstag, 4. Dezember – König-der-Löwen-Matinee mit Mum und Dad in London

Donnerstag, 16. Dezember – Job-Weihnachtsfeier
(TAXI NACH HAUSE BUCHEN!!!!!)

Sonntag, 19. Dezember – Bei Granny und Granddad zur Bescherung und zum Bratenessen

Samstag, 25. Dezember – Weihnachten bei Nadine

Freitag, 31. Dezember – Pub mit Tally??? (Müssen wir irgendwo reservieren? NICHT VERGESSEN, TALLY ZU FRAGEN)

35. KAPITEL

Wonach suche ich überhaupt bei all meinen Dates?

Wie man seinen Selbstwert ermittelt,
von unserer Dating- und Beziehungskolumnistin

»Single zu sein, ist wirklich ein Segen«, sagt Tally seufzend, als wir nach der Arbeit im Café sitzen – seit sie nicht mehr mit Sam zusammen ist, müssen wir uns nicht länger morgens hastig zum Kaffeetrinken treffen. »Es ist die perfekte Zeit, um sich selbst zu finden, oder? Sich selbst besser kennenzulernen. Wirklich die beste Person zu werden, die man sein kann.«

Wir haben gerade meine letzte Kolumne gelesen, die erst vor ein paar Tagen, Ende November, hochgeladen wurde. Es geht darum, dass meine Zeit ständig von Freunden und der Familie in Beschlag genommen wird, dass ich nur, weil ich Single bin, nach ihrer Pfeife tanzen muss, und dass es schön wäre, ein paar Grenzen zu setzen – und noch schöner, wenn diese von Nicht-Singles respektiert würden. Tally gefiel diese Kolumne offenbar nicht ganz so gut, sie fragte mich, ob ich mich als Single so fühle.

Fast – *fast* – hätte ich ihr gesagt, ja, genau so fühle ich mich, denn ich habe das verdammte Ding geschrieben.

Die Kolumne sollte sich ursprünglich darum drehen, wie man nach einer Reihe von miesen Dates wieder auf die Beine kommt, inspiriert von Jennys Aussage, dass ich bei Verabredungen immer so viel Pech habe, aber dann habe ich das Ganze drei Tage vor dem Hochladen verworfen und stattdessen diesen Artikel geschrieben. Denn es ist wahr: Ich bin *erschöpft*. Nach all den Besuchen von Poppy und Fin, Verabredungen mit Tally, die ständig mit mir abhängen will und Hilfe bei der Suche nach einer neuen, billigeren Wohnung braucht, zwei miserablen Hookd-Dates und den Besichtigungen von Veranstaltungsorten mit Lena habe ich offiziell keine Kraft mehr. Bei der Arbeit bin ich müde, wenn ich nach Hause komme und etwas gegessen habe, schlafe ich fast sofort ein, und mit der Wäsche bin ich so im Rückstand, dass ich neue Unterhosen kaufen musste, weil es keine sauberen mehr gab. Seit unserem Besuch bei Fin habe ich Harry kaum noch gesehen – und ich fange an, ihn zu vermissen.

Letztes Wochenende, als ich im Familien-Gruppenchat zu einem weiteren Besuch bei Nadine gedrängt wurde (und verstohlen gebeten wurde, mehr Mince Pies mitzubringen), wollte ich laut schreien. Ich wollte schluchzen. Ich wollte einfach nur den ganzen Tag im Bett liegen und erst wieder aufstehen, wenn ich mich halbwegs menschlich fühlte und einen zusammenhängenden Gedanken fassen konnte.

Aber bei frischgebackenen Eltern kann man schlecht Nein sagen. Oder bei einer Freundin, die sich immer noch gelegentlich wegen ihrer Trennung in den Schlaf weint.

Ich wollte auch schreien und schluchzen, als Tally mich fragte, ob ich der Kolumne (meiner eigenen!!) zustimmen würde. Ich wollte hysterisch lachen. Am Ende zuckte ich nur mit den Schultern und murmelte etwas wie: »Vielleicht stimmt das mit den Grenzen.«

Ich wünschte, ich würde besser Grenzen setzen.

Ich wünschte, ich würde *überhaupt* Grenzen setzen.

Dann beschloss Tally, während sie an ihrem Mokka nippte, dass die Autorin vielleicht doch ein bisschen recht hätte, und dass es wichtig wäre, sich Zeit für sich selbst zu nehmen.

»Und«, fährt sie jetzt fort, »man hat einfach so viel Zeit, um neue Dinge auszuprobieren, rauszugehen und neue Leute zu treffen! Ich meine nicht nur Männer, ich könnte ein neues Hobby anfangen, wenn ich wollte. Ich kann gar nicht fassen, wie viel Freizeit ich auf einmal habe. Und somit kann ich wirklich an mir selbst arbeiten, weißt du?«

Das ist ein bisschen dick aufgetragen, wenn man bedenkt, dass ich gestern ihre Toilette, die nicht mehr spülte, reparieren musste – was ich seinerzeit von Harry gelernt habe.

Ich lasse sie weiterreden, und sie fängt an, über all die Hobbys nachzudenken, die sie ausprobieren könnte, jetzt, wo sie Single ist, aber ich beteilige mich nicht an dem Gespräch. Ich möchte ihr sagen, dass sie das Ganze romantisiert und die Realität erbärmlich und einsam ist. Ich möchte sie anflehen, die Klappe zu halten, denn ihre Vorstellung, dass das Singledasein gleich Freizeit gleich Leidenschaften und Hobbys bedeutet, gibt mir das Gefühl, alles falsch zu machen – als hätte ich mein ganzes Singleleben vergeudet, weil ich weder gelernt habe zu programmieren noch Reisebloggerin geworden bin.

Aber ich lasse sie reden und sage nur das Nötigste, weil ich so *müde* bin.

Lediglich für meinen Toffee-Nuss-Latte kann ich Energie aufbringen, jedoch nicht für dieses Gespräch – eigentlich für gar kein Gespräch – mit meiner besten Freundin. Ich denke wieder an die Grenzen, wünsche mir, ich hätte welche, und überlege, dass ich gerne Urlaub machen würde. Niemand will etwas von einem, wenn man im Urlaub ist, oder? Kollegen akzeptieren die automatische Abwesenheitsmeldung, und Freunde und Familie auch. Niemand kann von einem erwarten, Mince Pies ins Haus zu schmuggeln oder auf Hochzeitsmessen zu gehen, wenn man im Urlaub ist.

Erschrocken stelle ich fest, dass ich in diesem Jahr noch keinen richtigen Urlaub hatte. Wenn ich mir freigenommen habe, dann für Feiern wie Jessicas Junggesellinnenabschied oder mal einen Tag unter der Woche, um Dinge zu erledigen wie das Bezahlen von Hausratversicherung und Grundsteuer oder das Putzen der Wohnung, bevor der Vermieter zur jährlichen Inspektion kommt. Jetzt im Dezember habe ich viele Urlaubstage genommen, um meine Familie besuchen und Geschenke kaufen zu können.

Vielleicht hätte ich eine Reise buchen sollen. Nach Antigua fliegen, wie Harry gescherzt hat.

Vielleicht kann ich das ja immer noch tun.

Ich unterbreche Tally, die gerade irgendwas gesagt hat, und verkünde: »Ich denke, ich fahre nächste Woche nach London.«

Sie blinzelt mich überrascht an, die braunen Augen hinter der Brille weit aufgerissen. Dann runzelt sie verwirrt die Stirn. »Ja … klar. Du gehst doch mit deinen Eltern in ein Musical, oder?«

»Nein, ich meine … Ich meine, ich habe Freitag frei. Ich werde mir einfach ein nettes Hotel buchen und einen Kurzurlaub machen. Schick essen gehen, über die Weihnachtsmärkte schlendern und mir die Sehenswürdigkeiten ansehen.«

»Oh!«, sagt Tally und sieht mich einen Moment länger an, immer noch verwirrt. »Mit einem Typen? Ist etwas passiert – ist Jaxon wieder auf der Bildfläche erschienen?« (Sie denkt immer noch, dass Harry Jaxon ist; ich sollte ihr mal langsam die Wahrheit sagen.) »Oder ist es jemand Neues?«

»Nein. Nein, ich werde alleine fahren.«

Meine Stimme klingt seltsam. Irgendwie weit weg. Nicht so richtig nach meiner. Die, die hier spricht, ist selbstbewusst und interessiert sich nicht für das, was andere denken.

»Bist du sicher? Hast du es nicht furchtbar gefunden, an deinem Geburtstag alleine unterwegs sein zu müssen …?«

»Ich bin mir sicher«, sage ich so entschieden, dass sie keine weiteren Fragen stellt – und so entschieden, dass ich mich nicht einmal *selbst* hinterfrage.

»Einen Tisch für eine Person, bitte«, sage ich ein paar Tage später mit klopfendem Herzen und schwitzenden Handflächen zu dem Kellner, aber der zuckt nicht mit der Wimper, greift lediglich nach einer Speisekarte und führt mich zu einem gemütlichen Platz in der Mitte des Restaurants.

Ein ungewohntes Gefühl durchströmt mich. Zuversicht? Nein, das ist es nicht ganz ...

Stärke.

Das ist es.

Ich fühle mich stark so ganz allein. Ich habe mein Gepäck in der Gepäckaufbewahrung des Hilton deponiert, bin in die U-Bahn gestiegen und nach Fulham gefahren, um in diesem unscheinbaren kleinen italienischen Restaurant zu Mittag zu essen. Die Wände sind dunkel gestrichen, fast schwarz, aber im ganzen Raum sind große Edison-Glühbirnen angebracht – an den Wänden und an der Decke – was das Lokal in ein warmes, gemütliches Licht taucht. Der Raum ist mit roten und goldenen Bändern und Lametta geschmückt, und um die Teelichter auf jedem Tisch liegt ein winziger Kranz. Und es duftet auch wunderbar.

Ich bin froh, dass ich es in dem Blogbeitrag über »Geheimtipps« entdeckt habe, als ich meinen Tag in London plante.

Und ich bin nicht die einzige Person, die allein hier ist. Es gibt Paare, ein paar kleine Freundesgruppen und in einer Ecke scheint ein Geschäftsessen stattzufinden ... Aber da ist auch eine Handvoll Leute, die allein sitzen. Ein junger Mann, der die Nase in einem Gedichtband vergraben hat, vermutlich ein Student. Ein Mann mittleren Alters mit einer Zeitung und einer Schüssel Nudeln vor sich. Eine elegante ältere Dame, die an ihrem Wein nippt und ihre Spaghetti genießt; sie sieht, wie ich sie beobachte, und hebt ihr Glas. Ich lächle sie an.

Der Kellner kommt zurück, nachdem er mir genug Zeit gegeben hat, die Speisekarte zu lesen – als ob ich sie nicht schon vorher im Internet eingehend studiert hätte. Ich bestelle als Vorspeise

Pilze in Knoblauchsoße (was ich bei einem echten Date niemals tun würde, um bloß nicht nach Knoblauch zu stinken und ihn abzuschrecken), die Spaghetti alla casa (auch das ist bei einem Date zu vermeiden, weil ich mir gerne die Soße über das ganze Outfit spritze, wenn ich die Nudeln um die Gabel drehe) und ein Glas Weißwein – denn, mal ehrlich, warum denn nicht? Schließlich *gönne* ich mir heute etwas.

Während ich auf das Hauptgericht warte, scrolle ich auf der Website der Zeitung durch die Artikel, die ich geschrieben habe. Ursprünglich wollte ich nur den Artikel von meinem Geburtstag finden, in dem es darum geht, mich mit mir selbst zu einem Date zu verabreden, aber am Ende lese ich alle Artikel des vergangenen Jahres.

Und es ist seltsam, denn es fühlt sich nicht so an, als würde ich über *mich* lesen. Als wären es nicht meine Worte. Ich will immer, dass der Artikel ein bisschen geschliffener klingt und ich ein bisschen cooler rüberkomme, als ich tatsächlich bin. Eher zuversichtlich und nicht vollkommen verzweifelt. Beim erneuten Lesen der Kolumnen bekomme ich eine Vorstellung davon, was meine Freunde darin sehen.

Ich mag die Person, nach der ich in den Artikeln klinge.

Doch weiß ich, dass die Realität ganz anders aussieht. In Wahrheit leide ich sehr unter der Einsamkeit. Statt stolz zu ihr zu stehen, tue ich alles, um sie loszuwerden.

Ich habe mich nie für einen besonders bedürftigen Menschen gehalten, aber wie es scheint, bin ich es doch. Ich nehme es meinen Freunden übel, wie wenig Zeit sie für mich haben, bin verbittert darüber, dass jemand anderes ihre Zuneigung und Zeit bekommt, die sie einmal für *mich* übrig hatten – und zugleich schenke ich mir selbst weder Zeit noch Zuneigung.

Und wenn ich mal ganz brutal ehrlich zu mir bin … Zum Teil habe ich nur deshalb so viele Dates gehabt, weil ich auf alle anderen neidisch war. Weil ich die Leere, die meine Freunde hinterlassen haben, mit genau dem füllen wollte, was sie haben: einem Freund. Wenn ihre Partner daran schuld sind, dass ich mich so einsam und ausgeschlossen fühle, dann wollte ich mir selbst eben auch einen suchen.

Natürlich gibt es auch andere Gründe.

Aber erst jetzt wird mir klar, dass es vielleicht nie geklappt hat, weil ich in Wahrheit gar keinen echten Partner will, sondern lediglich jemanden, der den Schmerz lindert und zudeckt wie ein Pflaster.

Was, seien wir ehrlich, nicht gesund ist. Um das zu begreifen, brauche ich keine Freunde und auch keinen Therapeuten.

Ich habe diese ganze Sache von wegen »Ich nehme mir eine Auszeit vom Dating, um an mir zu arbeiten« nie verstanden. Und auf einmal verstehe ich es doch.

Ursprünglich war der Grund für diese Reise, dass ich von allen anderen die Nase voll hatte und mich am liebsten unter der Bettdecke verkriechen wollte, aber nun geht es um mehr.

Es geht darum, mir zu beweisen, dass ich es *alleine* schaffe.

Es ist so, wie ich es in meinem Artikel vom Oktober, nach meinem Geburtstag, schrieb: Ich habe mich und mein Leben kleiner gemacht, nur weil es niemanden gibt, mit dem ich es teilen kann. Die Urlaube, die ich nicht buchte, die Filme, die ich nicht sah, die Restaurants, die ich nicht besuchte – und wozu? Was habe ich dadurch gewonnen, außer, dass ich mich über mich selbst ärgere? Niemand kann etwas dafür, dass ich diese Dinge nicht getan habe, es war *meine* Entscheidung. Der Druck und die Scham, die ich dabei empfunden habe, gab es immer nur in meinem Kopf.

Wenn ich so darüber nachdenke, fühlt es sich seltsam schwarz und weiß an. Es ist wie ein Schlag ins Gesicht, an diese immer länger werdende Liste von Dingen zu denken, die ich nicht getan habe, *nur weil ich Single bin*.

Plötzlich sind nicht mehr die vielen nicht funktionierenden Dates das Problem, sondern die Tatsache, wie sehr ich mich die ganze Zeit selbst eingeschränkt habe.

Ich habe mich über meine Freunde geärgert, weil sie ihr Leben um jemand anderen herum aufbauen, dabei habe ich genau das Gleiche getan, wie Duncan ja schon vor ein paar Wochen bemerkte. Der einzige Unterschied ist, dass mein »Partner« diese große Leere ist, von der ich immer hoffe, dass einer der Männer, die ich treffe, sie ausfüllen.

In den letzten Jahren ist mir die Tatsache, Single zu sein, derart bewusst geworden, dass ich sie zum Mittelpunkt meines gesamten Lebens gemacht habe. Alles drehte sich darum, einen Freund zu finden oder keinen Freund zu haben oder sich mit jemandem zu verabreden; es ist das, was immer im Mittelpunkt steht, das sind die Gedanken, die sich ständig in mein Gehirn schleichen, mich einwickeln, wenn ich im Bett liege und versuche einzuschlafen, der Filter, durch den ich die Kommentare und Handlungen aller anderen betrachte.

Nun, denke ich, als der Kellner die Spaghetti bringt, *es ist an der Zeit, dem ein Ende zu setzen.*

Oder – es ist zumindest an der Zeit, damit anzufangen.

Es ist an der Zeit, dass ich so langsam einmal an erster Stelle komme, und dafür muss ich etwas sehr Schwieriges und sehr Wichtiges tun, wenn ich es wirklich schaffen will.

Ich muss mit meinem alten Leben Schluss machen.

Diese Erkenntnis fühlt sich so gewaltig und weltbewegend an, dass ich für einige Momente einfach nur ins Leere starre. Eine Last fällt von meinen Schultern, von der ich gar nicht wusste, dass sie überhaupt da war; ein seltsames Gefühl der Ruhe überkommt mich.

Ich weiß, es klingt lächerlich, sogar lachhaft, aber es ergibt einfach Sinn. Sam hat mit Tally Schluss gemacht, weil er nicht glücklich mit ihr war: Gilt das gleiche Prinzip nicht auch hier? Mein Leben macht mich nicht so glücklich, wie ich es gerne hätte, also ist es an der Zeit, dass ich Schluss mache und mich etwas Neuem zuwende. Etwas Besserem.

Die Idee fühlt sich so *groß* an, so lebensverändernd, dass ich fast erwarte, die ganze Welt um mich herum müsse sich so verwandeln, dass sie zu dieser neuen Sichtweise passt.

Doch offensichtlich läuft das nicht so.

Die Welt dreht sich weiter, alle anderen leben ihr Leben weiter, und meins ändert sich auch nicht wirklich.

Als ich mich am nächsten Morgen mit Mum und Dad treffe, um mit ihnen wie immer zur Weihnachtszeit ein Musical zu sehen, was seit der Scheidung eine Tradition für uns drei ist, bin ich schon wieder mehr als bereit, Zeit mit anderen Menschen zu verbringen.

Mein Mini-Solo-Urlaub hat sich auf jeden Fall gelohnt, aber mich allein vollkommen wohlzufühlen und absolut selbstbewusst zu sein, daran muss ich noch arbeiten.

36. KAPITEL

Fast zwei Wochen später, am Tag der Weihnachtsfeier im Büro, will ich nach wie vor mein neues Leben akzeptieren und meine alte, unglückliche, verbitterte Einstellung ablegen – nur gab es noch nicht viele Gelegenheiten, mir das auch wirklich zu beweisen.

Zum Teil, weil ich auf ein Date ging und zudem ein paarmal Harry traf. Aber auch, weil ich in der Vorweihnachtszeit damit beschäftigt war, mich selbst – und all die Geschenke – zu organisieren.

Auf das Date – mit einem netten Zahnarzt namens Mark, neunundzwanzig, 1,80 mit einem Interesse für Kryptowährungen und Krimis – ging ich zugegebenermaßen aus reiner Langeweile. Ich war doch wieder einmal traurig und einsam und wünschte mir jemanden, mit dem ich die Weihnachtszeit verbringen konnte. Auf Instagram waren an diesem Tag alle mit der Person, die sie lieben, zusammen, und Harry verbrachte Zeit mit Freunden, also beschäftigte ich mich wieder mit Hookd.

Doch dieses Mal *wusste* ich wenigstens, was mich zu diesem Date motivierte – daher ging ich auch ohne Erwartungen hin. In gewisser Weise nutzte ich den Typen aus und hatte deswegen die ganze Sache schon abgeschrieben, bevor wir uns überhaupt auf einen Drink trafen.

Es war vielleicht das beste Date, das ich seit Langem hatte. (Harry nicht mitgezählt; doch ich bin immer noch fest entschlossen, die Momente, in denen wir zusammen sind oder miteinander schlafen, nicht als »Dates« zu betrachten. Für ihn ist es nichts

Ernstes, das rufe ich mir immer wieder in Erinnerung, also darf es das für mich auch nicht sein.) Jedenfalls bin ich wie bei Harry vollkommen ohne Erwartungen und Druck zu der Verabredung gegangen.

Eigentlich hielt ich mich immer für ziemlich offen, vor allem, wenn es um Dates geht, aber die Drinks mit Mark haben mir das Gegenteil bewiesen, denn mir wurde auf einmal klar, wie viel Wert ich doch auf Äußerlichkeiten lege. Normalerweise hätte ich versucht herauszufinden, in welcher Stimmung er ist, was genau er sucht, was er an mir zu aufdringlich finden könnte und auf welche Art von Flirten er reagiert …

Es war ein tolles Date. Großartig, um genau zu sein.

Er fand allerdings, dass es nicht »gefunkt« hat, und schrieb mir später am Abend, nachdem wir beide getrennt nach Hause gegangen waren, bedankte sich für den schönen Abend und wünschte mir viel Glück.

Dir auch, schrieb ich zurück, aber das »Viel Glück« habe ich lange angestarrt.

Viel Glück wobei?

Liebe zu finden? Romantik? Viel Glück bei der Partnersuche im Allgemeinen, weil die wirklich schwierig ist?

Ich brauche kein Glück, dachte ich, und korrigierte mich dann: Ich *will* kein Glück.

Schließlich versuche ich doch, das alles hinter mir zu lassen, oder vielleicht nicht? Ich bin gerade dabei, mich völlig zu verändern. Mein neues Ich zu finden. Dafür brauchte ich kein Glück, sondern einfach guten, altmodischen Mut.

Auf der Weihnachtsfeier betrinke ich mich gerade genug, um Duncan alles zu erzählen – er ist der erste Mensch, dem ich es zu sagen wage.

Er findet es zum Totlachen.

»Und jetzt?« Er schnappt nach Luft und drückt eine Hand auf die Stelle, wo er vom vielen Lachen Seitenstechen bekommen hat.

Es liegt sogar ein Hauch von Schweiß auf seinem Gesicht, was aber vielleicht eher an den Gratisgetränken liegt. »Verabredest du dich jetzt mit dir selbst? Bist du jetzt bewusst dein eigener Partner?«

»Vielleicht? Ja. Irgendwie schon. Es ist ja nicht so, dass ich den Männern abschwöre und mich nicht mehr verabrede. Glaube ich jedenfalls. Wobei, vielleicht sollte ich das! Mich selbst daten, meine ich. Wer würde mich nicht daten wollen? Ich bin fantastisch.«

»Du bist verrückt«, sagt er, als wolle er mich korrigieren.

»Was ist hier los? Worüber tratscht ihr zwei?«, fragt Isaac, der mit einer Bierflasche in der Hand herübergeschlurft kommt. Nach ein paar Gläsern billigen Weins erscheint mir selbst Isaac nett und freundlich und wie einer meiner Lieblingsmenschen auf der Welt. Ich verzeihe ihm sogar, dass immer ich die Stapel Werbeartikel wegräumen muss. (Sobald ich Jenny vertrete, wird er keine andere Wahl haben, als das selbst zu tun.)

So beschwipst und locker, wie ich bin, erkläre ich es ihm nun ebenfalls – also, dass ich mich total auf einen Mann in meinem Leben fixiert habe, obwohl es gar keinen gibt, und dass ich mich ab sofort auf mich selbst konzentrieren muss, außerdem erzähle ich ihm von Duncans Vorschlag, »mich selbst zu daten«, während ich versuche, mein altes Ich und all die traurigen, bedauernswerten Einstellungen loszulassen, die mich bisher zurückgehalten haben.

Isaac wirkt amüsiert, lacht aber nicht wie Duncan.

Er nippt lediglich an seinem Bier und sagt: »Hm. Gut für dich, Sophie. Ich finde, das klingt nach einer absolut gesunden Entscheidung.«

»Wirklich?«

»Ja. Ich meine, du bist immer so deprimiert, wenn du von den Männern erzählst, mit denen du ausgehst oder mit denen du fast ausgegangen wärst. Nichts für ungut, aber ich weiß nicht, wie du das immer schaffst. Es klingt verdammt anstrengend.«

»Die Dates?«

»Der Gelegenheitssex mit deinem Pseudofreund?«, schlägt Duncan vor, und ich stoße ihn mit dem Ellbogen in die Seite.

»Die ganze Mühe, da *rauszugehen*, mit Leuten zu reden, sie zu beeindrucken.« Isaac verzieht das Gesicht. »Nein danke. Das ist wirklich nichts für mich.«

»Aber du hast doch manchmal Dates.«

»Wenn ich Lust dazu habe«, sagt er und lacht. »Ich bin sehr introvertiert. Ein einziges Date reicht schon, um meine soziale Batterie für etwa drei Monate zu leeren.«

»Klassische ISTJ-Persönlichkeit«, meint Duncan ernst und nickt. Er sieht mich lange an und sagt dann an Isaac gerichtet: »Das würde sie nicht verstehen. Sie ist eine totale ENFP.«

»Und du bist ein totaler A-R-S-C-H«, entgegne ich.

Isaac lacht. »Es geht um deinen Myers-Briggs-Typenindikator. Du weißt doch, dieser Persönlichkeitstest.«

»Oh mein *Gott*. Oh mein Gott! Das bedeuten also die ganzen komischen Buchstaben, die manche Typen in ihr Profil schreiben? Verdammte Scheiße.« Ich kann nicht fassen, dass ich das nicht früher kapiert habe; ich hatte immer ein bisschen Angst, es könne um etwas … *Seltsames* oder absolut Perverses gehen, weshalb ich es nie gegoogelt habe. »Also, was bedeutet mein Eff … Äh, PT …?«

»ENFP«, wiederholt Duncan. »Hast du meinen Artikel im September nicht gelesen?«

Ich blinzle. »Geht es um dieses seltsame Quiz, das du im ganzen Büro herumgeschickt hast?«

»Ja! Jedenfalls bedeutet es, dass du sehr emotional bist. Beispielsweise ist es dir sehr wichtig, emotionale Beziehungen aufzubauen. Und Spaß zu haben.«

»Das klingt ganz nach mir«, sage ich, doch beiden entgeht der Sarkasmus in meiner Bemerkung.

Emotionale Bindungen aufbauen? Wenn ich darin gut wäre, möchte ich erwidern, dann wäre ich kein verdammter Single.

Nein, nein, das ist ein Glaubenssatz der alten Sophie. Hör nicht auf sie!

Mit einem Anflug von Entschlossenheit schiebe ich den Gedanken beiseite und trinke einen großen Schluck Wein. Duncan und Isaac sind jetzt in eine Diskussion über ihre eigenen Persönlichkeitstypen vertieft, also lasse ich sie stehen und geselle mich zu laut kichernden Kolleginnen aus der Personalabteilung, die abwechselnd versuchen, einen Ring auf ein aufblasbares Rentiergeweih zu werfen.

Die Party ist nichts Besonderes – sie findet im Büro statt, aber alle haben gegen vierzehn Uhr nach einem langsamen, unproduktiven Morgen ihre Computer ausgeschaltet. Es wurden Kisten mit Alkohol und alkoholfreien Getränken hereingeholt, und einer der Manager hat Pizza bestellt. Auf den Schreibtischen stapeln sich Päckchen mit Keksen, Chips und Mince Pies. Ein paar Kollegen haben Spiele mitgebracht, und wir haben alle gemeinsam das Büro dekoriert – manche haben Lametta aufgehängt, andere Lichterketten, wieder andere haben winzige Weihnachtsbäumchen mitgebracht und auf ihre Schreibtische gestellt.

Es ist also weder glamourös noch aufregend, und doch ist das Gelächter sogar noch lauter als die Musik, alle – ich eingeschlossen – amüsieren sich prächtig.

Im Laufe des Nachmittags, als es draußen dunkel wird, fängt jemand mit Karaoke an. Wobei es sich weniger um Karaoke handelt als vielmehr darum, dass jeweils ein paar Leute sich irgendwo versammeln und sehr laut zu einem Lied mitsingen. Duncan und ich singen »Fairytale of New York«, dann steht mein ganzes Team auf, um »Jingle Bell Rock« zu singen – was selbst eine hochschwangere Jenny tausendmal besser hinkriegen würde, und zur Überraschung aller fängt Isaac plötzlich an, wie im Film »Mean Girls« zu tanzen. Inklusive auf die Schenkel klatschen und allem.

Im Laufe des Abends macht sich die Hälfte der Kollegen auf den Heimweg – sie müssen nach Hause zu ihren Familien. Alle anderen fangen wieder an zu essen, und ich mache mich auf die Suche nach Duncan.

»Alles klar, Barker? Für jemanden, der sich auf der Weihnachtsfeier volllaufen lässt, wirkst du recht ernst.«

Er ergreift meine Hand und wirbelt mich herum, offenbar in der Annahme, dass ich eine Aufmunterung brauche.

»Mir geht es gut«, erkläre ich, auch wenn ich in meinen hochhackigen Stiefeln ins Straucheln gerate. »Was ist dein Geheimnis, Duncan?«

»Das Leben betreffend? Jeden Tag so großartig auszusehen?«

»So gut allein sein zu können.«

Sein Lächeln verblasst.

»Entschuldigung. Ich wollte nicht …«

»Geht es hier um deine Bewusst-dein-eigener-Partner-sein-Nummer?«

»Ein bisschen.« Ich mache mir nicht die Mühe, ihm zu erklären, dass es nicht das ist, worauf ich hinauswill.

Er seufzt schwer und blickt auf sein fast leeres Bierglas. »Ich weiß nicht, Sophie. Wenn man lange genug Single ist, gewöhnt man sich wohl einfach daran. So wie du jetzt so langsam. Du hast gesagt, du willst das mit den Dates anders handhaben, weil es dich frustriert, aber glaubst du nicht, dass ich auch manchmal frustriert bin? Ich weiß nicht, aber so ist das Leben nun mal. Jeder hat seinen eigenen Scheiß, mit dem er fertig werden muss, die Päckchen sind einfach nur unterschiedlich. Sieh dir zum Beispiel deine Freundin Tally an. Du dachtest, sie hätte alles, richtig? Aber letztlich war es gar nicht so rosig. Wahrscheinlich hat sie dich jedes Mal angeschaut, wenn sie und ihr Freund sich gestritten haben, und gedacht: *›Mann, ich bin so neidisch auf Sophie, sie ist bestimmt viel glücklicher als ich, weil sie sich nicht mit so was herumschlagen muss‹*.«

»Willst du damit sagen, dass wir glauben, das Gras auf der anderen Seite wäre immer grüner?«

»Ist es nicht so?« Er grinst, und ich erinnere mich an den Abend in York, als ich mit Frankie eine Zigarette rauchte und er mit ernstem Lächeln sagte: *»Nicht alles, was glänzt, ist Gold, Soph. Nicht alles.«*

Duncan zuckt erneut mit den Schultern. »Man lernt einfach, damit umzugehen. Weiterzumachen. Und du und ich, Barker ... Du willst mein Geheimnis wissen? Ich weiß, dass ich mich wieder aufrappeln kann, wenn ich am Boden liege. Und du bist genauso, auch wenn du es nicht weißt. Wir können auf uns selbst aufpassen, weil das nicht ständig jemand für uns übernimmt. Das ist das Geheimnis. Jetzt hör auf, so rührselig zu sein, nur weil Weihnachten ist. Los, Andy beäugt schon die übrig gebliebene Peperoni-Pizza, und ich will unbedingt auch noch ein Stück.«

Es ist Harry, der vorschlägt, am Tag nach der Weihnachtsfeier etwas zusammen zu unternehmen. Ich bin völlig erledigt, nachdem ich es trotz Kater geschafft habe, mich irgendwie durch den Tag zu schleppen. Ich habe von zu Hause aus gearbeitet und nur das Nötigste getan, froh darüber, dass es alle anderen vor Weihnachten auch langsamer angehen lassen. Ich lese meine nächste Kolumne ein letztes Mal Korrektur und schicke sie ab: Es geht darum, dass ich keine Zeit mehr mit Männern verschwenden werde, nur um sagen zu können, dass ich mich *bemühe*, einen Freund zu finden, also um andere Leute zu besänftigen. Dass ich aufhören will, Glück und Bestätigung von einem anderen Menschen zu suchen, und dass mein Weihnachtsgeschenk für mich selbst dieses Jahr etwas mehr Selbstachtung ist.

Normalerweise gebe ich meine Artikel nicht so früh ab, da sie am letzten Freitag des Monats veröffentlicht werden, aber wegen Weihnachten ist der Zeitplan ein wenig anders. Ich habe aber ein gutes Gefühl, die Worte klingen mehr nach mir, ehrlicher als alles andere, was ich in diesem Jahr geschrieben habe. Nicht scharf und witzig, sondern einfach nur offen.

Ich bin so zufrieden, dass ich den Artikel sogar Harry zeige, als wir auf seinem Sofa sitzen, Pizza essen und *Tatsächlich … Liebe* schauen. (Dieses Jahr sehe ich den Film erst das achte Mal. Harry hält ihn für überbewertet, hat sich aber nicht allzu sehr gewehrt, als ich ihn vorschlug.) Ich bin mir sicher, dass er den Artikel gut finden wird. So klischeehaft er auch sein mag, wird er ihn wirklich ansprechen; so müssen sich Tally und Lena fühlen, wenn sie mir meine eigenen Artikel schicken.

Er lässt mein Handy sinken, gibt es mir mit einem lässigen »Ja, er ist gut« zurück und greift nach einem weiteren Stück Pizza.

»Aber … Aber er ist doch …«

Irgendwie bin ich von seiner Reaktion enttäuscht. Ich bin mir nicht sicher, was ich mir erhofft oder erwartet habe, aber das jedenfalls nicht. Ich sprühe vor Energie (zumindest jetzt, wo ich mit einer weiteren Pizza den letzten Rest meines Katers gekillt habe) und rutsche auf dem Sofa hin und her, um die Füße unter mich zu schieben und mich ihm gegenüber hinzuknien. Ich will damit herausplatzen, wie viel Erleichterung mir diese kleine Erkenntnis gebracht hat, wie überfällig sie war, wie klar mir vieles geworden ist. Ich möchte ihn schütteln, um ihn zur Einsicht zu bringen, doch wenn er es nicht beim Lesen des Artikels verstanden hat, weiß ich nicht, was ich ihm sonst noch sagen könnte.

»Aber verstehst du denn nicht?«, dränge ich, die Finger um das Telefon verkrampft … »Ich hatte einen *Durchbruch*, was Dates angeht. Ich habe begriffen, wie ich mein Leben von anderen Leuten diktieren und beeinflussen ließ. Wie ich einfach immer das getan habe, was andere für richtig hielten. Es geht um Grenzen! Raum für mich selbst zu schaffen! Mich selbst wertzuschätzen!«

Harry nickt, ein kleines verwirrtes Lächeln im Gesicht und den Kopf zur Seite geneigt. (Das gehört auch auf die Liste der Dinge, die strafbar sein sollten: Wie verführerisch er ist, wenn er verwirrt aussieht. Ich würde dieses Lächeln so gerne küssen.) »Sicher. Das ist schön für dich, Soph. Aber …«

»Aber?«

»Keine Ahnung. Ich schätze, ich halte dich einfach sowieso für ziemlich unabhängig. Du bist gut darin, auf dich allein gestellt zu sein. Im Gegensatz zu mir, verstehst du?« Er lacht, greift nach seiner Flasche Peroni und trinkt einen Schluck, während er Alan Rickman auf dem Bildschirm dabei beobachtet, wie er versucht, eine Halskette zu kaufen.

Ich will ihm widersprechen, weil ich daran denken muss, wie schwer es mir bis vor Kurzem fiel, allein auch nur *Kaffeetrinken* zu gehen, aber dann fällt mir wieder einmal auf, wie spärlich seine Wohnung eingerichtet ist, wie unpersönlich sie wirkt. Abgesehen von ein paar Büchern und Fotos gibt es nichts Dekoratives – und das seit fast einem Jahr. Die einsame Lametta-Kette um den Fernseher herum lässt die Wohnung irgendwie sogar noch deprimierender wirken. Ich weiß, dass mein kleiner Fünfzig-Zentimeter-Baum mit dem billigen Glitzerstern auf der Spitze und meine Sammlung ausgestopfter Rentiere auch nicht gerade viel hermachen, aber im Vergleich hierzu wirken sie praktisch wie die Schaufensterauslage eines Luxuskaufhauses.

Also, vielleicht hat er ja recht.

Ich dachte immer, unser Singlestatus mache uns zu Seelenverwandten, jetzt bin ich mir plötzlich nicht mehr so sicher. Es ist nicht das erste Mal, dass ich denke, *Ich werde nie verstehen, warum er das sagt oder worauf er hinauswill*, aber zu ersten Mal habe ich das Gefühl, dass es wirklich wichtig ist.

Und da kommt mir der Gedanke, dass ich diese Pseudobeziehung mit Harry vielleicht beenden muss, wenn ich wirklich mit meinem alten Leben Schluss machen will. Er sehnt sich nach etwas, das ich mir für mich absolut nicht vorstellen kann, also nicht nur nicht mit ihm, sondern *mit niemandem,* nämlich diese Bilderbuchehe mit zwei Komma vier Kindern. Bei der Vorstellung juckt meine Haut, mein Herz krampft sich zusammen. Nicht, weil ich mit Sicherheit weiß, dass ich es nicht will, sondern *weil ich es einfach nicht weiß*. Er hat immer gesagt, dass das mit uns nichts Ernstes ist, und mir ist klar, dass es das auch nicht sein kann, allerdings kann man das mit uns vielleicht – so viel Spaß es auch macht, so gern ich auch Zeit mit ihm verbringe –, nicht wirklich als »gesund« bezeichnen.

Wir stopfen nur die Löcher im Leben des anderen, tun so, als gäbe es sie nicht, anstatt uns mit ihnen auseinanderzusetzen.

Ich schweige, da ich nicht weiß, was ich sagen soll – und weil wir Weihnachten zusammen verbringen wollen. Ich kann ihn nicht einfach im Stich lassen, wenn er mich braucht – und als er zu mir herüberschaut und lächelt, lächle ich zurück, schmiege mich an ihn und schaue den Rest des Films an. Später nehme ich ein Uber nach Hause, anstatt die Nacht bei ihm zu verbringen.

Zum ersten Mal, seit wir uns kennen, bin ich nicht in Gefahr, mich in Harry zu verlieben.

37. KAPITEL

Der Dezember ist purer Stress. Selbst wenn ich nichts vorhabe, habe ich doch etwas vor: mit Tally die neue kitschige Liebeskomödie auf Netflix ansehen, Geschenke kaufen, Zeit mit Harry verbringen, Geschenke verpacken, nach der Arbeit Geschenke besorgen, die ich vergessen habe, übers Wochenende zu Granny und Granddad fahren, um gemeinsam ein bisschen die Adventszeit zu genießen, weil ich dieses Jahr Weihnachten selbst mit Dad und Camilla und meinen Schwestern verbringen werde.

Nadine will natürlich unbedingt, dass wir Baby Finlays erstes Weihnachtsfest mit ihm feiern.

Tante Dawn und Tante Janine sind froh über ein eher stilles Weihnachtsfest, Laura und meine Großeltern werden sie am ersten Weihnachtsfeiertag besuchen – auch sie wollen das erste Weihnachtsfest von Baby Poppy nicht verpassen. Und meine Mutter ist dieses Jahr wieder nicht im Land.

Am vierundzwanzigsten Dezember erhalte ich eine Textnachricht von jemandem, dessen Name ich nicht sofort erkenne.

Gareth.

Bei mir klingelt's erst, als ich sie öffne.

Ach so, *der* Gareth. Gareth, der Weihnachten ruiniert hat, der Typ, mit dem ich letztes Jahr zusammen war und der mich an Heiligabend abserviert hat, als ich davon ausging, wir würden uns zum Geschenkeaustausch treffen.

Hallo, Sophie. Ich hoffe, es geht dir gut.
Entschuldige, dass ich mich einfach so melde,

aber ich muss mir etwas von der Seele schreiben. Ich bin im letzten Jahr sehr viel reifer geworden, und ich habe heute über uns nachgedacht, darüber, wie ich die Sache beendet habe. Ich weiß, dass du sehr bestürzt warst, und bitte glaub mir, es war nicht meine Absicht, dir das Herz zu brechen. Ich hätte wissen müssen, dass du sehr starke Gefühle für mich hattest, während ich das mit uns für eher zwanglos hielt. Und das ist meine Schuld. Ich hätte rücksichtsvoller sein müssen, und es war unfair von mir, kurz vor Weihnachten auf diese Weise mit dir Schluss zu machen. Ich hoffe, du kannst mir verzeihen. Dafür ist doch gerade die richtige Jahreszeit, oder? Alles Gute, Gareth.

PS. Ich bin jetzt mit einer wirklich wunderbaren Frau zusammen und versuche nicht, wieder irgendetwas aufleben zu lassen – ich will nur mein Gewissen erleichtern. Fröhliche Weihnachten!

Ich lese die Nachrichten fünf-, sechsmal hintereinander in fassungsloser Stille, bevor ich in Lachen ausbreche. *Armer, verblendeter Gareth*, denke ich. Es ging nie wirklich um *ihn*, ich war nicht seinetwegen bestürzt – sondern weil Weihnachten war und es aus heiterem Himmel kam. Daraus entwickelte sich eine typische Gedankenspirale nach dem Motto *Aber was habe ich falsch gemacht? Was stimmt nicht mit mir? Ist es zu spät, eine Rückerstattung für sein Weihnachtsgeschenk zu bekommen? Ich bin wieder allein, und das ausgerechnet an Weihnachten!*

Und dass er sein Gewissen erleichtern will, finde ich schon ein bisschen dreist, dass er jetzt »sehr viel reifer« ist und nicht länger mit der Schuld leben will, jemanden an Heiligabend abserviert zu haben.

Er hat keine Antwort verdient, entscheide ich sofort und mache einen Screenshot, um ihn im Gruppenchat zu verschicken – und auch an Jessica und Nadine. Ich habe die erste Nachricht bereits geschrieben, als mich etwas innehalten lässt.

Ich bin im letzten Jahr sehr viel reifer geworden.

Ja, dann sind wir wohl zu zweit, denke ich und lösche die Nachricht und die Screenshots. Ich möchte sogar noch weiter reifen.

Ich denke: *Gut für dich, Gareth* – und meine es auch so.

Es ist die richtige Jahreszeit! Es sei dir verziehen. Es freut mich zu hören, dass es dir gut geht. Dir auch frohe Weihnachten!

Und vielleicht liegt es nur an Weihnachten und der Tatsache, dass gerade Disneys *Santa Clause – Eine schöne Bescherung* auf meinem Fernseher läuft, oder vielleicht auch daran, dass ich tatsächlich reifer geworden bin, aber als ich das Telefon weglege, fühle ich mich etwas leichter und sehr viel besser.

Der erste Weihnachtstag ist das reinste Chaos. Harry will kurz bei seinen Eltern vorbeischauen und dann mit uns zu Mittag essen. Dad holt mich um sieben Uhr ab. Er trägt sein Filzgeweih und einen knalligen Elfenpulli. Ich klettere mit meinen Tüten voller (größtenteils) ordentlich verpackter Geschenke ins Auto und bereue bereits, mich für ein mit Pailletten besetztes T-Shirt-Kleid entschieden zu haben, weil es nicht sehr bequem sein wird, darin später ein Nickerchen zu machen. Das Auto ist bereits bis zum Rand vollgestopft: Ich dachte ja, ich hätte es mit den Geschenken für ein sieben Wochen altes Baby übertrieben, aber das ist rein gar nichts im Vergleich zu Dad.

Bei Nadine angekommen, ist das Chaos noch größer. Sie hat dekoriert, aber nicht so makellos und durchdacht wie sonst. Eine Girlande ist um das Geländer geworfen, und ehrlich gesagt fände ich es nicht überraschend zu hören, dass Finlay den Baum selbst geschmückt hat.

(Wie sich herausgestellt, war es David, aber er schläft momentan auch nicht besonders viel, also sei ihm verziehen.)

Camilla ist in der Küche damit beschäftigt, den Braten zuzubereiten, und ich kann nur ein paar Minuten mit Fin schmusen – der das bezauberndste Rentierkostüm aller Zeiten trägt – bevor ich dazu verdonnert werde, mit den Sprossen und den Karotten zu helfen.

Harry taucht eine ganze Stunde früher auf als verabredet, und das will etwas heißen, denn von seinen Eltern braucht er mindestens eine Stunde bis zu Nadines Haus; er kann nicht viel Zeit mit ihnen verbracht haben.

Harry schlurft also aus der Kälte herein, stellt einen Geschenkesack mit Weihnachtsmann-Emblem ab und zieht den Mantel aus. Er ist gekleidet, als wäre er bei einer Beerdigung gewesen. Ich umarme ihn, und bevor ich es mir anders überlegen kann, gebe ich ihm auch einen Kuss – nicht wegen der anderen, sondern weil das unsere Standardbegrüßung ist, seit ich mit Jaxon Schluss gemacht habe.

Sobald unsere Lippen sich berühren, erschauere ich. Nachdem mir neulich Abend klar geworden ist, dass wir es besser lassen sollten, um unser beider willen, fühlt es sich plötzlich seltsam an, ihn zu küssen. Es ist weder unbedarft noch sprühen Funken; es ist eher unangenehm.

Ich wollte nur ein schnelles Küsschen daraus machen, aber er legt die Arme fest um mich, zieht mich an sich und gibt mir einen langen Kuss.

Er schmeckt nach Mince Pie und Kaffee, und einen Moment lang verliere ich mich darin, doch dann weiche ich etwas zurück. Er hat noch immer die Arme um mich gelegt, stößt einen langen, erschöpften Seufzer aus, sein Atem streicht über mein Gesicht, und er lehnt die Stirn an meine, die Augen geschlossen, während die Anspannung aus seinen Schultern weicht.

Ich mache ein mitfühlendes Gesicht. »So schlimm, hm?«

»Mein Bruder und die Kinder kamen früher, als ich dachte. Wahrscheinlich hat meine Mutter es so geplant, damit wir im selben Raum sind. Als wäre es nicht genug, dass ich bereit bin, Silvester mit ihnen zu verbringen.«

Ich zucke für ihn zusammen. Wegen Silvester ist Harry einen Kompromiss mit seiner Familie eingegangen, denn »seine neue Freundin« kann er als Ausrede für den ersten Weihnachtstag benutzen, doch der Familientradition, Silvester in der Stammkneipe seiner Eltern zu feiern, hat er zugestimmt. Dann werden die Kinder nicht dabei sein, erklärte er mir, und niemand wird es ihm verübeln, wenn er sich total betrinkt, seinen Bruder ignoriert und die ganze Nacht mit völlig Fremden Billard spielt.

Wobei es scheint, als würde er lieber zehn Runden gegen Tyson Fury kämpfen.

Er tut mir leid. Auch wenn ich denke, dass wir aufhören sollten, uns gegenseitig zu benutzen, um uns besser zu fühlen, ist er mir wichtig – und ich kenne ihn inzwischen gut genug, um zu wissen, dass Silvester eine gute Gelegenheit wäre, seine Freundin zu spielen.

Also ertappe ich mich dabei, wie ich plötzlich sage: »Ich könnte mit dir gehen, weißt du? Als zusätzlicher Puffer.«

»Du … Das würdest du tun? Ich meine, wirklich? Du tust mir schon einen riesigen Gefallen, indem ich Weihnachten mit euch verbringen kann.«

»Aber klar. Ich meine, du hast mir schon oft geholfen, und es ist ja nicht so, dass ich etwas vorhabe. Tally hat beschlossen, Silvester mit ihrer Familie zu feiern, also habe ich Zeit.«

Harry starrt mich einen Moment lang an, sein Gesichtsausdruck ist nicht zu entziffern, doch seine Schultern sinken vor Erleichterung herab. Er zieht mich an sich und drückt mir einen schnellen, enthusiastischen Kuss auf die Lippen. »Du bist die Beste, Sophie Barker. Eine wahre Lebensretterin.«

Lächelnd versuche ich, das kleine Schuldgefühl in meiner Magengrube zu ignorieren. Notiz an mich selbst: Nicht wieder mit Harry schlafen, weder heute Abend noch an Silvester. Er braucht mich, und ich bin froh, für ihn da sein zu können, aber ich weiß, dass einer von uns das Richtige tun muss, so beängstigend es auch ist. Wir können uns nicht für immer vor der realen Welt verstecken.

Unser Kuss wird von Camilla unterbrochen, die sich laut räuspernd aus der Küche lehnt.

»Okay, ihr Turteltäubchen, genug – diese Pastinaken glasieren sich nicht von selbst! Hallo, Harry, Schatz! Schön, dich wiederzusehen. Fröhliche Weihnachten!«

Ich winde mich aus Harrys Umarmung. »Das ist mein Stichwort. Die anderen sind alle im Wohnzimmer.«

»Geh du zu ihnen«, sagt er und drückt mit den Händen meine Taille, bevor er mich nach vorn schiebt. »Ich werde in der Küche helfen. Die Ablenkung kann ich gut gebrauchen.«

Beinahe hätte ich aus Prinzip widersprochen – er ist zu Gast, und Dad findet es sicher unverzeihlich, wenn ich unseren Gast in der Küche schuften lasse – doch Harry kocht gern, und dass er die Ablenkung wirklich gut gebrauchen kann, ist offensichtlich. Also sage ich einfach »Danke« und überlasse ihm meinen Platz als Camillas Souschef, um Zeit mit dem Rest meiner Familie zu verbringen und noch ein bisschen mit dem kleinen Finlay zu schmusen.

Nach dem Essen sind wir alle noch vollgestopfter als der Truthahn und lassen uns im Wohnzimmer nieder, wo wir schläfrig darüber zu streiten beginnen, was wir uns im Fernsehen ansehen sollen. Ich beschließe, eine Flasche Wein zu öffnen. Camilla und Conor trinken beide ein Glas mit mir, doch Jessica lehnt ab und klagt über Kopfschmerzen. Nadine und David schlafen erschöpft und aneinandergekuschelt schnell ein. Das sähe süß aus, wenn Nadine nicht mit fettigen Handabdrücken von Fin übersät wäre, der beim Abendessen mit der Bratensoße gespielt hat, oder wenn David ihr nicht ins Haar sabbern würde.

Gut, um ehrlich zu sein, sieht es auch so noch ziemlich süß aus.

»Der hier braucht eine neue Windel«, ruft Jessica vom Boden aus, wo sie mit Fin und einem seiner vielen Stoffelefanten spielt. Sie verkündet das im Ton edler Selbstaufopferung, schaut aber zu Dad und Camilla hoch in der Erwartung, dass einer von ihnen einspringt.

Camilla sagt lediglich: »Außerdem sollte man ihn auch ins Bett bringen.«

Es gibt eine kurze Pattsituation, in der wir alle abwarten, ob Jessica einknickt oder nicht. Ich bin kurz davor, über die ganze Sache zu lachen, als Harry mich anstupst und aufsteht.

»Ich kümmere mich um ihn. Komm schon, Soph, du kannst mir helfen.«

»Oh nein, wirklich, Harry«, beginnt Camilla, aber dann sagt sie: »Danke, Sophie.«

Ich verdrehe die Augen, und als Jessica mir Fin mit einem triumphierenden Grinsen überreicht, strecke ich ihr die Zunge raus. Wir überlassen es den anderen herauszufinden, wann das *Strictly-Christmas-Special* ausgestrahlt wird und ob sich vorher noch ein Brettspiel lohnt.

Oben beginnt Harry, Fins Windel zu wechseln, ich halte mich zurück (ich habe meine Lektion gelernt, nachdem ich beim letzten Mal, als Nadine mir zeigte, wie es geht, angepinkelt wurde).

»Wie kannst du nur so ein Naturtalent sein?«, frage ich ihn.

»Übung. Ich habe früher immer bei meiner Nichte und meinem Neffen geholfen.«

Lange Zeit wusste ich nicht einmal, dass er eine Nichte und einen Neffen *hat*. Er erwähnt sie immer noch selten, aber mir ist aufgefallen, dass auf den wenigen Fotos, die er in seiner Wohnung hat, zwei süße Kinder mit seinem braunen Haar und seinem verschmitzten Lächeln zu sehen sind.

»Haben sie … Vermisst du sie? Jetzt, wo du und dein Bruder nicht mehr so viel miteinander zu tun habt?«

Harry seufzt. »Ja. Aber, weißt du, ich rufe sie an. Und ich habe sie ein paarmal gesehen, als sie ohne meinen Bruder bei meinen Eltern waren. Der Älteste ist erst acht, also können wir ihnen die ganze Sache nicht erklären. Es wird … Ich meine, du weißt schon. Es braucht einfach seine Zeit. Irgendwann werde ich es überwunden haben.«

Er legt Fin ins Babykörbchen, doch als wir die Treppe wieder hinuntergehen wollen, hält er mich am Arm fest, seine Finger streichen zart über meine Haut und ein verführerisches Lächeln umspielt seine Lippen.

Und *oh*, denke ich, *deshalb* wollte er, dass ich mitkomme – damit wir ein paar Minuten allein sein können.

Aber anstatt mich zu einem Kuss an sich zu ziehen, sagt er hastig: »Ich habe ganz vergessen, dir etwas zu erzählen. Es war so viel los, ich hatte gar keine Gelegenheit, richtig mit dir zu reden, jedenfalls … Ich habe neulich endlich eine gute Nachricht bekommen! Gerade noch rechtzeitig zu Weihnachten. Na los, rate.«

Er grinst mich an, wilde Aufregung glitzert in seinen Augen. Sie glänzen silbern wie Morgenfrost, und, Gott, er ist einfach so umwerfend attraktiv, dass es mir manchmal ein bisschen schwerfällt, klar zu denken – also sage ich das Erste, was mir einfällt.

»Penny und Ieuan haben sich damit abgefunden, dass wir die Karaokemaschine ihres Hundes wieder mitgenommen haben, bevor sie sie öffnen konnten, und sie haben uns zu ihrer nächsten kleinen Soirée eingeladen?«

Harry schüttelt den Kopf, er strahlt mich immer noch an, seine großen Hände umklammern meine Arme, fast so, als müsste er sich abstützen. Er atmet tief ein und sieht so glücklich aus, dass er jeden Moment anfangen könnte, ein Lied zu singen, aber was aus seinem Mund kommt, ist: »Die Scheidungspapiere sind unterzeichnet. Es ist *vollbracht*. Es ist vorbei! Sechs verdammte Monate, aber es ist vorbei. Ich bin geschieden!«

Er flüstert zischend, wohl wissend, dass meine Familie unten ist, aber am liebsten würde er wohl auf die Straße rennen und aus voller Kehle brüllen, damit jeder es hören kann.

»Oh mein Gott! Wow! Was für ein Weihnachtsgeschenk. Das ist … Das ist eine unglaubliche Nachricht.« Ich umarme ihn ganz fest und freue mich aufrichtig für ihn. Jetzt kann er endlich mit seinem Leben weitermachen.

Harry erwidert meine Umarmung, und als wir uns voneinander lösen, verzieht er den Mund zu einem verschmitzten Grinsen und zwinkert mir zu. »Also, wenn wir das nächste Mal Sex haben, bist du offiziell nicht mehr meine Geliebte.«

Ich zucke zusammen.

So ein Mist. Jetzt ist der Moment gekommen, in dem ich ihm sagen muss, dass wir unsere Beziehung ab sofort jugendfrei halten sollten. Irgendwann musste es so weit kommen, aber ich bin trotzdem nicht darauf vorbereitet.

Um Zeit zu schinden, schnaube ich etwas, ohne ihm in die Augen zu sehen. »Deine Geliebte? Du klingst wie ein Vollidiot, Harry, verdammt noch mal. Ihr seid seit Anfang des Jahres getrennt. Wolltest du dich die ganze Zeit mit einer Geliebten an ihr rächen? Macht dich die Vorstellung, sie auch zu betrügen, total an, oder was?«

Er rückt von mir ab; ich spüre die Anspannung in seinen Händen, die noch immer um meine Arme liegen, und ich sehe ihn immer noch nicht richtig an. Er schweigt lange genug, dass ich einen Blick riskiere, aber er sieht nur verwirrt aus – besorgt. Wir kennen uns inzwischen gut genug, um zu wissen, dass die Bemerkung über die Geliebte auf seinem eigenen, selbstironischen Humor beruhte, und auch, dass *ich* keinen Witz gemacht habe. Meine Worte klangen schneidend, nicht sarkastisch.

»Was ist los?«, fragt er.

»Nichts.«

»*Irgendwas* ist los. Du bist schon den ganzen Tag so abwesend. Was ist denn? Hast du eine Harnwegsinfektion oder so was?« Und dann scherzt er weiter: »Du sagst jetzt doch nicht, dass du glaubst, schwanger zu sein, oder?«

Das bin ich nicht, aber allein der Gedanke daran versetzt mich in helle Panik. Ich würde ja darüber lachen, wenn Harry nicht so aussähe, als wäre das wirklich nicht das Schlimmste – als wäre es für ihn sogar eine willkommene Wendung. Das unbeschwerte Lächeln, das ich ihm zuwerfen will, gleicht eher einer Grimasse, und Harry zieht eine Augenbraue hoch. Allerdings nicht verführerisch wie sonst immer, er wirkt jetzt eher anteilnehmend, als wolle er mir helfen. Und schon fühle ich mich noch schlechter.

»Soph, komm schon. Dafür kenne ich dich zu gut. *Mir* kannst du es doch sagen. Was ist los?«

Ich dachte nicht, dass es so schwer sein würde. Ich betrachte diesen hoffnungsvollen, charmanten, unbekümmerten Mann, zu dem ich mich vor sechs Monaten sofort hingezogen fühlte, und wünschte, es wäre anders gelaufen.

Mir wird das Herz schwer, es liegt wie ein bleiernes Gewicht in meiner Brust. Wenn nur Fin aufwachen und zu schreien beginnen würde, damit ich vor diesem Gespräch davonlaufen kann. Andererseits wollte Harry ja sowieso nie etwas Ernstes, somit muss ich wenigstens nicht befürchten, ihm das Herz zu brechen.

Trotzdem ist es die schlimmste Pseudotrennung, die ich je erlebt habe.

Ich richte mich auf und platze heraus: »Ich kann nicht mehr mit dir schlafen, Harry. Und … Und ich denke, wir sollten das Ganze lassen … Was auch immer es ist. Ich kann an Silvester deine Freundin spielen, aber das war's dann. Ich denke … Ich denke, wir müssen aufhören, uns gegenseitig zu benutzen.«

»Uns gegenseitig zu benutzen? Wovon sprichst du?«

Die Begeisterung, die noch vor einem Moment so ansteckend war, ist nun völlig aus Harrys Gesicht gewichen. Er nimmt die Hände von meinen Armen.

Ich rede hartnäckig weiter, damit er mich versteht. Er wird es schon verstehen. Das muss er.

»Du weißt schon. Wir versuchen, über unser eigenes beschissenes Leben hinwegzukommen, indem wir miteinander in die Kiste gehen.« Ich lache, aber Harrys Blick ist starr geworden. »Wir sollten uns zur Abwechslung mal um unseren Scheiß kümmern. Ich bin endlich an dem Punkt angelangt, an dem ich selbst Verantwortung übernehmen will. Ich will nicht mehr das Gefühl haben, dafür verurteilt zu werden, irgendeinem unmöglichen Standard nicht zu entsprechen. Ich muss bessere Entscheidungen treffen, und das bedeutet, dass ich nicht länger mit einem Typen schlafen will, den ich als meinen Freund ausgebe, um vor meiner Familie nicht als traurige, einsame Jungfer dazustehen. Und ich will meine Zeit nicht mit einem Typen verschwenden, der sich die ganze Zeit von der Tatsache ablenken will, dass er zu feige war, um eine schlechte Beziehung rechtzeitig zu beenden, statt sich mit dieser Tatsache auseinanderzusetzen.«

Harry rückt weiter von mir ab, und für einen Moment denke ich, dass er wütend ist, aber es ist schlimmer als das. Er ist *verletzt*. Er wird blass, sein Mund wird schlaff, er blickt in mein Gesicht, sucht nach Worten und – Moment, warum sieht er so aus? Das kann doch nicht so schlimm für ihn sein, oder? Er muss doch *gewusst* haben, dass es irgendwann zu Ende ist …

Also mache ich weiter, um das Schweigen zwischen uns zu füllen und die Tatsache zu ignorieren, dass meine Handflächen feucht sind und mein Herz rast. »Komm schon, Harry. Wir waren in dieser Hinsicht doch beide gleich schlimm. Und natürlich werde ich trotzdem mit dir zu dieser Silvestersache kommen, aber wir müssen *irgendwann* einen Schlussstrich unter das Ganze ziehen. Wir können uns nicht ständig gegenseitig aushelfen, weißt du? Einer von uns muss sich hier erwachsen verhalten, und wir wissen beide, dass das nicht der Typ sein wird, der sich von seiner Familie abwendet und das Weglaufen vor seinen Fehlern zu einer olympischen Disziplin gemacht hat.«

Ich biete erneut ein Lächeln an, um die Stimmung aufzulockern, aber Harry bleibt stumm, fassungslos.

Seine Reaktion ergibt keinen Sinn. Ich meine, ich wusste, dass er überrascht sein würde und wahrscheinlich enttäuscht, aber …

Und in einem letzten, verzweifelten Versuch erkläre ich: »Es ist ja nicht so, dass das jemals ernst war. Es sollte anfangs sogar nur eine einmalige Sache sein. Es ist einfach …«

»Mehr daraus geworden«, beendet Harry den Satz für mich. Er sieht mich einen Augenblick länger an, bevor sich der verletzte Ausdruck auf seinem Gesicht in etwas Vertrautes verwandelt – seine Lippen formen sich zu einem amüsierten Lächeln, dann lacht er, seine Stirn wird wieder glatt, als er sich mit einer Hand durch die Haare fährt, um mir dann wieder in die Augen zu sehen.

Und er sagt: »Es ist schon lange mehr als das. Ich weiß, wir sagen immer, dass alles nur vorgespielt ist, aber das ist es schon lange nicht mehr. Was wir haben, ist … Ich will das mit dir. Ich will etwas *Ernsthaftes* mit dir, Sophie. Hast du es denn wirklich noch nicht begriffen? *Ich mag dich.*«

Ich kann ihn lediglich anstarren, und auf einmal fügen sich die Teile zusammen. Wie aus ein paar Nachrichten ein tägliches Gespräch wurde und wie natürlich sich das anfühlte. Dass die lockeren Treffen am Ende vielleicht doch Dates waren. Wie wir uns zur Begrüßung küssen und manchmal die Nacht in der Wohnung des anderen verbringen, und wie wir über Dinge reden, die wirklich wichtig sind, und …

Und, oh Gott, *er mag mich*.

Mein Mund wird trocken, mit sinkendem Herzen weiche ich zurück, als er meine Hände nehmen will. Ich bin mir nicht sicher, ob das die richtige Reaktion auf eine so inbrünstige Erklärung ist.

Hätte man mich noch vor einem Monat gefragt, wie ich auf das Geständnis eines wunderbaren, charmanten, gut aussehenden Mannes, dass er mich mag, dass er mit mir zusammen sein will, dass wir etwas Besonderes haben, reagieren würde … Ich wäre von der Idee überwältigt gewesen. Überglücklich. Ich hätte *alles* dafür gegeben.

Also …

Warum bin ich nicht überglücklich? Warum werfe ich mich ihm nicht in die Arme und küsse ihn innig, mit rasendem Herzen, weil ich ab sofort eine Beziehung habe? Das ist doch alles das, worauf mich Liebesfilme vorbereitet haben, die große, romantische, alle Erwartungen übertreffende Erklärung, die der glücklichste Moment in meinem Leben sein sollte. Warum finde ich es dann … irgendwie schade?

Ich starre ihn an, und mir wird ganz kalt. Da habe ich die ganze Zeit rumgeheult, dass ich mich sogar mit dem völlig falschen Mann zufriedengeben würde, und jetzt gibt es einen, der genau der *Richtige* für mich ist, und zwar in jeder Hinsicht, auch wenn wir auf dem Papier nicht zusammenpassen. Es ist leicht mit ihm, nie habe ich das Gefühl, auf Eierschalen gehen zu müssen, ich muss mich nicht besser, cooler oder fähiger darstellen, als ich es bin, der Sex ist wundervoll, es ist so einfach, in seiner Nähe meine schlechteste Version zu sein, und zugleich holt er das Beste aus mir heraus, er ist absolut umwerfend, und doch …

Will ich es nicht.

Die Chemie zwischen uns stimmt, aber was meine Gefühle für Harry angeht – ich glaube nicht, dass ich jemals mehr für ihn empfinden werde als Freundschaft.

Willst du nicht, dass es so richtig funkt? hat Tally mich vor einer Weile gefragt, und doch, das will ich, aber ich weiß, dass das bei Harry nicht der Fall ist. Nicht so, wie es sein sollte. Nicht genug. Und das ist für keinen von uns fair.

Einen Moment lang stelle ich mir vor, wie es wäre, sich darauf einzulassen: Ich könnte weiterhin seine Gesellschaft genießen, könnte endlich sagen, dass ich einen Freund habe, könnte mich zwingen, mehr für ihn zu empfinden, als ich es tue … Aber selbst in dieser Welt hätte ich all die Dinge, die ich an meinem momentanen Leben nicht mag. Die Lücken, die meine Freunde hinterlassen haben, die Art und Weise, wie ich aus meinen Fehlern bei der Arbeit lernen muss – den Druck, sesshaft zu werden, zu heiraten, Kinder zu bekommen, und das alles, bevor ich überhaupt weiß, ob ich es tatsächlich will.

Ich begreife auf einmal, dass ich die ganze Zeit dachte, ein Freund würde mich glücklich machen, aber das stimmt nicht. Es ist eben nicht der Schlüssel zu allem.

Und – bin ich es mir nicht selbst schuldig herauszufinden, was mich wirklich glücklich macht, was *ich* eigentlich will?

»Harry …«

Als ich seinen Namen ausstoße, flackert etwas über sein Gesicht. Er spürt meine Ablehnung. »Ich … Ich verstehe nicht … Ich verstehe das nicht. Ich dachte, wir hätten hier eine gute Sache laufen. Ich dachte …«

»Das haben wir«, sage ich. »Aber es ist … Es war anders. Ich mag dich, natürlich mag ich dich, aber nicht auf diese Weise. Ich … Ich kann nicht. Es tut mir leid.«

»Aber es macht doch Spaß, oder? Wir verstehen uns. Wir mögen uns. Das sollte … Reicht das nicht?«

Ich kann nur den Kopf schütteln und mit den Schultern zucken, denn ich weiß, dass eine Entschuldigung die Sache nicht besser machen würde. Wie sehr ich mich auch bemühen würde, ich könnte keine Gefühle für Harry hervorzaubern, die nicht da sind. Diese Lektion habe ich mit Jaxon doch nun wirklich gelernt.

Ich beobachte die Emotionen, die sich auf seinem Gesicht abzeichnen. Verwirrung und Schmerz und Hoffnung und Gewissheit. Doch am Ende verzieht er die Lippen und wirft einen mürrischen Blick auf den Boden. »Ist es wegen der Scheidung? Weil ich fremdgegangen bin und alles?«

»Nein! Nein, es ist …« Ich mache einen Schritt auf ihn zu und greife nach seinem Ärmel. Schrecklich, wie fremd wir uns auf einmal sind; warum habe ich nicht früher bemerkt, dass ihm das mit uns mehr bedeutet als mir, und warum kann ich nicht besser damit umgehen? Ich hasse es zu sehen, wie verletzt er ist, und dass er sich selbst die Schuld gibt – so wie ich es jedes Mal getan habe, wenn ein Mann mich nicht wollte, weil ich glaubte, dass mit mir etwas grundlegend nicht stimmte.

Sosehr ich ihn trösten möchte, ich kann ihn nicht anlügen. Schließlich hat uns die unverblümte Ehrlichkeit, mit der wir immer miteinander umgegangen sind, einander überhaupt erst so nahegebracht; und deswegen darf ich die Dinge jetzt auch nicht beschönigen.

»Ich weiß, wir scherzen immer über deine Altlasten, aber das ist nicht der Grund. Und – und selbst *wenn* ich Gefühle für dich hätte, könnte ich das nicht für dich in Ordnung bringen. Ich könnte … Ich könnte nichts davon besser machen, Harry, das ist dir doch klar? Mit mir zusammen zu sein, würde deine Beziehung zu deinem Bruder nicht plötzlich verbessern und …«

»Verdammte Scheiße, Sophie, ich habe dich nie darum gebeten, mich wieder hinzubiegen. Ich bitte dich nicht darum, irgendetwas in Ordnung zu bringen!«

»Das weiß ich! Ich meine doch nur … Mir geht es genauso wie dir, und deshalb habe ich gesagt, wir sollten das Ganze abblasen! Verstehst du das nicht? Der Grund, warum ich so gerne mit dir Zeit verbringe und mit dir schlafe, ist, dass ich mich dann weniger beschissen fühle. Das ist nicht fair von mir, ich weiß. Und du *vermisst* es einfach, ständig jemanden um dich zu haben, die Intimität. Deshalb kommst du immer wieder zu mir. Doch wir können nicht ewig so weitermachen, und für eine Beziehung es das auch keine gute Basis. Das ist mir einfach klar geworden.«

Er schüttelt den Kopf und schaut finster drein, aber ich sehe, wie sich ein Anflug von Angst auf sein Gesicht schleicht, seine

Züge werden hart, seine Augen trübe, ein kleiner Teil von ihm weiß, dass ich recht habe.

»Also was?«, ruft er plötzlich aus. »Du willst nicht mit mir zusammen sein, weil du denkst, dass ich dich die ganze Zeit nur benutzt habe, um mich besser zu fühlen?«

»Das hast du! Du – tust du noch immer! Das ist doch der einzige Grund, warum du heute hier bist, weil du *weglaufen* willst! Und das ist in Ordnung, weil ich dich auch benutzt habe! Wir stehen uns da in nichts nach, was es ehrlich gesagt leichter machen sollte, aber ich ... Ich kann im Moment keine Beziehung führen, und ich glaube, du auch nicht.«

Harry schnaubt, starrt mich ungläubig an, sein Mund bleibt offen stehen. »Du kannst im Moment keine Beziehung führen. Ich ... Soph, seit ich dich kenne, redest du von *nichts anderem* als davon, wie sehr du eine Beziehung willst! Du beklagst dich *ständig* darüber, dass du Single bist, dass es so schwer ist, jemanden zu finden, dass alle anderen dich dafür verurteilen ... Du hast eine Kolumne im Internet, in der es um Beziehungen geht und darum, wie beschissen es ist, Single zu sein!«

»Und ich habe mich geirrt! Ich war ... Ich meine ...«

Es ist Scheiße, Single zu sein. Ich hasse es tatsächlich, das Gefühl zu haben, von anderen verurteilt zu werden, und Männer kennenzulernen ist anstrengend. Warum aber kapiere ich erst *jetzt*, dass vieles davon auf meine eigene Sichtweise zurückzuführen ist, und dass ich diese Sichtweise kontrollieren und *verändern* kann?

Ich weiß nicht, wie ich das Harry erklären soll; ich bin mir nicht einmal sicher, wie ich es mir selbst im Moment erklären soll, doch ich weiß einfach – mit meinem Bauch, meinem Herzen, meinem Verstand, also mit allem, was von Bedeutung ist, dass eine Beziehung mit ihm nicht das ist, was ich will. Ironischerweise würde vielleicht nur der Artikel, den ich ihm vor ein paar Tagen gezeigt habe, es wirklich erklären – doch mit dem konnte er nichts anfangen.

Also sage ich schließlich: »Ich will mich nicht mit einer Beziehung zufriedengeben, die ich vielleicht später bereue. Ich werde mit dir keine Beziehung beginnen, um am Ende ein Haus, eine Hochzeit und ein Baby zu haben, nur damit alle anderen zufrieden sind. Ich meine, wie ist das denn damals für *dich* gelaufen?«

Harry taumelt zurück, als hätte ich ihn gerade geohrfeigt.

Seine Wangen werden rosa und fleckig.

Schweigen umhüllt uns, die Luft knistert vor Spannung, genauso lebendig und elektrisch wie die Chemie, die uns nach Jessicas Hochzeit zusammen ins Bett fallen ließ, nur viel, viel schlimmer. Diesmal droht sie mich zu ersticken, und als ich seinen gekränkten Gesichtsausdruck sehe, wäre mir das auch fast lieber.

Meine Kehle schnürt sich zusammen; nach einem Moment atme ich schwer aus und beiße mir auf die Lippen.

»Das habe ich nicht so gemeint«, flüstere ich, zucke zusammen und sehe ihn verzweifelt an. Weit entfernt von dem freundlichen, flirtenden Blick, den ich von ihm gewohnt bin, liegen Trauer und Niedergeschlagenheit in seinen Augen. Er schluckt schwer; das Geräusch hört sich in der Stille, die zwischen uns herrscht, zu laut an.

»Doch«, murmelt er. »Hast du. Ich denke … Ich denke, ich sollte … Ich sollte gehen …«

Er drückt sich an mir vorbei und läuft zügig die Treppe hinunter, um Mantel und Schuhe anzuziehen, und ich eile ihm hinterher.

»Du musst nicht gehen. Es ist … Es ist Weihnachten, … Ich meine, du kannst … Du kannst bleiben und …«

»Nein, kann ich nicht.«

»Harry …«

»Danke, Soph. Es war schön, dein Pseudofreund zu sein.«

Nichts, was ich jetzt sage könnte, würde es besser oder ungeschehen machen, das weiß ich, also kann ich nur hilflos zusehen, wie er die Tür hinter sich schließt.

Ich starre sie an und überlege, ob ich ihm nachlaufen soll.

Und dann ruft Nadine aus dem Wohnzimmer: »Was ist los? Wo geht Harry hin?«

Ich drehe mich um, wahrscheinlich, um mir eine Ausrede auszudenken und so zu tun, als hätte der Streit nie stattgefunden.

Ich öffne den Mund und breche in Tränen aus.

38. KAPITEL

Es gibt keinen guten Weg, seiner Familie zu sagen, dass man die ganze Zeit gelogen hat, und es gibt keinen guten Weg zu gestehen, dass der Mann, mit dem man tatsächlich zusammen war, nicht mit einem auf die Hochzeit der Schwester gehen wollte, weshalb man einen Fremden gebeten hat, den Partner zu spielen. Es gibt auch keinen guten Weg, seiner Familie zu sagen, dass man seit Monaten im Job ums Überleben kämpft, andererseits aber eine sehr erfolgreiche Online-Kolumne über das Singleleben, Dating und Beziehungen schreibt, die man praktisch vor allen geheim gehalten hat.

Und da es keinen guten Weg gibt, erzähle ich es einfach so, wobei mir das Ganze mit jedem Wort noch schlimmer vorkommt, ich klinge wie eine schreckliche, völlig egozentrische Person.

Einfacher – und feiger – wäre gewesen, weiter zu lügen. Wahrscheinlich haben sie Harrys und meine erhobenen Stimmen gehört, auch wenn sie die Worte nicht verstehen konnten, somit hätte ich damit davonkommen können. Behaupten, dass er einem Freund helfen musste, verbergen, wie sehr ich weinen wollte, und den Rest des Weihnachtstages überstehen, indem ich die Lüge noch ein wenig länger aufrechterhalte. Die alte Sophie hätte sich definitiv für diese Option entschieden. Aber ganz ehrlich, die Sache mit Harry hat mich emotional so geschlaucht, dass ich nicht mehr die Kraft dazu habe, und ehe ich mich versehe, ist die ganze Geschichte herausgekommen, all die Geheimnisse und die Lügen, die ich erzählt habe, nur um die Gefühle der anderen zu schonen.

Das ist einfach alles zu viel, ich bin erschöpft und will nur, dass es aufhört, dass ich nichts mehr verbergen muss.

Sobald mein hysterisches Schluchzen abgeklungen ist, erzähle ich also zwischen Schluckauf und Schniefen die ganze Geschichte, zusammengekauert auf dem Sofa. Camilla hat den Arm um mich gelegt, alle anderen sehen mich an, erst besorgt, dann schockiert.

Es gibt übrigens auch keinen guten Weg, seiner Familie zu erzählen, dass man eine Scheinbeziehung mit einem Mann führte, der eine schwierige Scheidung durchmachte, und dass man sich in der Zeit auch mit anderen Männern getroffen hat – auf jeden Fall sind sie alle so überrascht, dass sie mich nicht unterbrechen, sondern einfach reden lassen.

Was für ein Irrtum es war, jemals zu glauben, ich hätte meinen persönlichen Tiefpunkt bereits erreicht, als ich Harry bat, mit mir als Pseudofreund zur Hochzeit zu gehen.

Denn *das* hier, genau jetzt, ist der wahre Tiefpunkt.

Jessica ist die Erste, die das Schweigen bricht, aufspringt und schreit: »Sophie! Nein! Du musst ihm nachgehen! Du kannst ihn nicht einfach so gehen lassen!«

Ich habe nicht die Kraft, die Augen zu verdrehen. »Das hier ist keine Liebeskomödie, Jess. Ich laufe ihm nicht hinterher. Ich bin nicht in ihn verliebt.«

»Aber ... Du ...«

Sie sieht tatsächlich enttäuscht aus. Als ob aus meiner verrückten Geschichte am Ende vielleicht doch noch eine epische Liebesgeschichte werden könnte – was nicht der Fall ist.

Und dann sagt sie: »Du hast also ... einen völlig Fremden zu meiner Hochzeit mitgebracht.«

Bevor ich von irgendjemandem beschimpft und angeschrien werden kann, entgegne ich: »Du hast dich so darüber aufgeregt, den Sitzplan ändern zu müssen, deswegen wollte ich dir nicht sagen, dass Jaxon nicht mitkommen wollte, und meine Freunde waren alle beschäftigt ...«

»Also dachtest du, du könntest stattdessen einfach *vorgeben*, einen Freund zu haben?«, fragt Nadine und sieht mich an, als sei mir gerade ein zweiter Kopf gewachsen. Ein Blick, den ich mehr als verdient habe.

Camilla wählt eine sanftere Taktik und seufzt: »Schätzchen, warum hast du uns nicht einfach gesagt, dass du keine Begleitung hast? Diese ganze Scharade durchzuziehen, nur weil du dachtest, wir würden uns aufregen …«

Ich kann mir ein trockenes Lachen nicht verkneifen, auch nicht den ungläubigen Gesichtsausdruck, der sich auf mein Gesicht stiehlt. Ich finde das Ganze schon fast urkomisch.

»Das kann doch nicht dein Ernst sein. Immer heißt es: ›Wie steht's um dein Liebesleben, Sophie? Hast du noch keinen festen Freund? Bist du mit niemandem zusammen? Streng dich mehr an, gib dir mehr Mühe, sei nicht so wählerisch, gib ihm eine Chance, küss ein paar Frösche, bleib dran, du wirst jemanden finden, wenn du es am wenigsten erwartest, *warum hast du noch niemanden gefunden*?‹ Ganz zu schweigen von dem beschissenen *Sitzplan*. Jess, du bist regelrecht hysterisch geworden, als du dachtest, ich käme ohne Begleitung. Das war einfach … Es wurde einfach zu viel. Als ich sagte, dass ich mit jemandem zusammen bin, habt ihr alle so verdammt erleichtert ausgesehen – als ob ich endlich etwas richtig gemacht hätte. Als ob *ihr* alle unter Druck gestanden hättet, weil *ich* Single bin. Eine Beziehung mit Harry vorzuspielen, hat alles so viel einfacher gemacht.«

Camilla setzt sich aufrechter hin, das Gesicht ausdruckslos. Dad hockt in dem Sessel in der Ecke, rutscht auf dem Sitz hin und her und wirkt völlig sprachlos. Jessica und Nadine tauschen Blicke, ein stummes Gespräch, das ich nicht ganz verstehe, bei dem aber Nadine die Führung übernimmt.

»So sind wir nicht«, sagt sie jetzt, klingt aber nicht sehr überzeugt.

»Doch, allerdings! Ihr alle seid so. Mum, Dawn … Tally und Lena … *Alle*. Frankies Freundin nahm an, ich wolle ihn ihr ausspannen, nur weil ich Single bin und wir befreundet sind, und seitdem haben wir kaum noch miteinander gesprochen! Es scheint immer das Erste zu sein, was mich jemand fragt, und das Einzige, was die anderen wirklich interessiert, und vielleicht bilde ich mir das nur ein, aber … Aber vielleicht auch nicht? Aber als es um die Hochzeit ging – ich konnte es einfach nicht ertragen euch zu sagen, dass ich allein komme.«

Zu meiner völligen Überraschung ist es der ruhige, zurückhaltende Conor, der die anderen ansieht und sagt: »Irgendwie hat sie recht. *Du* hast doch gesagt, wie froh du bist, dass sie endlich jemanden gefunden hat«, sagt er an Jessica gewandt, und dann zu Camilla, »und du sagst immer, wie schön es wäre, wenn sie einen Partner hätte, und machst dir Sorgen, weil sie immer so allein ist.«

»Natürlich mache ich mir Sorgen!«, platzt Camilla heraus. »Ich bin ihre …« Sie bricht abrupt ab und sieht mich an, und dieses Mal bin ich sprachlos, weil sich ihre Augen mit Tränen füllen. »Du betrachtest dich vielleicht nicht immer als meine Tochter, aber für mich *bist* du das. Natürlich mache ich mir Sorgen, weil du immer allein bist! Du scheinst so unglücklich zu sein, wenn du keine Pläne hast, du sagst, wie sehr du deine Freunde vermisst. Ich dachte, du *willst* einen Freund haben. Du hast immer durch diese Apps gescrollt …«

»Ich …« Meine Stimme versagt. Nachdem ich den Kloß im Hals hinuntergeschluckt habe, gestehe ich: »Ich weiß nicht, was ich will. Ich weiß nur … Ich weiß nur, dass ich nicht ständig ein schlechtes Gewissen haben will, weil ich Single bin, und dass alle so tun, als wäre das das Ende der Welt. Wenn ich mich so fühlen will, gut, aber wenn das von allen anderen kommt … Das ist anstrengend. Und ich *hasse* Dating. Wisst ihr, wie viele Dates ich in den letzten Jahren hatte? *Tonnenweise*. Ich kann sie wirklich nicht mehr zählen. Deswegen fühle ich mich beschissen. Ich hasse es.«

»Warum machst du es dann noch?«, fragt David. Der Blick meines Schwagers ist dem meines Vaters nicht unähnlich, beide sehen immer besorgter aus, je mehr ich sage.

Irgendwie bringe ich ein Lachen zustande. »Weiß der Teufel.«

»Oh, *Sophie.*« Camilla seufzt und umarmt mich fest. »Du dummes Ding. Du hättest das alles nicht für uns tun müssen – oder für irgendjemanden! Wir haben uns nur Sorgen gemacht, weil wir dachten, du wärst unglücklich! Wie bei der Arbeit, über die du nicht reden wolltest!«

Als sie sich zurückzieht, nimmt mich Dad in die Arme. Er schnalzt mit der Zunge und sagt: »Was für ein lächerlicher kleiner Plan … Ehrlich, Sophie, warum hast du uns nicht einfach gesagt, wie es dir geht. Einen Fremden aus dem Internet anheuern, der sich als dein Freund ausgibt! Wer macht denn so was?«

Aber er lacht ein wenig dabei, um die Situation zu entschärfen.

»Mein Kollege Duncan war beim ersten Treffen mit dabei, um sicherzugehen, dass er kein totaler Spinner ist.«

»Er schien ein anständiger Kerl zu sein«, räumt Dad ein. »Schade, dass es nur vorgetäuscht war.«

»Es wirkte nicht besonders vorgetäuscht«, murmelt Jessica nicht gerade leise, »sondern, als würdet ihr euch wirklich mögen. Wenn du mich fragst, mag er dich sehr.«

Ich ignoriere sie, und Dad fragt: »Und was hast du da über deinen Job und einen Blog oder so was gesagt? Auch darüber hättest du mit uns reden können.«

»Ich hatte nur … Ich hatte das Gefühl … War nicht die Arbeit das Einzige, was für mich sprach?« Keine Ahnung, warum ich es als Frage formuliere, denn es ist die Wahrheit. Ich versuche es noch einmal und setze mich etwas aufrechter hin, während ich im Schoß die Hände wringe. »Wenn ich euch das Gefühl gebe, dass wenigstens im Job alles in Ordnung ist, dann ist Single zu sein irgendwie nicht so schlimm. In Wahrheit ist das einzig Gute an meinem Job meine Kolumne, darin konnte ich über all das schreiben, ohne dass ich dafür verurteilt oder gehasst wurde …«

Jessica unterbricht mich mit einem plötzlichen Aufschrei. »Oh mein Gott. Du bist es, nicht wahr? *Du* steckst hinter *Single, Swipe, Repeat*!«

Nachdem die Sorgen, das Unbehagen und die Verlegenheit – und zwar nicht nur meine, sondern von *allen* – hinter uns liegen, interessiert sich niemand mehr für das *Strictly-Special*. Jess und Nadine setzen sich zu mir aufs Sofa, Camilla kauert auf der Armlehne, und zu viert lesen wir auf Jessicas Telefon noch einmal meine Artikel.

»Findest du wirklich, dass wir zu viel von deiner Zeit in Anspruch nehmen?«

»Irgendwie schon. Ihr geht immer davon aus, dass ich Zeit habe, ihr fragt nie wirklich. Wahrscheinlich bin ich selbst schuld; mir ist klar geworden, dass ich klarere Grenzen setzen muss. Ich hatte immer das Gefühl, nur absagen zu dürfen, wenn ich einen Freund habe, dabei hätte ich einfach so Nein sagen müssen. Also bin ich selbst genauso schuld daran.«

»Bist du wirklich zu einer Geburtstagsfeier eines Hundes, weil du dachtest, sie sei für ein Kind?«

»Ja.«

»Und du hast *tatsächlich* Hundekekse gegessen?«

»Es war ein Cupcake. Aber, ja.«

»Hast du wirklich mit dem Trauzeugen auf einer Hochzeit geschlafen? Mit dem LinkedIn-Typen? Wessen Hochzeit war das eigentlich? Wie sah er aus?«

»Es war Lenas Verlobungsfeier, aber nein. Das habe ich mir ausgedacht.«

Sie scrollen weiter zurück.

»Dein Artikel vom Juni, in dem du auf Hookd einen Mann findest, der dich zur Hochzeit begleitet – das war Harry! Du hast von der sofortigen Chemie zwischen euch geschrieben! Du hast behauptet, er könnte dein Seelenverwandter sein, Soph!«

Ich zucke mit den Schultern. »Das war gut für den Artikel.«

Jessica rümpft die Nase, als wir zu der Kolumne über ihren Junggesellinnenabschied kommen. »Du hast nicht wirklich was mit dem Typen vom Cocktailkurs angefangen, oder? Das hätten wir doch sicher gemerkt.«

»Natürlich nicht.«

Nadine reißt ihrer Schwester das Telefon aus der Hand und scrollt durch die Artikel, die wir bereits gelesen haben. All diese armseligen, übertriebenen Details aus meinem Dating-Leben – schlimmer noch, meinem *Sexleben*, egal, ob wahr oder erfunden – meinen Schwestern und Camilla erklären zu müssen, ist eine ganz besondere Art der Folter, aber wirklich zusammenzucken lassen mich die Kolumnen, in denen ich mich darüber auslasse, wie sehr die Gesellschaft um Paare herum strukturiert ist, und auch diese ganze Sache von wegen »sich mit jemandem zufriedenzugeben«.

»Ich kann einfach nicht glauben, dass du dahintersteckst«, ruft Jessica – aber sie scheint nicht sauer zu sein, weil ich ihren Junggesellinnenabschied als »Totenwache auf der Beerdigung des Singlelebens« bezeichnet habe, sie wirkt eher ehrfürchtig. Als hätte sie gerade ihren Lieblingspromi getroffen oder als hätte ich verkündet, dass ich mich wann immer ich will in ein Einhorn verwandeln kann. »Alle *lieben* diese Kolumne. Sie ist brillant. Ich kann nicht glauben, dass du sie die ganze Zeit geschrieben hast und uns nie etwas davon erzählt hast! Wie konntest du das geheim halten?«

Von der anderen Seite des Raumes sagt Dad, der jetzt aufgibt, so zu tun, als hätte er nichts davon mitbekommen: »Sie hat auch das mit dem Pseudofreund lange durchgezogen, Jess, ich wäre an deiner Stelle nicht so überrascht.«

Aber alle lachen, und Dad verdreht liebevoll die Augen, somit weiß ich, dass ich nicht wirklich in Schwierigkeiten stecke; sie sind mir nicht böse. Eher tut es ihnen leid, dass ich mich zu alldem hinreißen lassen musste – und sie haben ein schlechtes Gewissen, weil sie mich dazu getrieben haben. Oder zumindest zum Teil.

Was meine anonyme Kolumne betrifft, hier ist die Reaktion genau umgekehrt. Pure Begeisterung und Freude, was dazu führte, dass ich meine gesamten Artikel noch einmal las. Wenn diese lächerliche Geschichte mit dem unechten Freund stimmt, dann ist *alles* möglich, sie haben keine Ahnung, was ich ausgeschmückt habe und was nicht. David wirkt tatsächlich schwer beeindruckt, und Dad sagt nur: »Warum hast du dir solche Sorgen wegen deinem Job gemacht, Dummerchen? Deine eigene Kolumne. Himmelherrgott. Das ist doch was, oder?«

»Aber mal im Ernst«, beharrt Jessica. »Niemand weiß es? *Niemand*?«

»Natürlich meine Kollegen. Duncan zum Beispiel, und ich habe Harry alles erzählt. Ich wollte nicht, dass er nach eurer Hochzeit zufällig über den Artikel stolpert und denkt, ich hätte mich in ihn verliebt und wäre völlig aus dem Häuschen. Und Siobhan weiß es.«

»Wer?«, fragt Nadine, während Jessica mich mit einer Mischung aus Wut und Empörung anstarrt.

»Sie hat es herausgefunden. Der Titel der Kolumne über deinen Junggesellenabschied ... Ich habe ihn ihr gegenüber erwähnt und es dann total vergessen. Sie musste mir auf der Hochzeit versprechen, es niemandem zu sagen. Seitdem hat sie mich immer wieder zu überreden versucht, euch einfach die Wahrheit über Harry und alles andere zu sagen.«

»Ich wusste nicht, dass ihr befreundet seid.«

Ich zucke mit den Schultern. Ich eigentlich auch nicht, aber jetzt, wo sie es sagt ... Wir schreiben uns sporadisch, schicken uns lustige oder interessante Videos und Artikel ... So hat auch meine Freundschaft mit Frankie angefangen.

Jessica überlegt einen Moment, und ich frage mich, ob sie sauer auf mich ist, weil ich ein weiteres Geheimnis hatte, oder vielleicht, weil ich ihr die Freundin ausgespannt habe, aber dann packt sie mich am Arm und sagt: »Können wir schon mal deine nächste Kolumne lesen?«

Ich kann mir ein Lachen nicht verkneifen. Camilla reißt Nadine das Handy aus der Hand, um selbst einen Blick darauf zu werfen, sie muss die Augen zusammenkneifen, um besser sehen zu können. Jessica ruft, dass sie es ernst meint, dass sie darauf *besteht*, sie zu lesen – dass Weihnachten ist, eine Zeit des Schenkens, ich sie ihr also zeigen *muss*. Nadine fängt zu lachen an, als Camilla wieder eine Stelle vom Hundegeburtstag vorliest. Ich sinke zurück auf das Sofa, meine Schwestern lehnen sich von beiden Seiten an mich, und gemeinsam lachen wir uns kaputt.

Und ich denke – nein, das ist nicht der Tiefpunkt. Oder? Nicht, weil es nicht zu dem Streit kam, mit dem ich gerechnet hatte, sondern weil das bei Trennungen eben so ist – dass Dinge ans Licht kommen, die man lange unter den Teppich gekehrt hat, dass man sich seinen Fehlern stellt. Und ich *wollte* doch mit meinem alten Leben Schluss machen, oder vielleicht nicht? Gibt es einen besseren Weg, einen Neuanfang zu wagen?

Und wenn es doch der Tiefpunkt sein sollte … Auch in Ordnung. Denn dann rapple ich mich eben wieder auf.

Silvester

39. KAPITEL

»Vielleicht solltest du dich bei *Married at First Sight* bewerben«, meint Lena und schenkt uns noch mehr Rosé ein. Sie versucht, die Flasche gleichmäßig aufzuteilen, bevor sie sich wieder aufs Sofa fallen lässt. »Mal sehen, ob die Experten jemanden für dich finden können!«

»Ich finde es wirklich traurig, dass du dich so aufgibst«, klagt Tally.

»Ich gebe mich nicht auf! Ich …«

»Du konzentrierst dich jetzt auf dich selbst?«, unterbricht mich Lena. »Übst dich in Selbstliebe? Willst du jetzt Marmelade einkochen?« Lena und wirft Tally einen so herablassenden Blick zu, dass ich mir ein Kichern nicht verkneifen kann.

Tally verzieht gekränkt das Gesicht. »Ich dachte, du magst meine Aprikosenmarmelade!«

Nachdem wir beide ihr versichert haben, wie gut uns ihre Marmelade aus diesem Kurs, den sie besuchte, um ihre Zeit ohne Sam auszufüllen, geschmeckt hat, sage ich: »Ich meine, irgendwie schon. Vielleicht nicht das mit der Marmelade – nichts für ungut, Talls –, aber mich auf mich selbst konzentrieren. Ich habe es so satt, mich nur um der Sache willen zu Dates zu schleppen. Wenn ich mich künftig mit jemandem verabrede, dann weil ich das Gefühl habe, dass wir uns gut verstehen werden, und nicht nur, weil der Typ vielleicht nett genug sein könnte. Versteht ihr?«

Das tun sie nicht, wenn man von ihren ausdruckslosen Gesichtern ausgeht.

Aber weil sie meine besten Freundinnen sind, setzen sie nun ein breites Grinsen auf und nicken heftig: »Auf jeden Fall! Ja! Gut für dich, Soph. Das ist toll. Du bist sowieso zu gut für die Typen. Super.«

Ich versuche zurückzulächeln, aber es fällt mir plötzlich schwer, mein Mund ist trocken geworden. Ich trinke einen großen Schluck Wein – aber eigentlich nur, um das Unvermeidliche noch etwas hinauszuzögern.

Es ist Silvestermittag, und ich kann es nicht länger aufschieben. Ein spontanes Treffen ist uns in letzter Zeit nur gelungen, weil wir uns um Tally mit dem gebrochenem Herzen geschart haben – doch als ich ihnen sagte, dass ich mit ihnen über etwas Wichtiges sprechen müsse, erschienen Tally mit einer Schachtel *Quality Street* und Lena mit zwei Flaschen Wein. Sie behauptete, sie müsse heute schon früh mit dem Trinken anfangen, um den kommenden *Dry January* auszugleichen.

Ich fing an, indem ich ihnen die ganze Geschichte über Harry erzählte – was sie wirklich lustig fanden, so sehr, dass sie keine Zeit damit verschwendeten, mit mir zu schimpfen, weil ich es ihnen nicht früher erzählt hatte oder sie im Glauben ließ, dass er Jaxon sei –, dann erzählte ich ihnen von unserem Streit an Weihnachten, wie mir klar wurde, dass ich momentan keine Beziehung mit ihm oder überhaupt mit irgendjemandem wollte. Ich erklärte ihnen, dass ich es satthabe, mich nur zu verabreden, um Verabredungen zu haben und …

Jetzt muss ich ihnen nur noch von der Kolumne erzählen.

Wenn ich wirklich mit meinem alten Leben Schluss machen und versuchen will weiterzukommen, brauche ich einen kompletten Neuanfang, und dazu gehört auch, den beiden mein größtes Geheimnis zu verraten. Ich fand es immer schrecklich, mir in ihrer Gegenwart auf die Zunge beißen zu müssen, aber die Vorstellung, dass sie sich von mir abwenden könnten, finde ich nun noch schrecklicher.

Ich atme tief durch, und gerade als sie wieder anfangen zu plappern, platze ich heraus: »Ich schreibe diese anonyme Kolumne über das Singleleben, die ihr so begeistert lest. Bitte hasst mich jetzt nicht, ich verspreche, dass ich alles, was ich geschrieben habe, nicht wirklich so gemeint habe. Also irgendwie schon, deshalb habe ich sie ja geschrieben, aber …«

»Warte mal.« Tally hält die Hände hoch, um mich zu stoppen. »Waaas?«

Zuerst nehmen sie es gut auf, sind genauso aufgeregt wie Jessica und Nadine vor ein paar Tagen; sie sezieren allerdings nicht alle meine Kolumnen, sondern glauben mir, dass die meisten Geschichten über Männer, mit denen ich mich getroffen oder geschlafen habe, übertrieben sind. Doch dann fallen ihnen einige der andere Sachen ein, über die ich geschrieben habe – nicht die lockeren Anekdoten eines Singles, sondern die gereizten Ausbrüche einer Frau, die sich von den Menschen, die ihr am nächsten stehen, zurückgestoßen fühlt.

Ich tue mein Bestes, um es zu erklären – bin ehrlich, mir dabei aber immer ihrer gekränkten Gefühle bewusst. Auf dieses Gespräch bin ich besser vorbereitet als auf das mit Harry an Weihnachten. Ich sage ihnen, wie es sich anfühlte, dass sie keine Zeit mehr für mich hatten, kaum, dass sie in einer Beziehung steckten, und dass ich das Gefühl hatte, nicht mehr mithalten zu können. Dass ich mir wie eine Idiotin vorkam, als Frankie Zwei sagte, wir bräuchten nichts zur Einweihungsparty mitzubringen, weil ich nicht kapiert hatte, dass sie das Gegenteil meinte. Dass ich an meinem Geburtstag geweint habe, weil sie nicht einmal vorbeikamen, um ein Stück Torte mit mir zu essen.

Sie scheinen nicht zu wissen, was sie sagen sollen. Also rede ich weiter, denn ich will es ihnen unbedingt begreiflich machen – und fasele irgendwann vor mich hin, durch ihr Schweigen entmutigt. Je mehr ich sage, desto mehr ziehen sie sich von mir zurück.

Wobei sie Sachen sagen wie: »Ist schon gut, Sophie. Eine Kolumne! Wahnsinn! Wie toll ist das denn? Natürlich sind wir nicht sauer, nein.«

Sie klingen nicht sehr überzeugend, aber sie bemühen sich – und sie wissen, dass ich mich auch bemühe. Nachdem wir den Wein ausgetrunken haben und der Film *Prinzessinnentausch*, den wir halbherzig geschaut haben, zu Ende ist, machen sie sich auf den Weg. Sie sagen, sie müssten sich noch für den Abend fertig machen.

Ich lasse sie gehen, den Tränen nahe, aber zumindest habe ich das Richtige getan. Ich musste es tun – das haben meine besten Freundinnen verdient.

Dann reiße ich mich zusammen, denn mir wird klar, dass ich den Abend nur mit einer einzigen Person verbringen möchte.

In den letzten Tagen hat Harry meine Anrufe nicht beantwortet.

Ich habe es am zweiten Weihnachtsfeiertag zweimal versucht und ihm eine Entschuldigungs-Nachricht mit der Bitte um Rückruf geschickt, aber die hat er ignoriert. Egal wie draufgängerisch er auch sein mag, egal wie sehr er immer den Spaß in den Vordergrund stellt und sich amüsieren will, scheint er doch auch stur und schrecklich stolz zu sein. Oder er ist wirklich verletzt von meiner Zurückweisung, mit der er in einer Million Jahren nicht gerechnet hat, und er hat mich wirklich, wirklich gemocht, viel mehr, als mir klar war.

Doch als ich daran denke, wie schwer es Harry fällt, Silvester mit seiner Familie zu feiern, und wie er mir immer geholfen hat – und wie sehr er mir am Herzen liegt – scrolle ich durch sein Instagram und finde einen Post vom letzten Jahr, in dem er die Kneipe, in der er und seine Familie immer feiern, mit Geotags versehen hat.

Not mach erfinderisch und so weiter.

Ich denke, das ist das Mindeste, was ich für ihn tun kann. Zudem schulde ich ihm eine Entschuldigung für das, was ich an Weihnachten gesagt habe.

Aber vor allem ertrage ich es nicht, dass das unser letztes Gespräch gewesen sein soll, genauso wenig wie die Vorstellung, wie allein und verlassen er sich heute um Mitternacht fühlen wird. Er ist inzwischen einer meiner besten Freunde; er hat etwas Besseres verdient als das.

Ich bin davon überzeugt, dass er seiner Familie nichts von unserem Streit an Weihnachten erzählt hat. Um sein Gesicht zu wahren, hat er bestimmt nichts gesagt, somit wird es nicht allzu seltsam sein, wenn ich aus heiterem Himmel auftauche – also zumindest nicht für seine Familie.

Ich ziehe mein schwarzes Lieblingskleid an – ein Riemchenkleid mit Tüllrock –, trage golden schimmernden Eyeliner auf und bringe meine Haare mit dem Lockenstab in Form. Dann nehme ich einen Zug, einen Bus und schließlich ein sehr teures Taxi, um zum *The Fox and Fen* zu gelangen.

Es handelt sich um einen riesengroßen Pub, der durch die vielen Holzbänke und die von goldenen Lichterketten beleuchtete Terrasse auf der linken Seite noch größer wirkt. Um jeden Tisch herum stehen Laternen, durch die weit geöffnete Eingangstür und die Fenster strömt Licht auf die Straße. Gelächter und Gerede ist zu hören, laute Musik, das Klacken von Billardkugeln und das Klirren von Gläsern.

Die Silvesternacht ist bereits in vollem Gange.

Harry hat gesagt, dass sie hier feiern, seit seine Eltern vor etwa fünfzehn Jahren umgezogen sind. Anstatt mich also durch die Menschenmassen zu kämpfen und ihn zu suchen, gehe ich zur Bar, um zu fragen, ob man ihn schon irgendwo gesehen hat.

»Ich bin seine Freundin«, lüge ich, »und ich habe versucht, ihn anzurufen, aber …«

»Keine Chance, hier ein Telefon zu hören, Liebes«, schreit der ältere Barkeeper zurück und lacht. »Die werden alle irgendwo in dieser Richtung sein.«

Er deutet in eine Ecke, und ich bestelle ein großes Glas Weißwein und ein Bier, bevor ich mich vorsichtig auf den Weg mache. Harry und seine Familie sitzen auf sehr abgenutzten, weichen Samtstühlen um einen niedrigen Tisch herum.

Es gibt da eine etwas rundere, fülligere Version von Harry mit einem Hauch von Silber an den Schläfen und Geheimratsecken – ich nehme an, das ist sein Bruder. Die beiden sitzen mit ihren Eltern und einigen Freunden um den Tisch herum – alle trinken und plaudern fröhlich.

Fast alle.

Harry kauert tief versunken in seinem Sitz, mürrisch, mit verkniffenem Mund, und spielt an einem fast leeren Glas herum. Er sieht ganz anders aus, als ich es gewohnt bin, es tut mir in der Seele weh. Mein unausgegorener Plan, ihm einen Gefallen zu tun, scheint mir plötzlich eine schreckliche Idee zu sein: In der Stimmung, in der er gerade ist, könnte das hier zu einem weiteren Streit führen.

Aber zumindest schulde ich ihm einen Versuch.

Und verdammt noch mal – wenn ich bei der Hochzeit meiner Schwester mit einem falschen Freund auftauchen kann, dann kann ich diese Scharade doch auch noch ein paar Stunden länger aufrechterhalten, oder? Und wenn ich in der Lage bin, allein ins Kino und zum Abendessen zu gehen, dann bin ich auch hierzu imstande.

Ich setze ein strahlendes Lächeln auf, gehe zum Tisch rufe: »Hallo! Hallo, alle zusammen! Tut mir leid, dass ich so spät dran bin! Harry, Schatz, ich rufe schon seit Ewigkeiten an. Kannst du dein Telefon nicht hören? Hallo, ich bin Sophie! Es ist so schön, euch alle kennenzulernen! Harry hat mir viel von euch erzählt!«

Man begegnet mir vor allem mit Verwirrung.

Harry setzt sich kerzengerade auf und wirkt, als hätte er gerade ein Gespenst gesehen, aber bevor er etwas sagen kann, springt eine Frau auf, von der ich annehme, dass sie seine Mutter ist, und stößt beinahe den Tisch mit den Getränken um.

»Sophie! Hallo! Wir wussten nicht, dass du kommst! Harry sagte, du hättest andere Pläne …« Sie mustert mich, begutachtet mich schnell, aber gründlich. Sie scheint nicht sonderlich beeindruckt von dem zu sein, was sie vorfindet; ausnahmsweise ist mir das egal. Ich lächle einfach, als wäre ich riesig froh, hier zu sein. Seine Mutter lächelt höflich zurück, stellt alle kurz vor und sagt: »Schön, dass du hier bist. Vielleicht kannst du ihn dazu bringen, sich ein bisschen zu entspannen, hm?«

Sie deutet mit dem Kopf in Harrys Richtung, ein Anflug von Schmerz zeigt sich auf ihrem Gesicht, und sie tut mir etwas leid. Ich fand ihren Versuch, Harry und seinen Bruder an Weihnachten in einen Raum zu locken, nicht besonders toll, aber sie versucht eben einfach nur, ihre Familie zusammenzuhalten.

»Ich werde mein Bestes tun!«, sage ich, und weil es hier keinen freien Stuhl gibt, setze ich mich auf Harrys Bein, wie es jede gute falsche Freundin tun würde. Ich trinke einen großen Schluck Wein, tausche sein leeres Glas gegen das Bier aus, das ich mitgebracht habe, nehme mein Getränk wieder in die Hand und küsse ihn auf die Wange.

Er dreht den Kopf, als wolle er mich küssen, sagt aber so leise, dass nur ich es hören kann: »Was zum Teufel machst du hier?«

»Ich habe doch gesagt, dass ich dabei bin, oder nicht?«

Er zieht die Augenbrauen zusammen, und für eine Sekunde rechne ich damit, dass er mich bitten wird, mich zu verpissen – aber dann legt er seinen Arm um meine Taille und murmelt: »Danke, Sophie.«

Wir lächeln uns an – nicht so flirtend und neckend wie sonst immer, sondern irgendwie weicher, viel bedeutungsvoller – und er drückt mich liebevoll, bevor ich mich an seine Familie wende und fröhlich frage, wie Weihnachten war.

Als Mitternacht naht, gehen wir alle nach draußen, um uns auf den Countdown und das Feuerwerk vorzubereiten. Die allgemeine Stimmung ist unglaublich – ausgelassen und fröhlich.

Was für ein Gegensatz zur Stimmung in Harrys Familie. Seine Mutter gibt sich sichtlich Mühe, ihre beiden Söhne in ein Gespräch zu verwickeln, doch sein Bruder wirkt auf mich ungerührt und arrogant. Die anderen versuchen, das Problem zu ignorieren, was alles irgendwie nur noch schlimmer macht.

Schließlich stehen Harry und ich etwas abseits von den anderen; hier draußen ist es einfacher nachzudenken. Und, was noch wichtiger ist, sich miteinander zu unterhalten, ohne dass man schreien muss.

Und wir müssen wirklich dringend reden.

Ich fasse ihn am Arm und drehe ihn so, dass er mich ansieht. »Hör mal, was … Was ich an Weihnachten gesagt habe … Ich habe es wirklich nicht so gemeint. Du hast selbst immer gesagt, dass du Fehler gemacht hast, und ich wollte nicht dieselben machen. Das haben wir beide nicht verdient. Aber damit wollte ich nicht sagen, dass du dieselben Fehler wieder machen wirst. Ich wollte dich nicht angreifen, das schwöre ich.«

»Ja, ich … Das weiß ich. Und ich wollte nicht so überreagieren. Aber du … hast einen Nerv getroffen.«

Ich lächle ihn an. »Das habe ich mir schon gedacht.«

»Außerdem«, sagt er mit seinem üblichen selbstironischen Humor, »konnte mein zerbrechliches Ego nicht damit umgehen, dass du mich zurückweist. Das hat mich echt gekränkt, weißt du.«

»Du kommst darüber hinweg.« Ich drücke seinen Arm.

Aber als ich loslasse, fängt Harry meine Hand auf. Seine Finger streichen warm und vertraut über meine Haut. Er lehnt sich dicht an mich heran, und sein Mund streift mein Ohr. Instinktiv öffne ich die Lippen und neige den Kopf etwas nach hinten.

»Bist du dir ganz sicher, dass du nicht einfach ausprobieren willst, wo das mit uns hinführt? Diesmal wirklich, und nicht nur, um uns gegenseitig gut aussehen zu lassen?«

Seine Stimme ist tief, heiser und so verlockend.

Ich weiche gerade so weit zurück, dass ich ihm besser in die Augen sehen kann, und nicke. »Ich bin mir sicher. Ich habe es ernst gemeint, Harry. Sosehr ich dich auch mag, ich bin nur … Ich bin nicht in dich verliebt, und ich glaube nicht, dass sich das ändern wird. Außerdem weiß ich, was du von einer Beziehung erwartest, und das kann ich dir im Moment nicht geben. Vielleicht nie. Ich bin es mir selbst schuldig herauszufinden, was ich will, und ich bin es dir schuldig, deine Zeit nicht zu verschwenden. Du hast deine eigenen Probleme – das muss ich dir ja nicht sagen – und ich hab meine.«

»Ach ja?«, fragt er spöttisch. »Vielleicht auch eine chaotische Scheidung?«

In gewisser Weise ja.

»Mir wird langsam klar, dass ich eine Beziehung aus den falschen Gründen wollte. Nämlich nur, weil alle anderen in einer sind und ich das Gefühl hatte, einfach ich selbst zu sein, wäre nicht genug – was es aber sein sollte. Und ist. Ich *will*, dass es genug ist«, erkläre ich ihm und erschrecke selbst über die Leidenschaft in meinen Worten, das Zittern in meiner Stimme und die Tränen, die mir plötzlich in die Augen steigen. »Ich will nicht mit jemandem zusammen sein, nur um eine Leere zu füllen, die, wie ich inzwischen glaube, gar nicht wirklich da ist – ich habe mir das nur eingeredet. Ergibt das einen Sinn?«

Harry antwortet nicht sofort, aber ich spüre, dass er mich versteht – besser als Lena und Tally und besser als damals, als ich ihm meinen Dezemberartikel zeigte. Harry senkt seufzend den Kopf, ein kleines, resigniertes Lächeln umspielt seine Lippen.

»Ja, das ergibt Sinn.«

Jemand schreit über die Terrasse des Pubs, und dann beginnen alle mit dem Countdown.

Harry sagt leise und ernst in mein Ohr: »Wenn du mich fragst, Sophie, du bist mehr als genug. Lass nie zu, dass dich jemand vom Gegenteil überzeugt.«

»DREI!«, skandiert die Menge. »ZWEI!«

»Du bist auch genug«, sage ich.

Als der Countdown endet, stelle ich mich auf die Zehenspitzen und küsse ihn auf die Wange. Ich spüre, wie er lächelt, und Seite an Seite, mein Kopf ruht auf seiner Schulter, beobachten wir das Feuerwerk, das ein neues Jahr ankündigt.

Profil ändern

SIND SIE SICHER, DASS SIE IHR HOOKD-PROFIL LÖSCHEN WOLLEN?
PROFIL GELÖSCHT.

Februar

EPILOG

Valentine's Day und Galentine's Day (Freundinnentag)!

Auf Wiedersehen, Lebe wohl und danke für all die Liebe

Letzte Worte von unserer
Dating- und Beziehungskolumnistin Sophie Barker

So gerne ich den Januar als einen Neuanfang betrachten möchte, vor allem, nachdem ich meiner Familie und meinen Freunden an Weihnachten alles gebeichtet habe, und nach der Geschichte mit Harry, ist es in Wirklichkeit nicht so einfach.

Aber als der Februar kommt, wird mir klar, dass die Zeit tatsächlich alle Wunden heilt.

Und heute, am 13. Februar, feiere ich meinen neuen Lieblingsfeiertag, den Galentine's Day, umgeben von den Menschen, die ich liebe.

Tally und Lena sitzen rechts neben mir bei einem Brunch mit Alkohol bis zum Abwinken (denn mal ehrlich, was wäre ein Freundinnentreffen oder überhaupt ein Sonntagstreffen ohne Alkohol bis zum Abwinken?). Sie schlürfen also ihre Mimosas und lachen schallend über das Profil eines Typen auf Tallys Hookd-Konto. Dann grinsen sie mich an und halten mir das Telefon unter die Nase, damit ich über die schrecklichen Versuche dieses Kerls, beeindruckend und cool zu wirken, mitlachen kann. Auf allen Fotos schmollt er vom Bett aus in die Kamera, unfassbar peinlich.

Es ist schön, dass sich die Dinge zwischen uns wieder normalisiert haben. Ein paar Wochen lang hatten sie sich distanziert, weil sie erst einmal alles, was ich ihnen an Silvester erzählt habe, verarbeiten mussten. Als wir drei uns dann vor ein paar Tagen trafen, um Tally beim Packen zu helfen, die jetzt in eine kleinere, erschwinglichere Wohnung zieht, war alles wieder normal. Aber anders normal, ehrlicher, was auch schön ist.

Tally schließt die Hookd-App und legt das Handy mit dem Display nach unten auf den Tisch, bevor sie seufzend ihr Haar zurückstreicht. »Ich weiß, dass ich nur durchswipe, aber irgendwie bin ich noch nicht bereit, jemanden kennenzulernen. Es ist schwer, einem völlig Fremden einfach eine Nachricht zu schicken! Ich weiß nicht, wie du das geschafft hast, Soph. Ich bin schwer beeindruckt.«

»Man gewöhnt sich daran.«

»Irgendwann vielleicht. Aber eigentlich finde ich es ganz schön, mal eine Zeit lang allein zu sein – so wie du.«

Ich lächle sie an. »Vielleicht komme ich nächste Woche mit dir mit zum Marmeladenkurs.«

»Oh nein, den habe ich abgesagt. Aber ich beginne einen Malkurs. Aquarellmalerei. Das könnte doch Spaß machen?«

»Da bin ich dabei.«

Sie drückt meine Hand und wendet sich wieder ihrem Essen zu, und jetzt reden wir darüber, dass Lena Videos gesehen hat, in denen Maler statt Fotografen den ersten Tanz auf der Hochzeit festhalten, und wie cool das aussieht, und dass sie versucht, einen zu finden, um eine Vorstellung von den Kosten zu bekommen. Etwas Warmes und Glückliches breitet sich in meiner Brust aus.

Ich habe meine Freundinnen schrecklich vermisst. Nicht nur in den letzten Wochen, sondern in den letzten Monaten. Jahren. Sie haben sich sogar entschuldigt, als wir Tallys Sachen zusammenpackten – sie sagten, egal, wie verletzt sie auch waren wegen all der Geheimnisse, hätten sie begriffen, dass auch ich verletzt war. Lena meinte, es tue ihr leid, dass sie mich für selbstverständlich gehalten habe; Tally entschuldigte sich dafür, dass sie nicht genug für mich da war.

Es fühlt sich an wie eine neue Phase in unserer Freundschaft. Und es fühlt sich gut an.

Jessica und Nadine haben nicht so lange gebraucht, um darüber hinwegzukommen. Die beiden sitzen auf der anderen Seite neben mir und streiten sich über irgendetwas, beide trinken Limonade – Nadine, weil sie stillt, und Jessica, weil sie schwanger ist, was erklärt, warum sie an Weihnachten nichts getrunken hat.

Sie hat es Nadine und mir letzte Woche bei einem Gruppen-FaceTime-Gespräch erzählt, und obwohl die Anzeichen da waren, wenn ich genau hingesehen hätte (oder … nun ja … überhaupt), fiel mir die Kinnlade herunter.

»Nein, bist du nicht«, keuchte ich. »Oh mein Gott. Weiß deine Mum es schon? Dad? War das geplant?«

Scheiße, dachte ich. Darf man Leute fragen, ob ihre Schwangerschaft geplant war? Ist das unhöflich? Interessiert mich das, wenn es um Jess geht?

Und oh mein Gott, Jessica ist schwanger. Sie ist fast ein Jahr jünger als ich, und innerhalb des letzten Jahres – der letzten sechs Monate! – hat sie geheiratet *und* ist schwanger geworden. Und was habe ich getan, was? Beschlossen, nicht mehr mit meinem vorgetäuschten Freund zu schlafen, weil wir beide etwas Abstand brauchen?

Ich wartete auf diesen üblichen Stich, den Messerstich in den Bauch, das Aufflackern von Neid, an das ich so gewöhnt bin. Die nagende Angst, dass ich es nicht habe und vielleicht nie haben werde. Das Verlangen, plötzlich zu weinen und sie anzuflehen, mich nicht ganz zu vergessen, während ihr eigenes Leben mit Volldampf weiterläuft.

Aber das geschah nicht.

Ich freute mich einfach für sie. War ein wenig überrascht über die Nachricht, aber glücklich.

Und das war's.

Jetzt sticht Nadine wehmütig in ihre pochierten Eier auf Toast und sagt: »Ich kann nicht glauben, dass du mir das antust, Jess. Du solltest noch lange nicht schwanger werden, sondern erst mal mein Babysitter sein. Und jetzt muss ich bald deiner sein.«

»Ich kann trotzdem babysitten, ich kann ein bisschen Übung ja jetzt gebrauchen! Außerdem ist da immer noch Sophie ... Du wirst doch für uns beide babysitten, nicht wahr, Soph?«, ruft Jessica grinsend zu mir herüber.

Und da ich mich daran erinnere, was ich über Grenzen und die Vereinnahmung meiner Freizeit geschrieben habe, sage ich: »Ihr wisst, dass ich aushelfe, wenn ich kann.«

Mit vor Sarkasmus triefender Stimme meint Nadine: »Ich glaube, ich mochte dich lieber, bevor dir ein Rückgrat gewachsen ist, Soph.«

Und Jessica ruft: »Steht dir aber gut.«

»Danke. Es fühlt sich auch ziemlich gut an.«

Siobhan, die mir gegenüber sitzt, hebt schmunzelnd ihren Mimosa. Ich stoße mit ihr an und strahle voller Stolz.

»Ich bin immer noch enttäuscht, dass du die Kolumne aufgibst«, sagt sie. »Ich habe mich darauf gefreut, noch mehr von deinen übertriebenen Abenteuern zu lesen. Meine Freundin gibt nächste Woche eine Party, weil ihre Katze Babys bekommen hat. Ich wollte dich einladen, um zu sehen, ob du lieber Hundekekse oder Katzenfutter-Cupcakes magst.« Sie seufzt, aber bevor ich sie fragen kann, ob sie das ernst meint oder nicht, zwinkert sie mir zu.

»Es war einfach an der Zeit, mich von ihr zu verabschieden«, sage ich, und obwohl es etwas bittersüß war, meinen letzten Artikel zu schreiben, weiß ich, dass es das Richtige ist. Außerdem ist mein Arbeitspensum jetzt größer, da ich Jenny für die nächsten Monate vertrete.

»Gut für dich, Soph. Das meine ich ernst.«

»Danke, Shiv.«

Mir gegenüber sitzen Frankie und Jordan – Frankie, weil ich ihn verdammt vermisst habe, und Jordan, weil er auch cool ist, aber vor allem, damit Frankie Zwei sich nicht darüber aufregen kann, dass ich ihren Freund zum Brunch eingeladen habe – auch wenn sie sowieso das ganze Wochenende mit einem Junggesellinnenabschied beschäftigt ist. Nur weil heute Galentine's Day ist, heißt das nicht, dass ich nur Freundinnen eingeladen habe – es geht mir vor allem darum, meine Freunde um mich zu haben, und dazu gehören die beiden auch.

Sie sind in ein intensives Gespräch über die beste Art und Weise, Eier zu kochen, vertieft – was sich schnell zu einer hitzigen Debatte entwickelt.

»Bist du verrückt? Weich gekochte Eier sind *unterste Schublade*. Man kann wohl nichts anderes von jemandem erwarten, der von nichts 'ne Ahnung hat, du absoluter Kretin«, ruft Frankie, das Gesicht voller Abscheu verzogen.

Ich unterdrücke ein Kichern, denn ich bin mir sicher, dass es nicht mehr lange dauern wird, bis sie uns alle in ihren Streit hineingezogen haben, um eine endgültige Rangliste über die richtigen Eierkochmethoden aufzustellen, und mein Blick verweilt einige Augenblicke bei Frankie. Es läuft gut mit ihm und Frankie Zwei – sie adoptieren bald einen Hund. Ich freue mich für sie. Und irgendwie bin ich sogar erleichtert, dass alles so gut läuft, egal, was ich von Frankie Zwei halte. Ich bin froh, dass er glücklich ist.

Es ist nicht alles Gold, was glänzt, sagte er damals, und er hatte recht. Oder zumindest ist das Gras auf meiner Seite des Zauns auch ziemlich grün, wie ich feststelle.

Harry habe ich natürlich nicht zum Galentine's-Brunch eingeladen. Wir sprechen immer noch oft miteinander, und wir haben uns ein paarmal getroffen, aber nur als Freunde. Es ist recht schwer, nicht in alte Gewohnheiten zu verfallen und ständig miteinander zu flirten, aber wir arbeiten daran. Seit Silvester hatte er noch ein paar weitere Dates, aber was viel wichtiger ist, er bemüht sich jetzt, wieder Kontakt zu seiner Familie aufzubauen. Selbst wenn ich ihn heute eingeladen hätte, wäre er nicht gekommen, denn er hat etwas viel Wichtigeres vor: Er ist zum Mittagessen bei seinen Eltern, zusammen mit seinem Bruder (und seiner Nichte und seinem Neffen, die er über alles liebt). Ich wäre durchaus als seine angebliche Freundin mitgekommen, um ihn zu unterstützen, aber er hat ihnen von unserer Trennung erzählt. Außerdem scheint Harry fest entschlossen zu sein, es allein zu schaffen. Oder es zumindest zu versuchen.

Gut für ihn.

Ein Teil von mir bedauert, dass ich Weihnachten mit ihm Schluss gemacht habe. Manchmal sehe ich mir gemeinsame Fotos an oder erinnere mich daran, wie viel Spaß man mit ihm haben kann, und dann frage ich mich, *was wäre wenn*?

Aber nachdem ich jetzt seit einem Monat herauszufinden versuche, wer ich bin, was ich wirklich will, also nicht nur, was ich in einer Beziehung suche, sondern ob ich überhaupt eine führen will, weiß ich, dass ich die richtige Entscheidung getroffen habe. Hätten wir uns in eine ernsthafte Beziehung gestürzt, wäre sie dem Untergang geweiht gewesen. Zum ersten Mal in meinem Leben kann ich behaupten, glücklicher Single zu sein.

Allerdings treffen wir uns nächstes Wochenende auf einen Drink. Also, wer weiß? Vielleicht irgendwann, eines Tages.

Ich bin froh, dass Harry heute nicht hier ist. Ich bin froh, dass es jetzt nur mich und meine Freunde gibt.

Ich bin immer noch etwas benommen von der Tatsache, wie unkompliziert es war, alle meine Freunde um mich zu versammeln, ohne dass sich dafür jemand verloben musste. Nicht einmal *ich* musste mich dafür verloben. Ich habe einfach gefragt, ob sie Zeit haben, einen Tisch im *Slug and Lettuce* reserviert – und alle kamen.

Wäre es vielleicht immer so einfach gewesen? Habe ich mich in den letzten Jahren grundlos von meinen Freunden vernachlässigt gefühlt und geglaubt, dass ich ihre Zeit nicht wert bin?

Vermutlich. Je mehr ich darüber nachdenke, desto wahrscheinlicher kommt es mir vor.

Es gibt mir viel Selbstvertrauen, ein Gefühl von Stärke und Freiheit, das ich wirklich genieße, und vielleicht war es schon immer da, und ich habe es nur nicht bemerkt, weil ich mich mit Dates abgelenkt oder in der Vorstellung gesuhlt habe, meine Freunde zu verlieren.

Natürlich weiß ich, dass es immer noch Zeit und Übung braucht, es ist ein Prozess. Vielleicht ein lebenslanger.

Aber ich bin auf dem Weg.

Und ich tue es für mich und für niemanden sonst.

Hallo, Welt, so beendete ich meine letzte Kolumne. Ich bin Sophie, sagte ich dann zu mir. Ich bin sechsundzwanzig, Waage, und ich bin Single.

Schön, dich endlich kennenzulernen.

DANKSAGUNG

Ein Hinweis für meine Freunde und alle Bräute, an deren Hochzeiten/Junggesellinnenabschieden ich teilgenommen habe – ich schwöre, dass es mir nicht so geht wie Sophie in diesem Buch, auch wenn ich eure Singlefreundin bin. Ich liebe eure Hunde mit ihren Menschennamen aufrichtig und würde mich jederzeit zu »Single Ladies« tanzend zum Narren machen.

Wie bei allen meinen Büchern schreibe ich das, was ich lesen möchte. In diesem Fall wollte ich, nachdem ich fast meine gesamten Zwanzigerjahre bisher (glücklich) als Single verbracht habe, etwas über einen anderen Single in den Zwanzigern lesen: über die Irrungen und Wirrungen, die Freundschaften, über Selbstliebe und Solo-Kinobesuche, die damit einhergehen.

Zunächst also danke ich meinen Freunden, die immer für mich da sind: Ich liebe euch, ihr seid großartig. Danke, Lauren und Jen, auf die ich mich immer verlassen kann, wenn ich Spaß haben und lachen will; Amy und Katie, die immer ein offenes Ohr für meine Anekdoten über erste Dates haben; danke der Physik-Gang, denn auch wenn wir uns nur alle paar Monate (oder Jahre!) treffen, ist es immer ein Riesenspaß; den Gobble Girls (ehemals Cactus Girls), mit denen ich jederzeit ein paar Runden *Dungeons and Dragons* spielen kann und die wirklich hervorragende Brunch-Freundinnen sind. Den Leuten auf der anderen Seite des Teichs – Iny, MC, Tyler und Ethan und Emily und alle anderen – ihr seid großartig. Und Becca, die so gespannt war auf mein Fake-Dating-Buch. Ich wünschte, du hättest es lesen können, liebste Freundin. Und zu guter Letzt, danke, Aimee: Dieses Buch ist dir und all den Dating-Snapchats gewidmet, den brillanten und verrückten Geschichten, die du über die Jahre erzählt hast. Darauf, dass wir eines Tages unseren Traumprinzen finden!

Wie immer möchte ich mich bei meiner Familie bedanken – vor allem dafür, dass sie mich nicht dazu drängt, »sesshaft zu werden«, so wie Sophie es von ihrer Familie glaubt, und dafür, dass durch sie das Swipen durch Bumble immer zum Totlachen ist. Ein besonderer Dank geht an meine Mutter, die sich den Namen Hookd für die fiktive Dating-App ausgedacht hat, und an Gransha, die immer hinter mir steht.

Noch ein großes Dankeschön, und dann bin ich fertig, versprochen. Es gibt so viele wunderbare Menschen hinter den Kulissen, die ein Buch zustande bringen, aber ich danke vor allem meiner brillanten Agentin Clare dafür, dass sie so ein absolutes Kraftpaket ist; Bec und Deanna dafür, dass sie an dieses Buch geglaubt haben; und allen anderen, die es zum Leben erweckt haben – außerdem ein Danke an bookshelves!